All denen gewidmet, die im Januar und Februar 1945 das Frische Haff überqueren konnten, und auch jenen, die es nicht schafften...

UWE GOERITZ

Auf dünnem Eis

Bibliografische Information der Deutschen Nationalbibliothek: Die Deutsche Nationalbibliothek verzeichnet diese Publikation in der Deutschen National-bibliografie; detaillierte bibliografische Daten sind im Internet über http://dnb.dnb.de abrufbar.

Coverbild: Bilder mit BING Designer von der KI generiert, von Um-eyou unter Creative Commons CCO License (IL-2) und von Klaus Böhm auf Pixabay bereitgestellt

Covergestaltung: Uwe Goeritz

Verlag: BoD · Books on Demand GmbH, In de Tarpen 42, 22848 Norderstedt, bod@bod.de

Druck: Libri Plureos GmbH, Friedensallee 273, 22763 Hamburg

ISBN: 978-3-7597-9222-8

Inhaltsverzeichnis

Auf dünnem Eis

Ein Zusammentreffen während des Urlaubs an der Ostsee im Frühjahr 1929 wird für die Kaufmannstochter Hedwig zu einem Wendepunkt in ihrem Leben. Die Tochter aus gutem Hause verliebt sich in den mittellosen Karl, unterwirft sich dann allerdings dennoch den Zwängen der Gesellschaft in ihrer Zeit.

Erst die Weltwirtschaftskrise schafft die Voraussetzungen dafür, dass sie ihr Schicksal selbst in die Hand nehmen kann, doch der Preis ist hoch, den sie dafür zu zahlen hat.

In einer für sie schwierigen Zeit muss sie die Wahl treffen, ob sie Mensch bleiben will, oder ob sie lieber mit den Wölfen heulen sollte, aber egal wie sie sich entscheidet, es bleibt für sie dennoch ein Tanz auf sehr dünnem Eis und schon bald wirft der drohende Krieg seine Schatten auf Ostpreußens Hauptstadt Königsberg.

Diese Geschichte spannt einen Bogen über zwanzig Jahre, einen Weg von fast 1.000 km und zwei Herzen.

Sie ist all denen gewidmet, die im Januar und Februar 1945 das Frische Haff überqueren konnten, und auch jenen, die es nicht schafften.

Die handelnden Figuren sind zu großen Teilen frei erfunden, aber die historischen Bezüge sind durch archäologische Ausgrabungen, Dokumente und Überlieferungen belegt.

1. Kapitel

Ostseewellen

Sacht kräuselte der Wind die Wellen der Ostsee, die von der Morgensonne angestrahlt wurden, und nur ein paar Wölkchen zeigten sich an einem Himmel, der schöner nicht sein konnte.

Dieses Panorama sah wirklich so aus, wie es auf den Ansichtskarten des beliebten Seebades immer zu erblicken war, und es war einer der ersten warmen Tage des Monats Mai im Jahr 1929 in Ostpreußen.

Im Januar und Februar hatte es einen sehr strengen Winter gegeben, mit extremer Kälte in ganz Europa, wie seit Jahrzehnten nicht mehr. Wochenlang hatte eisiger Frost geherrscht, alle Flüsse und Seen waren zugefroren und selbst die Ostsee war teilweise mit Eis bedeckt gewesen.

Nie zuvor gekanntes Frostwetter hatte sogar das Mittelmeer erreicht, mit einer geschlossenen Schneedecke an der Riviera, und in Italien hatten die Kinder sogar in Palermo Schneemänner bauen können.

Ein Schneesturm hatte in der Ägäis getobt und selbst in Polen, wo man kalte Winter eigentlich gewohnt war, hatte man bei bis zu minus 47° C ausgeharrt!

Von all dem hatte Hedwig nur aus der Zeitung erfahren, denn sie selbst hatte fast den gesamten Winter krank in ihrem Bett gelegen, doch jetzt schlenderte sie durch den Sand am Meeresufer und blickte versonnen über diese kleinen Wellen.

Erst am Abend zuvor war die Achtzehnjährige im Ostseebad Rauschen[1] eingetroffen und hatte daher noch keine Zeit gehabt, diesen Anblick zu genießen.

Es war ihr erster Urlaub ohne die Eltern, doch die Frau Mama hatte ihr Isolde als Gouvernante mitgegeben. Die Freundin war fast 21, schon verlobt und daher hatten die Eltern wohl angenommen, dass Isolde auf sie aufpassen würde und sowohl Isolde als auch Hedwig hatten sie in diesem Glauben gelassen.

Dieser Urlaub sollte so eine Art von Kur für sie sein, denn die schwere Krankheit hatte sie wochenlang ans Bett gefesselt.

Noch immer war sie etwas bleich und schwach, aber die Gesundheit kam wieder zu ihr zurück. Und die nächsten vier Wochen sollten da einen großen Beitrag dazu leisten, dass sie neuerdings in den Vollbesitz ihrer Kräfte kam.

Ihre Familie war nicht nur dem Namen nach eine reiche und stolze Kaufmannsfamilie, sondern sie gehörten zu den oberen tausend Einwohnern der Metropole Königsberg.

Einst mit der Hanse zu Ruhm und Ansehen gekommen, hielt dieser damals angehäufte Reichtum noch immer, aber Hedwig machte sich nichts aus Geld, denn sie hatte nie Sorgen damit gehabt. Wozu sollte man sich über etwas Gedanken machen, wenn einem fast jeder Wunsch sofort erfüllt werden könnte?

Mit den Schuhen in der Hand und den Zehen im weichen Sand schlenderte Hedwig umher und dachte dabei an die Freundin, die sicherlich jetzt noch in ihrem Bett schlief, während sie sich aus dem Zimmer des kleinen Hotels geschlichen hatte, um den Morgen zu genießen und der war gerade viel zu schön, als diesen ungenutzt zu verschlafen.

---

[1] Rauschen - (Heute Swetlogorsk), ist eine Stadt und ein Badeort an der samländischen Ostseeküste.

Noch war an diesem Strand nicht eine einzige Menschenseele weit und breit zu sehen, aber das würde sich spätestens in einer Stunde schlagartig ändern.

Bereits ein paar Mal war sie in der Kindheit hier gewesen und konnte sich noch gut an das unbegreifliche Gewimmel hier unten an der Küste erinnern.

Rauschen war zwar das Bad der betuchteren Königsberger Bürger, aber das hielt natürlich auch die anderen Einwohner der Stadt nicht ab, die sich zwar keines der teuren Hotelzimmer leisten konnten, aber mitunter in den warmen Sommernächten auch mal auf einer der Parkbänke schliefen.

Die Zugverbindung war mit nicht einmal zwei Stunden Fahrzeit nicht so lang, als dass man da nicht einfach mal einen Tagesausflug an die See machen konnte.

Hedwig blickte sich um und sah die Treppe hinter sich, die auf den Hügel hinauf führte, wo sich ihr Hotel befand, und das war ein ganz schöner Aufstieg nach oben.

Unterwegs gab es zwar auf der halben Höhe eine Plattform, auf welcher dann später einige Restaurants auf zahlungskräftige Besucher warten würden und damit den steilen Anstieg erträglich machten, aber noch immer war alles still an diesem Strand.

Es würde sicherlich noch eine geraume Weile dauern, bevor ihr da oben jemand mit Kaffee und Kuchen aushelfen könnte und auch die Standseilbahn erst sehr viel später, mit den ersten Besuchern, öffnete.

Damit blieben ihr jetzt die Alternativen, auf die Öffnung der Bahn zu warten, oder sich auf die beschwerliche Besteigung der Treppe zu machen.

Sie beschloss, einfach noch etwas zu warten und setzte sich in den Sand.

Mit dem Gesicht nach Norden, die Schuhe neben sich abgestellt, schaute sie verträumt auf die gigantische Wasserfläche mit den kleinen Wogen hinaus.

Immer wieder verliefen sich die kleinen Wellen nur ein paar Meter vor ihr am Ufer, und Hedwig rutschte so weit nach vorn, bis das kühle Wasser ihre nackten Zehen umspülen konnte.

Das alles war viel zu schön, als diese Pracht ungenutzt verstreichen zu lassen, und daher saß sie sicherlich keine viertel Stunde so da, bevor der Übermut sie packte.

Ohne über die Konsequenzen ihres Tuns nachzudenken, legte sie schließlich ihr Kleid ab und lief in der Unterwäsche in die Brandung hinein, zumindest so weit, bis das kühle Wasser ihr bis zu den Waden reichte.

Selbstverständlich wusste sie, dass es unschicklich war, jemand anderem die Leibwäsche zu zeigen, aber dieser ewig lange Aufstieg über die Treppe schrie einfach danach, zuvor die müden Beine in die kühle Ostsee zu stecken, und bei Gott, es war eine wirkliche Wohltat.

Immer wieder blickte Hedwig aber aufmerksam über die Schulter zurück, ob irgendjemand in der Nähe zu entdecken wäre, der sie eventuell so sehen würde, doch es war noch viel zu früh.

Vor Jahren hatte sie bereits einmal einfach aus Übermut den Weg in dieser Anzugsordnung in die Ostsee gewagt, da war sie erst sieben Jahre alt gewesen, doch das Donnerwetter der Mutter danach war dennoch ziemlich deutlich gewesen und würde jetzt vermutlich nur um ein Vielfaches lauter sein, aber es war ja auch nur ein kurzer Ausflug in die erfrischende See, die ihr sogar in den Wellenkämmen momentan noch nicht einmal bis zum Knie reichte.

Gerade wandte sie sich zum Strand, um wieder zu ihrem Kleid zu laufen, als eine unerwartet hohe Welle sie von den Füßen riss. Der Länge nach fiel sie in die See, die an dieser Stelle aber gerade mal so tief war, dass sie völlig durchnässt werden würde, doch die Brandung schlug über ihr zusammen, Hedwig erschrak und schluckte Wasser.

Obwohl es vermutlich das einfachste gewesen wäre, sich hinzuknien und danach aufzustehen, fiel ihr dies nicht ein, sondern sie versuchte gegen die Strömung anzuschwimmen, aber sie war nicht stark genug und mit jedem Schwimmzug entfernte sich das Land immer mehr von ihr.

Ein Sog schien sie erfasst zu haben, und sie geriet in Panik.

Verzweifelt versuchte sie, das Ufer zu erreichen, und schluckte dabei immer mehr Wasser.

Prustend und um sich strampelnd kam sie wiederholt kurz an die Oberfläche, aber es war bereits abzusehen, wann ihre Kräfte auch dafür nicht mehr ausreichen würden.

Urplötzlich war jemand bei ihr, packte ihren Arm und zerrte sie an das Ufer zurück.

Wenig später kniete sie tropfnass und hustend am Strand und würgte das verschluckte Seewasser wieder heraus.

„Geht es dir gut?", fragte ein Mann neben ihr.

Hedwig konnte nicht antworten, sondern nickte nur hustend, dann blickte sie den Mann an, der in einer nassen Unterhose neben ihr hockte. Ihr Retter war sicher noch keine vierzig, hatte schwarze Haare und einen kleinen Schnurrbart.

„Mädel, du musst vorsichtig sein. Die Strömung ist hier mitunter tückisch!", erklärte der Mann, schüttelte sich das Wasser vom Körper, nickte ihr zu und nahm seine Kleidung auf.

Noch bevor sie sich bei ihm für die Hilfe bedanken konnte, lief er einfach zur Treppe hinüber.

Sie rappelte sich auf, warf sich eilig das Kleid über die nasse Unterwäsche und folgte ihm zur Treppe, aber noch bevor sie unten angekommen war, war er bereits verschwunden.

Jetzt schlich sie ihm hinterher und beeilte sich dabei trotzdem, damit sie keiner in ihrem nassen Aufzug im Ort sehen würde.

2. Kapitel

Das Ende der Freundschaft?

Der Wecker klingelte, Isolde drehte sich noch halb im Schlaf zu dem Lärmmacher um und schaltete ihn ab. Verschlafen setzte sie sich auf, schob sich die Haare nach hinten und rieb sich den Schlaf gähnend aus den Augen. Wer war bloß auf diese verrückte Idee gekommen, am ersten Urlaubstag einen Wecker zu stellen?

Sie schaute auf das Bett neben sich und brauchte einen Moment, um zu realisieren, dass es leer war, denn Hedwig hatte ihr Kissen so drapiert, dass es auf den ersten Blick so aussehen sollte, als ob sie noch schlafend unter der Bettdecke lag.

„Hedwig?", fragte Isolde trotzdem laut, aber selbstverständlich bekam sie keine Antwort, denn wenn die Freundin nur kurz auf der Toilette sein würde, war dieser Mumpitz unnötig, also war sie ihr offensichtlich ausgebüxt!

Gerade setzte Isolde die Beine auf den Boden, da öffnete sich vor ihr die Zimmertür und Hedwig schlich gebückt in den Raum.

Erst auf den zweiten Blick bemerkte Isolde die nassen Haare.

„Hedwig Amalia Kaufmann! Junges Fräulein, wo kommen wir den jetzt her?", blaffte sie die Freundin aufgebracht an.

Sie war hier die Aufpasserin und sollte dann doch zumindest wissen, wo sich Hedwig befand!

„Du klingst schon wie meine Mutter!", maulte Hedwig herum.

„Ich will wenigstens wissen, wo du bist! Bin ich denn so unausstehlich, dass du dich fortschleichen musst?", erkundigte sich Isolde immer noch verärgert.

„Ich war nur unten am Strand. Da war es himmlisch!", entgegnete Hedwig.

Isolde erhob sich von ihrem Bett, trat auf die Freundin zu und hob wortlos eine völlig nasse Haarsträhne hoch, die Hedwig gerade hinter sich zu verbergen suchte.

„Ich wollte nur kurz meine Beine ins Wasser halten und da hat mich eine Welle umgerissen", gab Hedwig kleinlaut zu und zog sich das Kleid über den Kopf.

„Hat dich jemand so gesehen?", erkundigte sich Isolde jetzt.

„Nur der Portier unten!"

„Der wird sicher schweigen! Dem spendieren wir dann eine Schokolade. Sonst niemand?"

Hedwig druckste so seltsam herum.

„Was? Raus mit der Sprache?", setzte Isolde nach.

„Da war noch der Mann, der mich aus dem Wasser gezogen hat!"

„Der was?", brach es jetzt aus Isolde heraus.

Zögerlich begann Hedwig, die Erlebnisse dieses jungen Tages zu schildern, und mit wachsendem Entsetzen hörte Isolde ihr einfach kopfschüttelnd zu.

„Wenn du noch einmal solch einen Blödsinn machst, dann kündige ich dir meine Freundschaft und überlasse dich Gudrun, dann wirst du schon sehen, was du von solchen Alleingängen hast!", stieß Isolde verärgert aus, als Hedwig mit ihrer Erklärung endete.

„Bloß nicht Gudrun, dann kann ich auch gleich zu Hause bleiben!", stöhnte Hedwig auf.

„Ich habe mehr als vier Wochen lang deiner Mutter gegenüber die rechtschaffene und sittsame junge Frau gespielt, habe mich ihr regelrecht angebiedert für dich und kaum sind wir hier, da schmeißt du alles hin und bringst mich damit in Teufels Küche! Ich könnte sofort bei deiner Mutter anrufen, dass es mir nicht so gut geht und dein altes Kindermädchen hier für mich übernimmt!

Willst du das wirklich? Soll ich Gudrun herholen?", fragte sie erbost.

Hedwig schüttelte zaghaft den Kopf.

„Bin ich wirklich so gemein, dass du mich dermaßen hintergehst? Ist dir unsere Freundschaft so wenig wert? Wie würde ich jetzt dastehen, wenn dir etwas geschehen wäre? Ganz von den Schuldgefühlen abgesehen, wenn die Ostsee deinen toten Körper in ein paar Tagen wieder angespült hätte? Kannst du nicht einfach Bescheid sagen?", polterte Isolde los, denn ihre Wut musste jetzt raus.

Hedwig machte sich immer kleiner.

„Und jetzt raus aus den nassen Sachen, unter die Dusche, und zwar schnell, bevor ich dich ins Bad jage, damit du dir nicht doch noch den Tod holst!", fuhr sie Hedwig schließlich an.

Wie ein Blitz verschwand die Freundin im Badezimmer und kurz darauf war die Brause zu hören.

Offenbar war Hedwig ziemlich froh, aus ihrer Reichweite zu kommen, aber sie hatte sicherlich nicht den Ernst der Lage verstanden.

Isolde war kurz davor, den Hörer zu nehmen und Hedwigs Mutter zu informieren, aber sie zwang sich zur Ruhe und ließ sich seufzend auf ihr Bett fallen.

Es dauerte eine geraume Weile, bis die Freundin wieder in das Zimmer trat und mehr als kleinlaut sagte: „Es tut mir leid!"

Sie hatte dabei diesen Ausdruck im Gesicht, der wohl jeden Stein erweichen würde. Noch zwang sich Isolde dazu, etwas mürrisch zu sein, obwohl sie es der Freundin in ihrem tiefsten Inneren bereits verziehen hatte.

„Am liebsten würde ich jetzt packen und dich hier wirklich bei Gudrun lassen!", erklärte sie gespielt ernst und hob demonstrativ den Telefonhörer hoch.

Offenbar wirkte das aber, denn Hedwig stieß aus: „Bloß nicht! Bitte, Isolde, unserer Freundschaft wegen!"

„Eben darum! Oder ist die dir so wenig wert? Du hättest mich doch einfach wecken können und ich wäre sicherlich mit an den Strand gekommen!", setzte Isolde ihr entgegen und stemmte sich jetzt wieder vom Bett hoch.

„Hat dich eventuell jemand erkannt? Der Mann vielleicht? Ich habe deinem Vater hoch und heilig versprechen müssen, dass du keinen Blödsinn machst. Du weißt, dass da auch meine Anstellung dran hängt! Wenn der Herr Direktor das erfährt, dann macht er mich einen Kopf kürzer, bevor er mich aus seinem Kontor wirft! Gerade habe ich so eine schöne Stelle in seinem Vorzimmer bekommen, und du weißt ja, dass ich auf meine Aussteuer spare! Die Hochzeit mit Fritz soll schon im nächsten Frühjahr sein!", erklärte sie.

„Nein! Mich hat sicherlich keiner erkannt! Ich war in der Unterwäsche, tropfnass und mein Haar sah wie ein Vogelnest aus. Nicht mal meine Mutter hätte mich so erkannt!", gab Hedwig ihr zurück.

„Na fein! Wenigstens etwas. Ich gehe jetzt ins Bad und dann machen wir uns zum Frühstück auf, aber warte hier auf mich!", entgegnete sie.

Hedwig nickte und suchte ihre Wäsche aus dem Kleiderschrank.

Immer noch kopfschüttelnd ging Isolde ins Bad und machte sich für einen Tag am Strand schick.

Der erste Urlaubstag sollte doch anständig weitergehen, wenn er schon fast mit einer Tragödie begonnen hätte, und als sie das Zimmer wieder betrat, stand Hedwig in ihrer wundervollsten Robe vor dem Schrank.

„Willst du so auf die Straße?", fragte sie zweifelnd nach.

„Ja. Warum nicht?", antwortete Hedwig und drehte sich vor dem Spiegel.

3. Kapitel

Vertauschte Rollen

Kopfschüttelnd stand Isolde vor ihr und warf danach das Handtuch aufs Bett, bevor sie zu ihrem Schrank ging.

„Hast du nichts Dezentes für den Urlaub?", fragte sie von dort aus.

„Nein. Nur so was hier und mein anderes Kleid, aber das ist noch etwas feucht", entgegnete sie und zeigte auf ihr Straßenkleid, das auf einem Bügel zum Trocknen hing.

„Du siehst aus wie die Kronprinzessin Cecilie von Preußen! Glaubst du nicht, dass der Mann eventuell eins und eins zusammenzählen kann, wenn er dich jetzt so auf der Straße sieht? Selbst wenn er dich heute Morgen noch nicht erkannt hat!", erklärte Isolde und zog die Stirn kraus.

„Meinst du?", fragte sie nach und strich sich das Kleid glatt.

„War da nicht letztens so ein Foto von dir in diesem Kleid in der Zeitung? Du weißt schon, als dein Vater diese Gala in Königsberg gegeben hat. Also wenn der Mann von heute Morgen das Bild gesehen hat und dich so wiedererkennt, dann Gnade uns beiden Gott!"

Das war gut möglich, denn die Illustrierten berichteten oft über Vaters Empfänge und als gute Tochter des Hauses hatte man da lächelnd daneben zu stehen und wenn der Mann da wirklich einen Zusammenhang zwischen dem Bild, ihrem Bad in der See und ihrem Auftauchen in diesem Kleid in Rauschen am heutigen Tage zog, dann war eventuelle wirklich im Hause Kaufmann der Teufel los.

„Wenn dein Vater das von heute früh irgendwie mitbekommt, dann kostet mich das diese wundervolle Anstellung! Und du weißt doch, dass ich auf meine Aussteuer spare!", setzte Isolde nach.

„Was soll ich denn machen? Warten, bis das andere Kleid wieder trocken ist? Oder schnell ein neues kaufen?", seufzte Hedwig und blickte in ihren Schrank.

„Junges Fräulein! Das hättest du dir überlegen sollen, bevor du in die Ostsee springst!", entgegnete Isolde und deren drohend erhobener Zeigefinger war genau die Geste, mit der Gudrun sie jedes Mal in der herrschaftlichen Küche ermahnte, doch dabei konnte man nicht ernst bleiben und so lachten sie beide herzhaft darüber.

„Aber was machen wir jetzt?", erkundigte sich Isolde schließlich, denn sie wollte sicherlich endlich zum Frühstück hinunter in den Saal gehen.

„Ich könnte doch was von dir anziehen. Wir haben beide dieselbe Größe und da passt mir sicherlich etwas!", erklärte sie und trat an den Schrank der Freundin.

„Und was ziehe ich dann an?", erwiderte Isolde und schob die Tür weiter auf.

In deren Kleiderschrank hing nicht wirklich viel drin.

„Nimm was von mir! Wir tauschen einfach mal die Rollen! Ich bin die freche und vorlaute Zofe und du die feine Dame!"

„Wieso bin ich frech und vorlaut?", platzte es aus Isolde heraus und sie stützte dabei wütend die Hände in die Hüften, doch das sah im Unterkleid wirklich zum Schießen aus und sie verkniff sich nur mit Mühe das Lachen.

„Nein, nicht du, aber die freche und vorlaute Zofe könnte sich doch heimlich in der Nacht ein Kleid der Frau Gräfin stibitzt haben, um damit zum Strand zu gehen?", erklärte sie ihren Einfall.

„Das ist gar keine so dumme Idee!", erwiderte Isolde und kam zu ihrem Schrank herüber.

„Damit könnten wir trotzdem unseren Urlaub machen und keiner erkennt dich dann", setzte Isolde noch hinzu, als sie das erste Kleid aus dem Schrank zog und sich anhielt.

„Hoheit", entgegnete sie und machte einen höfischen Knicks vor Isolde.

„Also tauschen wir für die nächsten paar Wochen die Rollen! Ich bin ab sofort Hedwig Krämer und du bist Isolde, Gräfin von und zu Jägerhof!"

„Isolde Jäger gefiel mir bisher besser. Zumindest bis ins nächste Frühjahr, aber so wird uns eventuell wirklich keiner erkennen und wenn doch, dann habe ich wenigstens die letzten Wochen meines Lebens noch mal so richtig Spaß gehabt!", entgegnete Isolde.

„Abgemacht", antwortete Hedwig und hielt der Freundin die Hand hin.

Isolde schlug lachend ein und sie tauschten die Schränke.

„Dann muss mir jetzt die vorlaute und freche Zofe auch meine Unterwäsche wieder herausrücken!"

„Wirklich?", fragte Hedwig und zog Isoldes Leibwäsche aus dem Schrank.

Isolde nickte schmunzelnd.

Zwei Minuten später stand jede von ihnen beiden nackt vor dem Schrank der jeweils anderen und begann sich neu einzukleiden.

„Warum ist denn deine Unterwäsche so ein kratziges Leinen?"

„Und warum ist deine Unterhose so eine seidige Seide?", entgegnete Isolde grinsend, dann setzte sie hinzu: „Hatte ich dir gegenüber schon erwähnt, dass ich für meine Aussteuer spare?"

„Ja! Mehrmals!", seufzte Hedwig und schickte sich in ihre neue Rolle.

Nach der Kleidung kam die Frisur und es war irgendwie komplizierter, aus ihrer fuchsroten Mähne einen normalen Zopf zu flechten, als aus Isoldes schwarzer Lockenpracht eine herrschaftliche Hochsteckfrisur zu zaubern, die danach sowieso unter dem großen Hut verschwand, während sie sich Isoldes Kappe mit zwei Haarnadeln auf dem Kopf befestigte.

„Ich sehe aus, wie eine graue Maus!", ächzte sie zum Schluss, als sie sich in der Kombination der Freundin vor dem Spiegel drehte.

„Aber so würde dich noch nicht mal Elfriede erkennen!", äußerte Isolde und wedelte sich mit dem Fächer Frischluft zu.

Das mochte wohl stimmen, und dabei war Elfriede ihre zweitbeste Freundin und die Verlobte ihres älteren Bruders Arthur.

„Als meine Zofe werde ich dich aber Hedi rufen. Das klingt besser als Hedwig!"

„Frau Gräfin, erlaubt, dass ich euch zu eurem Tisch geleite", erklärte sie und machte wieder einen Knicks.

„Erlaubnis ereilt", entgegnete eine ziemlich hochnäsige Gräfin und sie beide mussten noch einmal tüchtig darüber lachen, bevor sie in den Gang traten.

Jetzt hatte die Zofe ihren Platz zwei Schritte hinter der Frau Gräfin.

Ihre Rolle war irgendwie komplizierter als die von Isolde, denn die Freundin wartete sogar darauf, dass sie ihr den Stuhl zurechtschob. Isolde konnte auf verschrobene Gräfin machen und kopierte wohl gerade die Bewegungen von irgendeiner prominenten Dame, aber mit der Maßgabe, dass auch die Zofe etwas frech und aufsässig war, konnte sie sich auch einigermaßen arrangieren.

Der Urlaub würde dennoch sicherlich sehr schön werden und vielleicht war dieser Rollentausch gerade jetzt erst dazu die Chance, denn als anständige Tochter aus hohem Hause war man doch ständig irgendwo unter der Beobachtung.

Als die graue Maus, die sie augenblicklich war, konnte sie überall unbemerkt hindurchschlüpfen und wenn ihr doch mal ein Glas zu Boden fiel, dann stand das nicht am nächsten Morgen in der Königsberger Allgemeinen auf der Seite 1!

4. Kapitel

Eis, Wasser und Schaumwein

Nicht ganz passend zu ihren Rollen schlenderten sie nebeneinander über die Straße. Sie hatte sich Hedwigs breitkrempigen Hut aufgesetzt und dazu im Hotel auch noch einen Sonnenschirm gegriffen, denn in den vornehmen Kreisen war eine edle Blässe angesagt.

Es galt als elegant, wenn man wie eine frisch gekalkte Häuserwand aussah, wozu auch immer man dazu an die See fahren musste.

Der ganze Rollentausch hatte schon jetzt sein Gutes, denn durch die kleine Kappe bekam Hedwig neben ihr wenigstens etwas Sonne ab und damit auch Farbe ins Gesicht, wobei die Freundin bereits die ganze Zeit darüber maulte, dass sie wohl zuerst einen Sonnenbrand haben würde.

Vermutlich war das so, denn Hedwig hatte eine ganz besonders helle Haut mit vielen kleinen Sommersprossen auf ihrer Stupsnase unter einem jetzt ziemlich frechen roten Fransenpony.

Dieser Urlaub war echt eine Wucht, einzig Hedwigs Stiefelchen machten ihr momentan das Leben schwer und sie war jetzt schon froh, wenn sie die Dinger dann irgendwann mal wieder ausziehen konnte. Ihre eigenen Schuhe waren flach, diese hier hatten hohe Absätze, mit denen das Laufen für sie nicht so einfach war.

Ein wenig konnte sie die Freundin gerade verstehen, die nach all den Stufen abwärts in diesen Stiefeletten erst mal die Füße zur Abkühlung in die Ostsee stecken musste, doch zum Glück fuhr jetzt die Bahn zum Strand hinab und wieder herauf!

Für die erste Woche im Mai war es schon ganz schön warm hier und eventuell wäre es unten am Wasser erträglicher, aber das kam dann nach dem Mittag.

Momentan war es Zeit zum Flanieren und Bummeln. Die gehobene Klasse flanierte, der Rest bummelte und beides war hier zu sehen.

Vornehme Damen in den schönsten Kleidern kamen ihnen entgegen.

Und auch irgendwelche einfachen Frauen aus der Stadt, die so wie sie selbst waren und nur mal kurz raus an die See gefahren waren, um an einem Freitag unten in die Fluten zu springen.

Vom Bahnhof aus zogen sie lachend durch die Gassen und liefen natürlich die Treppe hinab, um das Fahrgeld zu sparen, mit dem sie sich dann lieber irgendwo unten ein Eis kaufen würden, aber die hatten ja auch bequeme Schuhe an.

Irgendwie trauerte sie gerade ihren eigenen Halbschuhen nach, die Hedwig jetzt neben ihr spazieren führte.

„Lass uns doch da drüben in dem Café ein Eis essen", schlug sie der Freundin vor und merkte dabei, dass sie schon wieder aus der gewählten Rolle fiel, denn eine Gräfin hätte nicht gefragt, sondern sich einfach nur gesetzt. Sie würden wohl beide noch etwas üben müssen, aber zum Glück stimmte Hedwig sofort zu.

Nur zwei Minuten später saßen sie unter einem schönen breiten Sonnenschirm in zwei gemütlichen Korbsesseln und sahen von dort aus dem Treiben auf der Straße zu.

Es war zwar nicht wirklich ein Restaurant für die gehobenen Kreise, aber ihre Füße hatten diese Rast jetzt dringend gebraucht!

„Du, das ist er!", flüsterte Hedwig ihr plötzlich zu.

„Wer?"

„Der Kellner da war der Mann, der mich aus dem Wasser gezogen hat!", erklärte die Freundin und zeigte auf einen wirklich gutaussehenden Mann mittleren Alters, der zwei Tische weiter gerade eine Bestellung aufnahm.

„Was meinst du? Wird er dich wiedererkennen? Oder sollen wir lieber zuvor was sagen?", fragte sie die Freundin hinter vorgehaltenem Fächer.

Hedwig zuckte nur mit den Schultern.

Isolde seufzte und rief: „Junger Mann", obwohl der Kellner sicher mehr als zehn Jahre älter als sie war.

Erwartungsgemäß kam er an ihren Tisch.

„Ich möchte ihnen danken, dass sie meine nutzlose Zofe heute Morgen aus der See gezogen haben", erklärte sie sofort, bevor der Mann etwas sagen konnte.

Er stutzte, blickte Hedwig jetzt sorgfältig an und es dauerte einen Moment, bis er sie erkannte. Wie viele Frauen hatte er wohl an diesem Tage schon aus der See gezogen?

„Keine Ursache. Was kann ich ihnen bringen?", fragte er.

Sie bestellte zwei Tassen Kaffee sowie zwei große Eisbecher, und er verschwand in dem Restaurant.

„Der hätte mich womöglich nicht wiedererkannt", flüsterte Hedwig.

Jetzt zuckte Isolde mit den Schultern, nahm die Bestellung entgegen und drückte dem Mann danach drei glänzende fünf Markmünzen aus Hedwigs Geldbörse in die Hand.

„Das kann ich nicht annehmen", erklärte er.

„Ich bestehe darauf! Eine neue Zofe hätte mich mehr gekostet!", entgegnete sie möglichst arrogant und nippte an dem wirklich vorzüglichen Kaffee.

Das Eis war ebenfalls köstlich und als sie dann wieder aufbrachen, erblickte Hedwig an einem der Anzeigebretter die Werbung einer Bar, welche die Freundin unbedingt besuchen wollte.

Da sie ja sowieso als etwas verschroben gelten wollte, willigte sie schließlich einfach ein.

Damit würde es am Abend vielleicht Champagner und einen kleinen Tanz geben. Charleston vielleicht, auch wenn das hier nicht das goldene Berlin war.

Einige Häuser weiter konnte man die Auslage eines Geschäftes für exquisite Bademode bewundern. Da gab es diese modischen und etwas kürzeren Anzüge aus leichtem Baumwoll-Jersey mit ziemlich kurzen Hosen!

„Wir sollten uns so was holen und nicht das Zeug tragen, was uns deine Mutter eingepackt hat", erklärte sie.

„Ich war aber heute schon im Wasser!"

„Ja, allerdings noch nicht unter kontrollierten und überwachten Umständen! Los jetzt", trieb sie die Freundin an und zog Hedwig einfach hinter sich her in den Laden.

Mit der gekauften Bademode in zwei Beuteln brachte die Bahn sie auch schon wenig später zum Strand hinab.

In einem Gebäude zogen sie sich um, danach konnte sie die Gräfin einfach Gräfin sein lassen und sich mit Hedwig ausgelassen am Damenbadestand in die zugegeben kühlen Fluten stürzen.

Die Abkühlung tat dennoch gut, aber es dauerte eine Weile, bis sich auch Hedwig in das etwas mehr wie hüfttiefe Wasser wagte, doch dann siegte die Neugier.

Wie die beiden jungen Frauen, die sie ja auch waren, tollten sie einfach durch die Brandung und es war wirklich erfrischend und angenehm.

Zwischendurch saßen sie zum Aufwärmen in einem der Strandkörbe in der Sonne oder ließen sich ein Eis bringen.

Eine der Damen in der Nähe hatte ein Koffergrammofon dabei, und die Musik war schon mal eine Einstimmung auf den bald folgenden Abend.

Herrlich war es hier am Meer, so hatte sie sich den Urlaub wirklich vorgestellt und das würde sie sich durch nichts verderben lassen.

Am späten Nachmittag zogen sie sich in das Haus zurück, kleideten sich um und fuhren für ihr Abendessen nach oben.

Jetzt galt es, sich für den zu erwartenden Abend mit Tanz und Sekt eine entsprechende Grundlage zu schaffen. Leichte Kost war angesagt und auch die gab es natürlich in ihrem Hotel.

5. Kapitel

Rauschen(de) Feste

Entgegen ihrer Befürchtungen war der zweite Ausflug ins Wasser für sie an diesem Tage wirklich sehr schön gewesen. Im Rückblick darauf kam sie sich so unendlich dumm vor, denn sie hätte am Morgen einfach aufstehen und zum Strand laufen sollen, statt zu versuchen, entgegen der Strömung mit der Ostsee um die Wette schwimmen zu wollen.

Die Gesellschaft unten an der See war gut gewesen und die Stimmung ausgelassen. In den Standkörben neben ihnen hatten andere junge Frauen in ihrem Alter gesessen und nur die Qualität der Kleidung unterschied sie voneinander. Die Schwimmdresse der anderen Frauen hatten sich diese sicherlich selbst genäht.

Jetzt kamen dann der Abend und der damit verbundene Tanz.

Das Umziehen und dafür fertig machen ging bei ihr ganz schnell, Frau Gräfin brauchte entsprechend mehr Zeit für sich.

Mühsam zwängte sich Isolde in das Korsett und sagte dann: „Schnüre das mal richtig gut zu!"

„Du brauchst das nicht so eng zu tragen. Bei dir ist doch alles noch straff und fest. Ich trage das Mieder nie so straff, denn ich will ja darin noch Platz zum Atmen haben!"

„Zieh einfach!", antwortete Isolde und hielt die Luft an.

Ganz die gehorsame Zofe zerrte sie an der Schnur, bis es nicht mehr weiter ging, das Ergebnis sah dann allerdings doch sehr ansprechend aus, aber auch ziemlich schmerzhaft.

Die mit vielen hundert Perlen bestickte Robe schmiegte sich dann einfach perfekt darüber. Sie hatten wirklich dieselbe Größe, wodurch das auf Maß gefertigte Gewand wirklich fließend anlag, als hätte Isolde sich vor ein paar Wochen stundenlang damit herumgequält und nicht sie.

„Meinst du nicht, du bist mit diesem Kleid da etwas zu auffällig? Ich habe das zum Galaempfang des Bürgermeisters getragen, da passt das hin, aber hier? Zum Tanz?", bemerkte Hedwig und blickte über Isoldes Schulter und den Spiegel in deren Gesicht.

„Wir hätten uns heute Nachmittag ganz normale Ausgehsachen kaufen sollen, als wir vom Strand zurückgekommen sind", seufzte Isolde und zuckte mit den Schultern.

„Das machen wir am Montag, wenn die Läden wieder offen haben. Da fallen wir danach beide in der Menge nicht mehr auf und Frau Gräfin reist dann einfach inkognito", erklärte Hedwig und legte der Freundin jetzt zwecks Vollständigkeit auch noch den passenden Halsschmuck um.

„Aber nur geborgt und pass bloß darauf auf! Meine Mutter bringt mich sonst um, wenn der Kette was passiert!", setzte sie noch als Drohung für die Freundin hinzu.

Wenig später brachen sie auf und stürzten sich in das abendliche Gewimmel, wobei sich die meisten Badegäste schon längst auf dem Heimweg befanden und nur noch ein paar Feierwütige in der beginnenden Dämmerung unterwegs waren.

Der Weg bis zu dem Tanzcafé war auch nicht weit, und der Einlass sprang fast zur Seite, als Isolde sich nach vorn schob.

Schließlich waren sie drin und jetzt zog sich die Zofe standesgemäß zurück.

Obwohl sie eigentlich tanzen wollte, war es auch mal ganz angenehm, so aus der Ferne das zu beobachten, wo sie sonst mitten drin steckte, denn einige der anderen feinen Damen waren wohl auch gerade in Feierlaune.

Die graue Maus wurde nicht beachtet und nur zwei andere Dienstmädchen standen gelangweilt an einem Nebentisch.

Um nicht aufzufallen, schob sie sich lieber etwas von ihnen fort, denn mit ihrer Sprache und den Gesten würde sie bei der Dienerschaft eher auffallen als Isolde unter den höheren Gästen.

Die Musik war nicht zu laut, aber Frau Gräfin ließ es vorn erst mal ordentlich krachen. Zumindest flog der erste Korken schon mal mit einem Knall durch den Raum, wobei man den Champagner doch eigentlich leise öffnen sollte.

Vermutlich hatte Isolde noch nie eine Flasche selbst geöffnet und sie an ihrer Stelle hätte das lieber den Barmann machen lassen.

Seufzend lehnte sie sich mit dem Rücken an eine Säule und überblickte den Raum. Sie stand im Dunkeln und schaute auf die im Licht vor sich.

Als stille und heimliche Beobachterin, die sie somit war, entging ihr nichts von dem, was da vorn passierte.

Sonst war sie immer vom Scheinwerferlicht geblendet, doch das Schauspiel da vor ihr gab ihr im Moment ziemlich zu denken.

Allerdings nicht so sehr Isoldes absurdes Verhalten, sondern das der anderen feinen Damen, die es, offensichtlich wieder besserer Kenntnis, der unwissenden Freundin nachmachen wollten und das wohl auch noch für schick und angesagt hielten.

Kopfschüttelnd sah sie einfach nur diesem absurden Schauspiel zu.

Etwa eine Stunde später sprach sie jemand aus der Dunkelheit an: „Wieder Kaffee mit viel Milch und zwei Stück Zucker?"

Sie zuckte herum und brauchte einen Moment, bis sie den Mann bemerkt hatte. Der Kellner vom Vormittag war wohl auch hier als Bedienung beschäftigt.

„Gern, danke", erklärte sie.

Er nickte, machte eine galante Verbeugung und verschwand rückwärts in der Finsternis des Raumes.

Es dauerte keine zwei Minuten, da tauchte er allerdings auch schon wieder auf und stellte die Tasse vor ihr hin. Die war bestimmt schon zuvor vorbereitet gewesen.

Dankbar nahm sie den ersten Schluck und der Mann blieb in ihrer Nähe stehen. Wollte er noch einen Wunsch von ihr entgegennehmen?

Fragend blickte sie ihn an, was er wohl als Einladung auffasste und näher trat.

„Deine Gräfin feiert aber ganz schön", stellte er fest.

Dem war ganz offensichtlich so, denn Gräfin von und zu Jägerhof öffnete gerade die dritte Flasche, und zwar immer noch eigenhändig!

„Draußen ist so ein schöner und lauer Maiabend. Ich habe jetzt Feierabend, möchtest du nicht mit mir zusammen einen kleinen Spaziergang machen?", fragte er sie unumwunden.

„Als anständiges Fräulein mit einem mir unbekannten Mann?", entgegnete sie keck.

„Karl Josef Merkel", erwiderte er, machte nochmals eine leichte Verbeugung und schlug dabei die Hacken zusammen.

„Jetzt bin ich nicht mehr unbekannt", setzte er noch hinzu und sie konnte sein Schmunzeln trotz der Finsternis sehen.

„Hedi Krämer, eigentlich Hedwig", gab sie ihm zurück und reichte ihm die Hand.

„Wollen wir dann?", erkundigte er sich und zeigte zum Ausgang hinüber.

Sie nickte und machte sich auf den Weg, die feierwütige Gräfin blieb hinter ihr im Raum zurück.

Als sie das Gebäude verließ, blieb auch der Lärm der Party dort zurück. Es war schon spät und ein schmaler Sichelmond hing vor ihr am Himmel über dem Ort.

Nebeneinander schlenderten sie durch die Gassen, in denen noch ein paar Menschen unterwegs waren, aber bei Weitem nicht mehr so viele wie in den Stunden zuvor.

Sie erzählten sich gegenseitig belanglose Dinge, um die Konversation am Laufen zu halten. Dabei wollte sie doch eigentlich

lieber diese Ruhe in sich aufnehmen und über das soeben beobachtete nachdenken.

Irgendwann saßen sie dann schweigend nebeneinander auf einer Bank und irgendwo hinter ihnen säuselte leise der Wind in den
Blättern einiger Bäume.

Sie blickten auf das Meer hinab, das unter ihnen nur ein wenig
heller war, wie der Rest dieser Nacht, und dieser Anblick machte
sie wirklich sprachlos. Schöner ging es gar nicht mehr und ein
Maler hätte für dieses Bild sicherlich jeden Preis verlangen können.

Als dann eine Uhr im Ort Mitternacht schlug, sprang sie auf,
entschuldigte sich bei dem Mann und rannte zum Hotel zurück.

Die Bar schloss, Isolde musste jetzt gleich heimkommen und
sie würde die kostbare Kette prüfen müssen.

6. Kapitel

Gedanken in der Nacht

Sie lief in die Dunkelheit und Karl blickte ihr noch eine ganze Weile hinterher. Selbst als er sie schon lange nicht mehr sehen oder hören konnte, behielt er dennoch den Blick in derselben Richtung, als erwartete er, dass sie eventuell zu ihm zurückkam, aber das würde wohl nicht so sein.

Er saß auf der Bank am Rande des kleinen Wäldchens auf der Düne und dachte an diesen verrückten Freitag zurück, der mit Hedi begonnen und soeben auch mit ihr geendet hatte.

Etwas im Verhalten der Frau war seltsam, aber er wusste nicht, was es war. Da war nur so eine seltsame Ahnung in ihm, dass sie etwas verbarg.

In diesem Seebad traf er jeden Tag Unmengen von Leuten, denn das blieb nicht aus, wenn man hier als Kellner arbeitete, und für diese Tätigkeit brauchte man Menschenkenntnis. Über die Jahre hatte er ein Gespür dafür bekommen, wo eventuell ein gutes Trinkgeld heraussprang und wie man es bekam. Bei manchen musste er freundlich auftreten, andere mochten es mehr steif und förmlich.

Oft musste er in Sekundenbruchteilen eine Entscheidung treffen, die dann einen erheblichen Einfluss auf die Höhe des Trinkgeldes hatte, aber bei Hedi versagten alle seine vorgefassten Muster. Sie fiel durch alle hindurch und das machte ihn so ungemein neugierig darauf, was sich da für ein Mensch hinter dieser offensichtlich zur Schau gestellten Maske verbarg.

Diese Gräfin jedenfalls, mit der sie zusammen hier war, benahm sich mehr als verrückt, aber in der Oberschicht galt das fast als normal.

Er traf hier mitunter die seltsamsten Gestalten: Dichter, Musiker, Schauspieler und Prominente, und da fiel ihm immer wieder auf, dass sich beinahe alle ziemlich verschroben benahmen, aber bei den normalen Menschen, die hier einfach nur Entspannung suchten, war das kaum zu beobachten.

Die Mädels aus dem Kontor in der Großstadt wollten hier nur in ihrer Freizeit Spaß haben, sie sorgten sich nicht darum, wie sie auf andere wirkten, doch Hedi hob sich auch davon deutlich ab.

Möglicherweise lag das an dem Umgang mit ihrer Herrin, das färbte manchmal ab, allerdings war ihre Gegenwart für ihn dennoch sehr angenehm gewesen.

Er hatte zwar nicht viel mit ihr reden können, doch er hatte ihre Gesten und Bewegungen in der Bar aus der Dunkelheit beobachtet. Da lag so eine gewisse Eleganz darin und auch ihre Sprache war eher die einer gebildeten Frau und nicht einer Arbeiterin in einem Lagerhaus.

Sie war zumindest am Anfang ihres Urlaubes und das würde ihm noch etwas Zeit dafür geben, hinter ihr Geheimnis zu kommen.

Eventuell war sie die Tochter einer angesehenen Familie, die durch einen Schicksalsschlag darauf angewiesen war, sich bei der Frau Gräfin als Zofe und Unterhalterin durchzubringen, aber das konnte er vielleicht in den nächsten Tagen noch aus ihr herauskitzeln.

Zumindest war es jetzt Mitternacht und damit begann der Samstag. Karl erhob sich von seiner Bank und schlenderte auf dem schmalen Weg zum oberen Ende der langen Treppe, die ihn zu seinem Schlafplatz hinab führen würde, doch bei jedem Schritt hatte er wieder ihr Bild im Kopf, wie er sie am Morgen aus der See gezogen hatte, und auch da passte vieles nicht.

Mitunter schliefen irgendwelche Mädchen in der Nacht auf einer Bank und sprangen dann früh einfach in die Ostsee, um sich zu waschen, aber die meisten davon taten dies an versteckten Stellen in der Morgendämmerung und einfach nackt. Keine von ihnen wäre so verrückt gewesen, in der Unterwäsche in die Ostsee zu steigen.

Eine Stufe nach der anderen ging er hinunter, bis er auf der unteren Plattform angekommen war, auf der er sich im Anbau eines der Strandcafés ein Zimmer mit seinem Freund Isaak teilte, der sicher in ein paar Minuten ebenfalls hier eintreffen würde.

Für einen Moment stand er noch an der Brüstung, schaute in die See und lauschte auf das Rauschen der Brandung, das man nur in der Nacht von hier aus so deutlich hören konnte, denn tagsüber war dieser Platz voller Menschen, die hier Eis aßen, von Kindern, die herumtobten, oder von badewütigen Mädchen, die noch nicht wussten, ob sie nach links zum Damenstrand sollten, oder doch lieber noch nach rechts, zum Familienbad.

Hinter ihm waren Schritte zu hören, und aus der Dunkelheit heraus trat sein Freund neben ihn.

„Also diese Gräfin war schon sehr eigenartig, aber sie hat mir fünf Mark Trinkgeld gegeben, als ich ihr in die Kutsche geholfen habe. Fünf Mark!", erzählte Isaak.

„Mir hat sie heute Vormittag fünfzehn gegeben! Das macht zusammen zwanzig oder zehn für jeden!"

„Da wird sich Sarah freuen. Die kommt in ein paar Stunden mit dem Zug an und da kann ich ihr davon einen schönen großen Eisbecher spendieren!", erklärte Isaak.

„Oder auch zwei", gab Karl dem Freund zurück.

Sarah war Isaaks Frau und kam manchmal am Wochenende hierher zu Besuch.

„Da räume ich dann mal morgen Abend mein Bett für euch beide. Zu dritt wird es sonst zu eng da drin", erklärte er und sie gingen zusammen zu dem Anbau hinüber, in dem im Winter die Gartentische standen und sie im Sommer schlafen konnten, auf nur knapp acht Quadratmetern Platz, aber sie durften kostenlos darin wohnen.

Schnell wuschen sie sich nacheinander in der Schüssel, rollten sich auf der Pritsche zusammen und er stellte den Wecker.

Der nächste Tag begann schon bald und sie würden dann nur bis zum Mittag arbeiten. Eventuell traf er dabei Hedi wieder und konnte dann mit seiner Analyse fortfahren oder das nette Treffen bei Tageslicht fortsetzen.

Während Isaak neben ihm bereits schnarchte, und vermutlich von seiner Sarah träumte, kam er aber nicht in den Schlaf, weil unzählige Gedanken durch seinen Kopf kreisten und alle hatten irgendwie mit Hedi zu tun.

Leise erhob er sich schließlich, ging vor den Schuppen und lehnte sich erneut an die Brüstung der Promenade, um auf andere Gedanken zu kommen.

In ein paar Stunden wäre das hier alles voller Menschen, denn auch der nächste Tag versprach ein schöner zu werden. Zumal es auch noch das erste Wochenende im Mai war. Er selbst war erst seit dieser Woche hier, um die Saison zusammen mit seinem Freund zu begleiten.

Vier Monate im Sommer arbeitete er hier, mit denen er dann den Rest des Jahres gut über die Runden kam. Im Winter wäre es in dem zugigen Anbau des Restaurants vermutlich nicht auszuhalten, zumal dann die ganzen Möbel darin verstaut waren, die momentan neben ihm aufgebaut standen.

Der Wind frischte deutlich auf, die Wellen brachen sich an den Steinen vor der Plattform und die weißen Schaumkronen waren auch in der Finsternis gut zu sehen.

Wäre Hedi bei solch einem Seegang ins Wasser gegangen, so hätte er sie vermutlich nicht mehr retten können.

Und schon wieder waren seine Gedanken bei ihr.

7. Kapitel

Vom Segen, eine Maus zu sein

Der Wecker holte Hedwig aus dem Schlaf und beendete kurz darauf sein Leben an der gegenüberliegenden Zimmerwand. Im Reflex hatte Isolde den Krachmacher geworfen und murmelte danach irgendetwas Unverständliches.

Hedwig setzte sich in ihrem Bett auf, streckte sich ausgiebig und blickte dabei aus dem Fenster auf den kleinen Park, den sie vor sich sehen konnte. Dahinter befand sich jene Bank und von der aus führte ein sehr langer Weg ohne Treppe zum Strand hinab, wie sie am Abend zuvor von Karl erfahren hatte.

Kurz nach Mitternacht war sie in ihr Bett gekommen. Das wäre zwar in der Stadt noch keine normale Schlafenszeit für sie gewesen, aber die Luft hier am Meer hatte irgendetwas anderes, was wohl schläfrig machte, denn sie war sofort eingeschlafen, als sie in ihr Bett gefallen war.

Allerdings erst, nachdem sie sorgsam die Kette geprüft und im Tresor verwahrt hatte. Zum Glück war dem kostbaren Stück nichts geschehen, denn die Mutter hätte sofort festgestellt, wenn es an dem Erbstück ihrer Großmutter auch nur den kleinsten Mangel gegeben hätte.

Ächzend setzte sich Isolde neben ihr auf, griff sich mit beiden Händen an den Kopf und murmelte: „Wer hat eigentlich behauptet, dass man von Champagner keinen Kater bekommt?"

„Ich habe noch nie einen davon gehabt, aber es kommt wohl auch dabei auf die Dosis an", entgegnete sie der Freundin.

„Wie viele Gläser hattest du denn?", setzte sie noch fragend hinzu, während sie sich aus dem Bett erhob.

„Gläser? Flaschen!", stöhnte Isolde und ließ sich zurück auf ihr Bett fallen.

Mit ihr war damit heute vermutlich erst mal nicht viel anzufangen, aber sollte sie daher wirklich hier bleiben und damit diesen schönen Tag verschwenden, der sich gegenwärtig so verführerisch vor ihrem Fenster zeigte?

Vorsichtshalber fragte sie: „Willst du dann mit an den Strand kommen?"

Isolde winkte ab und entgegnete nur: „Komme einfach lebend zurück und zieh die Vorhänge bitte zu, wenn du gehst!"

Damit war alles geklärt, Hedwig lief ins Bad, machte sich frisch und war wenig später auf dem Weg nach unten, wo das Frühstück bereits auf sie wartete.

Diese einfache Kleidung der Freundin hatte eine Menge Vorteile, und der wichtigste davon war wohl, dass man ziemlich schnell mit dem Ankleiden fertig war. Das Kratzen der Unterwäsche auf der Haut war allerdings einer der Nachteile!

Warum hatte Isolde eigentlich darauf bestanden, dass sie auch die Unterwäsche tauschen sollten? Die sah doch sowieso keiner, wenn sie nicht gerade mal wieder versuchte, in Mieder und Schlüpfer in der Ostsee zu schwimmen.

Es war so gegen 10 Uhr an einem Samstag, als sie sich mit ein paar großen Münzen in der Tasche in das Leben auf der Promenade schob.

So als unbeachtete Beobachterin schlenderte sie über den breiten Weg und sah in den Auslagen, dass sie dort am Montag sicherlich auch noch Wäsche für Isolde bekam und sie dann im gleichen Modestil durch die Gegend laufen konnten.

Der Strom der Menschen zog ihr entgegen nach Norden, wo jetzt alle hin wollten, denn man fuhr ja nicht an die Ostsee, um dann nichts vom Meer zu haben. Gruppen von kichernden jungen Frauen sah sie, einzelne Männer, Paare mit Kindern und alle walzten zur See.

An den Seiten luden immer wieder kleine Cafés zum Verweilen, Schlemmen und Verschnaufen ein.

Obwohl sie erst kurz zuvor vom Frühstück aufgestanden war, verführte sie der Anblick dieser Eisbecher schließlich dazu, sich an einen dieser Tische zu setzen.

„Hallo Hedi, wieder Kaffee mit Milch und zwei Stück Zucker?", hörte sie eine ihr bereits wohlbekannte Stimme von hinten fragen.

Ohne es gewollt zu haben, saß sie wieder an dem Tisch, an welchem sie am Tage zuvor bereits mit Isolde so einen leckeren Eisbecher gegessen hatte.

Sie drehte sich zurück, blickte über die Schulter, nickte lächelnd und Karl eilte in den Raum hinein.

Wenig später hatte sie ihren Kaffee und der Eisbecher war auch bestellt.

Entspannt lehnte sie sich in ihrem Korbsessel zurück, blinzelte in die Sonne und genoss es einfach, dass nicht ständig irgendwelche Leute um sie herum waren, die irgendetwas von ihr wollten, wie es in Königsberg leider Gottes viel zu oft der Fall war.

Anonymität hatte auch etwas Gutes und daran könnte sie sich bestimmt gewöhnen.

„Das ist mein Mittag", äußerte sie, wie eine Entschuldigung, zu Karl, als dieser den Becher mit den gefrorenen Erdbeeren und Vanilleeis vor ihr auf dem Tisch abstellte.

„Ich habe in einer halben Stunde Feierabend. Möchtest du dann mit nach unten an den Strand kommen?", fragte Karl.

Mit der ersten Portion des köstlichen Eis im Mund nickte sie nur und genoss diesen Geschmack.

Der Becher leerte sich einen Löffel nach dem anderen, als ein Pärchen sich in die Nähe des Tisches schob und umsah, ob noch irgendwo ein Platz frei war. Sie winkte den beiden zu und zeigte auf die Plätze an ihrem Tisch. Lächelnd setzte sich die junge Frau zu ihr.

„Danke schön", sagte sie mit einer wundervollen und melodisch klingenden Stimme.

Der Mann verschwand im Restaurant und kam wenig später mit Karl zusammen zurück.

Die Frau sah den fast leeren Eisbecher so sehnsüchtig an und daher fragte sie: „Möchtest du auch ein Eis? Ich gebe dir eines aus!"

„Ich komme gerade vom Bahnhof", entgegnete sie.

Hedwig blickte zu Karl und sagte: „Kannst du ihr auch so einen Eisbecher bringen? Ich zahle dann beide!"

Karl stoppte, nickte und machte auf der Stelle kehrt.

„Ich danke dir. Ich bin Sarah", entgegnete die Frau und gab ihr die Hand.

„Hedwig, oder für Freunde Hedi", erwiderte sie.

„Das ist mein Mann Isaak, er arbeitet im Sommer hier mit Karl", erzählte Sarah, während sich ihr Mann zu ihnen setzte.

„Du hast eine schöne Stimme", bemerkte Hedwig.

„Oh, danke schön! Ich singe in einer Bar. Deswegen konnte ich erst heute kommen", erklärte Sarah und lehnte sich in der Sonne zurück.

Schließlich brachte Karl den Becher, sie schlemmten gemeinsam und später schlenderten sie zu viert die Promenade entlang.

Sarah und Isaak gingen Händchen haltend vor ihr her und wie selbstverständlich suchte auch ihre Hand die von Karl.

Das fühlte sich gerade alles so schön an.

Es konnte so herrlich sein, zu wissen, dass Vater von all dem hier nichts mitbekommen würde.

Als graues und unscheinbares Mäuschen konnte man solch einen Tag wirklich ungestört genießen.

8. Kapitel

Badefreuden

Natürlich hätte er an diesem Tag auch noch bis zum Abend arbeiten können, aber die Aussicht darauf, den Nachmittag mit Hedi zu verbringen, versöhnte ihn sofort mit dem Verdienstausfall. Wobei es auch erst der Anfang der Saison war und es damit noch viele Tage geben würde, an denen er gutes Geld bekommen konnte.

Und wenn einem eine Frau schon die ganze Nacht durch den Kopf ging, warum sollte man dann am Tag nicht einfach mitgehen?

Sarah und Isaak liefen vor ihm her, wobei der Freund ihre Tasche trug und die schien ziemlich schwer zu sein. Was hatte die Frau wohl alles für eine Nacht und zwei Tage am Strand eingepackt?

Hedwig jedenfalls ging schweigend neben ihm her und schien die Passanten zu beobachten. Gelegentlich huschte ihr dabei auch so manches Lächeln über ihr Gesicht.

Irgendwann nahm sie dann seine Hand und es fühlte sich gut an.

Oben an der Treppe angekommen, blieb Sarah stehen, breitete die Arme aus und rief: „Du, meine See! Lange haben wir uns nicht mehr gesehen!" Danach begann sie mit ihrer glockenhellen Sopranstimme eines dieser Seemannslieder zu singen, die sie auch in der Bar in Königsberg immer vortragen musste.

Es passte offenbar zur Situation, einige der umstehenden Menschen applaudierten ihr zu und auch Hedi klatschte.

Sarah verbeugte sich lächelnd vor ihrem zeitweiligen Publikum, danach stiegen sie zusammen die ungezählten Stufen nach unten, bis sie vor dem Hotel auf der Terrasse ankamen.

„Hier wohnt ihr?", fragte Hedi.

Isaak sah sie verwundert an.

„Irgendwie schon, allerdings nicht im Hotel", gab Karl ihr zurück, während Sarah ihren Mann schon an der Hand nach links zog.

Hedi wollte ihnen folgen, aber er hielt sie am Arm zurück.

„Geben wir den beiden mal ein paar Minuten zum Ankommen", bat er sie.

Hedi blickte ihn verwundert an und die Frage nach dem Grund stand ihr im Gesicht.

„Die zwei sind erst seit knapp einem Monat verheiratet!", erklärte er ihr zwinkernd.

Offenbar verstand sie dennoch nicht die Absicht dahinter und darum zog er sie einfach wortlos zur Brüstung der Plattform nach vorn, wo sich ihnen wieder dieser wundervolle Ausblick auf die See bot.

„Da oben haben wir gestern Abend gesessen!", erzählte er ihr und zeigte auf den Platz hinter sich, oben auf der Düne.

Es dauerte eine geraume Weile, bis eine wunderschöne und glücklich strahlende Sarah zu ihnen zurück geschlendert kam. Sie hatte ihre hellbraunen Haare aus dem sonst bei ihr so gewohnten strengen Dutt gelöst und die eine Hälfte davon hing ihr in langen sanften Wellen bis über die linke Brust, der Rest fiel ihr weit in den Rücken. Eine Minute später trat auch Isaak wieder zu ihnen.

„Deine Mutter hat Sarah Unmengen von Verpflegung für uns mitgegeben. Die denkt wohl, wir müssen hier hungern", erklärte der Freund ihm. Das war dann wohl in der Tasche gewesen. Sie waren gerade mal eine Woche hier, aber das half auch beim Sparen.

„Ich möchte heute unbedingt noch ins Wasser", äußerte Sarah und blickte versonnen aufs Meer hinaus.

„Warum nicht? Ich habe mein Schwimmdress dabei", entgegnete Hedi und klopfte mit einer Hand auf die Tasche über ihrer Schulter. Mehr als das passte da aber vermutlich auch nicht hinein.

„Ich habe letztens in einer amerikanischen Zeitung gelesen, dass es da drüben jetzt auch schon Zweiteiler gibt, so mit kurzem Rock und miederartigem Oberteil. So was Bauchfreies würde ich gern mal tragen", setzte Sarah ihr entgegen.

„Siehst du denn da?", erwiderte Isaak und zeigte auf den Strandaufseher, dann setzte er hinzu: „Der hat gestern eine junge Frau verhaften lassen, weil ihr Dress ein kleines wenig zu eng gewesen war. Ich würde dich gern die nächste Nacht bei mir und nicht im Gefängnis haben!"

Sarah seufzte und nickte. „Aber irgendwann schläft der doch? Oder? Weißt du noch, im letzten Sommer?", flüsterte sie danach ihrem Mann zu, Isaak lächelte und nickte.

„Also? Wollen wir dann? Ich habe meinen Dress schon darunter", erklärte Sarah danach.

„Ich gehe mich dann schnell umziehen", antwortete Hedi.

„Das kannst du bei uns", entgegnete Sarah und zog Hedi nach hinten, wo sie sich auch zuvor umgezogen hatte.

Isaak hielt derweil Sarahs Tasche, aus der zwei Zipfel von Handtüchern heraus ragten.

Es dauerte nur ein paar Minuten, dann kamen die beiden Frauen zurück.

„Schau mal, was mir Hedi geschenkt hat!", rief Sarah und schob sich eine Brille mit getönten Gläsern auf die Nase.

„So ein teures Geschenk", sagte Isaak.

Hedi winkte ab. „Meine Gräfin kauft mir eine neue, die weiß, wie schusslig ich bin. Ich sage einfach, ich habe sie verloren!"

„Hast du gestern noch viel Ärger bekommen?", wollte er jetzt wissen.

„Nein, meine Herrin war gnädig mit mir und schläft jetzt ihren Rausch aus", entgegnete Hedi.

Jetzt wollte Sarah aber noch die Geschichte vom unfreiwilligen Bad in der Ostsee wissen.

Hedi erzählte sie lustig, obwohl es wohl auch tragisch hätte enden können, aber Sarah fand es auch wieder irgendwie witzig.

„Jetzt müsst ihr euch nur noch umziehen! Ich will endlich in die See!", trieb Sarah sie anschließend an.

Zusammen mit Isaak eilte er zurück, sie zogen sich um und gingen zu den Frauen.

Sarah stand umringt von einer Menschenmenge und sang ein Lied über Möwen, tosende Wellen und Segel im Wind.

Nach drei weiteren Liedern verabschiedete sich Sarah von ihrem Publikum und sie machten sich auf den Weg zum Strand hinab.

Sie betraten das Familienbad, stürzten sich zu vier in die Fluten und planschten wie die kleinen Kinder.

Herrlich war es.

Irgendwann liefen sie dann lachend zurück zu den Handtüchern, die Sarah in den Sand gelegt hatte.

Es wurde ein schöner Nachmittag, bis der Hunger sie irgendwann vom See fort zu den Restaurants der Stadt zog, doch Hedi wollte keine Treppen steigen und zahlte daher für sie alle die Fahrkosten der Standseilbahn.

9. Kapitel

Freundschaften

päter Nachmittag musste es eventuell schon geworden sein, als Isolde endlich wieder erwachte. Genau wissen konnte sie es aber nicht, denn der Wecker war völlig zerstört.

Hedwig hatte dessen klägliche Trümmer wohl bei ihrem Aufbruch fein säuberlich auf ihren Nachtschrank abgelegt.

Die Kopfschmerzen waren endlich erträglich geworden und damit kam die Erkenntnis zu ihr, wie eigensinnig und egoistisch sie doch gehandelt hatte.

Hedwig hatte sie hier in den Urlaub mitgenommen, die Unterkunft bezahlt und ihr das Kleid sowie die goldene Kette ihrer Großmutter überlassen und wie dankte sie es ihr?

Indem sie sich hemmungslos auf deren Kosten besoff!

War das wirklich ihre Vorstellung von Freundschaft?

Am Tage zuvor hatte sie diese noch in Zweifel gestellt, aber Hedwig hatte ihr einfach diese schöne Rolle als Gräfin überlassen und bei ihrem Gehalt von zwanzig Reichsmark in der Woche würde sie sich so einen Luxus sonst nicht leisten können.

Vielleicht hatte sie dieser Umstand zu dieser Unüberlegtheit verleitet, die gerade wie Pudding durch ihr Gehirn waberte.

Stöhnend setzte sie sich auf und schüttelte vorsichtig den Kopf, um den letzten Rest von Alkohol daraus zu vertreiben und ihre Erinnerungen flogen zurück zum Beginn dieser Verbindung: Es war mehr als fünf Jahre her, da war sie einfach nur ein kleines Botenmädchen gewesen, das sich mit Lauferei für eine Bäckerei ein paar Pfennige zusätzlich fürs Internat verdient hatte.

Die Eltern hatten etwas Besseres für sie gewollt und sie nach Königsberg in die höhere Schule gegeben. Sie hatten zwar einen gut laufenden Bauernhof und daher ein wenig Geld geopfert, um ihr das zu ermöglichen, aber ein paar Groschen zum Ausgehen hatten ihr immer irgendwie gefehlt.

Eines Tages musste sie eine Torte von der Feinbäckerei ausliefern. Es war die Geburtstagstorte für Hedwigs zwölften Geburtstag gewesen und damit hatte alles angefangen. Hedwig hatte sie einfach spontan an ihre Geburtstagstafel eingeladen und sie hatte sich dabei sofort Hals über Kopf in Hedwigs Bruder Arthur verguckt, wobei der allerdings nichts von ihr gewollt hatte.

Er war einfach nur ein Bild von einem Mann, damals schon, aber jetzt noch viel mehr.

Auch Hedwigs Vater war sehr attraktiv, obwohl er schon fast sechzig war. Die ganze Familie Kaufmann hatte sie nach und nach in ihr Herz geschlossen und jetzt ging sie dort praktisch täglich ein und aus, arbeitete im Kontor von Hedwigs Vater und wie dankte sie es ihr?

Indem sie Hedwig alleine ließ! Das durfte nie wieder geschehen!

Seufzend schob sie sich ins Bad, machte sich darin frisch und warf sich danach in eines der dezenteren Kleider der Freundin.

Anschließend machte sie sich auf die Suche nach ihrer Freundin. Wo könnte sie nur sein? Am Strand unten eventuell?

Unmengen von Leuten waren hier unterwegs und wollten wohl die ersten schönen Tage an einem Wochenende im Mai hier verbringen.

Das Seebad Rauschen war die Badewanne für die Königsberger und damit natürlich momentan auch völlig überlaufen.

Urplötzlich hörte sie ein Lachen von der Seite und wusste sofort, dass dies nur Hedwig gewesen sein konnte. Sie lenkte ihre Schritte dorthin und fand die Freundin zusammen mit einer anderen Frau und zwei Männern an einem Tisch bei Kaffee, Kuchen und Eis.

„Hedi, hier steckst du", begrüßte sie die Freundin.

„Frau Gräfin, ihr weilt wieder unter den Lebenden. Geht es euch gut?", entgegnete Hedwig und erinnerte sie gleichzeitig an dieses unsägliche Versteckspiel, das ihr den morgendlichen Kater beschert hatte.

„Wollen sie sich zu uns setzen?", fragte einer der Männer und sie nickte.

Schnell stand noch ein fünfter Stuhl am Tisch, sie bekam einen richtig starken Kaffee und ein Stückchen Kuchen zum späten Frühstück.

Eine echte Gräfin könnte es nicht besser haben.

„Sarah hier ist Sängerin. Könntet ihr sie nicht mal mit euren Beziehungen etwas protegieren?", erkundigte sich Hedi jetzt bei ihr und es war ihr anzumerken, dass sie das selbst gern machen wollte, dies aber gerade nicht zu ihrer Rolle passte.

„Lassen sie doch mal etwas hören, meine Gnädigste", sagte sie in einem Ton, den auch Hedwigs Mutter in solch einer Situation zu wählen pflegte.

„Soll ich wirklich?", fragte die Frau unsicher.

„Ja! Natürlich, vielleicht das Lied von vorhin. Du weißt schon, das von der weißen Möwe", forderte Hedwig die Frau auf.

Sarah räusperte sich, nahm einen Schluck Kaffee und erhob sich von ihrem Platz.

Sie sang eine wirklich schöne Melodie und ihre Stimme war wundervoll.

Huldvoll nickte sie Sarah danach zu und bedeutete: „Geben sie mir die Adresse ihres Agenten. Ich melde mich dann bei ihm!"

„Agent? Ich habe keinen, ich singe in einer Bar", entgegnete Sarah und schrieb dann ihre Adresse auf eine Serviette.

„Ich verwahre die für euch, Gräfin", erklärte Hedwig und schob sich das Papier in die Tasche.

„Die Frau Gräfin von und zu Jägerhof ist eine große Mäzenin und auch eine Freundin des Intendanten des Opernhauses!", erzählte Hedwig dabei, wobei dies doch alles nur auf sie selbst zutraf.

Sie konnte jetzt nur hoffen, dass Sarah nichts von der Oper wissen wollte, denn sie selbst hatte das Haus noch nie betreten. Oper war so gar nicht ihr Ding, Revuetheater und so was in der Art schon viel eher.

„Ich würde mich mal jetzt zur Toilette begeben. Hedi, kommst du mit?", fragte sie.

„Sehr wohl, Frau Gräfin", entgegnete die aufmerksame Zofe.

Zusammen gingen sie in das Restaurant und in der Toilette sagte sie: „Entschuldige bitte, wie ich mich gestern verhalten habe. Es tut mir leid. Wir wollten doch zusammen Urlaub machen und stattdessen lasse ich mich auf deine Kosten volllaufen!"

„Mein Vater zahlt die Rechnung. Keine Ursache, wir haben ja noch ein paar Wochen Zeit!", entgegnete Hedwig und sie umarmten sich, als Sarah in die Toilette trat.

Die Frau hob fragend die Augenbrauen. Das musste für einen Außenstehenden wohl seltsam aussehen: Herrin und Zofe umarmten sich in einer Toilette.

Sie räusperte sich, Hedwig zuckte zurück und nahm sofort Abstand.

„Ich brauche das manchmal, so eine kleine Umarmung", erklärte Isolde und nickte Hedwig zu.

„Hedwig hat mir ihre Sonnenbrille geschenkt und ich möchte nicht, dass Hedwig sie deswegen anlügt", erklärte Sarah und wollte ihr die Brille geben.

Isolde schob deren Hand zurück.

„Behalte sie einfach. Danke für deine Ehrlichkeit", erwiderte sie.

Sarah fiel ihr um den Hals und sagte: „Danke, Gräfin!", dann löste sie sich wieder von ihr.

„Ich glaube aber, die Oper ist nicht so wirklich meine Profession", setzte sie zweifelnd noch hinzu.

„Versuche es doch erst mal. Du kannst doch dort einfach einmal vorsingen und dann schauen, was geschieht", übernahm jetzt Hedwig wieder.

„Meinst du?"

„Ja, Sarah. Oder was meint ihr, Gräfin?", fragte Hedwig und nickte ihr zu.

„Wenn man es nicht versucht, wird man es nicht wissen und was hast du zu verlieren?", erklärte Isolde.

10. Kapitel

Die Kronjuwelen einer Prinzessin

Der Tag näherte sich so langsam seinem Ende und sie zogen noch immer durch die Gassen, jetzt aber zu fünft, denn Isolde hatte sich ihnen einfach angeschlossen, wobei es hoffentlich nicht auffallen würde, dass Hedwig die Führung übernommen hatte.

Irgendwann standen sie dann in der Abenddämmerung wieder vor ihrem Hotel, an dem sie sich nach einem aufregenden und ermüdenden Tag von ihren neuen Freunden verabschieden wollte.

Isolde lehnte hinter ihr am Türpfosten und rieb sich den Knöchel. Die Schuhe hatte sie wohl nicht optimal ausgesucht.

„Was macht ihr heute Abend noch?", fragte Hedwig die anderen drei.

Sarahs und Isaaks Blicke beantworten die Frage ohne Worte.

„Ich gehe dann noch an den Strand, blicke aufs Meer und schlafe dann dort", erklärte Karl.

„Ich muss in mein Bett. Meine Füße bringen mich um", stöhnte Isolde von hinten.

„Dann bis morgen", verabschiedete Hedwig die drei Freunde und schloss sich ihrer Freundin an, die gerade in das Hotel stakste.

Auf dem Zimmer warf Isolde die Stiefeletten zur Seite und seufzte: „Kann ich morgen meine Schuhe wieder haben?"

„Nur dann, wenn ich meine Unterwäsche zurückbekomme", entgegnete sie.

„Abgemacht! Höschen gegen Halbschuhe", antwortete Isolde und schlurfte barfuß ins Bad.

Sie blickte der Freundin nach, setzte sich auf ihr Bett und ließ diesen Tag noch einmal vor sich vorüberziehen. Es war wundervoll gewesen: das Eis, das Baden in der See, die Lieder von Sarah und natürlich Karl. Der Mann war zwar sicherlich doppelt so alt wie sie, doch er strahlte irgendetwas Faszinierendes aus.

„Weißt du, Isolde, dass Karl heute sein Bett an Sarah abgibt? Sie und ihr Mann haben erst im letzten Monat geheiratet", erzählte sie zur offenen Tür des Bades hin.

Von drinnen war nur ein: „Mmmmm", als Bestätigung zu hören.

„Das war heute so schön. Ich habe viel mit Karl gelacht. Weißt du, er ist ziemlich schlau und witzig!", setzte sie fort.

Aus dem Bad ertönte nur ein undeutliches Gemurmel.

„Ich glaube, ich gehe dann noch mal an den Strand hinunter", erklärte sie und erhob sich vom Bett.

Sofort stand Isolde in der Unterwäsche und mit der Zahnbürste in der Hand vor ihr.

„Moment!", stieß die Freundin aus und setzte ein: „Ich hoffe, du hast nicht vor, was ich gerade denke, dass du es vorhast?", hinzu.

„Was meinst du?"

„Die einzige körperliche Veränderung, die deine Mutter akzeptieren würde, ist etwas mehr braune Farbe von der Sonne um deine Nase. Alles andere erwartet sie unversehrt zurück!", erklärte Isolde und zeigte mit der Zahnbürste auf ihren Bauch.

„Wovon redest du?", fragte sie nach.

„Na deine Kronjuwelen! Deine Blume soll ungeöffnet bleiben! Ich möchte nicht, dass mich deine Mutter eigenhändig tötet und filetiert!"

„Sage mal, Isolde, kannst du nicht normal mit mir reden? Kronjuwelen? Blume? Was soll das?"

Seufzend drückte Isolde sie aufs Bett zurück und setzte sich neben sie.

„Was sage ich nur?", stöhnte Isolde jetzt und blickte vor sich hin.

„Du magst Karl. Oder?", fragte sie nach einer Weile.

„Ja. Er ist witzig, stark, hat mich gerettet und sieht gut aus. Er sieht doch gut aus. Oder? Und er ist einfach sympathisch", entgegnete sie ihr und hatte wieder sein Gesicht vor den Augen.

„Du würdest aber nicht aus purer Sympathie jetzt meinen Kopf riskieren und mit ihm schlafen. Oder? Du weißt", begann Isolde.

„Ja, ich weiß, du sparst auf deine Aussteuer. Nein. Eigentlich nicht. Obwohl, jetzt, wo du mich auf den Gedanken gebracht hast", antwortete sie der Freundin.

Isolde sah sie völlig verzweifelt an, bis sie sich das Lachen nicht mehr verkneifen konnte.

„Oh, du Miststück!", rief Isolde aus, drückte sie ins Bett zurück und kitzelte sie zur Rache ordentlich durch.

„Hast du schon mal?", fragte sie schließlich, als sie wieder nebeneinander auf der Bettkante saßen.

„He, ich bin ein Mädel vom Lande und du weißt doch, wir treiben es täglich mit dem Knecht im Stall!"

„Das hat meine Mutter nur ein einziges Mal gesagt und du weißt, dass sie das nur als Scherz gemeint hat. Sie vertraut dir, sonst wärst nicht du hier, sondern Gudrun und die würde mir alleine für die Frage eins mit dem Kochlöffel überziehen!", antwortete sie.

„Also? Hast du schon?", setzte sie nach.

„Ähm, ja, aber nur ein einziges Mal. Ich habe im März mit Fritz seinen Geburtstag gefeiert und dann sind wir nach dem Restaurantbesuch nachts noch spazieren gewesen. Da war dann diese Bank im Park und da ist es eben passiert. Aber das ist nichts, worauf ich sonderlich stolz bin", gab die Freundin zerknirscht zu.

„Und? Wie war es?"

„Wenn du da eine romantische Beschreibung haben willst, dann kaufe dir am Kiosk so ein Groschenheft, oder lies Nataly von

Eschstruth[2]", versuchte die Freundin ihr auszuweichen, doch sie ließ nicht locker.

Schließlich erzählte Isolde ihr: „Wir haben uns gesetzt und an einem lauen Abend die Sterne angeschaut, dann kam da ein schöner Kuss und danach hat er mich aufs Kreuz gelegt. Es tat weh, ging schnell und war nichts, was ich unbedingt noch einmal haben muss!"

„Ich würde mich dann aber trotzdem noch mal nach draußen begeben. Das ist so ein schöner Abend", sagte sie.

„Aber tue nichts, was ich auch nicht tun würde", erklärte Isolde, stutzte und setzte dann hinzu: „Falsch! Bleibe einfach bei dir! Genieße den Abend und komme intakt wieder!"

Ein paar Minuten und eine Umarmung später schlenderte Hedwig, jetzt wieder in ihren eigenen Schuhen, durch die Gassen und die Promenade nordwärts.

Die Abenddämmerung hatte längst eingesetzt, aber viele Menschen saßen noch in den kleinen Cafés, manche beim Kerzenschein, und das sah alles so romantisch aus.

Immer weiter näherte sie sich der Treppe und musste dabei an Isoldes Worte denken.

Karl war schon sehr schön, aber ohne diese seltsame Anspielung der Freundin wäre sie wohl nie auf solche Gedanken gekommen, doch jetzt waren sie in ihrem Kopf und kreisten darin herum.

Am Abend zuvor hatten sie ebenfalls nebeneinander auf der Bank gesessen und zu den Sternen aufgesehen.

Schön war es gewesen, doch es wäre momentan sowieso illusorisch, nach Karl zu suchen, denn der Strand war Kilometerlang,

---

[2] Nataly (Natalie) von Eschstruth - (17.5.1860 - 1.12.1939), war eine deutsche Schriftstellerin von Unterhaltungsromanen in der Kaiserzeit.

und ohne einen Anhaltspunkt, wo sie suchen sollte, würde sie ihn dort niemals finden.

Nur den Platz dieser kleinen Bank konnte sie bestimmt sogar mit verbundenen Augen wiederfinden und schon machten sich ihre Füße wie von selbst auf den Weg dorthin.

Schließlich erreichte sie die Parkbank, setzte sich und wartete.

Aber worauf nur? Sie hatte ihm ja nicht gesagt, dass sie hier sein würde.

Hatte sie gehofft, ihn hier zu treffen? Möglicherweise, aber das war nicht so. Leider.

Zumindest war das ein Platz, an dem sie ihre Träume fliegen lassen konnte.

Sehr viel später ging sie wieder zurück zu ihrem Hotel, und zwar sehr viel zügiger, aber der nächste aufregende Tag begann schon in ein paar Stunden.

Und sicherlich traf sie dann wieder auf Karl.

11. Kapitel

Gefährliche Wissbegier?

Seit über einer Woche waren sie jetzt schon hier im Urlaub und mittlerweile trug auch Isolde wieder normale Kleidung, doch die Freundin kam auch damit nicht von ihrer Rolle los, sondern musste diese sogar noch etwas erweitern und als Gräfin inkognito auftreten, denn durch jenen ersten Abend war sie hier im Ort bekannt, wie ein bunter Hund.

Ihr Auftreten war so auffallend und exzentrisch gewesen, wodurch es einfach zum Stadtgespräch geworden war. Sehr zum Leidwesen der Freundin, aber da sie als kapriziös und ein wenig verschoben aufgetreten war, konnte sie da jetzt wenigstens ein wenig untertauchen.

Die Intention dieser vertauschten Rollen hatte jedenfalls perfekt funktioniert und jeder im Ort sprach nur von der verrückten Gräfin von und zu Jägerhof.

Ihre eigene Anwesenheit blieb damit vor den Menschen außerhalb des Hotels verborgen. Nur die Herren an der Rezeption und die Leitung des Hotels wussten selbstverständlich Bescheid, aber auf deren Verschwiegenheit konnte man in solch einem Luxushotel sicherlich vertrauen.

Das mit Perlen besetzte Abendkleid hatte jedenfalls einen Platz ganz hinten im Kleiderschrank erhalten.

Isolde und sie gingen jetzt auch oft getrennte Wege bei ihrer Erholungszeit hier, was dem gemeinsamen Spaß aber keinen Abbruch tat, sondern ihn oft noch verstärkte, denn man konnte sich dann abends über die Erlebnisse des Tages austauschen und diese somit noch einmal erleben.

Es war einfach nur herrlich hier und sie genoss jeden einzelnen Tag mit Baden, Eis essen und völlig ohne Aufgaben zu sein.

Es hatte schon etwas Bestechendes, wenn man keinerlei Pflichten erfüllen musste und da auch keiner war, der darauf wartete, dass man irgendeinen Fehler beging.

Die graue Maus, als die sie hier auftrat, konnte alles Mögliche anstellen und selbst der größte Blödsinn wäre nach ein paar Minuten auch schon wieder vergessen. Hedi Krämer war völlig uninteressant, Hedwig Amalia Kaufmann hätte bei einem Nieser in der Öffentlichkeit für Wochen im Anzeiger gestanden, mit der Garantie dafür, dass es die Mutter bereits ein paar Minuten nach dem Vorfall gemeldet bekommen hätte.

Und noch etwas war jetzt irgendwie anders, denn obwohl es in diesem Seebad sicherlich hundert Cafés, Restaurants und auch noch fliegende Stände mit Eis und Essen gab, fügte es sich irgendwie, dass sie wiederholt mit Karl zusammen traf.

Mitunter sogar mehrmals am Tage.

Soeben saß sie in einem Café auf der Promenade, hatte ein Buch in der Hand und las darin, als sie das bereits so vertraute: „Ein Kaffee, mit viel Milch und zwei Stücken Zucker?", hinter sich vernahm.

Sie klappte ihre Lektüre zu, drehte sich halb nach hinten herum und nickte nur lächelnd.

„Oh, du liest ein Buch von Friedrich Nietzsche?", stellte Karl fest und sagte danach: „Jedes Wort ist ein Vorurteil."

„Ich lese mich gerade erst ein. Eigentlich mag ich die Gedichte von Rilke[3] viel lieber", entgegnete sie ihm.

Karl nickte und antwortete: „Du musst das Leben nicht verstehen, dann wird es werden wie ein Fest. Und lass dir jeden Tag geschehen, so wie ein Kind im Weitergehen von jedem Wehen sich viele Blüten schenken lässt."

---

[3] Rainer Maria Rilke - (4.12.1875 - 29.12.1926), war ein österreichischer Lyriker deutscher und französischer Sprache.

Er ging zum Eingang des Gebäudes und sie blickte ihm eine Weile nach. Er sah nicht nur umwerfend aus, war witzig und sympathisch, er hatte auch noch was im Kopf und mit jedem Tag faszinierte er sie mehr!

Einige Minuten später kam er mit der Tasse zurück und sie grübelte immer noch über ihn nach und was er in ihr auslöste.

Er stellte die Tasse vor ihr ab und sagte dazu: „Die stillen Gedanken sind es, welche den Sturm bringen."

Irgendwie hatte er wohl ihre Gedanken gelesen und genau den Punkt getroffen. Das war absolut magisch!

„Einen Sturm möchte ich lieber nicht. Es ist so schön, hier in der Sonne zu sitzen!", erwiderte sie ihm keck.

„Dann darfst du nicht so stumm vor dich hin grübeln. Schaue dir einfach all das Schöne an, was es hier gibt", flüsterte er und ging lächelnd zum nächsten Tisch weiter.

Sie blickte ihm nach und dabei waren Isoldes Worte wieder in ihrem Kopf. Dieser Mann könnte ihr durchaus gefährlich werden. Nicht in der Art, dass es für sie bedrohlich würde, aber doch schon so, dass sie sich ihm wohl kaum noch entziehen konnte, wenn sie erst einmal den ersten Schritt auf ihn zugegangen war, aber was hatte sie eigentlich zu verlieren?

Sie klappte das Buch wieder auf, blätterte eine Seite weiter und las: „Mancher findet sein Herz nicht eher, als bis er seinen Kopf verliert."

Hedwig stockte. Hatte das Buch ihr gerade geantwortet? Es war verrückt und dennoch war das eine Antwort auf die Frage, die sie sich nur ein paar Sekunden zuvor in Gedanken gestellt hatte.

Doch war da nicht noch ein wenig mehr, was sie zu verlieren hatte? Wie hatte es Isolde so schön umschrieben? Sich die Blume öffnen lassen? Das klang irgendwie komisch aus dem Munde der Freundin. Und gleichzeitig war da auch diese Warnung im Hinterkopf, denn Isolde hatte ihr gesagt, dass es wehgetan hatte und nicht besonders schön gewesen war.

Sollte sie sich dann wirklich darauf einlassen? Den Sturmwind in sich entfachen, der alles zerstören konnte?

Fragen über Fragen waren jetzt in ihrem Kopf, als sie Sarah sah, die soeben die Straße herab geschlendert kam.

Eventuell war sie eine viel bessere Gesprächspartnerin in diesem Bezug als Isolde und daher winkte sie die Frau einfach zu sich.

Freudestrahlend setzte sich Sarah zu ihr, umarmte sie kurz zur Begrüßung und erklärte dann: „Ich bin gerade erst angekommen. Hast du Isaak irgendwo gesehen?"

„Karl hat mich gerade bedient, da ist dein Mann sicher auch nicht weit", entgegnete sie.

Suchend blickte sich Sarah jetzt um und Hedwig überlegte, ob das hier wirklich der richtige Ort für solch eine Frage war. Das Thema war dann doch etwas ausgefallen und mitunter auch als anstößig angesehen, aber sie wollte jetzt nach Isolde gern noch eine zweite Meinung einholen und die gab es eben nur, wenn man etwas dafür riskierte.

Einen Augenblick später erschien Sarahs Mann, kam sofort zu ihr, nachdem er sie bemerkt hatte, und gab ihr die Hand.

„Schön, dass du da bist. Ich habe noch etwa zwei Stunden zu tun, dann könnten wir gehen?", erklärte er.

Sarah nickte lächelnd und dieser Zeitraum gab ihr damit auch die Gelegenheit, in diesen zwei Stunden ihre Frage beantwortet zu bekommen. Schnell zahlte sie und fragte danach die Freundin: „Kommst du bis dahin mit bummeln?"

Abermals nickte Sarah, erhob sich und verabschiedete sich von ihrem Mann, danach brachen sie zu zweit auf.

Jetzt galt es eigentlich nur noch einen Platz zu finden, an dem man ungestört reden konnte, und da bot sich die kleine Bank auf der Düne doch einfach nur dafür an.

Zielstrebig steuerte sie darauf zu und wenige Minuten später saßen sie dort, mit dem Blick auf die weite See.

Damit musste sie jetzt nur noch einen unverfänglichen Anfang finden. Nur wie? Sie wollte vor Sarah nicht als die unschuldige und unwissende Frau dastehen, die sie ja noch war.

Sollte sie die Erlebnisse von Isolde als ihre eigenen schildern und die Freundin dann um einen Rat bitten?

Das könnte funktionieren. Oder war das zu gefährlich, wenn sie sich so weit nach vorn wagte? Und was geschah wohl, wenn Sarah mit ihrem Mann und der dann mit Karl darüber redete?

Es wäre ihr unendlich peinlich, aber im Notfall könnte sie ja alles abstreiten.

„Du Sarah", begann sie und beschrieb dann Isoldes Empfindungen, als wären es ihre eigenen gewesen, dann setzte sie hinzu: „Ist das eigentlich immer so?"

Sarah zog die Augenbrauen fragend hoch.

„Eigentlich nicht, aber es kommt sicherlich auf den Mann an. Isaak war bei meinem ersten Mal sehr vorsichtig und es war wirklich schön. Momentan versuchen wir eine richtige Familie zu werden, und es fühlt sich gut an. Es ist wohl, wie beim Fahrradfahren. Wenn du aus dem Sattel fällst, dann versuche es noch einmal, sonst wirst du es nie wissen!", erklärte Sarah, blickte auf ihre Uhr und verabschiedete sich lächelnd.

Für die Freundin kam jetzt wohl der Moment, wo sie mit Isaak in jenem kleinen Anbau verschwinden würde, um es zu tun.

Sie hingegen blieb alleine auf der Bank zurück und versank erneut in ihren Grübeleien.

Es kam also in erster Linie auf den Mann an, aber war Karl dieser Mann?

12. Kapitel

Der Bulle und die Jungfrau

Isolde erwachte aus einem Traum, in welchem sie als Prinzessin in einem wunderschönen Schloss gelebt hatte, und blickte in das strahlende Gesicht der Freundin, die im Nachthemd vor ihrem Bett kniete und eine kleine Schachtel in den Händen hielt.

„Alles Gute zum Geburtstag", sagte Hedwig und umarmte sie, danach klappte die Freundin das kleine Behältnis auf.

Darin lag auf schwarzem Samt eine goldene Kette mit einem Anhänger in der Form eines Rindes.

„Ein Ochse? Soll das eine Anspielung auf meine Herkunft vom Dorfe sein?", fragte Isolde verschlafen.

„Nein, du Dummerchen! Das ist dein Sternzeichen, du bist doch Stier", entgegnete Hedwig.

„Mit so etwas habe ich mich noch nie beschäftigt, aber der Anhänger ist wirklich schön", antwortete sie und strich mit den Fingern über die filigrane Gestalt des Bullen.

An ihren Geburtstag hatte sie gar nicht mehr gedacht und umso schöner war es, dass Hedwig sich daran erinnert und auch noch solch ein schönes Geschenk gefunden hatte.

„Hast du mir nicht im letzten Jahr so eine Geschichte erzählt, wo eine junge Frau von einem Stier entführt worden ist?", fragte sie die Freundin und legte sich die Kette um.

„Ja, das war Europa! Sie war eine Schönheit und wurde in der griechischen Mythologie von Göttervater Zeus begehrt. Der verwandelte sich in einen weißen Stier, um sich der Jungfrau ungesehen nähern zu können und danach hat er sie einfach vom Strand entführt", erzählte Hedwig.

„Ich hoffe, das passiert mir nicht, wenn wir uns dann unten an den Strand legen", erklärte sie und betrachtete den Anhänger in einem kleinen Handspiegel.

„Na ja, so ein griechischer Gott?", erwiderte Hedwig schmunzelnd.

Stand da nicht unten irgendwo auf der Straße eine Figur von solch einer Gottheit? Aber als Stier? Da war ihr Fritz doch viel lieber.

„Die war doch bestimmt sehr teuer?", erkundigte sie sich jetzt, denn das Schmuckstück sah wahrlich kostbar aus.

Hedwig winkte nur ab, erhob sich und ging zum Bad.

„Dein einundzwanzigstes Wiegenfest feiern wir aber noch ordentlich", sagte sie über die Schulter, als sie den Raum verließ.

Gerade kam sie sich so undankbar vor. Hedwig hatte sich solche Mühe gemacht und sie hatte den Anhänger als Ochsen bezeichnet! Der war allerdings wirklich schön und fühlte sich auch großartig auf der Haut an.

Noch nie hatte sie so etwas Wertvolles besessen!

Sofort zog es sie der Freundin hierher und sie musste Hedwig zum Dank dafür im Bad um den Hals fallen.

Schmunzelnd nahm die Freundin diese überschwängliche Freudenbekundung entgegen.

„Gehen wir dann an den Strand?", fragte Isolde sie danach.

Abermals schmunzelte Hedwig und setzte ihr entgegen: „Du erwartest doch dann nicht etwa auch noch einen weißen Stier, der dich auf seinem Rücken zu einer unbekannten Insel davon trägt, um dich zu verführen. Oder?"

„Ich habe Geburtstag. Heute ist alles möglich", entgegnete sie ihr und sie beide mussten darüber lachen.

Als sie sich dann wenig später auf den Weg zum Wasser machten, ließ sie allerdings die Kette im Zimmer zurück, denn es wäre zu schade um das schöne Stück, wenn sie es beim Schwimmen einbüßen würde.

Unterwegs gab es noch wie gewohnt ein Eis in einem der Cafés und schließlich saßen sie in einem Strandkorb, blickten aufs Meer hinaus und sie träumte sich davon.

Sie blinzelte in die Sonne und stellte sich dabei vor, wie es der anderen Frau damals wohl ergangen war, entführt von einem Stier direkt vom Strand aus. Vielleicht so, wie es ihr gehen könnte, wenn Zeus jetzt ein Auge auf sie warf? Was änderte sich damit für sie, wenn ihr dies passieren würde?

Und was brachte ihr das Leben, wenn sie in ein paar Monaten ihren Fritz heiraten würde?

Kinder, einen Haushalt und einen lieben Mann?

Und was wurde dann aus ihrer Arbeit?

Sie liebte es, in dem Kontor zu sein und erst ein paar Wochen zuvor war sie in das Sekretariat des Direktors Kaufmann gekommen. Sollte sie diese so sehnlichst erstrebte Anstellung jetzt auch schon wieder verlieren?

Und was geschah, wenn sie jetzt ein gutaussehender und muskulöser griechischer Gott auf seine Arme nahm und davon trug? Würde sie dann irgendwo im Süden unter einer Palme liegen und mit Trauben gefüttert werden?

Das war so gar nicht ihr Ding, denn sie wollte etwas bewegen, etwas tun. Untätigkeit war ihr seit jeher ein Graus, und das kam sicher noch von der Arbeit auf dem elterlichen Hof. Da waren immer alle Hände nötig und umso schöner war es daher gewesen, dass die Eltern es ihr ermöglicht hatten, in Königsberg zur höheren Schule zu gehen, damit etwas aus ihr wurde.

Und jetzt war sie 21 Jahre alt und bald mit Fritz verheiratet.

Aus ihren Grübeleien wurde sie von der Freundin wieder herausgerissen, die ihr erzählte: „Und heute Abend feiern wir beide noch ordentlich!"

„Wirklich? Und wo?"

„In der kleinen Tanzbar, an die du dich bestimmt noch gut erinnern kannst. Ich gebe dir mein schönstes Kleid und dann gehen
die Gräfin von und zu Jägerhof und ihre treue Zofe mal ordentlich
einen drauf machen", erklärte Hedwig ihr schmunzelnd.

Wenig später waren sie zu zweit auch schon wieder auf dem
Weg zu ihrem Hotel. Die Vorbereitungen für den Abend begannen
und dieses Mal nahm sie sich vor, nicht wieder so viel von dem
wirklich leckeren Champagner zu trinken.

Es dauerte eine geraume Weile, bis sie sich mit Hedwigs Hilfe
abermals in die Rolle der verrückten Gräfin gestürzt hatte, denn
die vergangenen Tage hatten dafür gesorgt, dass sie sich an ihren
Normalzustand gewöhnt hatte.

Die Gräfin würde jetzt zum letzten Mal erscheinen, da war sie
sich völlig sicher.

Mit dem Sonnenuntergang verließen sie das Hotel, die Feier
wurde wirklich schön und selbstverständlich war es unumgänglich,
dass alle mit ihr anstoßen und trinken wollten.

Der Abend wurde lang und ihr Geburtstag endete, als sie auf
die Freundin gestützt in das Zimmer wankte. Als sie in ihr Bett
fiel, kam ein weißer Stier und trug sie auf seinem Rücken ins
Traumland davon.

13. Kapitel

Der Geist aus der Flasche

ie zweite Woche ihres Urlaubes neigte sich dem Ende zu und damit lag die Hälfte dieser schönen Auszeit auch schon wieder hinter ihr. Es war erneut Samstag, Isolde nach ihrer ausschweifenden Geburtstagsfeier am Abend zuvor noch nicht wieder ansprechbar und daher im Bett geblieben und somit schlenderte sie eben alleine durch die Gassen des Ostseebades.

Sie liebte diese gefundene Lockerheit in dem Ort, denn hier war sie keinerlei Zwängen unterworfen und auch Isolde setzte sie nicht unter Druck. Die Freundin war nicht wirklich die von der Mutter gewünschte Gouvernante. Entweder sie unternahmen etwas zusammen, oder eben jeder getrennt und keiner schrieb ihr damit irgendetwas vor!

Herrlich war es.

In der letzten Woche war das Verhältnis von ihr zu Karl ein Stückchen nach dem anderen immer enger geworden. Jetzt, da er wusste, wofür sie sich interessierte, erzählte er mitunter Gedichte von Rilke oder sie diskutierten am Tisch über Nietzsche, was in einem Restaurant zwischen Kellner und Gast mitunter für diverses Schmunzeln bei den um sie herum sitzenden Gästen sorgte.

Sein Verhalten war wohl eher untypisch, wurde aber in der ausgelassenen Stimmung des Seebades dennoch geduldet.

Karl war wirklich ziemlich gebildet und mittlerweile wusste sie auch, dass er 35 Jahre alt, Offizier im Krieg gewesen war und seine Frau nach dem Krieg an die spanische Grippe verloren hatte.

Die Schicksalsschläge hatten ihn vermutlich geprägt und im Gegensatz zu ihrem Vater, der damals Oberst in einem rückwärtigen Lager gewesen war, hatte Karl an der Front im Westen gekämpft.

Bis zum Oberleutnant hatte er es damals geschafft, wobei er aus dem Mannschaftsdienstgrad für seine Tapferkeit bis zum Offizier aufgestiegen war, aber mittlerweile mehr mit dem Pazifismus, als den alten Revanchisten sympathisierte.

Er war der Ansicht: Wer das Sterben gesehen hatte, der wollte das nie wieder erleben müssen!

Das war eine völlig diametrale Betrachtungsweise zu dem, wie ihr eigener Vater den letzten Krieg sah, aber wer den Kampf nur aus dem Fenster eines Depots erlebt hatte, dessen Bild davon war wohl einfach anders.

Grübelnd schlenderte Hedwig die Straße entlang und kam dabei immer wieder darauf zurück, dass es irgendwie seltsam war, dass seit einer geraumen Weile ihre Gedanken eigentlich nur noch um den Mann kreisten.

Und um das eine!

Eventuell seit jenem Moment, in dem Isolde diese absurde Behauptung aufgestellt hatte, dass sie mit ihm schlafen wolle.

Bis zu jenem Augenblick hatte ihr das völlig fern gelegen, seitdem bekam sie diesen Gedanken nicht mehr aus dem Kopf.

Es war wohl wie der Geist aus der Flasche aus jenem Märchen aus tausendundeiner Nacht: Wenn der Korken erst mal ab war, dann bekam man den entfesselten Gedanken nicht wieder zurück.

Und das war eben eines der Dinge, die unumkehrbar waren. Ein einmal gesagtes Wort konnte nicht mehr zurückgenommen, eine verzehrte Speise nicht zurückgegeben werden und ein Gedanke kam auch nicht mehr aus dem Kopf, wenn er sich dort erst einmal festgebissen hatte.

Noch haderte sie damit, weil noch etwas anderes unumkehrbar sein würde, denn wenn sie es tat, so konnte nichts auf der Welt es wieder ungeschehen machen.

Zwar würde es keiner erfahren, wenn Karl sich nicht aus Versehen verplapperte, aber dennoch war es nicht wieder rückgängig zu machen.

Was geschah wohl, wenn es der Mutter zu Ohren kommen würde? Das Geschrei wäre sicherlich gewaltig!

Doch woher sollte sie es erfahren, wenn sie Isolde nicht in ihre Überlegungen einweihte?

Und sie würde den Teufel tun, dies auch nur in Erwägung zu ziehen, denn die Mutter konnte es Isolde an der Nasenspitze ansehen, wenn die Freundin log.

Würde Mutter es bei ihr bemerken? Eventuell, aber wenn sie nicht fragte, dann brauchte sie es ja auch nicht zu erwähnen.

Allerdings wusste sie noch immer nicht, ob sie es wirklich tun sollte. Oder sollte sie lieber bis zu ihrer Hochzeitsnacht damit warten?

Noch zwei ganze Jahre?

Sie war nach nicht mal zwei Wochen schon kurz davor, dass sie der Wahnsinn packte!

Was blieb ihr also zu tun? Augen zu und durch?

Wie hatte Sarah das so schön gesagt?

Es ist wie beim Fahrradfahren. Wenn man aus dem Sattel fällt, dann muss man es noch einmal versuchen, sonst wird man es nie wissen!

Doch wurde das dann eventuell ein ebensolches Desaster, wie das, von dem Isolde ihr berichtet hatte? Oder schön und eine Erinnerung wert? Ein etwas anderes Andenken an den Urlaub hier?

Möglicherweise!

Genau vor einer Woche hatte sie darüber mit Sarah gesprochen und soeben kam ihr die Freundin freudestrahlend an der Hand ihres Mannes entgegen. Isaak hatte sie vermutlich gerade vom Bahnhof abgeholt und damit blieb sie wieder über Nacht und Karl würde auch an diesem Abend abermals sein Bett für die andere Frau räumen.

Es war wohl so eine Art von Großherzigkeit von ihm, oder von Pragmatismus, denn sie hatte den winzigen Schuppen gesehen, in dem die beiden Männer buchstäblich hausten. Da waren selbst zwei schon einer zu viel.

Eine junge Liebe teilte sich gern den Raum, zwei Männer gingen sich da, nach Karls Aussage, mitunter schon etwas auf die Nerven.

Sarah umarmte sie freudestrahlend und erzählte sofort von ihrem Auftritt am vergangenen Abend. Es war wieder für sie ein voller Erfolg gewesen, wobei Hedwig immer noch der Meinung war, dass die Freundin dort ihr Talent verschwendete. Sie könnte es zu wirklich großem Erfolg bringen, aber sie liebte offenbar diese Räumlichkeiten und die Nähe zu ihrem Publikum, die ihr in der Oper dann natürlich fehlen würde.

Nach ein paar Minuten des Schwatzens zog Isaak seine Frau an der Hand in Richtung Strand.

Offenbar konnte es der Mann jetzt kaum noch erwarten, mit seiner Frau alleine zu sein und damit war auch jetzt wieder dieser Gedanke in ihrem Kopf.

Versonnen blickte sie den beiden nach und war kurz davor, auf Karl zuzutreten und ihn einfach zu bitten, die nächste Nacht mit ihr zu verbringen, aber da war dann auch wieder dieser Verstand, der ihr soeben sagen wollte, dass sich das für eine junge Frau aus gutem Hause nicht schickt.

Und im selben Moment hatte sie wieder diese Zeile aus ihrem Buch wie mit leuchtenden Buchstaben vor sich stehen. „Mancher findet sein Herz nicht eher, als bis er seinen Kopf verliert", hatte Nietzsche geschrieben und vielleicht war das genau das, was sie tun sollte: einfach den verdammten Intellekt ausschalten und auf ihr Herz hören?

Seufzend ließ sie sich auf einer Bank nieder und bemerkte erst dabei, dass es jener Platz war, an dem vor zwei Wochen alles begonnen hatte.

Ihr Herz hatte sie wieder an jenen Ort gebracht, an dem sie bereits einmal mit Karl gesessen hatte. War das eventuell schon die Antwort auf ihre Frage gewesen.

Sie schloss die Augen, legte ihre Hand auf ihre Brust und lauschte in sich hinein. Was verspürte sie da in sich?

Es dauerte einen Moment, da bemerkte sie, wie sie innerlich zu lächeln begann. Sie hatte Karls Gesicht vor sich und es fühlte sich gut an, aber sollte sie zuvor nicht erst einmal erleben, wie es war, sich zu küssen, sich an der Hand zu halten und miteinander zu schweigen?

Oder war das schon wieder der Verstand, der sie gerade davon abhalten wollte, den letzten und konsequenten Schritt zu tun?

Bereits jetzt fühlte sich das in ihr gut an, wenn sie nur an ihn dachte. Und an diesem Abend wäre er am Strand unten.

Es wäre die Gelegenheit, es zu tun.

Oder einfach nur zu ergründen, wie es war, wenn ein Mann sie küsste?

Mehr musste ja nicht geschehen. Konnte ja, aber musste nicht. Das war es wohl, was ihr Herz ihr sagen wollte.

Sie öffnete die Augen und blickte auf das Meer hinaus. Grenzenlose Weite lag vor ihr. Ein Ozean, der unter seiner Oberfläche alles verbarg.

Wie ihr Verstand das Gefühl in ihr verbergen wollte, aber war es nicht Zeit, einzutauchen? Zuerst in die Ostsee und danach in das Gefühl!

14. Kapitel

Eine zweite Chance?

s war Samstag und erneut kam ihm Sarah freudestrahlend entgegen geschlendert. Im letzten Jahr war sie im ganzen Sommer nur drei Mal hier zu Besuch gewesen und jetzt waren es in nur drei Wochen schon genau so viele Besuche hier.

Natürlich gönnte er der Freundin und ihrem Mann die Zweisamkeit, zumal sie ja erst vor sechs Wochen geheiratet hatten, aber so langsam brauchte er da eine adäquate Lösung dafür.

Es war Mitte Mai und die Nächte mitunter doch noch recht frisch, zumal am Meer immer ein kalter Wind wehte und er sich keine Unterkunft leisten konnte. Sie konnten ja nur hier sein, weil der kleine Anbau am Restaurant für sie beide kostenlos war. Wenn er für die Übernachtungen auch noch zahlen musste, dann rechnete sich der Aufenthalt hier für ihn nicht mehr.

Karl lehnte an der Speiseausgabe des Cafés und dachte daran zurück, wie er damals in den ersten Wochen nach seiner Hochzeit mit seiner Frau gelebt hatte.

Da war es wohl ähnlich gewesen.

Kurz vor dem letzten Krieg hatten sie geheiratet, dann war er fast vier Jahre fort gewesen und danach hatte diese tückische Krankheit ihm auch schon bald die geliebte Frau von der Seite gerissen.

Viele Jahre war das schon her und dennoch schmerzte es noch immer. Er dachte an seine eigene Hochzeit zurück und auch an die von Isaak und Sarah, bei der er als Gast gewesen war. Es war seine erste Hochzeit nach der jüdischen Tradition gewesen, bei der er zu Besuch gewesen war. Sehr herzlich war es da zugegangen und die beiden hatten eine riesige Familie, er selbst hatte eigentlich nur noch die Mutter und sonst niemanden mehr auf der Welt.

Jetzt setzte der nachmittägliche Trubel ein und er musste sich beeilen, alle Bestellungen aufzunehmen und zu den Tischen zu bringen. Zum Nachdenken und sinnlosen Grübeln war da kein Raum mehr.

Der Samstag war der Tag, an dem er das meiste Trinkgeld bekommen konnte, und die warme Sonne zog die Menschen in das kleine Café am Straßenrand der Promenade. Eis, kalte Getränke, Kaffee und Kuchen waren jetzt gefordert, und der Zug der Besucher schlängelte sich an den Tischen vorbei zum Strand hinüber.

Er liebte es, die Menschen zu bewirten, und mitunter blieb auch noch etwas Zeit für einen kurzen Schwatz.

Irgendwann fiel die Dämmerung über den Ort und das Café schloss. Jetzt würden die Bars und Tanzlokale öffnen und er hätte für den Rest des Abends frei.

Gelassen schlenderte er auf der Promenade dem Strand entgegen und hing dabei seinen Erinnerungen nach.

Und plötzlich hatte er mitten im Gehen Hedis Bild im Kopf.

Seit mehr als zwei Wochen trafen sie hier so oft in diesem eigentlich großen Ort aufeinander. Es musste Schicksal sein, wenn man sich permanent über den Weg lief.

Sie hatten gute Gespräche geführt, Hedi war lustig und intelligent. In Gedanken stellte er sie und seine Frau gegenüber. Sie waren sich innerlich so ähnlich, dass es eine zweite Gelegenheit für ihn sein konnte, dass er Hedi hier getroffen hatte. Und im selben Moment, in dem er das erkannte, stellte er fest, dass sie sich an diesem Tag nicht begegnet waren.

War sie eventuell bereits abgereist?

Er hatte noch nicht mal ihre Adresse und sie nicht seine! Das durfte doch nicht sein!

Jetzt ging er suchend durch den Abend, aber weder von Hedi noch von ihrer verrückten Gräfin war etwas zu sehen.

Verzweifelt lief er zu der Bank, auf der sie am ersten Abend zusammen gesessen hatten, und sah eine Gestalt dort in der Dämmerung sitzen.

Inständig bat er darum, dass sie es sein möge und als er neben sie trat, erkannte er ihr bereits lieb gewordenes Gesicht. Im Überschwang der Freude setzte er sich neben sie und küsste sie einfach.

Hedi zuckte nicht zurück, sondern erwiderte seinen Kuss.

„Ich dachte schon, du bist abgereist und wir sehen uns nie wieder!", seufzte er, nachdem er seinen Mund wieder von ihren Lippen gelöst hatte.

„Nein! Wir bleiben noch bis Ende Mai!", entgegnete sie und jetzt küsste sie ihn.

„Ich bin heute Sarah wieder begegnet", erzählte Hedi danach.

„Ja, sie ist schon wieder da, aber ich will dem jungen Glück nicht im Wege sein. Die beiden sind in ihrer Familienplanung und ich werde diese Nacht abermals am Strand sein", entgegnete er ihr.

„Wo bist du denn da? Und ist das nicht zu kalt?", erkundigte sie sich.

„Manchmal schon, es ist ja erst Mai, aber ich schlafe dann da unten in einem kleinen Waldstück", antwortete er und zeigte hinab zum Meer.

„Ich würde gern noch ein Stück mit dir da unten spazieren und die Brandung hören", erklärte Hedi.

„Dann komm", forderte er sie auf, erhob sich von der Bank und gab ihr die Hand.

An seiner Seite ging sie mit ihm den verschlungenen und dunklen Pfad zum Ufer hinab.

Unten liefen sie Hand in Hand ein Stück am Meer entlang, bis sie den Platz erreicht hatten, der sein heutiges Nachtlager werden würde.

„Vorher gehe ich immer noch mal kurz ins Meer, um mich zu waschen", erzählte er ihr und setzte sich in den Sand.

Sie setzte sich zu ihm, sie hielten Händchen und küssten sich erneut. Es fühlte sich gut an, hier so mit ihr zu sitzen und einfach mal nichts zu sagen, denn alles sagten ihre Hände und Lippen, die sich nicht voneinander lösen wollten.

Schön war es.

Eine ganze Weile später wollte sich Hedi wohl von ihm verabschieden, denn sie fragte: „Und wo schläfst du dann heute Nacht?"

„Da hinten irgendwo in dem Waldstück. Ich bin nicht sehr anspruchsvoll. Zuvor gehe ich jetzt noch ins Wasser!"

„Und dein Schwimmzeug? Wo hast du das?", fragte sie.

„Das brauche ich nicht. Es ist doch dunkel und keiner sieht mich", erwiderte er.

„Du badest einfach nackt?"

„Ja. Im Sommer sind hier viele, die es genauso machen und dann nachts im Wäldchen schlafen. Männer und Frauen", antwortete er ihr.

Er ging ein paar Schritte zurück und begann, sich auszuziehen.

„Ich komme mit", erklärte Hedi und trat zu ihm.

15. Kapitel

Küsse im Nachtwind

edwig ging durch die Dunkelheit davon und folgte danach der Treppe nach oben, aber alle paar Schritte blickte sie über die Schulter zurück, doch Karl war schon längst in der Finsternis hinter ihr verschwunden.

Sie hatte es getan und alles fühlte sich gut und stimmig an, aber sie würde lieber niemanden etwas davon erzählen.

Oben am Ende der Treppe angekommen, blickte sie auf das Meer hinab, das friedlich und ruhig unter ihr lag. Nur leicht silbern war es zu erkennen und hob sich damit ein wenig von der Finsternis der Nacht ab.

Irgendwo rechts von ihr stand die Bank, auf der alles angefangen hatte.

Hatte sie sich die Tage zuvor so viele Gedanken darüber gemacht, so war danach alles ohne viele Worte von sich gegangen. Dort drüben hatte Karl sie einfach geküsst und dieser Kuss hatte etwas in Gang gesetzt, was sie zuvor nur zu hoffen gewagt hatte.

Mit dem Gesicht im Nachtwind und vermutlich gerade selig lächelnd, dachte sie an die letzten Stunden zurück. Schön war es gewesen, sehr schön sogar und kein Vergleich zu dem, was ihr Isolde über deren erstes Mal berichtet hatte.

Versonnen legte sie sich die Fingerspitzen auf die Lippen und dachte an den Moment zurück, als sein Mund sie dort berührt hatte. Es war wohl so etwas wie ein magischer Augenblick gewesen und hatte in ihr etwas bewegt.

Natürlich hatte sie all die Tage zuvor bereits überlegt, ob sie diesen Schritt wagen sollte oder lieber nicht, und all diese Zweifel waren in ihr gewesen. Wie es sein würde und ob es schmerzte. Was wohl die Leute sagen würden, wenn es geschah.

Und dann hatten eine einzige Berührung, eine zärtliche Geste, alle Zweifel und Fragen in ihr ausgelöscht.

Nichts war davon in ihr zurückgeblieben.

Sie hatte den Kopf einfach ausgeschaltet und ihr Herz hatte die Führung übernommen.

Zusammen waren sie am Strand gewesen, hatten im Sand gesessen und einfach nur Händchen gehalten. Seine immer wieder folgenden Küsse waren wundervoll gewesen, und auch wenn sie zuvor nicht schon irgendwie in ihrem Inneren beschlossen hätte, auch diesen letzten Schritt zu gehen, es wäre wohl danach sowieso geschehen.

Schließlich waren sie nackt in der Finsternis geschwommen und es war ziemlich frisch im Wasser gewesen, aber die danach folgende Gänsehaut war nicht wegen dieser Kälte gekommen, sondern folgte seinen zärtlichen Fingerspitzen auf ihrer nackten Haut.

Und dann war es einfach passiert. Es hatte wirklich nicht wehgetan und war großartig gewesen.

Vorsichtig und behutsam war Karl vorgegangen, und sie hatte es genossen. Sie hatte ihn zwar nicht gesehen, nur über und in sich gespürt, aber weil sie in dieser mondlosen Finsternis so gar keinen Blick dafür hatte, was soeben geschah, war das Gefühl dabei einfach nur noch viel intensiver gewesen.

Im weichen Sand, nur wenige Schritte von der Brandung entfernt, hatten sie sich geliebt, niemand konnte sie sehen und sein Schnaufen über ihr hatte sich mit der Melodie des Meeres zu einer intensiven Mischung verbunden.

Dann hatten die Sterne über ihr zu tanzen begonnen. Zu guter Letzt hatte sich Karl aus ihr zurückgezogen und seinen heißen Samen auf ihren kalten Bauch gegeben, und diese letzte Empfindung hatte dann gereicht, dass sich alle Anspannung mit einem leisen Schrei aus ihr gelöst hatte.

Kurz darauf hatten sie sich noch einmal im Meer gesäubert, bevor sie sich angezogen und mit einem Kuss voneinander getrennt hatten.

Und jetzt stand sie oben auf der Düne, schaute hinab und wäre so gern wieder nach unten gelaufen, um dieses Erlebnis immer und immer wieder zu empfinden, aber der Kopf zog sie davon.

Der Nachtwind frischte vom Meer her auf und fuhr ihr durch die sommerliche Kleidung bis auf die nackte und feuchte Haut.

Abermals zog sich eine Gänsehaut über ihren Leib und brachte ihr das schöne Gefühl zurück. Seufzend blickte sie hinab und versank erneut in ihren Gedanken.

Alles an diesem Abend war außergewöhnlich gewesen und sie hätte es gern der ganzen Welt erzählt, es einfach hinausgeschrien, wie herrlich es gewesen war, doch sie würde darüber schweigen müssen.

Der Anstand gebot es wohl und auch die Freundschaft zu Isolde, denn die Freundin würde Mutters Ärger abfangen müssen und das wollte sie ihr lieber nicht antun.

Allerdings war das schon wieder dieser lange geschulte Intellekt, dieser mit lauter Wissen vollgepackte Kopf und dabei waren da doch im Hinterkopf auch diese Geschichten, die sie mitunter abends heimlich in ihrem Bett genesen hatte.

Sie waren in Latein geschrieben, fast zweitausend Jahre alt und doch so schön, dass sie ihr mitunter einen wohligen Schauer durch den Körper gejagt hatte. Ovid hatte schon vor ewigen Zeiten genau das beschrieben, was sie hier am Ufer der Ostsee erlebt hatte, und es war sogar noch viel schöner gewesen, als es der Dichter geschildert hatte.

Doch jetzt trieb die Kälte sie davon.

Sie warf noch eine letzte Kusshand hinab und rannte dann zurück zu ihrem Hotel.

Es war Sonntagfrüh, kurz vor drei Uhr, als sie die Empfangshalle betrat, an der Rezeption den Zimmerschlüssel holte und nach oben schlich.

Auf Zehenspitze, die Schuhe in der Hand, glitt sie, wie ein Gespenst, ohne einen Laut zu verursachen, in ihr Zimmer und huschte ins Bad.

Mit dem Blick in den Spiegel nahm sie selbst dieses Leuchten in ihren Augen wahr, welches sie unweigerlich vor der Freundin verraten würde, aber es wäre wohl auch nicht mehr umkehrbar.

Das Geschehen konnte nichts auf der Welt wieder rückgängig machen und das war auch ganz gut so. Flink streifte sie sich die Kleidung vom Leib, trocknete sich mit dem Handtuch ab und warf sich das Nachthemd über.

Mittlerweile war ihr Haar vom Nachtwind getrocknet und es würde sicherlich damit nur noch schwer zu entwirren sein, doch sie wollte jetzt nicht zu viel Lärm machen und damit blieb das fürs Aufstehen in ein paar Stunden.

Abermals völlig geräuschlos und in absoluter Finsternis tastete sie sich bis zu ihrem Bett, ließ sich hineinfallen und dachte an diese wundervollen Momente der innigen Zweisamkeit zurück.

Irgendwo von fern rauschte leise das Meer und untermalte ihr den folgenden Traum, bei dem sie wieder in Karls Armen lag. Vielleicht auf einer fernen Insel, wo es keinen interessierte, dass sie eine reiche Tochter aus gutem Hause und er ein mittelloser Kellner war.

16. Kapitel

Die Chance beim Schopf ergriffen

Eine ewig lange Woche war ins Land gegangen, seit jenem Abend, an dem sie ihre Unschuld verloren hatte. Zum Glück hatte sie vor jedermann den schönen Schein wahren können und noch nicht einmal Isolde hatte irgendetwas davon bemerkt.

Immer wieder war sie in diesen Tagen auf Karl getroffen, doch ganz als der Gentleman hatte er einfach nur geschwiegen und sie nicht verraten.

Die Gespräche waren nicht viel anders gewesen als in den Wochen zuvor, und doch war da jetzt etwas in ihrem Inneren, was bei seiner Stimme zum Klingen angeregt wurde. Wie der Bogen auf der Saite einer Geige strich, so strich seine Sprache über ihren Körper und ließ sie erzittern, aber aus Mangel an Gelegenheit war es in den vergangenen Nächten nur bei schönen Träumen geblieben.

Sechs Nächte voller Sehnsucht und heimlichen Verlangens!

Eine Qual ohne Aussicht auf Rettung daraus, denn Isolde war ständig an ihrer Seite gewesen und nachts hatte Karl seinen Raum mit Isaak zusammen.

Tagsüber waren sie mitunter zusammen am Strand gewesen, aber es war eben im Tageslicht immer bei der gebotenen Distanz geblieben, die der Anstand ihr abverlangt hatte.

Zu zweit alleine auf einer Insel in der Südsee, nackt unter Palmen, hätte sie womöglich nicht an sich halten können, doch hier in Rauschen an der Ostsee stand immer ein uniformierter Strandwächter in der Nähe, der jeden unverzüglich ins Gefängnis bringen würde, dessen Badedress auch nur ein wenig zu eng oder zu knapp bemessen wäre.

Und ein Kuss oder eine andere zärtliche Berührung würde wohl sofort mit Kerkerhaft geahndet. Oder noch schlimmer: mit der Anzeige und der Meldung des Vorfalles an ihre Eltern!

Das darauf folgende Donnerwetter wäre wohl verheerend, mit anschließender Zwangseinweisung in ein Mädchenpensionat, Konvent für gehobene Töchter oder ein Stift bei den Nonnen.

Sie musste sich brav und sittsam benehmen, aber irgendwas in ihr sehnte sich einfach danach, wieder diese innige Nähe in Karls Armen zu genießen, und etwas anderes wollte sie immer fern von ihm halten.

Das waren wohl Herz und Verstand, die in ihr miteinander stritten, denn der Kopf wusste um die Konsequenzen ihres Tuns, das Herz wollte unbedingt noch einmal diese Zärtlichkeiten empfinden.

Es war die reinste Qual und keine Hoffnung auf Heilung in Sicht.

Oder doch, denn es war wieder Samstag und soeben schlenderte eine gut gelaunte Sarah die Promenade herab.

Hatte Hedwig zuvor schon eine innere Sympathie der anderen Frau gegenüber verspürt, so hüpfte bei diesem Anblick ihr Herz wie voller Freude in ihrer Brust, weil das Auftauchen der Frau eine Möglichkeit versprach, erneut die Sterne über ihr tanzen sehen zu können.

Und damit brannte in ihr dieses Verlangen, abermals aufs Ganze zu gehen.

Mit dieser Aussicht konnte sie es kaum noch erwarten, dass die Sonne endlich versank und schließlich schlich sie sich mit einer fadenscheinigen Begründung Isolde gegenüber aus dem Hotelzimmer.

Die Freundin bemerkte nichts oder wollte es lieber nicht wissen, da Mutter es ihr an der Nasenspitze ansehen würde, wenn Isolde log.

Mit unbändiger Macht zog es sie die Promenade entlang, die Treppe hinab, bis sie unten auf der Plattform vor jenem Hotel stand.

Die Schuhe in der Hand schob sie sich langsam und leise zur Seite, bis sie den Eingang zu Karls Sommerdomizil vor sich sehen konnte. Es waren nur noch ein paar Schritte bis zur offen stehenden Tür, und trotz des Meeresrauschens konnte sie die Geräusche der beiden Liebenden aus der Dunkelheit deutlich vernehmen.

Es war für sie die Bestätigung dafür, dass Karl abermals am Strand war und gleichzeitig ein Klang, der sie auf das einstimmte, was sie im Begriff war, abermals zu tun.

Auf Zehenspitzen schlich sie zurück, ließ die Schuhe am Fuße der Treppe und ging nach unten zum Meeresufer.

Die Brandung benetzte ihre nackten Zehen und sie blickte den Strand entlang zu der Seite, auf der sie Karl eine Woche zuvor verlassen hatte, doch anders als damals stand heute ein riesiger Vollmond am Himmel und beleuchtete den ganzen Sandstrand mit seinem Silberlicht.

Langsam und am Rande der Wellen schlenderte sie das Ufer entlang und lauschte auf diese Brandung, die ihr eine ganze Woche lang in jeder Nacht diese Melodie ins Ohr getragen hatte.

Es war ihr damals gar nicht so weit vorgekommen, als sie nachts im Dunkeln zur Treppe zurückgelaufen war. Oder waren das diese Glücksgefühle in ihr gewesen, die sie hatten schweben lassen?

Unablässig schaute sie nach links zum Waldrand und nach rechts ins Meer hinaus, ob sie Karls Gestalt irgendwo erspähen könnte.

Plötzlich hörte sie seine Stimme hinter sich: „Hedi? Bist du das?"

Über die Schulter blickte sie zu ihm zurück, er stand am Waldrand, hatte seine Unterhose in der Hand und bedeckte damit seinen Unterkörper.

Was sagt man jetzt?

„Hallo Karl. Ich habe dich gesucht", war das Einzige, was ihr gerade einfiel und was aus ihrem tiefsten Inneren kam.

Schnell überwand sie die paar Schritte, trat vor ihn hin und er nutzte die Gelegenheit für einen Kuss.

Diese zärtliche Berührung führte dazu, dass erneut ihr Kopf aussetzte und sie nur noch ihrem Herzen folgte.

Als sie wieder einen klaren Gedanken fassen konnte, stand sie nackt an Karl gepresst bis zur Wade im Wasser und genoss seinen Kuss, seine streichelnden Berührungen auf ihrer nackten Haut, bevor sie beide ins Meer eintauchten und hinausschwammen.

Es war gar nicht mal so kühl, wie sie es von der letzten Nacht mit ihm in der Erinnerung hatte. Oder wärmte die Vorfreude auf das, was folgen würde, bereits ihren Leib auf?

Doch jetzt beschloss sie, bei wachem Verstand zu bleiben, um all das zu empfinden, was bereits ein paar Tage zuvor ihre Seele zu Hochtönen verleitet hatte.

Sie schwammen nur ein kleines Stück und vermutlich würden sie noch immer stehen können, wenn es unbedingt nötig sein würde. Hedwig wusste instinktiv tief in sich, dass Karl sie niemals wissentlich in Gefahr bringen würde, und er kannte sich hier hervorragend aus.

Schließlich wateten sie ans Ufer zurück und standen erneut voreinander im Mondlicht. Es hätte ihr eigentlich peinlich sein müssen, dass Karl sie so ganz bloß und barfuß von den Zehen bis zum Haaransatz vor sich sah, der Anstand hätte es wohl geboten, aber der schwieg zum Glück.

Sich an beiden Händen haltend standen sie auf Armlänge voreinander, sahen sich gegenseitig an und somit konnte sie den Anblick auch viel mehr genießen, den Karl ihr bot. Er war nicht wirklich sehr muskulös, aber dennoch kräftig und durchtrainiert. Das Wasser glänzte wie silberne Perlen auf seiner Haut.

Der Blick an ihm herab ließ sie einen Moment erschrecken, doch dann erinnerte sie sich daran, dass das, was da so markant und groß an seiner Leibesmitte abstand, in der letzten Woche anstandslos in sie gepasst hatte und dieses wohlige Kribbeln in ihr ausgelöst hatte.

Offenbar erinnerte sich auch ihr Gefühl daran, denn dieses Prickeln war abermals in ihr zu spüren und dieses Mal wollte sie es mit allen Sinnen genießen und nicht nur spüren.

Dann knickten ihre Knie ein, Karl fing sie auf, hob sie auf seine Arme und trug sie ein Stück, bevor er sie mit dem Rücken in den weichen Sand legte.

Behutsam glitt er über sie, teilte ihre Knie mit seinem Leib, sie erschauderte voller Vorfreude und hätte fast gejubelt, als er sich in sie schob.

Das war Glück pur!

17. Kapitel

Ein letzter Drink ...

Ein Monat der Entspannung, der Freude und der unbeschwerten Tollerei näherte sich unaufhaltsam seinem Ende. Der letzte Abend war angebrochen und Isolde blickte in das halbleere Cocktailglas.

Ab dem nächsten Tage würde es für sie sicherlich ganz schön schwierig werden, um sich abermals an den zuvor als so üblich erlebten Normalzustand zu gewöhnen.

Natürlich war es hier der absolute Wahnsinn gewesen, sie hatte die verrückte Gräfin gegeben und all das genossen, was sie eigentlich nie hätte haben können: vier Wochen Urlaub in einem Nobelhotel, Feiern mit Tanz und Champagner, Kaviar und Charleston, eine goldene Kette und nicht zu vergessen, viele wundervolle Momente am Strand und in den Eisbars.

Wenn sie die ganzen Kosten für dieses luxuriöse Dasein im Kopf überschlug, dann hätte sie dafür drei Jahre hart arbeiten müssen, um sich all das leisten zu können, was sie hier auf Hedwigs Kosten in dreißig Tagen verbraucht hatte.

Sie hob den Blick und sah zu Hedwig, die wohl auch gerade in Gedanken versunken still lächelnd in ihrem Getränk rührte. So ein Ausflug ohne lästige Gouvernante war wohl auch für sie sehr schön gewesen.

Isolde wagte nicht zu fragen, was dieses selige Lächeln wohl alles bedeuten konnte, denn was sie nicht wusste, das konnten weder Gudrun noch Hedwigs Mutter aus ihr herausbekommen.

Da gab es wohl so eine stille Absprache zwischen ihnen, dass nichts von diesem Urlaub nach Königsberg dringen würde, weil es ihnen vermutlich beiden das Genick brechen würde. Und demzufolge würde die verschrobene Gräfin von und zu Jägerhof am nächsten Tag in den Zug steigen und auf nimmer Wiedersehen verschwinden.

Sie würde danach erneut diese graue Maus sein, für die sich niemand interessierte, und bei Hedwig wäre es wohl umgekehrt. Die unbedeutende Zofe Hedi Krämer würde, von keinem beachtet, losfahren und die reiche Kaufmannstochter Hedwig Amalia Kaufmann sicherlich am Bahnhof in Königsberg von irgendeinem Fotografen abgelichtet werden.

Unterwegs würden sie die Rollen und die Garderobe tauschen.

In Gedanken verabschiedete sie sich von all diesen schwelgerischen Genüssen und dachte daran, wie schwer ihr dies fallen würde, jetzt, wo sie das alles kennen und schätzen gelernt hatte.

Und bei ihrer Freundin wäre es wohl ähnlich, denn für Hedwig würde diese grenzenlose und unbeschwerte Freiheit hier bleiben. Es war wohl nicht so einfach, anonym in Königsberg zu leben, wenn jeder einen kannte. So war vermutlich dieses leise Seufzen zu verstehen, mit dem Hedwig jetzt das Glas ansetzte und austrank.

„Letzte Runde?", erkundigte sie sich.

„Tanzen oder Cocktail?", fragte Hedwig zurück.

„Vielleicht beides und dann ab ins Bett?"

„Warum nicht?", entgegnete die Freundin und fasste sie bei der Hand.

Die Kapelle spielte einen schnellen Tanz, Hedwig wirbelte um sie herum und es interessierte keinen, dass hier zwei Frauen tanzten. Sie galt ja sowieso als verrückt, und da sah man ihr so etwas sicherlich lächelnd nach.

Sie wäre wohl die nächsten Monate das Gesprächsthema Nummer eins hier, aber niemand würde die Parallelen zwischen der verrückten Gräfin und der biederen Vorzimmerdame eines Kontors ziehen.

Hoffentlich!

Nur die Rezeption des Hotels wusste Bescheid, aber selbst die hatten nur ihren Vornamen.

Wie die Ostsee so oft ihre Spuren im Sand ausgelöscht hatte, so würde die Zugfahrt jede Verbindung von dieser Gräfin zu ihr ausradieren.

Sie tanzten und tranken und waren fast die letzten Gäste in der Bar, als diese mitten in der Nacht ihre Tore schloss.

Lustig und ein wenig wehmütig machten sie sich anschließend auf den Weg zum Hotel. Lustig, wegen des konsumierten Alkohols und des Spaßes, wehmütig, weil es der letzte Abend im Urlaub gewesen war.

„Morgen früh machen wir noch mal so ein richtiges Frühstück, wie wir es all die Tage hier genossen haben", begann Hedwig.

„So mit Eis, Kuchen und leckerem Kaffee unten am Meer?", fragte sie zurück.

„Natürlich. Schon bald geht es wieder andersrum", entgegnete Hedwig.

„Packen wir jetzt noch die Koffer?"

„Wir werfen einfach alles nur hinein. Ich will in mein Bett und morgen Mittag geht es wieder zurück", seufzte die Freundin.

Sie nickten sich zu, betraten das Hotel und eilten auf ihr Zimmer. Das Einpacken der Sachen war binnen Minuten erledigt, und wenig später standen sie beide im Bad.

In Windeseile wuschen sie sich und verschwanden anschließend im Bett, aber während Hedwig schon kurz darauf bereits schnarchte, kam der Schlaf nicht zu ihr.

So viele Dinge hatte sie hier erlebt und im Moment wollte wohl jede Erinnerung noch einmal in ihren Kopf zurück. Wann würde sie ans Meer zurückkommen?

Sicherlich nicht so schnell, denn sie sparte ja jede Münze für die Aussteuer! Ohne Hedwig wäre sie wohl kaum hierhergekommen und schon gar nicht einen ganzen Monat geblieben.

Und in zwei Tagen würde sie die Normalität wieder einholen.

Der nächste Höhepunkt war ihre Hochzeit mit Fritz, und sie freute sich schon darauf, auch wenn sie dafür ihre Freiheit ein großes Stück aufgeben würde.

Als Ehefrau würde sie vermutlich erst recht nicht so einfach wochenlang in den Urlaub gehen können und weder Fritz noch sie besaßen große Reichtümer. Die goldene Kette um ihren Hals war wirklich das Wertvollste, was sie besaß. Hatte sie sich wirklich schon richtig dafür und für diesen Urlaub bei ihrer Freundin bedankt?

Es war wohl so eine Art von beidseitigem Abkommen gewesen, denn ohne sie hätte sicherlich auch Hedwig diese unbeschwerte Zeit nicht in dieser Art genießen können.

Im Traum konnte sie all die wunderschönen Dinge noch einmal erleben, von jetzt an bis in alle Ewigkeit. Ab diesem Tag würde sie im Schlaf immer hier sein können und das könnte ihr niemand mehr nehmen.

Und mit dieser Erkenntnis und dem Rauschen des Meeres in den Ohren glitt sie lächelnd ins Traumland hinüber.

18. Kapitel

Dafür oder dagegen?

Soeben war Hedwig erwacht, trat im Nachthemd ans Fenster und schaute hinaus. Der Mai ging zu Ende und damit war das auch ihr letzter Tag in Freiheit, zumindest irgendwie, denn ab dem nächsten Tag war sie wieder in ihre Rolle im gesellschaftlichen Leben von Königsberg eingebunden.

Gefesselt und darin verstrickt, hätte man wohl treffender sagen können, doch diese zwanglose Erholung endete unausweichlich und bereits am Bahnhof der Heimatstadt würde wieder diese Verantwortung über ihr hereinbrechen.

In den letzten Jahren hatte sie diese Last gar nicht bewusst bemerkt, jetzt stand sie wie das Kaninchen vor der Schlange im Angesicht der schon bald wieder zu ihr zurück kommenden Pflicht, und sie konnte sich dem auch kaum entziehen.

Seufzend bewegte sie sich bei ihrer Morgengymnastik in der frischen Luft.

Und noch etwas würde heute enden, was ihr aber noch viel schwerer fiel: die Verbindung zu Karl!

Die Zofe Hedi hatte ihn treffen können, Hedwig Amalia würde alles zerstören, wenn sie ihm auch nur die Hand gab.

Seit Jahren lebte sie in dieser Distanz zu den anderen Menschen, aber noch nie hatte es so geschmerzt!

Für einen Moment spürte sie den unendlich großen Drang in sich, einfach alles hinter sich abzubrechen und hier bei Karl zu bleiben, als die unbekannte graue Maus, die sie all diese Tage bisher gewesen war. Einfach nicht mehr an die Zwänge denken, denen sie sich unfreiwillig aussetzen musste.

Sollte sie wirklich auf all das verzichten, was sie bei ihm gefunden hatte? Diese Zärtlichkeit, das Gefühl, diese Liebe tief in ihr? Das war das Herz, welches sie dazu aufforderte, es nicht zu tun, und sofort sprang der Verstand hervor und forderte sie auf, den bekannten Weg weiterzugehen, denn was hatte sie schon?

Wovon sollte sie leben, wenn sie mit Karl zusammenbleiben würde?

Die Sicherheit des elterlichen Schoßes opfern, für die Unsicherheit der möglicherweise großen Liebe?

Aber was konnte sie schon?

Seit Jahren wurde sie zwar ausgebildet, aber nur zur baldigen Ehefrau eines einflussreichen Mannes. Die Kochstunden bei Gudrun waren mehr oder weniger pro forma!

Momentan wäre sie an einer Gemüsesuppe gescheitert und damit würde sie nur als ungelernte Kraft irgendwo aushelfen oder verhungern müssen.

Wollte sie das wirklich?

Eventuell würde sie Karl irgendwann einmal dafür verfluchen, dass sie bei ihm geblieben war.

Oder er sie?

Es war einfach zum Verrücktwerden. Sollte sie dem vertrauten Fahrwasser folgen, das seit Jahren vor ihr aufgezeichnet war? Oder den Sprung ins kalte Wasser wagen, um zu hoffen, dass Karl sie abermals daraus rettete?

Sie spürte tief in sich, dass er ihr guttat, denn es fühlte sich richtig und wahrhaftig an, wenn sie in seiner Nähe war, aber reichte das für ein ganzes Leben?

Isolde erhob sich grummelnd hinter ihr aus ihrem Bett.

„Nie wieder Champagner", murmelte sie als Morgengruß und schlurfte mit nur einem Hausschuh an den Füßen in Richtung Bad.

Sie schloss sich der Freundin an, vergrub die Liebe zu Karl tief in ihrem Herzen und betrat das Badezimmer.

Eine Stunde später waren sie beide auf dem Weg zu dieser Plattform vor dem Hotel unten an der See.

Dort würden sie den Tag mit einem ausgedehnten Frühstück beginnen und gleichzeitig Abschied von der Ostsee nehmen. Die Koffer waren schon per Page auf dem Weg zum Bahnhof.

Es würde ein wundervoller Tag am Meer werden.

Blauer Himmel über ihr und köstliches Eis im Becher versöhnte sie beide mit dem Aufbruch ins Altbekannte. Oder in die Normalität!

„Es war hier so schön", seufzte sie, mit dem Blick über die Wellen.

„Ich habe noch den Sonntag", entgegnete Isolde und leckte den Löffel ab.

„Ich eigentlich auch, aber am Montag wird mich Gudrun wieder in der Küche ärgern. Da lobe ich mir doch meinen Hauslehrer Alfons, wobei der mich manchmal wie ein kleines Kind behandelt."

„Wieso?", erwiderte Isolde und orderte sich das nächste Stück Kuchen.

„Na ja, du weißt ja, dass ich in Mathematik nicht so gut bin, wie du, und er stellt mir bisweilen so seltsame Aufgaben. Zum Beispiel: Ein Bauer pflückt in einer Stunde zwanzig Äpfel. Wenn zwei Bauern zehn Stunden lang Äpfel pflücken, welche Farbe hat dann der Bus, der die schöne Müllerin ins Lichtspieltheater bringt?"

„Blau!", antwortete Isolde, ohne darüber nachzudenken.

„Wieso blau?", entgegnete sie verdutzt der Freundin.

„Der Bus, der von unserem Viertel zum Filmtheater fährt, ist einfach blau!", erwiderte Isolde lächelnd.

Der Kuchen für die Freundin kam aus der Küche und aus dem Augenwinkel konnte Hedwig sehen, dass Karl wohl soeben seinen nächtlichen Unterschlupf verließ.

War es jetzt damit Zeit, sich von ihm zu verabschieden? Oder würde das den Schmerz in ihr nur noch vergrößern?

Allerdings fühlte es sich auch falsch an, ohne Abschied zu verschwinden.

„Ich muss mal", sagte sie und erhob sich von ihrem Platz.

Demonstrativ ging sie zum Eingang der Toilette und zeigte Karl mit einer versteckten Bewegung, dass er ihr dorthin folgen sollte, denn sie wollte nicht hier vor aller Augen zum Abschied vor den Mann treten.

Was wäre, wenn die Emotionen sie dann überwältigen würden? Dann wäre die Wahrheit vor Isolde nicht mehr zu verbergen.

Im Vorraum zur Damentoilette wartete sie vor dem Spiegel und strich sich immer wieder die Haare glatt. Wie auf glühenden Kohlen stand sie dort und hoffte, dass nicht jemand sie fragte, was sie da tat.

Hatte Karl den heimlichen Hinweis bemerkt?

Sollte sie nach draußen gehen? Wo blieb er nur?

Endlich trat er in den Flur und kam auf sie zu.

„Ich fahre heute heim", erklärte sie.

„Schade. Heute ist Samstag und Sarah kommt bestimmt wieder", entgegnete er und machte ihr die Abreise damit nur noch schwerer.

Ihr Bauch wollte sie jetzt hier behalten, doch sie musste fort.

„Besuch mich doch mal", sagte Karl und schrieb etwas auf eine Serviette.

„Kolonialwaren- und Lebensmittelgeschäft Merkel", las sie vom Papier ab, als er es ihr gab. Darunter stand die Adresse, die sich gar nicht weit vom Kontor des Vaters entfernt befand.

„Der Laden gehört meiner Mutter und ich helfe da gelegentlich aus. Sie weiß auch, wo du mich finden kannst", erklärte er ihr noch.

Sie zog den Zettel an ihre Brust und das Gefühl brachte sie jetzt dazu, dass sie ihn küssen musste, obwohl jederzeit jemand diesen Gang betreten konnte.

„Ich melde mich", flüsterte sie, als sie sich von ihm löste.

Ihr Bauch, Herz und Schoß wollten hier bei ihm sein, der Kopf zog sie nach draußen zu Isolde.

19. Kapitel

Ein Weg zurück ...

Versonnen blinzelte sie in die Sonne hinauf und wartete auf Hedwig, die noch immer auf der Toilette war. Wie lange dauerte denn das da drin? Ein Blick auf die Uhr reichte doch, dass es langsam Zeit wurde, den Heimweg anzutreten.

Zwar würde später sicherlich auch noch ein Zug fahren, aber soeben kam so etwas wie ihr Verantwortungsgefühl wieder hoch.

Oder die Angst davor, sich vor Herrn Direktor Kaufmann für ihr unentschuldbares Säumen rechtfertigen zu müssen!

Vermutlich eher das Zweite!

Endlich sah sie Hedwig aus dem Eingang treten und winkte danach huldvoll, und ganz die Dame von Welt, den Kellner zu sich.

„Die Rechnung", sagte sie nur.

Mit einer höflichen Verbeugung verschwand der livrierte Ober im Restaurant und kam ein paar Minuten später mit der langen Liste zurück. Es war so einiges, was sie in den letzten zwei Stunden verzehrt und getrunken hatten.

„Sie haben sich um 2,43 Mark verrechnet", stellte sie mit einem Blick auf den Beleg fest und setzte hinzu: „Ich gebe ihnen fünf Mark Trinkgeld, da passt das wieder!"

Irgendwie betreten lächelnd nahm der Mann das Geld und entfernte sich mit einer erneuten Verbeugung wieder von ihnen.

Hedwig studierte den Zettel und suchte gerade den Fehler.

„Wie hast du das bemerkt?", fragte sie nach einer Minute.

„Keine Ahnung, ich kann das einfach. Ich muss da nur draufschauen und weiß, was falsch ist. Ich habe mich schon immer gefragt, woher ich das kann, aber noch keine Antwort gefunden. Du kannst mir einfach zwei große Zahlen nennen und ich kann dir sagen, was sie miteinander multipliziert oder voneinander dividiert ergeben", erklärte sie der Freundin und erhob sich von ihrem Platz.

„2.487 mal 7.586?", entgegnete Hedwig.

„18.866.382", antwortete sie sofort, ohne darüber nachzudenken.

„Du bist wirklich ein Genie!", erwiderte Hedwig, wobei sie das Ergebnis nicht überprüft hatte, aber es würde sowieso stimmen.

„Aber auch ohne groß nachzurechnen weiß ich, dass wir uns jetzt beeilen müssen!", setzte Isolde noch schnell hinzu und tippte mit dem Finger demonstrativ auf die goldene Uhr an ihrem Handgelenk, die eigentlich Hedwig gehörte und wundervoll aussah.

„Schade. Schön war es hier und ich wäre gern noch ein paar Monate geblieben!", seufzte Hedwig und schloss sich ihr danach an.

„Ich auch", dachte sie sich, aber es durfte und konnte nicht sein.

Nebeneinander eilten sie die Treppe hinauf, was nach der gerade vergangenen Völlerei eine echte Tortur war, aber die Zeit drängte jetzt.

„Schön war es hier", seufzte Hedwig erneut.

„Ja, das war es wirklich", bestätigte sie schnaufend.

„Aber leider ist der Urlaub vorbei und daran beißt die Maus keinen Faden ab!", seufzte sie.

„Wo hast du nur immer diese Sprüche her?", erkundigte sich Hedwig bei ihr.

„Das sagt meine Mutter immer, wenn an etwas nichts mehr zu ändern ist!", entgegnete sie der Freundin.

Lachend schüttelte Hedwig den Kopf, dann wurde sie still und nachdenklich.

Die Freundin konnte hier so oft die Ruhe und Erholung suchen, wie sie wollte, doch ohne sie wäre es wohl für Hedwig vermutlich keine Erholung.

Mit Gudrun als Gouvernante blieb der Spaß wahrscheinlich aus und sie konnte sich nicht vorstellen, wie diese Wochen wohl gewesen wären, wenn die alte Frau hierher mitgekommen wäre.

Das wäre wohl ähnlich dem, wenn ihre Mutter hier gewesen wäre und die hätte ihr sicherlich bereits am ersten Abend den Kopf abgerissen!

Endlich kam der Bahnhof in Sicht, und sie verlangsamten das Tempo.

„Wir müssten noch die Sachen tauschen", erklärte Hedwig.

„Das machen wir im Zug unterwegs. Ich habe ja dein Reisekleid an und du meine Sachen. Alles andere ist schon im Koffer!"

Hedwig nickte.

Sarah kam ihnen strahlend von der Eisenbahn entgegen, umarmte Hedwig stürmisch, dann drehte die Frau sich ihr zu, sagte: „Gräfin!", und machte dann vor ihr einen höflichen Knicks.

Sie würden im Zug mehr tauschen, als nur die Kleider, und daher blickte sie Sarah gedankenvoll nach, denn die ging jetzt an den ruhigen Strand und sie fuhren in ein paar Minuten wieder der quirligen Großstadt entgegen.

„Ich hoffe, dass in unserem Waggon nicht so viel los ist und wir unbemerkt die Kleidung zurücktauschen können", erklärte Hedwig und ging zum bereits wartenden Personenzug hinüber.

„Wir wechseln doch auf der Toilette und nicht mitten im Abteil!"

„Natürlich, aber dennoch könnte jemand fragen, warum die Zofe plötzlich so ein teures Kleid trägt!", setzte ihr Hedwig entgegen.

„Irgendwann müssen wir es aber tun, denn eventuell holt dich deine Mutter ab und bringt uns beide damit in Erklärungsnot", antwortete sie der Freundin.

Hedwig nickte, trat an den Salonwagen und hielt ihr die Tür auf, wie es wohl einer Zofe gebührte.

Eigentlich hätten sie diese Rollen jetzt nicht mehr spielen müssen, doch offenbar wollte die Freundin für Beobachter den schönen Schein noch ein paar Minuten aufrechterhalten.

Allerdings erfüllte sich Hedwigs Bitte nicht, denn im Abteil saßen vier alte und sichtlich gut betuchte Damen, denen sofort die Täuschung auffallen würde.

Tratsch konnten sie sich allerdings gerade beide nicht leisten!

Seufzend ließ sich die Freundin auf ihren Platz fallen und begann in einer dort liegenden Zeitung zu blättern.

Endlich fuhr der Schnellzug ab, aber ihr Dilemma verkleinerte sich damit nicht, nur die Distanz zur Stadt wurde geringer und demzufolge auch die Zeitspanne, bis sie in Königsberg sein würden und damit der Schwindel auffliegen würde, denn Hedwigs Mutter würde es sich bestimmt nicht nehmen lassen, die Tochter persönlich in Empfang zu nehmen.

Isolde überlegte sich derweil ein paar plausible Erklärungen für den Kleiderwechsel, aber keine davon war auch nur ansatzweise zufriedenstellend.

Mit jeder Minute der Zugfahrt wurde ihre Not nur noch größer.

Schließlich gab sie ein stummes Stoßgebet nach oben ab und anscheinend war da jemand, der Mitleid mit ihr hatte, denn am folgenden Bahnhof stiegen die Frauen aus.

„Jetzt!", stießen sie beide fast gleichzeitig aus und hasteten zur Zugtoilette.

Flugs hatten sie sich umgezogen, die Kleidung und die Frisur gerichtet und danach ging sie als erste zurück.

Ein vornehmes Pärchen saß im Abteil und war vermutlich soeben eingestiegen, doch die hatten von dem Rücktausch nichts mitbekommen und endlich war alles wieder so, wie es die ganzen Wochen schon hätte sein müssen.

Hedwig kam zu ihr, griff ihr in die Jackentasche und zog einen Zettel daraus hervor.

„Was ist das?", fragte sie.

„Urlaubserinnerungen", entgegnete die Freundin und schob sich das Papier ins Mieder.

Und selbstverständlich stand Hedwigs Mutter auf dem Bahnsteig, als der Zug einfuhr. Direkt vor ihr blieb der Waggon mit der Tür stehen.

Spätestens jetzt hätte das Donnerwetter über ihr getobt und sie dankte Gott dafür, dass sie diesem Drama entkommen war.

20. Kapitel

Alltägliche Verrücktheit

Der Zug rollte quietschend am Bahnhof aus, die Tür des Waggons wurde geöffnet und damit war es jetzt endgültig Zeit dafür, von der unbeschwerten Zeit des Urlaubes Abschied zu nehmen. Das Kleid hatte sie bereits wieder an und direkt vor ihr stand ihre Mutter.

Hedwig stieg die Treppe hinab, machte einen artigen Knicks und sagte: „Guten Tag, Frau Mutter!"

Isolde neben ihr machte es ihr nach und sagte: „Gnädige Frau!"

„Schön, dass ihr wieder da seid. Du hast ja richtig etwas Farbe auf der Nase bekommen!", entgegnete die Mutter und nickte ihnen beiden huldvoll zu.

Damit begann der Alltag wieder und zu dritt gingen sie auf den Vorplatz, wo Gustav mit dem Wagen auf sie wartete.

„Kann Gustav Isolde dann noch nach Hause fahren?", fragte sie.

„Ich kann doch auch den Bus nehmen", antwortete Isolde, stieg aber trotzdem als erste in das Fahrzeug ein.

„Guten Tag, gnädiges Fräulein. Die Sommerfrische scheint ihnen gut bekommen zu sein!", begrüßte der Schofför sie und hielt ihr die Wagentür auf.

„Ja, danke Gustav, es war einfach herzallerliebst!", antwortete sie und dachte im selben Moment daran, dass sich jetzt wohl auch ihre Sprache verändert hatte.

Herzallerliebst hätte sie noch vor einer Stunde nicht dazu gesagt.

Das Fahrzeug beschleunigte und schlängelte sich durch den samstäglichen Verkehr in der Innenstadt bis zu ihrem Hause, dort verabschiedete sie sich von Isolde, die Gustav danach noch zu ihrer Wohnung brachte.

Sie betrat die väterliche Villa und stieg in Gedanken versunken zu ihrem Zimmer hinauf.

„Heute Abend haben wir eine Vernissage", rief die Mutter ihr hinterher.

Das war keine Information, es war ein Auftrag!

Die Normalität holte sie wieder ein und ab jetzt wären ihre Tage wieder streng durchgetaktet.

Seufzend ließ sie sich in ihren Sessel fallen und vermisste mit jeder Minute dieses freie Leben an der See nur noch viel mehr, doch die Mutter hatte ihr eine Aufgabe gestellt, der sie nicht entkommen konnte.

Während sich Isolde wohl gerade an das Auspacken ihres Koffers machte, begann sie sich auf das Ereignis des Abends vorzubereiten: zuerst die Badewanne, dann die Haare und danach die Kleidung.

Alles reine Routine und bereits tausendmal geübt und dennoch war jetzt irgendetwas anders. Es war so schön gewesen, nichts davon tun zu müssen, aber ein Widerspruch oder eine Ablehnung käme einer Revolution gleich und dafür war sie nicht bereit!

Vielleicht noch nicht?

Stunden später stand sie perfekt frisiert, geschminkt und in eine luxuriöse Robe sowie einen edlen Duft gehüllt, mit einem Glas perlenden Sekt in der Ausstellung eines angesagten Künstlers im Schloss von Königsberg.

Rund um sie herum befanden sich dutzende andere Frauen, die schnatternd durch die Räume gingen, und sie betrachtete das Ganze jetzt irgendwie aus einer anderen Perspektive.

Seit Jahren wurde sie darauf konditioniert, genau das hier zu tun. Sie sollte zu einem Ebenbild ihrer Mutter werden und gerade blickte sie zu ihr hinüber. Es war wie ein Spiegelbild dessen, was sie selbst in 25 Jahren sein würde: die Gattin eines reichen Mannes, Kunstmäzenin und mehr oder weniger nur künstliches Geschöpf ohne Seele!

Bisher hatte sie das nicht gestört, was war jetzt anders?

Alles!

Gelangweilt schlenderte sie durch die Hallen und war eine von tausend wohlhabenden Frauen hier in der Stadt. Exquisit gekleidet unter Dutzenden anderen und dabei wäre sie doch jetzt lieber alleine und nackt am Strand.

Oder nicht ganz alleine, denn Karl wäre vermutlich gerade bei ihr.

Sie betrat den nächsten Raum und stand vor einem großen Bild. Eine Frau kam aus dem Meer auf sie zu. »Aphrodite« hatte man unter das Bild geschrieben und sie sah sich selbst darin.

Alles hier erinnerte sie im Moment nur an diese Liebe, die sie geopfert hatte, um sich diesem Irrsinn hier anzupassen.

Der Kopf hatte entschieden, aber das Herz schmerzte so unsäglich dabei.

Würde das jemals vergehen?

Seufzend riss sie sich von der schönen Erinnerung los und schob sich zum nächsten Bild, aber es war die Abbildung eines Strandes in der Sonne!

Wollte sie hier jemand absichtlich quälen und ihr vorzeigen, was sie aufgegeben hatte?

Das war nicht nötig, denn sie wusste es ohnehin!

Der Künstler betrat den Raum, ein etwas älterer Mann und vermutlich der einzige Herr unter hunderten von Damen.

Jetzt musste sie auch noch gute Miene zum bösen Spiel machen und etwas Konversation über die Farben des Bildes mit ihm machen. Belangloses Geschwätz, dass sie sich nicht einmal merkte, nachdem es ihren Mund verlassen hatte und auch das war etwas, was sie in Jahren oder Jahrzehnten gelernt hatte: Etwas sagen, obwohl es völlig bedeutungslos war, austauschbar und ohne Sinn.

Im Urlaub war das anders gewesen. Jedes Wort von Karl hatte einen Hall in ihrer Seele ausgelöst und jedes noch so banale Gespräch, das sie mit ihm geführt hatte, war noch immer in ihrem Gedächtnis!

Das hier war der reinste Irrsinn, denn der Maler ging zur nächsten Frau und hatte vermutlich ebenfalls bereits vergessen, was sie gesagt hatte.

Sie schob sich zum Fenster hinüber und blickte hinaus. Im Spiegelbild der Scheibe sah sie aber dennoch diesen Wahnsinn im Raum.

Vermutlich war keine der Anwesenden wirklich aus freien Stücken oder weil ihr diese Kunst gefiel in diesem Zimmer.

Alle waren nur hier, weil alle hier waren!

Es war der tägliche Aberwitz der feinen Gesellschaft, denn es ging nur darum, sich sehen zu lassen und gesehen zu werden.

Bisher war das auch ihre Rolle gewesen und nie zuvor hatte sie das gestört, jetzt seufzte sie auf.

Das war das Leben, welches sie gegen die Liebe und die Lust mit Karl eingewechselt hatte.

Ein wahrhaft schlechter Tausch!

Irgendwo da oben im Norden, keine vierzig Kilometer von ihr entfernt, stieg der Mann wohl jetzt gerade ins Wasser, an den sie den ganzen Tag bereits dachte. Er würde sie vermutlich schnell vergessen und sich mit einer anderen Schönheit am Strand trösten.

Eventuell küsste er gerade die nächste und dies alles schmerzte so sehr, denn sie sollte da sein! Nicht irgendeine Monika, Gundel oder Bärbel!

Wenn sie jetzt loslaufen würde, dann wäre sie noch vor dem Sonnenaufgang bei ihm und dann könnte sie wie Aphrodite im Morgengrauen dem Meer entsteigen, als eine neue und andere Frau, frei von allen Zwängen.

Nackt und schaumgeboren, wie diese Frau auf dem Gemälde hinter ihr!

Warum hatte sie sich nur auf diesen Urlaub eingelassen?

Sie hätte einfach so weiterleben können, wie bisher, dumm und unwissend, und sich mit ihrem seit Jahren vorgezeigten Schicksal einigen können.

In ein paar Jahren Ehefrau, Hausherrin in einer prunkvollen Villa und Mutter von zwei wohlgeratenen Kindern sein können.

Stattdessen hatte sie sich unüberlegt in dieses Abenteuer begeben, war ihrem Herzen gefolgt und das war jetzt da oben im Norden geblieben.

Sie fühlte sich leer, denn etwas fehlte in ihrem Leben und das war nicht dieser Trubel hier oder der köstliche Sekt, mit dem sie jetzt versuchte, diese Leere in sich zu füllen.

Wenn man genug davon trank, dann war der Kopf nicht mehr zu spüren, aber ihr Herz war trotzdem fern!

Momentan war sie nur noch eine seelenlose Hülle, gut angemalt und verpackt, aber darunter war sie hohl und ausgebrannt.

21. Kapitel

Hoffnungen und Zwänge

Es war der erste Arbeitstag nach dem Urlaub und irgendwie fühlte es sich komisch an, dass sie jetzt wieder ihre ganz normale Arbeitskleidung trug und nicht mehr Hedwigs erstklassigen Roben, aber an so etwas Wundervolles konnte man sich wirklich gewöhnen. Und es danach wahrhaftig schwer vermissen!

In ihrer üblichen Kombination aus einem grauen Rock, der vorschriftsmäßig die Knie und fast die halbe Wade bedeckte, und dazu passendem anthrazitfarbenen Oberteil mit der weißen Bluse darunter sah sie genauso aus, wie hunderte andere Frauen, die an diesem Montagmorgen mit der Straßenbahn in die Innenstadt fuhren und danach zu ihrer Anstellung in den Kontoren verschwanden.

Hier würde sich gerade keiner nach ihr umblicken, wie es die letzten vier Wochen so oft geschehen war.

Das kleine gelbe Einstecktuch oben links in der Tasche der Jacke war der Gipfel der Mode im Büro.

Hedwigs Kleid, mit dem langen seitlichen Schlitz, das sie in den Tagen zuvor so oft getragen hatte, oder einfach nur das bunte Halstuch, welches ihr im Urlaub so gut gefallen hatte, wären da zu viel des Guten und Roswitha würde sie damit sicherlich aus dem Zimmer jagen.

Eigentlich mochte sie die alte Vorzimmerdame ihres Chefs ganz gern und das war wohl beiderseits so, aber die ältere Frau hatte das gesamte Personal unter sich und würde einen modischen Fauxpas nie und nimmer dulden.

Daher befand sich Hedwigs Geburtstagsgeschenk auch unter der Bluse. Gold auf nackter Haut war etwas Wundervolles und keiner sah es!

Das war wie ein kleines bisschen unanständig, zumal es auch noch ein wilder Stier war.

Schmunzelnd betrat sie zum ersten Mal nach ihrem Geburtstag das Gebäude. Einundzwanzig war sie jetzt und damit irgendwie volljährig.

Matthias, der alte Portier, hatte ihr wie immer grüßend die Tür offen gehalten, sie stieg die Treppe nach oben und Fritzchen, der junge Postbote, kam ihr von dort entgegen geflitzt.

Alles folgte hier seinem gewohnten Gang und die anderen hatten sicherlich nicht solch einen schönen Urlaub gehabt.

Immer noch froh gelaunt schob sie die schwere Tür des Büros auf und sagte: „Guten Morgen, Frau Müller. Was für ein wundervoller Tag."

„Morgen, Fräulein Isolde, da haben sie recht", entgegnete Roswitha, die hinter ihrem massiven Schreibtisch thronte und soeben die Post sortierte, die ihr Fritzchen gerade gebracht hatte.

Die grauhaarige Frau bereitete die Mappe für den Herrn Direktor vor und nachdem sie diese in das noch leere Zimmer gebracht hatte, trat sie an ihren Tisch und sagte: „Ach übrigens, nachträglich alles Gute zum Geburtstag."

Überrascht blickte Isolde von ihren Arbeitsvorbereitungen auf und nahm den Gruß und einen kleinen Blumenstrauß gern entgegen.

Die Uhr im Gang schlug halb neun Uhr und wie immer trat der Herr Direktor Kaufmann pünktlich durch die Tür.

„Guten Morgen, Frau Müller, Fräulein Isolde", grüßte er und ging in sein Zimmer.

Für einen Montag war er ziemlich gut gelaunt und daher war wohl heute kein Donnerwetter von ihm zu erwarten. Offenbar hatte sein Lieblingspferd am gestrigen Tage dann doch endlich einmal das Rennen gewonnen, sonst wäre seine Laune wohl momentan nicht so gut gewesen.

Jetzt begann der Ernst des Tages, Roswitha trug die Post, sie brachte Kaffee und Kekse in sein Büro, der tägliche Ablauf begann und im Hinausgehen schlossen sie die Tür des Büros hinter sich.

Damit würde der Herr Direktor erst mal eine geraume Weile seine Zeitung studieren.

Alles wie immer!

Eine Stunde ging mit Schriftkram und ein paar Anrufen ins Land, bevor sich die Tür dann wieder öffnete.

Der Herr Direktor trat in den Raum und sagte: „Fräulein Isolde, zum Diktat zu mir!"

Sie griff sich Stift sowie den Block und sprang auf, um in sein Zimmer zu eilen.

Während sie an ihm vorbei in den Raum huschte, erklärte er für Roswitha: „Wir müssen auf den Brief von Kommerzienrat Benz antworten und ich will in der nächsten Stunde von keinem gestört werden!"

Flugs setzte sie sich auf den Stuhl vor seinem Schreibtisch, nahm den Block auf die Knie und wartete auf das Diktat, als er die Tür hinter ihr schloss. Und er schloss sie wirklich, denn sie hörte, wie er den Riegel vorlegte.

Er wollte also offensichtlich wirklich nicht gestört werden, denn das machte er höchstens zwei oder dreimal in der Woche bei besonders wichtigen Terminen.

Sie drückte die Spitze des Stiftes auf das Papier und harrte auf seine Worte.

Der Herr Direktor setzte sich nicht wie gewohnt in seinen Sessel, sondern direkt auf seinen Schreibtisch, unmittelbar vor sie hin, und begann: „Mein lieber Herr Kommerzienrat Benz ..."

Der Stift sauste los.

„Es hat doch immer etwas Gutes, wenn man eine echte Gräfin im Vorzimmer hat", setzte er fort und sein Schuh streifte dabei ihr Bein.

Ungerührt davon ließ sie die Spitze des Stiftes auf dem Papier tanzen.

„Und mit der Gräfin von und zu Jägerhof habe ich da eine ganz vortreffliche Kraft gefunden", erklärte er weiter.

Sie schrieb, bis sie begriff, was sie da gerade eben mit Grafit zu Papier gebracht hatte.

Sie stutzte, blickte zu ihm auf und der Herr Direktor riss ihr den Block aus den Händen.

„Liebstes Fräulein Isolde", begann er süffisant lächelnd, während er den Schreibblock hinter sich warf, danach zog er eine Zeitung von seinem Tisch und legte ihr diese aufgeschlagen in den Schoß.

Auf der Zeitungsseite war groß eine Aufnahme von ihrer Geburtstagsfeier in Rauschen zu sehen, in Hedwigs Kleid und mit der unbezahlbar teuren Kette ihrer Großmutter um den Hals. Hedwig stieß gerade mit ihr an und hatte ein Glas Sekt in der Hand!

Es waren mehrere gravierende Verstöße gegen ihren eigentlichen Auftrag, für die Ewigkeit festgehalten in einem einzigen Bild!

Der Herr Direktor hatte die Schrift unter dem Foto mit Bleistift unterstrichen.

Gerade ging es wirklich um ihren Kopf und daher zog sie diesen vorsichtshalber wie eine Schildkröte zwischen die Schultern.

Sie konnte nichts mehr sagen, aber das erwartete er wohl auch nicht, denn augenblicklich setzte er fort: „Habt ihr beide mich wirklich für so senil gehalten, dass ich das nicht mitbekomme?"

„Es war nur meine Geburtstagsfeier", druckste sie herum und zog den Kopf noch ein Stück tiefer.

„Sie sind so eine gute Kraft und ich wollte sie eigentlich dafür belobigen. Wie lange arbeiten sie schon hier für mich?"

„Seit fünf Jahren, Herr Direktor."

„Fünf Jahre schon, soso, ähm", antwortete er, erhob sich von seinem Platz und trat vor sie hin.

Seine Finger spielten gedankenverloren mit ihrem Knie.

Er seufzte und schüttelte den Kopf, dann ging er an ihr vorbei, streifte dabei ihre Schulter und trat zum Fenster.

Wie das Kaninchen vor der Schlage, so blickte sie zu ihm hinüber.

Was hatte er vor?

Würde er sie jetzt wirklich aus dem Kontor werfen?

„Meinen sie nicht auch, dass es heute ein ganz schön warmer Tag ist?", fragte er, mit dem Rücken zu ihr stehend.

Die Wände waren sicher einen Meter dick aus gemauerten Backsteinen, und die Fenster gingen nach Norden raus. Es würde draußen ein paar Wochen lang mehr als vierzig Grad sein müssen, bevor es in diesem Raum auch nur ein kleines wenig warm werden würde, aber momentan schwitzte sie wirklich, allerdings vor Angst!

Er äußerte als Nächstes: „Wir sind uns doch aber einig, dass kein Sterbenswort von dem, was hier in der Firma passiert, diese Räume verlässt?"

Während er sich zu ihr umdrehte, öffnete er sich den Kragen des Hemdes und löste den Schlips.

Sie nickte eifrig.

Langsam und geruhsam kam er auf sie zu, öffnete vor ihr stehend ihren obersten Blusenknopf und streichelte danach mit seinen Fingern über den goldenen Stier an der Kette um ihren Hals.

„Wollen sie es sich nicht etwas bequemer machen, solange ich ihnen den Brief weiterdiktiere?", fragte der Herr Direktor, während er ihr den nächsten Knopf und sich danach die Hose öffnete.

22. Kapitel

Suppe, Verse und Liebe

ontag, zehn Uhr, in der Villa Kaufmann. Gudrun stand mit ihren streng zu einem Knoten gebundenen grauen Haaren vor ihr in der Küche und schwang den Kochlöffel.

Zum dritten Mal innerhalb nur einer viertel Stunde erklärte die ältere Frau ihr wieder, was in diese Suppe hineingehörte.

Das alles war so sinn- und nutzlos!

Seit zwei Stunden stand sie bereits hier herum, es war ein Teil ihrer Ausbildung in der Hauswirtschaft, aber es hatte für sie keinerlei wirklichen Wert.

Die Mutter hatte seit ihrer Hochzeit nicht einen Kochlöffel mehr angefasst und sie selbst würde mit dem Geld der Mitgift und dem Einkommen ihres zukünftigen, und selbstredend gut betuchten, Mannes bis an ihr Lebensende so viel Geld haben, dass sie sich davon jederzeit jemanden leisten konnte, der ihr die gebratenen Tauben in den Mund schob!

Wozu also sollte sie diesen Unsinn lernen? In ihrem zukünftigen Haushalt würde es selbstverständlich eine Köchin und eine Zofe geben.

Und da sie den Zweck dieses Unterfangens nicht einsah, würde sich Gudrun auch weiterhin vergeblich abmühen, um ihr die Grundbegriffe der guten Haushaltung näherzubringen.

Der Tag verlief also sinnlos, aber es lenkte sie wenigstens vom Herzschmerz ab, den sie nach der Trennung von Karl noch immer tief in sich verspürte.

Ihre zukünftige Schwägerin Elfriede betrat den Raum und sofort begann die Freundin, mit Gudrun zu fachsimpeln.

Offenbar war es doch nicht ganz ohne Wert, wenn man wusste, was da auf dem Tisch stand.

Sorgsam hörte sie zu, wie die beiden Frauen sich über die Menge des Mehls austauschten, die in einen guten Kuchen gehörte.

Schließlich wandte sich Elfriede ihr zu und sagte: „Arthur ist wieder zurück und ab jetzt wird er hier in Königsberg stationiert sein, als Nachrichtenoffizier der Reichswehr beim Stab der 1. Infanteriedivision."

„Das bedeutet, dass ihr jetzt endlich heiraten werdet?", fragte sie zurück.

„Ja, natürlich. Ich denke mal, im August werden wir die Hochzeit ausrichten", entgegnete Elfriede und verließ den Raum.

Hedwig blickte ihr nach und sah durch die offene Küchentür ihren Bruder im Flur stehen. Die Gelegenheit, der Kochschule für eine Weile zu entkommen, musste jetzt unbedingt genutzt werden.

Sie stürmte hinaus und fiel ihrem älteren Bruder um den Hals.

Das war wohl nicht die feine Art für eine Tochter aus gehobenem Hause und Elfriede zog demonstrativ die Augenbrauen hoch.

„Hallo Amalia", begrüßte Arthur sie.

Er nahm immer noch ihren zweiten Vornamen, den sie eigentlich nicht mochte, um sie damit zu necken.

Arthur sah in der Uniform schon sehr Schmuck aus, jetzt war er Leutnant und Offizier, wobei das wohl mehr dem Wunsch des Vaters als seiner eigenen Absicht zuzuschreiben war, denn schon immer war er ein begeisterter Hobbyfunker gewesen und ohne den Druck des Vaters hätte er vielleicht auf einem Schiff als Funker angeheuert, aber die Auflage war nun mal eben, zuerst Offizier zu werden, um dann irgendwann mal die Leitung der Firma zu übernehmen.

Irgendwie lebten sie wohl beide mehr das Leben ihrer Eltern, oder den Weg, den diese ihnen vorgaben, und daher verstanden sie sich vermutlich auch so gut.

„Arthur und Amalia", war in diesem Hause einst das Synonym für Trubel und Chaos gewesen, doch mittlerweile waren sie beide erwachsen und etwas gesetzter.

Manchmal zumindest.

„Schön, dass du wieder da bist. Da sehe ich dich jetzt hoffentlich öfter hier? Oder?", erkundigte sie sich.

„Wenn es mein Dienst zulässt", entgegnete er ihr.

„Fräulein Hedwig?", hörte sie eine drohende Stimme hinter sich.

Gudrun hatte noch immer den hölzernen Kochlöffel in der Hand und schwenkte diese drohend.

„Die Pflicht ruft", bedeutete Arthur verschmitzt.

„Du musst mir alles von Berlin erzählen", sagte sie noch, bevor sie sich wieder in ihre Pflichten stürzen musste.

Qualvolle zwei Stunden später erlöste sie Alfons, ihr Hauslehrer, der mit dem Buch im Arm in der Küche erschien.

Der Nachmittag gehörte dem Studium, aber zuvor wollte der Lehrer noch die Suppe probieren.

Es war nicht zu verkennen, dass sowohl Alfons als auch Gudrun viel am jeweils anderen gelegen war, aber keiner wollte es wohl zeigen oder sagen. Zumindest nicht in ihrem Beisein.

„Was machen wir heute? Homer? Aristoteles? Platon? Schopenhauer oder Goethe? Ich habe im Urlaub viel von Nietzsche gelesen", begann sie.

„Wie wäre es mit Arithmetik?", entgegnete Alfons ihr auf dem Weg zu Vaters Bibliothek.

Der Lehrer kannte ihre Schwachstelle nur zu gut.

Sie konnte Monologe von Shakespeare fehlerfrei aus dem Gedächtnis vortragen, die sie nur ein einziges Mal gelesen hatte, aber beim Zusammenzählen von zwei und zwei Äpfeln war im mathematischen Sinne ihre Grenze schon fast erreicht.

Sie hatte nicht dieses Talent ihrer Freundin, die eine Seite im Kontobuch nur sehen musste, um zu wissen, was da nicht stimmte.

Für sie waren Zahlen schlimmer als ägyptische Hieroglyphen!

Alfons klappte das Buch auf und begann: „Wenn ein Bauer in einer Stunde zwanzig Äpfel pflückt ...“

Sie hatte schon die Antwort »Blau« auf den Lippen, aber die Frage war dann doch anders.

Etwa eine halbe Stunde später sagte sie hoffend: „Hundertzwanzig Äpfel?“

Alfons applaudierte ihr.

„Und als Belobigung dafür darfst du dir etwas wünschen“, setzte er noch hinzu.

„Ein Tag, nackt, am Meer und mit Karl“, hätte sie fast gesagt, aber sie antwortete: „Vielleicht Verse von Rilke?“

Alfons erhob sich, trat zum Bücherregal und zog eines der Bücher ihrer Mutter hervor. Mit seiner im Moment wirklich melodischen Stimme begann er eines der Gedichte zu rezitieren, und sie träumte sich dabei davon.

Doch schon wenig später gab es die nächste kniffelige Frage und diesmal etwas mit Kuchenstücken, was zwar lecker klang, und sie ebenfalls an den Urlaub mit den Cafés erinnerte, aber dennoch ziemlich trockener Stoff war.

Bruchrechnung war noch schlimmer als alles andere, aber mit der Aussicht auf ein weiteres Gedicht als Belohnung strengte sie sich nur noch mehr an.

Irgendwie wusste Alfons wohl, wie er sie packen konnte.

Und dabei hätte sie es eigentlich lieber gehabt, wenn Karl sie jetzt gepackt hätte.

Nach der Zahlenlehre kam der Ilias von Homer dran.

Die Geschichte eines Krieges um die schöne Helena, wobei es eigentlich nicht mehr um sie ging, nachdem die Männer begonnen hatten, in den Krieg zu ziehen.

Dann doch lieber was von Rilke, da war der Herzschmerz eines liebenden Mannes drin, nicht eines Kämpfers. Und das war auch so in etwa die Stimmung, in der sie sich selbst befand.

In tiefster Wehmut gefangen!

Der Tag, der mit Suppe begonnen hatte, setzte sich mit Versen vom Meer fort und sie träumte sich bei jedem davon ein Stück weiter, bis sie in Gedanken nur noch am Strand war, bei Karl, der sie einfach nur im Arm hatte.

23. Kapitel

Kein Sterbenswort!

Isolde saß in der Straßenbahn, hatte ihre Stirn gegen die Scheibe gelegt und blickte auf die langsam erwachende Stadt hinaus.

Der Juni war vorüber, der Juli hatte begonnen und damit lag dieser wundervolle Urlaub auch schon wieder einen ganzen Monat zurück, aber mit den Konsequenzen ihrer unvorsichtigen Handlungsweise musste sie jetzt irgendwie zu leben lernen.

Durch den dummen Fehler bei der Geburtstagsfeier und das Beweisfoto begann für sie jetzt jeder Montag, Mittwoch und Freitag mit dem Diktat eines Briefes an den Herrn Kommerzienrat Benz, der allerdings auch nach zwölf Terminen noch immer nicht über die Anrede hinausgekommen war.

Ansonsten war die Arbeit schön, nicht so schwer wie früher im Lagerraum und mittlerweile auch deutlich besser bezahlt, denn ihr letztes Gehalt hatte jetzt um ein Drittel zugelegt.

Seine Belehrung, dass sie über alles in seinem Büro kein Sterbenswort verlieren durfte, hätte es allerdings nicht gebraucht, denn alles, was sie sagen würde, fiel ja sowieso auf sie zurück. Auf der Weste des Herrn Direktors blieb kein Fleck, sie hingegen hatte eine Menge zu verlieren: Ruf, Ehre, Fritz, Geld und die Freundin.

Er zwang sie nicht, er sagte noch nicht mal ein Wort, das in irgendeiner Richtung so zu deuten wäre, dass er etwas Verbotenes tun wollte, er sagte nur solche Sätze wie: „Was für ein warmer Tag heute!", „Möchten sie es sich nicht etwas bequemer machen?", oder: „Das ist aber eine schöne Bluse", wobei deren Farbe immer dasselbe Weiß war, denn etwas anderes ließ Frau Müller in diesen Räumen gar nicht zu.

Seine Anspielungen mit der Gräfin waren da auch nur so etwas wie Beschleuniger ihrer Handlungen, und die Bemerkung des

Herrn Direktor darüber, dass sie sein bestes Pferd im Stall war, konnte man in diesem Bezug durchaus doppeldeutig verstehen.

Zum Glück hatte sie früher in der Schule immer gut aufgepasst und damit begann jetzt jeder Tag mit einem Blick in den auf ihrem Schreibtisch stehenden Kalender, ob sie am jeweiligen Tag ihre Pflichten mündlich erfüllen musste, oder die Konversation tiefgreifender werden durfte, denn schließlich sollte Hedwig ja nicht noch ein überraschendes Geschwisterchen bekommen.

Allerdings war der Herr Direktor bei ihren Vorschlägen zu alternativen Lösungsansätzen gern bereit, auf diese einzugehen und es war auch extrem hilfreich, dass ihr Körper wie ein Uhrwerk funktionierte und sie sich zu 100 % darauf verlassen konnte.

Es war also Montag, der 1. Juli, sie betrat ihr Büro als erste, ließ sich auf ihrem Stuhl nieder und blätterte den Kalender um.

Am nächsten Samstag war da ein großer durchgestrichener Mond hineingemalt und für jeden anderen war es eben nur die Mondphase, aber für sie war es die Markierung dafür, dass in den nächsten Tagen nicht mit überraschendem Familienzuwachs zu rechnen sein würde.

Entspannt lehnte sie sich zurück und sah auf die offene Tür des Büros des Herrn Direktors. Die Wanduhr zeigte kurz vor acht Uhr und damit müsste Fritzchen in den nächsten fünf Minuten mit der Zeitung sowie der Post erscheinen.

Für sie war das dann das Startsignal, den Kaffee vorzubereiten und die Briefe auf den Tisch von Frau Müller zu legen.

Die neue Woche begann wie immer, der Zwölfjährige erschien in der Tür, übergab ihr die Tageszeitung und stibitzte sich ein Bonbon aus der Ablage auf ihrem Tisch, die da aber nur für ihn stand.

Mit dem Gongschlag kam Frau Müller, nickte ihr zu und ging hinter ihren massiven Eichenholzschreibtisch.

Das heiße Wasser lief durch den Filter in die Kanne und sie schob sich, mit einem Blick in den Spiegel, noch einmal die Frisur zurecht.

Der Herr Direktor war der nächste, grüßte sie beide freundlich und ging in sein Büro.

Noch bevor sie allerdings die Kaffeetasse in die Hand nehmen konnte, rief er bereits von drinnen: „Fräulein Isolde?"

Der hatte es heute aber eilig, eine Minute später wäre sie doch sowieso vor seinem Schreibtisch gewesen, oder mit dem Rücken darauf.

Sie ließ die Tasse stehen und eilte zur Tür, wo sie beinahe mit dem Mann zusammengeprallt wäre, der ihr von drinnen entgegenkam.

„Lassen sie den Kaffee in der Kanne. Wir fahren zu Herrn Kommerzienrat Benz. Packen sie sich was zu schreiben ein!", erklärte er.

Sie hastete zu ihrem Tisch zurück, raffte ihr Schreibzeug zusammen und stand bereit, als er neben sie trat.

Was hatte er vor? Würde sie jetzt wirklich diesen mysteriösen Mann kennenlernen? Oder war es nur eine Finte für Frau Müller?

An seiner Seite verließ sie das Gebäude, sie setzten sich in das Auto und fuhren damit durch die Stadt, der Herr Direktor sagte kein Wort und sie fragte nicht.

Irgendwann bog das Auto von der Straße auf einen Feldweg ab und erst jetzt äußerte er: „Sind sie schon mal geritten?"

Sie hatte schon auf der Zunge: „Nur auf einem Esel", verkniff es sich aber lieber in Anbetracht der doppeldeutigen Aussage und bemerkte nur: „Noch nie auf einem Reitpferd!"

„Der Herr Kommerzienrat hat nämlich ein neues Pferd", erklärte er und sie fuhren auf den Platz vor einem ziemlich großen Stallgebäude.

Der Schofför hielt ihr die Tür offen, sie trat auf den Platz und der altbekannte Geruch des heimatlichen Dorfes umwehte ihre Nase.

An der Seite des Herrn Direktors ging sie zu den Stallungen hinüber, vor denen ein älterer Mann mit einer jungen Frau in einem Gespräch war.

Herr Benz und seine Sekretärin eventuell?

Aber die Frau trug Hosen sowie ein ziemlich schickes Jackett darüber, und das war nicht die typische Kleidung fürs Büro.

„Fräulein Karola, küss die Hand", begrüßte der Direktor die Frau.

Das war also definitiv keine Angestellte und ihr Schmuck ließ auch nicht darauf schließen, denn zu exklusiv sah der aus, wenn er auch schlicht wirken sollte.

„Vielleicht können sie Isolde mal ihr Pferd zeigen, während ich mit ihrem Vater etwas zu bereden habe?", fragte der Herr Direktor, ging mit dem anderen Mann fort und ließ sie beide einfach dort stehen.

Fräulein Karola stand also auf einer gesellschaftlichen Ebene mit Hedwig und damit so viel über ihr.

Warum hatte der Herr Direktor sie überhaupt mitgenommen? Vermutlich nur, um die Frau irgendwie zu beschäftigen.

Aus der Nähe sah sie sich jetzt die andere Frau etwas genauer an. Sie war sicherlich auch nicht viel über 21, ihre braunen Haare waren eher sportlich kurz, fast männlich, und die Kleidung sollte leger aussehen, war aber definitiv auf Maß gefertigt.

„Willst du dir meinen Hektor mal ansehen?", fragte sie, Isolde nickte und sie gingen zu den Stallungen hinein.

Für einen Besuch im Stall waren Karolas Hosen eindeutig besser geeignet als ihr Rock, allerdings würde sie damit zum Glück nicht auf einen Pferderücken steigen müssen, denn Hektor war ein wirklich riesiger Hengst!

24. Kapitel

Schokolade und Äpfel

Mehr als vier unglaublich lange Wochen hatte sie es ausgehalten, dem Druck zu widerstehen, sich nach Karl zu erkundigen.

Jeden Tag hatte sie eine unsichtbare Maske aufgesetzt, damit keiner bemerken würde, wie es in ihr drin aussah, aber abends war sie dann doch heulend in ihr Bett gefallen.

Es schmerzte so unendlich, dass er nicht bei ihr war!

Und dabei wusste sie noch nicht einmal, ob Karl nicht nur ein Abenteuer in ihr gesehen hatte. Eine kleine unschuldige Zofe, die er einfach nachts am Strand verführt hatte.

Das Schlimmste an der ganzen verrückten Situation war aber, dass sie einfach mit niemandem darüber reden konnte, denn jeder hier würde sie sofort dafür ins Kloster schicken!

Nicht mal Isolde durfte sie sich anvertrauen, denn das würde über Umwege zum gleichen Ergebnis führen!

Der Zettel mit seiner Anschrift lag noch immer versteckt in ihrem Schrank, wobei sie diese mittlerweile auswendig kannte, denn diese Serviette des Nobelhotels war ihr nächtlicher Tröster.

Es waren Zeilen von Karls Hand und damit eine Botschaft direkt aus seinem Herzen, und hätte er ihr wirklich die Adresse seiner Mutter gegeben, wenn sie für ihn nur eine amouröse Affäre ohne jegliche Bedeutung gewesen wäre?

Sicherlich nicht!

Doch jetzt hielt sie es einfach nicht mehr aus, zog sich die einfache Kleidung an, die sie an der See immer getragen hatte, und schlich sich über den Dienstbotenausgang aus der Villa.

Niemand beachtete sie, als sie mit dem Bus durch die Innenstadt fuhr, denn in ihrer derzeitigen Bekleidung würden vermutlich nur Gudrun oder die Mutter sie erkennen. Für alle anderen war sie einfach eine Frau, die zur Arbeit oder in ein Geschäft fuhr.

In Gedanken hatte sie diesen Ausflug schon so oft gemacht, dass ihr alle Schritte so unglaublich vertraut vorkamen, obwohl sie bisher noch nicht so oft mit dem Omnibus gefahren war.

Wie von einem Magneten wurde sie zu der Adresse gezogen, wobei sie nicht wusste, was sie dort sollte oder wie sie sich nach Karl erkundigen konnte, ohne dass jemand daran etwas Anstößiges finden würde.

Zumindest wäre sie da an einem Ort, an dem Karl gelegentlich aushalf, und insgeheim wünschte sie sich wohl, auf ihn zu treffen, was die Sache allerdings nur noch schlimmer machen würde.

Oder besser?

Endlich sah sie den Laden zum ersten Mal vor sich.

»Lebensmittel und Kolonialwaren Merkel«, war in großen schwarzen Buchstaben an die Häuserfassade geschrieben und das Gebäude machte einen guten Eindruck. Einige Kisten mit Obst und Gemüse standen auf Ablagen davor, in denen soeben zwei ältere Frauen nach Möhren suchten und Kohl prüften, um ihn danach im Geschäft zu bezahlen.

Sie hatte sich nur ein paar Münzen eingesteckt, aber für etwas Kleines würde es schon reichen.

An einer Tafel stand mit Kreide, dass ein Brot hier noch nicht mal fünfzig Pfennige kostete, wobei ihre Freundin Isolde etwa hundert Mark im ganzen Monat verdiente.

Hedwig betrat den schummrigen Laden und ging an den Warengestellen entlang.

Karl hatte etwas von leckerer Schokolade gesagt, die es hier ebenfalls geben sollte, als er einmal von diesem Geschäft erzählt hatte, und jetzt suchte sie genau danach.

Schließlich stand sie vor dem Regal, kramte ihre Münzen aus der Tasche und versuchte zusammenzurechnen, ob es für eine Tafel reichen würde.

Alfons würde jetzt vermutlich verzweifelt die Hände über dem Kopf zusammenschlagen, aber sie bekam das Ergebnis nicht zusammen. War das denn wirklich so schwer, den Wert von fünf Münzen zu addieren?

Es war schier zum Verzweifeln und daher ließ sie es einfach, blickte sich im Geschäft um und sah, dass am anderen Ende des Ganges eine Frau mit dem Rücken zu ihr hockte, die gerade irgendetwas einpackte.

Die Bewegungen kamen ihr sonderbar vertraut vor und darum ging sie zu ihr hinüber.

Aus zwei Schritten Entfernung schaute sie zu, wie die Frau Kartoffeln sorgfältig in die Kiste stapelte, dann blickte sie auf und Hedwig erkannte Sarah vor sich.

„Hallo Hedi, lange nicht gesehen", sagte die Frau, wischte sich mit der Hand über die Nase und ein dunkler Streifen Kartoffelschmutz blieb in einem strahlenden Gesicht davon zurück.

„Hallo Sarah. Ja, sehr lange, aber du hast mich ja gleich wiedererkannt!"

„Ich vergesse niemanden, der mir ein leckeres Eis ausgegeben hat", antwortete sie schmunzelnd, erhob sich aus ihrer Position und kam langsam auf die Füße.

Ein kleines Bäuchlein zeigte sich unter der Schürze an der eigentlich gertenschlanken Frau, und das war sicherlich nicht vom Eis gekommen, sondern von den Samstagen mit Isaak oder der Hochzeitsnacht einige Wochen davor.

„Wolltest du nicht in der Oper vorsingen? Du hattest doch einen Termin gehabt. Oder?", erkundigte sich Hedwig bei ihr.

„Ja, dank deiner Gräfin, aber etwas anderes ist mir da dazwischengekommen", antwortete sie, strahlte über das ganze Gesicht und strich sich mit der Hand über den Bauch.

„Ich singe weiter in meiner Bar und tagsüber helfe ich Karls Mutter hier im Laden aus. Da kommt etwas mehr Geld für die Ba-

116

byausstattung zusammen", setzte sie noch erklärend hinzu und lächelte zufrieden und sichtbar glücklich.

„Du sparst auf deine Ausstattung und meine Freundin auf ihre Aussteuer, nur ich wollte eigentlich Geld ausgeben", erklärte Hedwig, schaute zum Warengestell mit der Schokolade zurück und seufzte.

Sarah ging vor ihr her zum Regal, nahm eine Tafel heraus und fragte: „Wie viel Geld hast du denn mit?"

„Ähm", entgegnete Hedwig und zog die Münzen aus der Tasche.

Sarah angelte sich einige der Geldstücke von der Handfläche und drückte ihr die Tafel in die Hand.

„Der Rest reicht noch für einen Apfel", erklärte sie schmunzelnd.

„Dann teilen wir uns einen", erwiderte Hedwig und nahm sich eine der leckeren Früchte aus dem Korb.

Sarah holte sich ein Messer und halbierte damit die Frucht.

„Warst du am Samstag wieder in Rauschen?", fragte Hedwig und biss in ihre Apfelhälfte.

„Momentan spare ich. Isaak hat ja seine Pflicht getan", entgegnete sie und griente erneut von einem Ohr zum anderen.

Wie sollte sie jetzt das Gespräch auf Karl bringen? Oder sollte sie es lieber lassen? Jetzt wusste sie doch, wo sie eine Information finden konnte, und mehr hatte sie doch auch nicht gewollt.

Oder doch?

„Karl ist wohl noch dort. Oder?", fragte sie schließlich, als sie es nicht mehr aushielt.

„Er und Isaak werden erst im September zurück sein. Die müssen in der Saison zusätzlich etwas verdienen und das geht dort am besten, auch wenn es schmerzt, dass er fort ist, aber wir haben ja den ganzen Winter danach für uns", antworte Sarah und lehnte sich an das Regal.

„Schreibe mir doch deine Adresse auf, dann kann ich dich mal besuchen, wenn ich Zeit habe", setzte Hedwig noch hinzu.

Mit Sarah würde sie reden können, ohne dafür in die Verbannung gehen zu müssen, denn für Sarah war sie noch immer die Zofe Hedi.

Mit der Anschrift der Wohnung auf dem Zettel und nur noch einer halben Tafel Schokolade verließ sie wenig später glücklich den Laden wieder.

25. Kapitel

Von Hengsten und Stuten

Ziemlich unbeholfen stakste Isolde im Stall herum, denn dieser enge und knielange Rock war fürs Büro gemacht, hier waren Hosen wie die von Karola oder die breiten Röcke, die sie früher selbst auf dem elterlichen Bauernhof getragen hatte, viel besser.

Zumal dieser Stoff nicht wirklich dafür gemacht war, Schmutz abzuweisen und sie sich daher auch noch extrem vorsehen musste, um nicht irgendwo anzustoßen, denn Frau Müller würde sie sonst nach der Rückkehr aus dem Büro werfen.

Karola jedenfalls stand in der offenen Tür des Stallabteils, eine Hand lässig in der Hosentasche und streichelte mit der anderen ein Pferd, das in seinen Ausmaßen diesen Stall zu sprengen drohte.

Noch nie in ihrem Leben hatte Isolde ein solch gewaltiges Ross gesehen!

Selbst die eigentlich schon großen Ermländer Kaltblutpferde, mit denen damals Bauer Kasimir immer bei ihnen auf dem Hof vorgefahren war, waren winzig gegen dieses Tier hier.

„Die Vorfahren von Hektor trugen einst die Ritter des Deutschordens in die Schlacht", erklärte Karola.

Isolde konnte sich das momentan wirklich bildhaft vorstellen, wie ein Ritter mit Lanze und Schild auf solch einem Streitross in die Schlacht stürmte.

„Bist du schon mal geritten?", fragte Karola sie jetzt.

„Nur auf einen Esel", entgegnete sie und blickte nach oben. „Da ist die Fallhöhe nicht ganz so groß!", setzte sie noch hinzu.

Karola schmunzelte und erklärte dann: „Wer auf einem störrischen Esel reiten kann, den wirft auch ein Pferd nicht ab!"

„Oder nur einmal", wollte Isolde ihr entgegensetzen, verschluckte aber die Bemerkung, weil der Hengst gerade an ihrer Kappe zog.

„Ich bin irgendwie nicht richtig für den Stall gekleidet", stellte sie fest.

„Also Hektor mag deine Sachen!"

„Ich würde eher sagen: Er hat sie zum Fressen gern", erwiderte sie und versuchte dem Hengst ihre Kopfbedeckung wieder abzujagen.

„Du kannst doch deine Sachen da drüben hinhängen", setzte ihr Karola entgegen, zog sich das Jackett aus und hängte es auf einen Haken neben der Tür, auf dem wohl sonst das Zaumzeug hing.

Mit der wieder zurückerhaltenen Kappe trat sie zur Seite, hängte diese und die Jacke dort dazu und wollte zurück zu Karola treten.

„Den Rock auch, wenn du reiten willst", erklärte Karola sofort.

Der Satz hätte unbesehen in derselben Art auch von Herrn Direktor Kaufmann kommen können, aber sollte sie wirklich hier in Unterwäsche im Stall stehen?

Ihr fragender Blick bewirkte nur, dass Karola auf sie zutrat, ihr den Rock öffnete, der damit über ihre Hüften nach unten rutschte und kurz darauf ebenfalls am Haken hing.

„Also ich glaube nicht, dass ich so reiten kann", sagte sie und blickte an sich herab.

„Stimmt! Zumindest nicht auf einem Pferd!", gab ihr die Frau lächelnd zurück und ging zu den anderen Pferdeboxen.

Was suchte sie dort?

Mit dem kurzen Höschen, darüber hängender Bluse und den Händen vor dem Schoß blickte sie Karola hinterher.

Zwei Boxen weiter blieb Karola stehen und sagte: „Gib mir deine Hose!"

Ein Stallknecht trat auf den Gang, zog seine Hose aus und übergab diese wortlos an Karola, die damit zu ihr zurück geschlendert kam.

Eine Minute später trug auch Isolde Hosen und damit würde sie sich wohl jetzt nicht mehr dem entziehen können, dass sie hier irgendwo auf solch ein Reittier musste.

Oder gab es dazu noch einen Ausweg?

„Der Herr Direktor hat gesagt, ihr habt ein neues Pferd?", versuchte sie Karola auf andere Gedanken zu bringen.

„Ja, das wird dir gefallen", ließ sich Karola zum Glück darauf ein und sie gingen an der Reihe der Pferdeboxen entlang.

Der Stallknecht verrichtete in der Unterhose ungerührt seine Arbeit.

Hier hatte Karola offensichtlich das Sagen und duldete genauso wenig einen Widerspruch, wie der Herr Direktor in seinem Büro.

„Wir haben es erst gestern bekommen", erklärte Karola, schob eine Tür auf und trat ein.

„Und man kann nicht von ihm herabfallen", setzte sie noch schmunzelnd hinzu.

Das Pferd war ein Pferdchen, ein ganz kleines Fohlen, und Isolde kniete sich sofort vor das kleine Wesen.

„Das ist ja herzallerliebst", brach es aus ihr heraus, als dieses winzige Geschöpf mit tapsigen Schritten näher kam.

Zu zweit streichelten sie es, bis Karola sie dann wieder aus der Box drängte.

Draußen zeigte sie auf die Nachbarbox und bemerkte: „Und das da ist auch nicht so hoch!"

Die gefleckte Stute war immer noch ziemlich groß, allerdings duldete Karola jetzt keinen Widerspruch mehr.

Binnen Minuten war das Pferd gesattelt und sie mit Unterstützung von zwei Stallknechten dann irgendwie auch oben.

Der Aufstieg sah aber vermutlich so grotesk aus, dass sich Karola nur mit Mühe das Lachen verkneifen konnte.

Einer der Männer hatte geschoben, während der zweite von der anderen Seite gezogen und Karola das Pferd festgehalten hatte.

Schließlich führte die Frau sie einfach mitsamt dem Pferd an der Leine aus dem Stall zu einem Platz, auf dem sie reiten sollte.

Krampfhaft hielt sie sich oben.

„Das sieht gar nicht mal so schlecht aus", versuchte Karola sie wohl zu ermutigen.

Während das Pferd mit ihr obendrauf danach Karola umkreiste, erläuterte diese ihr: „Du bist viel zu verkrampft. Halte dich mit den Beinen am Sattel, bewegen deinen Hintern einfach im Rhythmus mit, halte die Balance und dann immer schön locker bleiben."

Das klang leichter als getan!

Und jetzt trat auch noch der Herr Direktor, im Gespräch mit dem Herrn Kommerzienrat, aber dennoch immer mit einem Auge bei ihr, dicht an die Umzäunung des Reitplatzes heran.

Mit der Gewissheit, sich momentan bis auf die Knochen zu blamieren, hielt sie sich auf der Stute, die allerdings wohl eine Seele von Pferd war, denn sie ertrug es ohne Murren, dass sie auf ihr saß.

Endlich erlöste Karola sie von dieser Pflicht, half ihr aus dem Sattel und schwang sie selbst hinauf.

Offensichtlich wollte die Frau ihrem Vater jetzt zeigen, was sie schon alles konnte, denn sie begann ziemlich rasant und vollführte bald die verrücktesten Kunststücke im Sattel.

Ihr selbst wurde es dabei schon alleine vom Zusehen hunde-elend.

Zum Schluss brachten sie zusammen die Stute in den Stall, Isolde konnte die Hose zurückgeben und sich den Rock anziehen.

Mit einer Umarmung verabschiedete Karola sich von ihr und wenig später saß sie wieder im Fond des Mercedes auf dem Rückweg zum Büro.

Nicht eine Minute des Aufenthaltes hatte sie gearbeitet, und ganz offensichtlich war sie nur mitgekommen, um Karola von dem Gespräch ihres Vaters abzuhalten.

Kaum hatte sie sich an ihren Schreibtisch gesetzt, rief der Herr Direktor auch schon: „Fräulein Isolde, zum Diktat!"

Offenbar kam sie also dann doch nicht um ihre montägliche Pflicht herum.

Mit Zettel und Stift eilte sie in das Zimmer, schloss die Tür hinter sich und der Herr Direktor empfing sie mit den Worten: „Ich habe gesehen, dass sie geritten sind. Erzählen sie mal, wie das so war!", dabei öffnete er sich den Hosenstall und ließ sich rückwärts in seinen Sessel fallen.

26. Kapitel

Unter Frauen

Noch nicht einmal eine Woche hatte Hedwig es ausgehalten, bevor sie sich erneut aus dem Hause schlich und mit dem Bus in den nördlichen Vorort fuhr, den ihr Sarah als Adresse angegeben hatte.

Diese Heimlichkeit war ziemlich gefährlich, denn mit jedem Mal stieg das Risiko, dass sie dabei erwischt wurde, und dennoch ging es nicht anders, weil sie die andere Frau zum Reden brauchte!

Nur ihr konnte sie ihr Herz ausschütten, wobei sie es tunlichst vermied, daran zu denken, dass sie Sarah eigentlich wissentlich über ihre Herkunft belog, aber nur so war ein offenes Gespräch möglich, so kurios das auch scheinen mochte.

Hedwig hatte sich ein wenig Schokolade in ein kleines Paket eingewickelt, um es der Freundin zu schenken und vielleicht mit ihr zusammen davon zu naschen.

Es dauerte eine geraume Weile, bis der Bus die andere Seite der Stadt erreichte und sie ausstieg.

Hier war sie noch nie zuvor gewesen und musste sich erst einmal zur Straße durchfragen.

Endlich stand sie vor dem Haus, die Tür war weit offen und ein paar Mädchen spielten davor mit einer Puppe.

Sie betrat das Treppenhaus und musste ganz nach oben, wo sich nach dem Schild die Wohnung von Sarah und Isaak befinden sollte.

Bereits zwei Etagen unter der obersten hörte sie Gesang über sich und wenn da nicht jemand ein Grammofon angemacht hatte, musste das wohl Sarah sein, die sich für die Bar einsang.

Mit jedem Stockwerk, das sie im Haus aufwärts stieg, erhöhte sich auch die Temperatur.

Draußen war es sonnig und warm, hier drinnen drückend heiß!

Wie hielten das die Menschen hier im Sommer nur aus?

Vermutlich spielten die Kinder daher lieber unten auf dem Gehweg mit ihrer Puppe.

Schließlich stand sie unter dem Dach vor der Tür, mit Sarahs Namen dran, sie klopfte, der Gesang verstummte und kurz darauf öffnete eine ziemlich leicht bekleidete und dennoch schwitzende Sarah ihr die Tür.

„Ach Hedi, schön dich schon so bald wiederzusehen", flötete Sarah und umarmte sie.

Sofort zog die Frau sie in die Wohnung und geschwind erklärte sie ihr alle Räume, wobei das ziemlich schnell ging, denn die Wohnung, die sich Sarah mit ihrem Mann und schon bald mit einem Kind teilte, war nicht viel größer als ihr Zimmer in der väterlichen Villa.

Es war eine Mansardenwohnung unter dem Dach und unerträglich warm, obwohl die Fenster alle offen standen und ein Luftzug durch die Räume wehte, allerdings einer, der auch aus der Sahara stammen konnte.

„Wie hältst du das im Sommer nur hier aus?", fragte sie, als sie sich auf das Sofa fallen ließ.

„Man gewöhnt sich daran", antwortete die andere Frau und setzte sich zu ihr.

„Ich hatte eigentlich Schokolade mit, aber die schmilzt wohl gerade", stellte Hedwig fest, als sie das kleine Paket auf den Tisch legte.

„Das ist einer der großen Nachteile", entgegnete Sarah ihr und hob das weich gewordene Päckchen in die Höhe.

Ein weiterer war wohl, dass Hedwig schon jetzt ziemlich schwitzte und sie war erst ein paar Minuten hier. Sie entledigte sich der Jacke und saß damit nur noch mit Rock und Bluse bei Sarah. Und selbst das war noch zu viel Stoff in dieser Affenhitze!

Ein Schwimmdress wäre wohl praktikabler oder einfach ohne Kleidung, aber diesen Gedanken drückte sie sofort wieder aus dem Kopf.

„Einen Kühlschrank wird es bei dir ja nicht geben", sagte sie.

„Den hat wohl nur deine Gräfin im Haushalt. Ich kann mir solch einen Schnickschnack nicht leisten", entgegnete Sarah und zog sich dabei die feucht gewordene Bluse von der Haut.

Offenbar trug sie keine Unterwäsche darunter, im Gegensatz zu ihr, der das Leinenhemd schon auf der Haut klebte, aber eigentlich wollte sie doch mit der Freundin plaudern und sich austauschen und daher versuchte sie, nicht daran zu denken.

Sie wedelte sich mit einer Zeitung frische Luft zu, das half etwas, und sie begangen zunächst ein unverfängliches Gespräch über alles Mögliche, welches dann irgendwann zuerst beim Eis in Rauschen und demzufolge zwangsläufig auch beim Strand und Sarahs Mann landete.

Und auf diese Weise bei Karl.

„Wie hast du bei Isaak gemerkt, dass er der richtige für dich ist?", fragte sie.

„Das spürt man. Hier drin", erwiderte Sarah und tippte sich mit dem Finger auf die Brust.

„Ja, aber wie?"

„Du und Karl?", erkundigte sich die Freundin.

Das war wohl im Moment nicht zu verbergen und daher nickte sie nur.

Sarah lehnte sich zurück, blickte zur Decke und versuchte wohl gerade eine Antwort zu finden, doch es dauerte ungewöhnlich lange, bevor sie seufzte und wieder zu ihr blickte.

„Wie soll ich dir das nur beschreiben? Wie erklärt man ein Gefühl?", stellte Sarah fest und zog die Stirn in Falten.

„Es fühlt sich gut an, wenn ich nur an Karl denke und schlimm, dass er da oben ist", antwortete Hedwig.

„Da hast du doch aber deine Antwort schon gefunden", erklärte Sarah lächelnd.

„Wirklich?"

„Du bist in ihn verliebt. Eindeutig!", stellte Sarah schmunzelnd fest.

Das war wohl nicht von der Hand zu weisen, aber das war nur ein Teil des Problems. Sie hatte ja zuvor schon selbst erkannt, dass sie lieber nackt mit Karl auf einer einsamen Insel leben wollte, als mit all dem Reichtum ohne ihn hier.

Aber es gab eben nur eines von beiden!

Und das war das eigentliche Dilemma, und davon konnte sie Sarah noch nicht mal etwas sagen, denn sie würde es im Moment nicht verstehen.

Die Zofe Hedi Krämer hätte Karl sofort ohne Probleme heiraten können, die reiche Erbin Hedwig Amalia Kaufmann würde damit gesellschaftlich und familiär geächtet werden.

Es würde ihr einfach den Boden unter den Füßen wegziehen, und zwar anders, als es bisher immer mit Karl gewesen war.

Das war wohl dieses, das Herz gewinnen, wenn man den Kopf verlor, wovon Nietzsche geschrieben hatte, allerdings würde sie viel mehr verlieren als nur den Kopf.

War es das wert?

Wenn sie auf ihr Herz hörte, dann ja, aber der Verstand bremste da gerade zum wiederholten Male ziemlich stark.

Es wäre eine Entscheidung ohne Wiederkehr.

Trotzdem tat es gut, mit Sarah darüber zu reden, und es wurde ihr etwas leichter ums Herz, als sie begannen, sich über die beiden Männer zu unterhalten, die sich im Moment ein Zimmer am Meer teilten.

Zu gern wäre sie jetzt in die Fluten gesprungen, und zwar nicht nur, um darin Abkühlung zu finden.

27. Kapitel

Stimmen in der Nacht

Er konnte sein Glück gar nicht fassen und hätte im Moment liebend gern die ganze Welt umarmt. Karl saß auf der Terrasse und las noch einmal den Brief von Sarah, den ihm Isaak kurz zuvor übergeben hatte. Die Freundin hatte ihm geschrieben, dass Hedi bei ihr im Laden zu Besuch gewesen war.

Nach dieser ganzen bisher verstrichenen Zeit hatte er schon nicht mehr damit gerechnet, sie jemals wiederzusehen, denn in seiner grenzenlosen Einfältigkeit hatte er ihr zwar seine Adresse gegeben, aber vergessen, sie um die ihre zu bitten.

Jetzt hatte ihn Sarah mit ihrer Nachricht aus dieser Misere befreit und ihm wieder Hoffnung gegeben, dass es ein Wiedersehen geben könnte.

Die beiden Frauen hatten sich im Mai gut verstanden und waren in der kurzen Zeit Freundinnen geworden, und wie er Sarah kannte, würde sie den Kontakt jetzt auch nicht mehr wieder abreißen lassen.

Damit musste er sie nach seiner Rückkehr nur um die Adresse bitten und hätte Hedi wieder bei sich.

Er konnte zwar nicht zu ihrer Wohnung gehen, denn das würde sicher in der Villa der Gräfin sein, aber er konnte in der Nähe davon auf sie warten, oder Sarah einfach bitten, dass sie Hedi noch einmal in den Laden seiner Mutter bat, wobei Hedi ja jetzt wusste, dass er im September wieder in der Stadt sein würde.

Träumend blinzelte er in die Abendsonne und dachte an diese wundervolle Zeit mit ihr zurück.

Mit jedem Tag seit dem Abschied von ihr hatte er immer mehr begriffen, was er an Hedi gehabt hatte.

Im Mai hatte er noch gehofft, dass sie die Gelegenheit für eine zweite Chance auf das große Glück war, jetzt wusste er es und würde diese Aussicht nicht mehr aus den Augen lassen.

Er erhob sich von seinem Platz, schlenderte am Strand entlang zu der Stelle, an der er sie gerettet und danach geliebt hatte, und dort im Sand sitzend, blickte er über die Wasserfläche im Abendwind.

Natürlich hätte er in der Zeit ihrer Abwesenheit bereits oft die Gelegenheit dazu gehabt, andere Frauen kennenzulernen, aber anders als zuvor kam es ihm in diesem Sommer falsch vor, dies zu tun.

Und dabei hatte er doch bis vor wenigen Stunden noch gedacht, dass er sie für immer verloren hatte.

Da gab es wohl so einen inneren Zusammenhang zwischen ihnen beiden, eine Verbindung zweier Herzen, zweier Seelen und er hatte dies schon einmal in dieser Form gefühlt, damals, bei seiner Frau war es ähnlich gewesen, aber der verdammte Krieg hatte alles zerstört, was daraus hätte werden können.

Jetzt gab es einen neuen Versuch, und der wollte genutzt sein!

Er zog noch einmal den Brief aus der Jackentasche, aber mittlerweile war es zu dunkel, um die Zeilen noch einmal zu lesen.

Karl lauschte einfach auf das Geräusch der Brandung und meinte, ihre Stimme überall darin zu hören und Hedis Augen vor sich zu sehen.

Ein Stück entfernt liefen ein paar Frauen lachend in der Dämmerung in die See hinaus. Die schliefen heute Nacht sicherlich in dem Wäldchen, in dem er im Mai auch noch geschlafen hatte.

Es war jetzt viel wärmer und viele junge Leute aus der Stadt nahmen sich kein Hotelzimmer, sondern nächtigten einfach am Strand, weit entfernt von dem Strandwächter, der am Tage immer noch die Augen offenhielt und jeden zur Rechenschaft zog, der gegen die Regeln verstieß.

Jetzt, am Beginn der Nacht, war es zu dunkel und keiner überwachte, was die Frauen dort taten.

Vielleicht badenden sie sogar nackt.

Im Schutze der Dunkelheit konnten sie hier dem Naturismus frönen und waren nicht mehr an die strengen Sitten und Regeln gebunden, denn es konnte ja keiner sehen.

Das war wohl irgendwie diese momentan herrschende Schizophrenie: Man durfte es tun, solange es nicht gesehen wurde!

Und in der Dunkelheit geschah hier am Strand so einiges, was die sogenannten anständigen Bürger oben im Ort sofort auf die Barrikade getrieben hätte, wenn sie es gewusst hätten!

Doch wo lag denn der Unterschied, ob man sich im Bett liebte oder hier am Strand? Da gab es keinen. Zwei Menschen fanden sich und scherten sich nicht darum, was die dumpfe Moral so dazu meinte.

Die Frauen kamen kichernd wieder zurück, verschwanden im Wäldchen und offenbar war auch ein Pärchen dabei, denn er konnte wenig später die markanten Geräusche zweier Liebenden vernehmen, die ihn sofort wieder in dieselbe Situation zurückbrachten, als er an dieser Stelle Hedi so nah gekommen war, wie es näher nicht ging.

Schön war es gewesen, und in der Dunkelheit war er wieder bei ihr.

Er legte sich zurück, blickte zu den Sternen hinauf und hoffte, dass sie soeben, irgendwo weiter südlich, vielleicht ebenfalls zum Himmel sah, dieselben Sterne erblickte, denn dann waren sie sich dadurch über die Entfernung nah.

Irgendwann riss er sich davon wieder los, schlenderte am Strand zurück und betrat die Terrasse, die am Tage voller Menschen war.

Jetzt war es idyllisch und nur das Meer störte die Ruhe.

Er liebte diese nächtlichen Stunden an der Ostsee und genoss den Anblick der kleinen weißen Schaumkronen, mit denen sich die Wellen nur ein paar Schritte von ihm entfernt am Ufer brachen.

Die Hälfte der Zeit hier lag bereits hinter ihm, das Ende seines Aufenthaltes in Rauschen war bereits abzusehen. Er verdiente, wie erwartet, sehr gut an den Trinkgeldern und dennoch hätte er jetzt liebend gern die Arbeit hier sofort abgebrochen, um zu Hedi zu eilen.

Liebe war mit Geld nicht zu bezahlen!

Doch er zwang sich, hier zu bleiben.

Abermals erhob er sich von seinem nächtlichen Beobachtungsplatz, um zu dem Anbau zu gehen, in dem Isaak vermutlich schon seit Stunden schlief.

Am nächsten Tag würde er Sarah einen Brief schreiben, mit der Bitte, ihm die Adresse von Hedi zukommen zu lassen, damit er ihr wenigstens schreiben könnte.

Einen Brief konnte diese verrückte Gräfin ja nicht verbieten.

Glücklich und gut gelaunt legte er sich in sein Bett, schloss die Augen und hatte dennoch Hedis Gesicht ständig vor sich. Sie begleitete ihn in den Traum und war dabei wieder so nah bei ihm, wie an jenem Abend im Mondlicht am Strand.

Und im Traum hörte er wieder ihre Stimme, die ihm liebe Worte zuflüsterte, die er so gern von ihr hören würde.

28. Kapitel

Das Glück der Erde

Der August hatte begonnen und mittlerweile war Isolde bereits eine recht passable Reiterin. Zumindest hielt sie sich so gut im Sattel, dass Karola sie oft lobte, wobei sie natürlich noch Welten vom Können der anderen Frau entfernt war, aber Karola saß im Sattel, seit sie laufen konnte.

Jeden Montag fuhr der Herr Direktor mit ihr zum Stall, um mit Kommerzienrat Benz und einem weiteren Mann lange Gespräche zu führen, und in dieser Zeit brachte ihr Karola viel von dem bei, was sie über Pferde alles wissen musste.

Und natürlich nutzte der Herr Direktor auch weiterhin gewissenhaft dreimal in der Woche ihre Notlage und die Abhängigkeit zu ihm gnadenlos aus.

In Anbetracht der Gefahr, dass sie sich eventuell doch noch einmal verrechnen könnte, hatte sie mit Fritz beschlossen, bereits in diesem Monat zu heiraten. Natürlich ohne ihm oder jemandem sonst den Grund für diese Eile zu verraten, denn ihre Verschwiegenheitspflicht galt gegenüber jedermann.

Und wie das nun mal so sein musste, waren die Vorbereitungen weitestgehend abgeschlossen, als Hedwig ihr mitteilte, dass ihr Bruder genau einen Tag später heiraten würde und damit versprach es, ein ziemlich turbulentes Augustwochenende zu werden!

Abermals war es Montag und sie ritt neben Karola her, oder unter ihr, denn auf Hektor befand sich die andere Frau über allen anderen auf der Welt, die Reisenden in den Flugzeugen davon mal ausgenommen.

Gemächlich trottete ihre Stute neben dem Ross her und von weitem hätte man sie bestimmt für Pferd und Pony halten können, so gewaltig waren die Größenunterschiede.

„Da können wir doch deine Vermählung auf Arthurs Hochzeit gebührend feiern. Du bist doch auch dorthin eingeladen. Oder?", fragte Karola von oben.

„Ja, das können wir. Meine Hochzeit wird sowieso nur im allerengsten Familienkreis stattfinden. Meine Mutter und die Eltern von Fritz kommen, sonst keiner!"

„Was wünschst du dir für die Hochzeit?"

„Dass es schön und friedlich wird", antwortete sie.

„Das meinte ich gerade nicht. Was soll ich dir schenken?", entgegnete Karola.

„Du musst mir nichts schenken, du bringst mir doch schon das Reiten bei", antworte sie.

„Dann denke ich mir was aus und überrasche dich damit!", erklärte Karola.

„Was bereden eigentlich die drei Männer da?", fragte sie, als sie an Direktor Kaufmann, Karolas Vater und dem dritten Mann vorbeikamen.

„Mein Vater und dein Chef beraten da sicherlich irgendwelche Bankgeschäfte, denn der dritte Mann ist Direktor einer Bank", erzählte Karola und beschleunigte ihren Ritt.

Damit hatte die Stute, und sie obendrauf, allerhand zu tun, denn das zierliche Pferd brauchte drei Schritte, wenn Hektor einen machte.

Sie trabten durch ein Wäldchen und kamen danach an einen Bach, an dessen Ufer Karola behände zu Boden sprang und sich danach ins Gras legte.

Das war wohl die Aufforderung für sie, es ihr gleichzutun, aber ihr Abstieg sah nicht halb so elegant aus.

Wenig später lagen sie beide nebeneinander mit dem Rücken auf der Wiese, Karola schaute zum Himmel hinauf und kaute auf einem Grashalm herum.

Einst hatte sie das auf dem Hof der Eltern ähnlich gemacht, es war einfach wundervoll, zu den Wolken zu schauen und all die Fantasietiere zu erkennen, die da über ihnen dahinzogen.

Offenbar überlegte die andere Frau gerade angestrengt, was sie ihr zur Hochzeit schenken könnte, und daher wollte sie Karola auch nicht dabei stören.

„Weißt du, ich habe mal gehört, das Glück der Erde liegt auf dem Rücken der Pferde", erklärte die Frau ihr nach einer Weile.

„Du willst mir aber hoffentlich kein Pferd schenken. Oder?", fragte sie vorsichtig nach.

„Nein, du kannst dir ja jederzeit bei mir eines ausleihen. Ich überlege nur, was ich dir schenken könnte. Hochzeit? Ich werde vermutlich nie heiraten, denn ich glaube eher, das Glück gibt es nur unter Frauen."

„Und was ist da mit Kindern? Die sind doch der Grund für eine Heirat?"

„Ich habe noch drei Brüder, die meinem Vater bestimmt noch genug Enkel schenken werden, aber ich bin eher frei aufgewachsen, so mit Reiten, Ringen und Bogen schießen!"

„Früher wärst du sicher eine Kriegerin oder Amazone gewesen. Oder?", fragte sie nach.

„Sicherlich! Ich wäre mit Hektor in die Schlacht geritten!", antwortete Karola.

„Das könnte ich mir gut vorstellen!"

„Was meinst du? Ein Stück entfernt ist ein kleiner Teich zum Baden?"

„Ich habe kein Schwimmdress dabei!", erwiderte sie.

„Wen stört es? Ich auch nicht!"

„In Unterwäsche baden? Die muss doch dann erst wieder trocken werden!", antwortete sie.

„Ohne Unterwäsche, einfach so und die Sonne trocknet dich dann schon wieder. Also?"

„Ich weiß nicht", gab Isolde der anderen Frau zurück.

„Komm schon. Sei kein Frosch", drängte Karola jetzt regelrecht, stützte sich hoch und beugte sich über sie.

„Na gut", lenkte sie schließlich ein, denn sie wollte die mittlerweile zu einer Freundin gewordene Frau nicht mit ihrer Ablehnung brüskieren.

Gewandt sprang Karola auf, gab ihr die Hand und zog sie zu sich, sie liefen zu den Pferden und führten diese an den Zügeln am Bach entlang.

Ein paar hundert Meter weiter mündete das schmale Gewässer in den versprochenen idyllischen See.

Karola band die beiden Pferde an einen Baum, riss sich regelrecht die Kleidung vom Leib und warf diese achtlos am Ufer ins Gras.

Zögernd blickte Isolde zu ihr hinüber. Karola war schlank, hatte schmale Hüften und die kleinen Brüste wirkten wie aufgesetzt, durch ihr bisheriges Leben hatte sie wohl mehr von einem Jungen, zumindest die Muskeln kamen sicherlich daher und dennoch war Karola wunderschön.

„Mach schon!", rief sie ihr zu und sprang in den See.

Sie streifte sich ebenfalls die Kleidung vom Körper, legte diese sorgfältig ab und mit nichts sonst, als der Kette mit dem goldenen Stier auf der nackten Haut, stieg sie langsam ins Wasser.

Der Teich hatte eine angenehme Frische an diesem heißen Tag, weil der Bach vermutlich immer genug kaltes Wasser führte.

Karola war auch eine gute Schwimmerin, denn sie jagte regelrecht in den Weiher hinaus und es gab wohl nicht viel, was sie nicht konnte.

Sie mühte sich jedenfalls redlich, der Freundin zu folgen, doch das war aussichtslos und das bemerkte diese wohl ebenso, denn sie kam schon bald wieder zu ihr zurück.

Danach schwammen sie gemeinsam und nebeneinander, bevor sie wieder zum Ufer zurückkehrten.

Und schließlich lagen sie wenig später auch beisammen nackt zum Trocknen im Gras.

Es war eher ungewohnt, hier so hüllenlos zu sein, und daher fragte sie: „Was ist, wenn uns jemand hier sieht?"

Karola stütze sich erneut hoch, beugte sich über sie und verdeckte damit ein Stück des Himmels. Abermals war die Frau über ihr und lächelte sie an.

„Wen würde das schon stören?", entgegnete sie, dann küsste die Frau sie einfach.

„Ähm", gab Isolde ihr zurück.

„Was ist?", erkundigte sich Karola bei ihr.

„Glaubst du, ich falle jetzt über dich her, nur weil wir beide nackt sind? Ich habe mich gut im Griff, ich bin ja kein Mann!", setzte Karola nach und fiel lachend neben ihr ins Gras.

So konnte ein Tag bei der Arbeit auch sein: Reiten, Baden und Reden.

Der einzige Wermutstropfen daran war, dass der Direktor bestimmt später auch noch ein paar Reitstunden haben wollte.

Aber jetzt war erst mal Zeit zum Träumen und um über Karolas Worte nachzudenken, die neben ihr gerade wieder auf einem Grashalm kaute.

Nackt, lang ausgestreckt in der Sonne und die Hände hinter dem Kopf, hüllen- und zwanglos, und auch so konnte Glück also aussehen!

29. Kapitel

Im Sumpf der Lügen

er Schrecken hätte für Hedwig wohl auch nicht größer sein können, wenn ihr jetzt jemand einen Kübel mit Eiswasser über den Kopf geschüttet hätte: Sie hatte soeben in der kostbaren Robe auf der Hochzeit ihres Bruders den festlich geschmückten Saal betreten und vor ihr stand Sarah.

Sie sah in deren Augen, dass Abstreiten und Leugnen gerade völlig nutzlos sein würde, denn schon alleine der Anhänger an der Kette um ihren Hals kostete mehr, als Sarah im ganzen Jahr verdienen konnte!

In den letzten Wochen hatten sie sich oft getroffen, sie hatte sich regelmäßig zu Sarah in deren Wohnung geschlichen, oder sie waren zusammen Eis essen gewesen, wobei so eine Art von Vertrauensverhältnis und tiefer Freundschaft zwischen ihnen entstanden war.

Und gerade eben brach das Kartenhaus der Lügen mit einem gewaltigen Krachen in sich zusammen.

Oder ganz leise und darum nur noch viel schmerzhafter!

Sarah wandte sich von ihr ab, ging wortlos zur Bühne hinüber und positionierte sich dort für ihren Auftritt.

Völlig erstarrt stand Hedwig im Eingang und ein Gast rempelte sie von hinten an, wobei sie fast in den Raum hineinflog.

Sie hätte jetzt nach vorn gehen können und irgendeine Ausrede erfinden können, dass sie hier nur abermals mit Isolde, die in der dritten Reihe saß, die Kleider getauscht hatte, aber das wäre nur die nächste Lüge und sie konnte auch nicht über zweihundert Gäste unbemerkt dazu anstiften, sie in den nächsten Stunden nicht als die Tochter des Hausherren anzureden.

Es war bereits lange abzusehen gewesen, wann dieses Konstrukt über ihr zusammengebrochen wäre und Sarah hätte es spätestens aus der Zeitung erfahren, wo in den nächsten Tagen sicher das eine oder andere Bild dieser Hochzeit auftauchen würde, aber dass es hier und so überraschend geschah, hatte sie nicht erwartet.

Elfriede hatte Sarah eingeladen, denn sie hatte in den letzten Tagen ein paar Mal von einer fantastischen Sängerin erzählt, die auf dieser Feier einige Lieder singen würde, doch die Freundin hatte dabei nicht mit einer Silbe erwähnt, dass es Sarah sein würde, die hier sang.

Woher kannten Elfriede und Sarah sich nur?

Langsam schob sie sich nach vorn, denn sie musste als Elfriedes Brautjungfer auch noch unmittelbar vor Sarah stehen, aber im Moment war es für eine klärende Aussprache zu spät.

Oder sollte sie das nach der Feier noch machen?

Sie mochten sich doch beide ganz gern. Oder besser gesagt: Sarah mochte die kleine, unbedeutende Zofe Hedi Krämer und nicht die verlogene Hedwig Amalia Kaufmann.

Zumindest konnte sie diese Aussage soeben in den Augen der Freundin vor sich erblicken.

Ein paar Tage zuvor hatten sie noch lachend in Unterwäsche in Sarahs heißer Wohnung nebeneinander auf dem Sofa gesessen, im Moment trennten sie nur zwei Schritte, aber eisige Welten!

Sarah versuchte angestrengt, nicht zu ihr zu sehen. Offenbar rang sie gerade mit ihrer Fassung und die brauchte sie, wenn sie in ein paar Minuten singen musste.

Am liebsten hätte sich Hedwig jetzt irgendwo verkrochen, aber der offizielle Anlass musste stattfinden, daher setzte sie die gewohnte kalte Maske auf, schaltete ab und konzentrierte sich auf ihre Aufgabe, doch innerlich weinte sie dabei um diese Freundschaft, die offensichtlich soeben zerbrach.

Ihr Bruder trat in seiner Uniform zu ihr, umarmte sie und zusammen blickten sie zum Eingang zurück.

Jetzt warteten alle auf die Braut, der Kummer um Sarah blieb hinter ihr, wie auch die Frau hinter ihr stand, aber sie spürte deren Blick im Rücken, und das war kein wirklich schönes Gefühl.

Die Blumenkinder betraten den Saal, alle erhoben sich von ihren Plätzen, und Elfriede erschien in einem ausgesucht schönen weißen Kleid mit einer langen Schleppe in der offenen Tür.

Die wundervolle Zeremonie begann, aber Hedwig konnte sich momentan nicht mit der Schwägerin freuen und auch Sarahs großartiger Gesang heiterte sie nicht auf, denn der Schmerz saß einfach viel zu tief.

Unmittelbar nach der Trauung stürzte Sarah praktisch an ihr vorbei und eilte aus dem Saal, was den meisten Gästen allerdings vermutlich verborgen blieb, denn die gratulierten gerade dem Brautpaar.

Hedwig wollte ihr nach, aber noch gab es ein paar offizielle Dinge zu tun, bei denen sie nicht fehlen durfte.

Unendliche und qualvolle Minuten später konnte sie sich endlich aus ihren Verpflichtungen lösen und der Freundin hinterhereilen, aber Sarah war nirgends mehr zu erblicken.

Alles war aus und sie konnte es ihr noch nicht einmal erklären.

Sollte sie in den nächsten Tagen zu Sarah fahren, um mit ihr darüber zu reden? Sicherlich würde die Freundin ihr noch nicht mal mehr die Tür öffnen und sie hätte recht damit.

Mit den Tränen kämpfend, schlich sie durch die Gänge.

Isolde trat ihr in den Weg und bemerkte nur: „Sie ist auf der Toilette!"

Zögerlich näherte sie sich dem Raum und überlegte, was sie sagen sollte, doch das wäre wohl egal. Wichtig war erst einmal, dass sie ihr dieses absurde Versteckspiel um Hedi und Hedwig begreiflich machen konnte und Sarah ihr irgendwann mal wieder vertraute, denn sie wollte sie nicht als Freundin verlieren!

Sie schob die Tür auf und erblickte Sarah, die mit verheulten Augen vor dem Spiegel stand.

„Sarah, bitte, lass es mich dir begreiflich machen", begann sie.

„Gnädiges Fräulein", entgegnete Sarah schniefend und machte einen Knicks.

„Bitte lass das. Ich bin noch immer dieselbe, die letztens auf deinem Sofa gesessen hat", antwortete sie.

„Sind sie sich dessen sicher? Ich leider nicht. Neben mir hat Hedi gesessen, mit der ich mir einen Apfel geteilt habe, weil sie nicht genug Geld in der Tasche hatte!", schluchzte Sarah.

„Und dieselbe, die dir so oft ein Eis ausgegeben hat", entgegnete sie.

„Ich weiß nicht, was ich dir noch glauben soll", antwortete Sarah und schnaubte in ihr Taschentuch.

Man konnte es wohl nicht erklären und natürlich war es ein schlimmer Fehler, Sarah in die Irre geführt zu haben, deshalb fiel Hedwig ihr einfach weinend um den Hals.

Es dauerte eine geraume Weile, bis bei ihnen beiden die Tränen wieder getrocknet waren und sie sich auf eine Bank im Garten setzen konnten.

Jetzt begann sie von vorn mit der ganzen Geschichte und Sarah hörte ihr einfach nur schweigend zu.

Während alle anderen drinnen feierten, sprachen sie sich aus und es tat gut, sich alles wirklich von der Seele zu reden.

„Und was ist mit deiner Liebe zu Karl?", fragte Sarah zum Schluss.

„Das ist schwierig", seufzte sie.

„Oder ganz einfach", erwiderte die Freundin.

Das mochte aus ihrer Sicht eventuell so sein, aber was hatte und konnte sie schon? Nur gut aussehen und repräsentieren.

Reichte das für ein Leben mit Karl?

Womöglich nicht, doch wie sollte sie Sarah das erklären?

30. Kapitel

Nachts, wenn alles schläft ...

s war mitten in der Nacht, Isolde stand auf dem Balkon im Hotel und rauchte eine Zigarette. Sie machte es heimlich, weil Fritz das nicht duldete!

In Gedanken zog noch einmal die gesamte Feier des vergangenen Tages an ihr vorbei, und es war wirklich sehr schön gewesen, bis auf den Schreckensmoment, als Hedwig und Sarah so unvermittelt voreinander gestanden hatten.

Zum Glück hatte sie die Situation noch retten können und die beiden Freundinnen wieder vereint, aber dennoch war es ziemlich knapp gewesen und daran war eigentlich nur diese verdammte ungenannte Gräfin schuld!

Ihre eigene Hochzeit, einen Tag zuvor, war weniger glamourös gewesen als die ihrer Freundin Elfriede mit Arthur, aber sie hatten einfach deren Festlichkeit zum Feiern mitbenutzt.

Ihr Mann Fritz schlief im Zimmer hinter ihr und würde sicherlich morgen genau solch einen dicken Kopf haben, wie jene Gräfin vor einigen Monaten an der Ostsee.

Sie selbst hatte sich dieses Mal wohl wissentlich vom Champagner fern gehalten und nur zum Anstoßen mit dem Brautpaar ein halbes Glas davon getrunken.

Im Nachtwind lehnte sie im Hemd an der Balkonbrüstung und lauschte in die Stille der Nacht, die allerdings vom Geräusch des Brautpaares im Nebenzimmer immer wieder unterbrochen wurde.

Seit mehr als zwei Stunden waren die schon da drin und noch immer hörte sie das Schnaufen des Mannes, aber auch gelegentlich die Laute ihrer Freundin und sie meinte auch, dass es klang, als hätte Elfriede wirklich Spaß daran.

Ihre eigene Hochzeitsnacht war dagegen kaum der Rede wert: Fünf Minuten, bevor Fritz auf ihr eingeschlafen war und es hatte wieder ziemlich wehgetan.

Was machte Arthur wohl anders?

Erneut zog sie an der Zigarette und blies den Rauch davon.

Grübelnd stütze sie sich mit einer Hand auf dem Geländer ab und blickte nach unten.

Das Hotel lag außerhalb der Stadt und war momentan nur mit den Gästen der Hochzeit belegt, denn Hedwigs Vater hatte das ganze Haus gemietet, und damit musste hier irgendwo auch Karola schlafen.

Mit ihr hätte sie jetzt gern darüber geredet, was da gerade nebenan so geräuschvoll passierte, aber sie wollte die Freundin auch nicht mitten in der Nacht aus dem Schlaf reißen.

Irgendwie kam es ihr komisch vor, dass sie über dieses Thema sprechen wollte, denn eigentlich war das ja etwas, was nur im Schlafzimmer geschehen sollte und dort auch blieb.

So wie sich die Dinge zwischen ihr und dem Herrn Direktor im Kontor auch im Büro ereigneten und außerhalb niemandem etwas angingen.

Das waren eben die Verschwiegenheit einer Ehefrau und die einer guten Sekretärin!

Doch die Geräusche aus dem Nebenzimmer rissen nicht ab und brachten sie immer wieder zum Grübeln, weil deutlich Lust zu hören war, und zwar auch bei Elfriede!

Konnte so etwas wirklich sein?

Hatte sie jemals zuvor etwas davon gehört, dass es einer Frau wirklich Spaß machen könnte?

Karola hatte vor Wochen so etwas angedeutet, aber die liebte auch Frauen und vielleicht war das dann anders.

In ihrem ganzen Auftreten war Karola mehr ein Mann. Ihre Statur, die Kleidung, ihr Handeln, vermutlich sogar ihr Denken waren zutiefst maskulin geprägt und wenn sie auf Hektor durch die Gegend ritt, dann sah sie manchmal wirklich wie einer dieser Ritter aus, die auf den Gemälden im Schloss zu sehen waren: Mit eingelegter Lanze auf den Feind zu preschend, den Hengst zwischen ihren Schenkeln.

War es ihre Erziehung, die Karola so von ihr verschieden machte?

Vermutlich.

Karola war mit drei größeren Brüdern aufgewachsen, sie mit zwei kleinen Schwestern.

Eigentlich war sie nur durch die hervorragenden Rechenkünste jetzt nicht Bäuerin im Stall, sondern hier im Hotel. Ihre Schwester Gisela würde diesen Hof im nächsten Jahr mit ihrem Mann dann weiterführen.

Wenn sie nicht so gut rechnen könnte, würde sie sich vermutlich im Moment auch keine Gedanken über Mann und Frau im Ehebett machen, sondern sie wäre vor Stunden müde und erschöpft in ihr Bett gefallen, um sich danach in der Morgendämmerung verschlafen in den Stall zu schleppen.

Zumindest war das so in ihrer Kindheit gewesen, solange sie sich daran zurückerinnern konnte.

Und soeben erinnerte sie sich auch an jenes Gespräch vor einigen Jahren mit der Mutter, was da so nachts im ehelichen Schlafzimmer passieren konnte und durfte.

Vom lustvollen Schnaufen, wie es Elfriede augenblicklich nebenan von sich gab, war da kein einziges Wort gefallen, nur von Pflicht, Verantwortung und Kindern!

Doch dass das auch Glücksgefühle auslösen könnte?

Erneut zog sie an der Zigarette und blickte zur Seite.

Eine Etage unter ihr und zwei Zimmer weiter stand eine andere Gestalt in der Dunkelheit auf dem Balkon und rauchte wohl gerade ebenfalls.

Im Aufglimmen der Zigarettenglut konnte sie Karola da unten stehen sehen, aber die Freundin blickte nicht zu ihr herauf und rufen wollte sie jetzt lieber auch nicht.

Genau in diesem Moment vernahm sie einen gedämpften Schrei von Elfriede, Karola blickte zu ihr auf und ihre Augen trafen sich über die Entfernung von nicht mal zehn Metern.

Die Freundin winkte zu ihr herauf und sie zurück.

Vermutlich waren im Moment nur vier Personen im Hotel noch wach und zwei davon waren gerade miteinander beschäftigt.

Die Laute aus dem Nachbarzimmer verstummten, bevor sie wenig später wieder einsetzten und damit zog es sie jetzt mit Macht nach unten.

Sie zeigte mit der Hand, dass sie gern nach unten kommen würde und Karola winkte ihr verstehend zu.

Isolde schlich ins Zimmer zurück, hüllte sich in einen Morgenmantel des Hotels und schlüpfte lautlos auf den Gang hinaus.

Eine Treppe tiefer betrat sie den Flur und eine Zimmertür stand einen Spalt weit offen, es war das Zimmer der Freundin, das sie leise betrat.

Karola lümmelte in einem Sessel, sie trug einen Pyjama und mit ihren kurzen Haaren sah sie momentan wirklich mehr wie ein Mann aus.

Sie trat zu ihr, legte den Morgenmantel ab, setzte sich im Nachthemd ihr gegenüber und zeigte wortlos mit der Hand auf das Zimmer schräg über ihnen.

Karola lächelte, nickte und fragte dann: „Was willst du wissen?"

„Macht das wirklich solch einen Spaß? Ich meine als Frau?"

„Deine Hochzeitsnacht war offensichtlich anders, denn sonst würdest du mich das nicht fragen!"

„Ja, kurz, schmerzhaft und nicht wirklich schön", seufzte Isolde.

„Frauen!", seufzte jetzt auch Karola und schüttelte den Kopf.

„Was meinst du?", entgegnete sie ihr wissbegierig.

„Das zu erklären dauert vermutlich länger, als du dafür Zeit hast", setzte ihr Karola entgegen.

„Eigentlich habe ich viel Zeit, denn ich kann jetzt sowieso nicht schlafen", antwortete sie.

„Weißt du, ich war im letzten Jahr an der Biskaya, die in Frankreich liegt, und dort habe ich eine bemerkenswerte Frau getroffen: Gabrielle Chanel[4], die mir dieses wundervolle Parfüm da geschenkt hat", erklärte Karola und zeigte auf eine kleine Flasche.

„Wir waren uns beide so ähnlich. Auch sie trägt gern Hosen und raucht in der Öffentlichkeit. Mit ihr habe ich ebenfalls ein paar Male diese Diskussion gehabt, die ich jetzt wohl auch mit dir führen muss: Es DARF einer Frau Spaß machen und sie SOLL Lust dabei empfinden!"

„Ähm, Lust? Wenn alles weh tut?"

„Es schmerzt, weil du dich nicht darauf einlässt. Elfriede tut es ganz offensichtlich und fühlt sich gut dabei", erklärte Karola ihr, schlug die Beine übereinander und lehnte sich zurück.

„Und wie lässt man sich darauf ein?", fragte sie vorsichtig nach.

„Es beginnt in deinem Kopf! Genau da!", antwortete Karola, beugte sich nach vorn und tippte ihr mit dem Zeigefinger gegen die Stirn.

Unschlüssig erhob sie sich und sagte: „Das werde ich mal versuchen!"

„Nicht versuchen, machen!", erwiderte Karola.

Damit hatte sie jetzt erst mal etwas zum darüber nachdenken.

---

[4] Gabrielle Coco Chanel - (19.8.1883 - 10.1.1971), war eine französische Modeschöpferin und Unternehmerin.

31. Kapitel

Kranich, Taube und Kakalinski

ie Hochzeit ihres Bruders war vorüber, sie hatte sich mit Sarah ausgesprochen, alles ging wieder seinen natürlichen Weg und die neue Woche begann damit, dass Arthur und Elfriede mit ihr zusammen zum Flughafen Devau[5] fuhren, wo das junge Ehepaar in einen dieser wunderschönen Silbervögel der Lufthansa steigen würde.

Für die beiden ging es in die Flitterwochen und sie war extra zum Flugfeld mitgefahren, um damit die ungeliebte Zeit mit Gudrun so weit wie nur irgend möglich zu verkürzen.

Der Rest der Familie hatte sich schon in der Villa von dem frisch vermählten Paar verabschiedet, sie machte das im Empfangsgebäude und wartete danach extra, bis die dreimotorige Junkers G 24 endlich vom Boden abheben würde.

Eigentlich hatte Elfriede eine Kreuzfahrt mit einem stolzen weißen Dampfer machen wollen, aber Arthur hatte nur eine Woche Urlaub bekommen und die damit möglichen Optionen einer Seefahrt waren dementsprechend: entweder Segeln auf der Ostsee oder Gondeln in Venedig.

Die kluge Frau hatte sich sofort für die Gondeln entschieden, denn Segeln konnte man hier im Sommer schließlich jedes Wochenende!

Der silberne Vogel hob dröhnend ab und würde die beiden jetzt zuerst von Devau nach Berlin und von dort nach Süden in die Lagunenstadt in Italien bringen.

---

[5] Der Flughafen Devau liegt etwa 3 km nordöstlich von Königsberg und war einer der ersten zivilen Flughäfen der Welt, 1920 eingerichtet erhielt er bereits 1922 ein modernes Flughafengebäude.

Vor acht Jahren war sie schon mal mit den Eltern dort gewesen, aber Elfriede kannte die Stadt mit den Kanälen noch nicht. Sie und Arthur würden in einem der prunkvollen Hotels am Kanale Grande wohnen.

Das Flugzeuggeräusch wurde leiser und sie winkte auch noch, als der Flieger schon lange nicht mehr zu sehen war.

„Gnädiges Fräulein, wir müssen", sagte Gustav hinter ihr.

Seufzend drehte sie sich zu dem Schofför um. Die beiden flogen mit einem silbernen Kranich in den Süden und sie musste zurück zu Gudrun, um in deren Küche einen Storch zu braten, oder irgendein anderes armes und unschuldiges Tier, das Besseres verdient hätte, als durch sie gemartert zu werden.

„Ich wäre so gern mitgeflogen!", stöhnte sie und ging an Gustavs Seite zum Auto zurück.

Wenig später stand sie mit der Schürze am Herd vor Gudrun.

Es sollte Taube geben!

Das arme Tier war zum Glück bereits tot, sonst hätte sich der Vogel zweifellos zu Tode gelacht, als sie versuchte, ihn unter Gudruns besorgten Blicken von seinen Federn zu befreien.

„Mädel, was soll ich bloß mit dir machen!", beklagte sich die Köchin bei diesem unsäglichen Schauspiel und schüttelte zweifelnd den Kopf.

Hedwig hob beschwichtigend die Hände.

„Ich versuche dir doch hier nur etwas Wichtiges beizubringen. Du weißt doch, die Köchin und die Katze werden vom Lecken satt! Schau mich an! Wenn du kochen kannst, dann wirst du nie darben!", erklärte die dralle Frau.

„Ich versuche ja mein Bestes, aber das ist nichts für mich und ich werde hoffentlich nie hungern, weil ich dich einfach nach der Hochzeit mitnehme", gab sie kleinlaut zurück und legte das arme Federtier zurück auf den Tisch.

„Die Küken wollen immer klüger sein, als die Glucke", seufzte Gudrun und blickte zur Seite,

„Was ist das denn?", fragte sie und zeigte auf den Topf.

„Das Wasser für die Taube!"

„Du hast gerade das Wasser anbrennen lassen? So etwas habe ich ja noch nie gehört. Mein Gott, wo soll das bloß mit dir enden? Du hast wirklich nur Daumen an deinen Händen!", erklärte Gudrun klagend und entsorgte den angebrannten Topf im Müll.

„Wo bleibt eigentlich Alfons?", fragte sie mit Blick zur Küchenuhr.

Es war doch schon längst Zeit dafür, dass er sie aus diesem elenden Drama erlöste.

„Der kommt heute später und ich wollte ihm noch sein Lieblingsgericht kochen: Kakalinski!", bemerkte Gudrun.

„Kakalinski? Das klingt ja ekelig!", entgegnete sie.

„Gar nicht! Das ist ein leckerer Auflauf aus Kartoffeln und Speck. Das hat meine Mutter früher auf unserem Hof immer gemacht, wenn viele Mäuler schnell satt werden sollten! Du kannst die Kartoffeln schälen, aber schneide dir dabei nicht die Finger ab!"

„Ja, schon gut! Ich passe auf", erwiderte sie, griff sich das Messer, die erste Kartoffel und fragte dann: „Deine Mutter war sicher eine gute Köchin?"

Diese Finte war ziemlich eigennützig, denn wenn Gudrun erst mal von ihrer Kindheit erzählte, dann konnte das Stunden dauern, aber diesmal wartete die Frau mit dem Reden, bis sie mit der Arbeit begann.

Schnell schälte sie die Kartoffel, griff sich die nächste und der etwas hinterhältige Plan ging auf.

Gudrun setzte an: „Du weißt ja, dass ich auf einem Hof im Samland aufgewachsen bin, mit drei Brüdern und vier Schwestern. Unser Hof warf nicht viel ab, aber wir sind immer alle satt geworden. Meine Mutter war eine ausgezeichnete Köchin, aber nur am Sonntag zeigte sie wirklich, was sie konnte. Zwischen Frühstück und Gottesdienst bereitete sie immer solch ein Festmahl vor, dass es keiner von uns erwarten konnte, dass der Pastor endlich »Amen« sagte. Wir haben dann immer regelrecht geschlemmt. Sonst gab es gute Hausmannskost und wenn im Sommer alle auf dem Feld waren, dann machte sie diesen berühmten Kartoffelauflauf. Der wurde früh von ihr vorbereitet und kam danach abends schnell in den Herd. Davon wurden alle gesättigt, sie, wir Kinder, die Knechte und Mägde, die Erntehelfer, einfach alle! Und manchmal sogar der Pastor, wenn der sich selbst wieder mal bei uns einlud!"

Jetzt begann Gudrun von den grünen Wiesen und der Luft zu schwärmen, die sicherlich schwere Arbeit, von der Isolde aus ihrer Kindheit oft erzählt hatte, verschwieg sie dabei allerdings.

In der Zeit, in der sie vier Kartoffeln eher schlecht geschält hatte, hatte Gudrun erzählt, die restlichen Kartoffeln geschält und geschnitten, einen Sack Zwiebeln gehäutet und kleingehackt, das Ganze auf das Blech gestapelt, gewürzt und abgeschmeckt, und auch noch die Reste der Taube irgendwie mit verwertet, aber Gudrun war eben auch echt eine Könnerin am Löffel.

„So Mädel, jetzt schieben wir das Blech in den Ofen und kümmern uns um das Silber von deiner Aussteuer, denn nach deinem Bruder bist du jetzt die Nächste, die heiraten wird!"

„Ja, aber das Silber hat noch Zeit. Mein Vater hat gesagt, in zwei Jahren soll ich heiraten, danach will er Arthur die Firma übergeben und sich zur Ruhe setzen, wie auch immer das gehen soll. Er lebt doch für sein Kontor und die Geschäfte dort. Ich glaube eher, er wird meinem armen Bruder dann überall hineinreden, aber noch kann das Silber im Kasten bleiben!", erklärte sie.

„Nichts da! Das muss immer mal geputzt werden!", wies Gudrun sie an und holte die hölzerne Kiste.

Hedwig klappte den Deckel auf und betrachtete das glänzende Besteck für zwölf Personen: Messer, Gabeln, Löffel und Kellen lagen darin und alle waren mit ihrem Monogramm versehen.

HAK, für Hedwig Amalia Kaufmann, war in verschnörkelter Schrift auf jedem Griff kunstvoll eingeschnitten.

Schön sahen sie aus und funkelten und dennoch bestand Gudrun darauf, dass sie jedes einzelne Teil herausnahm, polierte und danach sorgsam wieder in der Kiste verstaute.

Der Auflauf im Herd duftete derweil lecker vor sich hin und war fertig, als Alfons sie zum Unterricht abholen wollte.

32. Kapitel

Zufall oder Bestimmung?

Der August näherte sich unaufhaltsam seinem Ende und Hedwig zählte die Tage, obwohl es völlig sinnlos war. Sie wusste von Sarah, dass Karl im September wieder hier in der Stadt sein würde, aber das würde das Dilemma eigentlich nur noch verschärfen, in dem sie seit Monaten steckte.

Mit Sarah hatte sie vereinbart, dass die Freundin kein Wort über ihre wahre Identität verlieren würde, aber es war auch nur eine Frage der Zeit, bis der Schwindel abermals herauskam, denn Karl würde irgendwo in dieser Stadt als Kellner arbeiten und bei ihrem derzeitigen Glück würde es vermutlich nur Stunden dauern, bis das Schicksal sie in einem Café oder Restaurant zusammen brachte.

Und mit der Rückkehr der beiden Männer fiel auch noch Sarah als Freundin für sie fort, denn sie konnte nicht in der Wohnung erscheinen, wenn Isaak anwesend war, weil der sicherlich seinen Freund kontaktieren würde und auch das führte sie dann direkt ins Desaster!

Damit war der Ablauf des August eigentlich so etwas wie die letzte Galgenfrist ihrer Freiheit, denn die einzig mögliche Lösung war, sich nicht mehr in der Öffentlichkeit blicken zu lassen.

Es war ein Weg in eine selbst gewählte Isolation, ein persönlich auferlegter Stubenarrest aus Angst vor den Konsequenzen ihres Handelns.

Und sie würde auch mit niemandem sonst mehr reden können, denn seit Wochen machte sich Isolde rar, und zwar nicht erst seit ihrer Hochzeit, sondern eigentlich bereits seit ihrer Rückkehr aus Rauschen.

Zuvor war das Verhältnis zwischen ihnen sehr eng und innig gewesen, sie hatten sich täglich getroffen und oft die Wochenenden zusammen verbracht, und seit dem Urlaub zog sich die Freundin immer mehr von ihr zurück.

In manchen Wochen sahen sie sich gar nicht, in anderen nur maximal ein oder zwei Stunden.

Irgendwas war im Urlaub geschehen, was Isolde ihr aber auch nicht sagen wollte, denn sie stritt es ab, wiegelte Fragen ab und konnte ihr dennoch nicht mehr in die Augen sehen.

Und damit schlitterte Hedwig immer tiefer in die Einsamkeit.

Gudrun wurde so etwas wie ihre neue Bezugsperson, aber die Frau versuchte immer noch verzweifelt, ihr die Grundzüge des Küchenwesens zu vermitteln.

Vielleicht war es damals ein Fehler gewesen, die Rollen zu tauschen, denn Isolde hatte dabei offenbar einen Blick in ihr Leben bekommen, der sie dem Anschein nach verändert hatte.

Sie hatte in ihrem Leben nie viele Freundinnen gehabt und darum war Isolde für sie solch ein Glücksfall gewesen, doch augenscheinlich hatte das Glück sie jetzt verlassen.

Was blieb ihr also noch übrig?

Eventuell die Bibliothek in ihrem Hause mit all den Büchern, die es dort gab, denn das waren Ausblicke in fremde Welten und damit etwas, was sie von ihrer Misere wenigstens in Gedanken fortbringen konnte.

Sie schlenderte zu dem großen Raum hinüber und ging am Regal entlang, in welchem mehr als tausend Bände nebeneinander aufgestellt waren. Viele davon hatte sie bereits gelesen, aber sicherlich war noch die Hälfte von ihr unberührt.

Das schrie doch danach, im Herbst in ganz neue Abenteuer zu starten, ohne diesen Raum verlassen zu müssen.

Reisen im Geiste sozusagen!

Sie zog sich das erstbeste Buch aus dem Büchergestell, ging damit unbesehen zum Sessel und ließ sich am Fenster damit nieder.

Dort schlug sie es auf und las die erste Seite, dann stutzte sie, schaute sich das Buch genauer an und wunderte sich, was der Zufall ihr da in die Hand gespielt hatte.

Da drüben standen hunderte Bücher von Goethe, Kant, Schopenhauer, Reisebeschreibungen und philosophische Abhandlungen, und der blinde Griff ins Bücherregal hatte ihr eine Liebesgeschichte in die Hand gedrückt!

Und auch noch eine, in der sich eine Prinzessin in einen Bettler verliebte!

Es war wohl bei ihr so ähnlich, wobei sie keine Prinzessin und Karl kein Bettler war, aber ihre gesellschaftlichen Positionen war vermutlich vergleichbar.

Zwar war Karl als Oberleutnant, Weltkriegsveteran und Frontkämpfer in seiner Dienststellung dem Vater ebenbürtig, doch der würde nie im Leben ihrer Vermählung zustimmen. Ein Kellner konnte doch nicht in seine Firma einsteigen, wobei sie das sowieso nicht vorhatte, denn dieser Posten war für Arthur reserviert!

Wer hatte ihr diesen Schmöker aus der Jugend ihrer Mutter nur zugespielt?

War es Zufall oder Absicht eines unbekannten Lenkers, der schon in Rauschen im Verborgenen seine Fäden gezogen hatte?

Sie erhob sich, brachte das Buch zurück und überlegte.

Wenn es Absicht war, dann musste auch das nächste Buch dasselbe Thema treffen!

Also stellte sie das Büchlein zurück, schloss die Augen und griff mit der Hand irgendwo blindlings ins Regal.

Sie wagte kaum, die Augen wieder zu öffnen, aus Angst, dass sich ihre Vermutung bestätigen würde, doch sie wollte es wissen.

In ihrer Hand befand sich jener Band von Rilke, aus dem Karl vor Monaten rezitiert hatte!

Brauchte sie noch einen weiteren Beweis?

Sie seufzte auf, nahm das Werk mit, setzte sich damit in ihren Sessel und selbstverständlich schlug sie es auch noch genau auf jener Seite auf, auf welcher derselbe Vers von einst stand!

Sie träumte sich zu jenem Moment davon, als sie im Café bei Eis und Kaffee genau diese Zeilen vernommen hatte und sie meinte sogar, Karls Stimme dabei zu hören.

Nur noch vier Tage bis zu seiner Rückkehr und sie steckte noch immer in diesem Konflikt, zwischen ihrer Liebe zu Karl und der Verantwortung ihrem Vater gegenüber!

Mehr als neunzig Tage der Höllenqual lagen hinter ihr und viele würden noch folgen!

Hätte sie doch nur nie diesen Urlaub angetreten, nicht mit Isolde getauscht und auch nicht auf jener Bank im Nachtwind gesessen!

Aber sicherlich war auch das alles vorherbestimmt gewesen!

Sie las in einem Buch, dass ein Mann über seine unerreichbare Liebe geschrieben hatte und ihr ging es momentan genauso!

Jetzt brauchte sie jemanden zum Reden und daher machte sie sich auf den Weg, um mit Sarah zu sprechen, denn noch konnte sie es!

Es war der erste Besuch bei ihr seit jenem Zusammentreffen auf der Hochzeit, und sie grübelte die ganze Zeit im Bus, was sie sagen sollte.

Der Weg war ihr gut bekannt von all den bisherigen Zusammenkünften, und es war auch nicht mehr ganz so heiß, zumindest auf den Straßen.

Sie hatte für die Fahrt wiederum jene gewöhnliche Kleidung gewählt, aber dieses Mal kam sie sich wie verkleidet vor, denn Sarah wusste jetzt um ihre Identität.

Was würde sie sagen, wenn sie inkognito erschien?

Würde das den Konflikt nur abermals zurückbringen?

Die letzten Schritte setzte sie sehr zögerlich, aber sie brauchte eine Antwort von Sarah!

Sie klopfte, Sarah öffnete und sagte: „Fräulein Kaufmann. Was verschafft mir die Ehre ihres Besuches?"

„Sarah, bitte! Ich bin immer noch dieselbe!", antwortete sie.

„Sicher?", fragte Sarah zurück und gab danach den Weg zu ihrem Sofa frei.

Jetzt musste eine Frage geklärt und auch die zukünftigen Besuchsmodalitäten geregelt werden, denn wenn sie nicht zu Sarah konnte, dann musste die eben zu ihr!

33. Kapitel

Frauen unter und über sich

Der September war schon wieder zur Hälfte vorbei und damit war sie jetzt seit einem Monat verheiratet. Seit der Hochzeit war sie für alle im Kontor Frau Freiburg und nicht mehr Fräulein Jäger, nur für den Herrn Direktor war sie noch immer das Fräulein Isolde!

Und auch weiterhin eine Art von Freiwild!

Das hatte sie sich ein klein wenig anders gewünscht, aber es war wohl der Preis für die Flunkerei einer gewissen Gräfin.

Die gemeinsame Wohnung lag jetzt südlich des Pregel[6] und damit im selben Stadtviertel, wie das Kontor. Man hätte also sogar hinlaufen können, doch dafür war der Weg zu Karola und dem Gestüt wesentlich länger geworden.

Ansonsten hatte sich durch ihre Ehe nichts geändert und sie konnte von Glück reden, dass Fritz sie weiterhin im Kontor arbeiten ließ, aber sie brauchten für die neue Wohnung ihre beiden Gehälter. Einer alleine verdiente nicht genug!

Allerdings hatte sie bisher noch keine Gelegenheit gehabt, Karolas Ratschlag in die Tat umzusetzen, weil Fritz seit der Hochzeitsnacht die Finger konsequent von ihr ließ. Er fiel abends nur neben ihr ins Bett und noch nicht mal ein Kuss war von ihm zu erhaschen.

Damit hatte sie seit vier Wochen die Worte der Freundin im Kopf, aber noch war sie nicht viel schlauer geworden.

Was hatte Karola damit gemeint: sich darauf einzulassen?

---

[6] Der Pregel ist ein Fluss in Ostpreußen. Er fließt durch Königsberg und danach über das Frische Haff in die Ostsee.

156

Immer und immer wieder kreisten ihre Gedanken darum und momentan saß sie wieder in der Straßenbahn, sah aus dem Fenster und grübelte nach.

Es war wieder Montag und damit würde sie, wenn der Herr Direktor seinen Plan abermals so exakt einhielt, in ein paar Stunden mit Karola zusammentreffen, um auf dem Rücken der Pferde durch den endenden Sommer zu galoppieren.

Der Vormittag am Montag war ihr die liebste Zeit in der ganzen Woche geworden, denn die Ausflüge mit der Freundin gefielen ihr außerordentlich gut.

Und sie rang sich jetzt dazu durch, Karola an diesem Tage zur Rede zu stellen, was diese mit der Bemerkung gemeint hatte.

Eventuell hätte sie das schon viel früher machen sollen, aber jetzt brannte es ihr regelrecht auf den Nägeln und noch eine weitere Woche wollte sie nicht mehr warten müssen.

Die Bahn hielt, sie stieg aus, lief mit wehendem Mantel zum Bürogebäude und eilte darin die Treppe hinauf.

Schnell waren alle Vorbereitungen getroffen, der Kalender kontrolliert und das Achtungszeichen gesetzt, denn laut Plan war heute der Eisprung!

Schließlich hockte sie gespannt auf ihrem Platz, der Tagesablauf begann seinen gewohnten Verlauf zu nehmen, bis sie endlich im Auto saß und zum Gestüt nach draußen gefahren wurde.

Als das Fahrzeug hielt, sprang sie fast heraus, eilte zu den Stallungen und zog sich in der Kammer neben Karolas Büro um.

Im Nebenraum hatte sich eine illustre Gruppe von Männern inklusive des Herrn Direktors eingeschlossen, doch das interessierte sie nicht. Sie wartete auf Karola!

Mit dem Sattel lief sie anschließend zu Stellas Box, um die Stute zu aufzuzäumen, wobei sie sich aber nach allen Seiten umsah, ob Karola nicht irgendwo zu sehen war.

Seltsamerweise verspätete sich die Frau.

Und gerade heute, wo sie deren Ankunft so sehnlichst erwartete!

Sonst war die Freundin doch bestimmt die erste Früh im Stall und die letzte am Abend!

Endlich hörte sie Karolas schallendes Lachen und als sie aus der Pferdebox trat, kam die Freundin mit ein paar Stallknechten den Gang entlang geschlendert.

Die Männer erzählten ziemlich anzügliche Witze, die sie sonst wohl kaum einer Frau gegenüber äußern würden und abermals war es ihr, als ob Karola hier mehr als Mann unter Männern galt.

Die Freundin spazierte mit einer Hand in der Hosentasche an ihr vorbei, nickte ihr zu und trat in die Box ihres Hengstes, der aber schon gesattelt war.

Jetzt hätte sie die Fragen gern gestellt, aber die Stallknechte lümmelten noch im Gang herum und sie wollte nicht vor den Männern mit der Freundin über dieses heikle Thema reden.

Schließlich saßen sie im Sattel, aber vermutlich wollte Karola jetzt die versäumte Zeit wieder aufholen, denn sie jagte auf Hektors Rücken dahin, als wäre der Teufel hinter ihr her.

Zum Glück sprang sie am Rande des Teiches von ihrem Hengst und setzte sich an das Ufer.

Sie setzte sich zu ihr und fragte direkt: „Wie hast du das gemeint: Es beginnt im Kopf?"

Karola blickte sie an und zog fragend die Augenbrauen hoch.

„Na, du weißt schon, damals, in der Nacht, im Hotel", erklärte sie.

„Ach, das meinst du. Hast du es seitdem mal gemacht?"

„Aus Mangel an Gelegenheit leider nicht!", erwiderte sie und stützte sich nach hinten ab.

„Also mit den Worten von Nietzsche ...", begann die Freundin.

„Nein! Ich bin ein Mädel vom Lande! Sage es mir mit deinen Worten, dann kann ich es sicherlich verstehen!", gab sie ihr zurück.

Karola blickte auf den See hinaus, überlegte und antwortete dann: „Entweder erwartest du zu viel, oder du hast vor etwas Angst!"

„Ähm, Erwartung? Angst? Hattest du schon mal was mit einem Mann, damit du das überhaupt beurteilen kannst?", fragte sie zurück.

„Natürlich! Bei den Knechten im Stall sind ein paar, die ganz gut sind! Wenn du magst, dann frage ich einen von ihnen, damit er es dir zeigt?"

„Bitte nicht, gerade ist ein gefährlicher Tag!", wehrte sie den Vorschlag der Freundin ab.

Karola nickte verstehend und ließ sich nach hinten umfallen. Auf dem Rücken liegend, fragte sie weiter: „Wie war dein erstes Mal?"

„Schnell und schmerzhaft!"

„Das ist wohl dein Problem. Es hat wehgetan und jetzt erwartest du immer wieder, dass es schmerzt. Damit macht dein Kopf dicht und du kannst dich nicht öffnen!", erzählte Karola.

Isolde legte sich neben ihr auf die Seite.

„Wie war dein erstes Mal?", erkundigte sie sich.

„Wild, schön und hemmungslos! Ich war sechzehn und habe dabei vor Leidenschaft den halben Stall zusammengeschrien!", gab die Freundin ihr schmunzelnd zurück.

„Wirklich?"

„Na ja, nicht geschrien, dann wären wohl die Pferde durchgegangen, aber es war richtig, richtig gut!", entgegnete sie und drehte ihr das Gesicht zu.

„Aha! Und wie ist das unter Frauen so?", wollte sie jetzt wissen.

„Noch viel besser, wenn man nicht zu viel darüber nachdenkt!"

„Verstanden. Kopf aus, Gefühl an!"

„Besser hätte ich es auch nicht sagen können! Wollen wir noch eine Runde schwimmen, jetzt, wo alle deine Fragen beantwortet sind?", erkundigte sich Karola.

„Ja, warum eigentlich nicht?", entgegnete sie.

Karola sprang auf, warf die Kleidung von sich und rannte bereits in den Teich, da war sie noch nicht einmal von der Wiese aufgestanden.

Offenbar musste die durch das Säumen und das Gespräch vergangene Zeit jetzt wieder aufgeholt werden.

Daher beeilte sie sich ebenfalls und schwamm ihr hinterher, doch die Frau kam ihr bereits wieder entgegen, da hatte sie noch keine zehn Schwimmzüge gemacht.

Karola umrundete sie, tauchte unter ihr durch und schwamm danach ein Stück neben ihr, bevor sie wieder zurück zum Ufer schwammen.

„Möchtest du es erleben, wie es sich anfühlen kann?", fragte Karola sie, als sie ans Ufer stiegen.

„Ja, aber nicht mit einem Stallknecht!"

„Kopf aus!", entgegnete Karola, trat auf sie zu, nahm ihr Gesicht in beide Hände und küsste sie.

Es war ungewohnt und dennoch schön, und da sie den Kopf auslassen sollte, vermied sie es, darüber nachzudenken, was sie hier taten.

Schließlich brachte Karola sie sanft zu Fall, begrub sie unter sich und begann sie zu streicheln.

All das fühlte sich gut an, dann kniete sich Karola mit gespreizten Beinen auf ihren Bauch und bewegte sich.

Wie sonst im Sattel von Hektor ritt sie und abermals war sie über ihr.

Dieser Anblick war faszinierend, wie die Freundin sich mit geschlossenen Augen vor und zurückbewegte, bis sie schnaufend, sich windend und nach Luft ringend neben ihr ins Gras fiel.

Schließlich drehte sie ihr das Gesicht zu, tippte auf den goldenen Anhänger auf ihrer Brust und hauchte: „Und jetzt machst du mir den wilden Stier! Zeig's mir!"

34. Kapitel

Mit dem Rücken an der Wand

eit mehr als zwei Wochen brachte Karola ihr jetzt schon nicht mehr nur das Reiten bei, sondern auch viel von dem, was sie dachte und wie sie war.

Jede freie Minute verbrachte Isolde seit jenen zärtlichen Momenten am See jetzt im Stall und nicht nur am Montag den Vormittag. Lange Gespräche, Streicheleinheiten und der Austausch von Zärtlichkeiten gehörten da einfach irgendwie dazu.

Mittlerweile hatte sie verstanden, dass es wirklich wichtig war, den dummen Kopf auszuschalten und einfach nur zu genießen, ohne Angst oder falsche Erwartungen.

Und an diesem Freitag sollte sie einen Schritt weiter gehen!

Die Freundin stand mit vor der Brust verschränkten Armen an der Außenwand neben der Tür gelehnt und passte auf, dass nicht zufällig jemand anderes dieses Stallabteil betrat.

Und sie befand sich in dieser Pferdebox, in welcher einer der Knechte ihr just zeigen sollte, dass es auch mit einem Mann schön sein konnte.

Mit dem Rücken an dieselbe Wand gelehnt, blendete sie aus, dass der Mann das alles wohl mit ausdrücklicher Instruktion und Einweisung durch die Freundin tat und auch, dass er sicherlich dafür später angemessen entlohnt wurde, aber auch weiterhin war Fritz nicht dazu zu bewegen, sie irgendwie zu berühren, geschweige denn, mit ihr zu schlafen.

Die Ohrfeige, die sie dafür kassiert hatte, als sie ihn danach gefragt hatte, reichte ihr völlig und daher hatte Karola wohl auch dieses Treffen hier im Stall arrangiert.

Laut Kalender war es ein ungefährlicher Tag und nach Aussage der Freundin konnte bei Christian auch sonst nichts geschehen,

162

denn durch eine Krankheit in Kindertagen schoss er nur noch ohne Kugel, wie es Karola ihr so wenig blumig umschrieben hatte.

Wie von fern beobachtete sie nur, sie dachte nichts, wertete nicht und spürte nur, was geschehen würde.

Und was sie fühlte, war gut, denn Christian ließ sich Zeit, viel Zeit. Während Fritz jetzt wohl schon fertig und eingeschlafen wäre, hatte er ihr noch nicht einmal die Bluse ausgezogen.

Noch küsste und streichelte er sie und wenn sie nicht mit dem Rücken an der Wand gestanden hätte, dann wären ihre Beine schon lange eingeknickt.

Der Mann wusste wirklich, was man als Frau so wollte!

Schließlich knöpfte er ihr ganz langsam die Bluse auf und fast hätte sie darum gebettelt, dass er sich doch bitte beeilen solle, doch das war nur der Verstand und der musste zum Schweigen gebracht werden.

Unendlich langsam glitt das Oberteil über ihre Schultern, die Hose folgte, bevor auch die Unterwäsche ein Stück nach dem anderen ins Stroh fiel.

Es war zum Jammern schön, als sie sich endlich unbekleidet gegen ihn schmiegte und er es schließlich zuließ, dass sie jetzt auch ihn von der Kleidung befreite, was sie allerdings viel schneller machte.

Haut an Haut drückten sie sich aneinander, eine Gänsehaut rollte über ihren Körper und sie stöhnte auf, als er sie mit einer Hand hinter dem Rücken und der anderen unten den Knien anhob, zur Seite trug und im frischen Heu bettete.

Sie zitterte, als er sich endlich über sie schob, behutsam ihre Knie zur Seite drückte und abermals nur wieder damit begann, sie ausführlich zu streicheln!

Es war die reinste Folter, aber unglaublich faszinierend.

Spätestens jetzt hätte sie gebettelt, wenn es nach ihrem Kopf gegangen wäre, aber der schwieg zum Glück.

Und als er dann endlich in sie drang, war für sie schon längst alles zu spät.

Jammernd, wimmernd und stöhnend ertrug sie seine Stöße und fiel schließlich in einen bodenlosen Abgrund.

Um nicht alle Pferde im Stall zu verschrecken, grub sie ihre Zähne in seine Schulter, was ihn allerdings nicht im Mindesten störte.

Sie wusste nichts mehr, sie war nur noch pures Gefühl, und als er sich aus ihr zurückzog und ihr aufhalf, konnte sie noch nicht einmal sagen, ob er in ihr gekommen war oder nicht.

Schnaufend und mit zitternden Knien zog sie sich wieder an, bekam den letzten Kuss und wankte aus der Box.

Draußen lehnte sie sich neben Karola an die Wand, Christian trat hinter ihr in den Gang, griff sich eine Mistgabel und ging pfeifend zu Hektors Abteil, um seine Arbeit weiterzuführen.

„Und? War es so, wie ich es dir erzählt habe?", fragte Karola.

Sie war unfähig, auch nur noch einen Ton von sich zu geben, und mit noch immer zitternden Beinen nickte sie daher nur.

Das war anders als alles, was sie jemals erlebt, gelesen oder gehört hatte, um Welten besser, als mit Fritz zu schlafen, und auch die Schäferstündchen mit dem Herrn Direktor waren nicht mal ansatzweise damit vergleichbar.

Nach der Uhr an Karolas Handgelenk war sie mehr als eine Stunde in der Box gewesen!

Sechzig Minuten im Himmel! Als Eva nackt im Paradies! Es war unbeschreiblich und das konnte man mit Worten nicht erklären.

„Oh mein Gott", seufzte sie später, als sie die Stimme endlich wiedergefunden hatte.

„Mein Reden! Zieh dich um, ich bringe dich nach Hause", erklärte Karola und gab ihr einen Kuss mit auf den Weg zur Sattelkammer.

Diese paar Schritte waren so unglaublich weit, wenn einem die Knie nicht mehr tragen wollten.

Karola lehnte hemdsärmelig im Gang an der Wand und scherzte mit Christian, als Isolde endlich die Kammer wieder verlassen konnte.

Draußen wurde es gerade dunkel, an einem Freitagabend, alle anderen unverheirateten Frauen der Oberschicht waren vermutlich gerade auf dem Weg zu irgendwelchen Feierlichkeiten oder Festivitäten, doch die Freundin machte sich keine Gedanken über Konventionen oder gesellschaftliche Zwänge.

Karola trug eine Anzughose und hatte sich das passende Jackett einfach nur über eine Schulter geworfen.

„Können wir?", fragte Karola.

„Ja!", antwortete sie und setzte ein: „Danke schön", für den Mann hinzu.

„Jederzeit gern wieder", entgegnete Christian mit einer Stimme, die abermals ihr Innerstes in Schwingung brachte.

Karola führte sie eingehakt zum Platz vor dem Stall, wo sich ihr kleiner Mercedes Sportflitzer befand, mit dem sie zurück zur Stadt fuhren, aber die Freundin brachte sie zuerst zu ihrer eigenen Wohnung, wo sie wenig später mit einem Glas Rotwein auf deren Sofa saßen, um diesen Aufregenden Tag zu beenden.

„Und das alles kannst du in deinem Kopf abspeichern. Es überlagert deine Angst und macht dich locker! Weißt du, Isolde, manche Männer lassen sich nicht diese Zeit, wie Christian sie sich nimmt, aber du kannst dich jederzeit in diese Situation zurückversetzen und dennoch deinen Spaß haben!", erklärte Karola.

„Wirklich?", fragte sie zurück.

Karola nickte, nahm ihr Glas und nippte daran.

„Mitunter lege ich mich alleine in die Wanne, stelle es mir einfach nur vor und schließe die Augen. Das reicht manchmal schon! Vertraue mir!"

„Ich werde es versuchen!"

„Machen, nicht versuchen", entgegnete Karola ihr und zwinkerte ihr zu.

35. Kapitel

Das innere Kloster

Der September endete und Hedwig stützte sich mit den Händen auf das Fensterbrett in der Bibliothek ihres Vaters. Sie lehnte sich aus dem offenen Fenster, sah den Vögeln zu, die auf einem Baum vor dem Haus saßen, und hörte ihre Lieder, aber sie wagte sich kaum noch vor die Tür.

Mehr als vier Wochen dauerte die selbst gewählte Isolation bereits und es wurde immer schwerer, plausible Ausreden für Vater und Mutter zu finden, dass sie das Gebäude nicht verlassen brauchte, denn überall hätte sie jetzt auf Karl treffen können.

Er war Kellner und damit zwangsläufig an den Plätzen anzutreffen, die sie bisher so gern besucht hatte: Cafés, Restaurants, Empfänge und große Bälle.

Bei ihrem Glück würde sie ihm direkt an der Garderobe in die Arme laufen und es war abzusehen, was danach geschehen würde, denn sie wusste tief in sich, dass beim nächsten Zusammentreffen mit ihm ihre gesamte Welt in sich zusammenbrechen würde.

Aber war das nicht bereits geschehen?

Vor Monaten hatte sie befürchtet, dass die Eltern sie für die Liaison mit Karl in die Verbannung, ein Kloster oder ein Internat stecken würden, doch momentan befand sie sich aus eigenem Willen bereits darin!

Doch war es überhaupt nur eine Liaison gewesen?

Tief in sich verspürte sie viel mehr und mit jedem Tag in der Isolation wurde ihr das nur noch mehr bewusst, aber das durfte sie der Mutter nicht antun und dem Vater nicht sagen.

Mittlerweile kam Isolde überhaupt nicht mehr zu ihnen, weil sie von Karola Benz zu ihrer Hochzeit ein Pferd geschenkt bekommen hatte und damit verbrachte sie jetzt jede freie Minute im Stall ihrer Stute. Demzufolge bestand ihr einziger Kontakt zur Au-

ßenwelt in Sarah, die mittlerweile täglich zu ihr in dieser Einsiede-
lei aus Wissen und Büchern kam.

Wobei erschwerend hinzukam, dass ihre Freundin Sarah sie bei
jedem Besuch immer nur daran erinnerte, was einst in Rauschen
geschehen war. Tief in ihr drin hatte ihre Seele wohl so eine Paral-
lele zwischen Sarah und Karl gezogen, denn immer dann, wenn
die Frau im Mai zu ihr gekommen war, war sie danach bei Karl
gewesen, hatte ihn geküsst und geliebt.

Jetzt waren das alles nur noch Erinnerungen und dabei
schmerzte jede einzelne davon so unsäglich, denn sie wusste, dass
es sofort enden konnte.

Sie kannte den Weg und wusste, dass Karl auch sie nicht vergessen hatte, denn Sarah hatte ihr dies bereits vor Wochen erzählt.

Vielleicht wäre alles ganz anders, wenn Karl in jenem Seebad
im Sommer eine andere gefunden hätte, dann hätte sie eventuell
damit abschließen können, aber er wartete auf sie!

Und sie irgendwie auf ihn, oder den richtigen Moment, oder
auf irgendetwas anderes, wovon sie noch nicht wusste, wo und
was es sein würde.

Aber durch Sarahs regelmäßige Besuche hatte sich in ihrem
Zuhause noch etwas anderes geändert. Sarah war streng gläubig
und hielt sich an die Essensregeln der Thora. Das hatte am Anfang
für deutliche Verwirrungen bei Gudrun gesorgt, denn mit einem
Mal waren viele Gerichte, die sie bisher gekocht hatte, vom Spei-
seplan verschwunden.

Gudrun hatte die schwangere Sarah sofort tief in ihr Herz geschlossen und daher hatte es nur wenige Tage gedauert, bis alles
vom Schwein aus der Speisekammer verschwunden war.

In langen Gesprächen hatte ihnen die Freundin erklärt, was auf
den Teller kommen durfte, denn in der Thora, ihrem heiligen
Buch, stand, welche Tiere koscher waren und damit gegessen werden durften.

168

Koschere Säugetiere käuen wieder und haben gespaltene Hufe, wie Schafe oder Kühe. Schweine sind keine Wiederkäuer und deshalb nicht koscher. Tiere, die im Wasser leben, müssen Flossen und Schuppen haben, um gegessen werden zu dürfen, und somit hatte auch der von der Mutter so geliebte Aal bei ihnen nur noch am Abend sein Gastspiel, wenn sich Sarah schon wieder in ihrer eigenen Wohnung befand.

Und einige Dinge bei der Zubereitung waren auch anders geworden, denn Sarah hatte ihnen ebenfalls erklärt, dass das Zicklein nicht in der Milch der Mutter gekocht werden durfte und daher Milch und Fleisch nicht zusammen zubereitet und gegessen wurden.

Kalbsgeschnetzeltes in Sahnesoße war damit ebenso vom Tisch der Familie verschwunden, aber das machten die Besuche der Freundin mehr als wett.

Soeben konnte sie die Freundin unten auf der Straße sehen und winkte ihr von oben zu, denn ihre Botin mit den Neuigkeiten der Welt war gekommen und es würden sicherlich wieder schöne und lange Gespräche werden.

Übermütig stürmte sie die Treppe hinab und erreichte die Tür, bevor Sarah auch nur klingeln konnte.

An der Tür umarmten sie sich und Sarah schien mit jedem weiteren Tag ihrer Schwangerschaft nur noch schöner zu werden.

Die sowieso schon bildhübsche Frau blühte regelrecht auf, strahlte mit der Sonne um die Wette und erzählte überschwänglich: „Mein Kind hat sich bereits bewegt. Ich habe das ganz genau gespürt!"

Der Babybauch der eigentlich sehr schlanken Frau war bereits mehr als deutlich zu sehen, und sie freute sich einfach mit der werdenden Mutter über deren Glück.

Zusammen betraten sie die Küche, wo Alfons ebenfalls die Frau begrüßte und ihr sofort etwas Obst zuschob. Offensichtlich hatten alle Sarah in ihr Herz geschlossen und eigentlich konnte man auch gar nicht anders.

Etwas später saßen sie bei Kaffee und Kuchen in Vaters Bibliothek, redeten über Gott und die Welt und vermieden es dabei, irgendwie über Karl zu sprechen, aber es war seltsam und verkrampft, wie sie beide versuchten, den Namen des Mannes zu vermeiden, an den sie doch ständig denken musste.

Und Sarah konnte sie nicht davon ablenken, weil sie es ja nur der Räson gehorchend vermied, sich auf den Mann einzulassen.

Die kleine Zofe Hedi wäre sofort in seine Arme geflogen, die Tochter aus gutem Hause hielt sich vornehm zurück, obwohl es ihr dabei fast das Herz brach.

Und damit war es natürlich auch kein Wunder, dass nach Sarahs Verabschiedung bei ihr abermals die Tränen liefen, denn sie hätte die Freundin einfach begleiten können, die jetzt zu Karls Mutter in den Laden ging, um dort zu helfen.

Es war die reinste Folter und dennoch offenbar nötig.

Oder war das alles falsch?

Sollte sie wirklich einfach alle Brücken hinter sich abbrechen? Aber was sollte sie dann tun? Die alte Frage war wieder in ihrem Kopf, denn was konnte sie schon?

Sie zog sich abermals in ihre Klause zurück und weinte sich in der Abgeschiedenheit die Augen aus.

36. Kapitel

Dunkle Wolken im Oktober

s war Mittwoch, der 30. Oktober, und Isolde fuhr gut gelaunt mit der Straßenbahn zu ihrer Arbeit, denn nach dieser würde sie heute endlich wieder mit Karola zusammentreffen.

Zwar verbrachte sie mittlerweile fast jeden Tag bei der Freundin in deren Stall, praktisch jede freie Minute war sie dort in den Stallabteilen, auf dem Rücken ihrer Stute Stella oder bei Christian, aber in den letzten beiden Wochen war die Freundin unterwegs gewesen.

Summend blickte sie aus dem Fenster der Bahn und dachte an die Treffen, wobei sie mitunter gar nicht erst bis zum Stall kamen, sondern einfach in Karolas Bett oder im Stroh landeten, aber auch das war immer sehr schön und die Vorfreude darauf wärmte sie innerlich auf.

Lächelnd dachte sie daran, wie sie gelegentlich stundenlang über Gott und die Welt redeten.

Karola war ziemlich klug, weltgewandt und einfach irgendwie anders als alle anderen Frauen, denen sie jemals zuvor begegnet war.

Entgegen ihrer Versicherung hatte ihr Karola trotzdem die Stute zur Hochzeit geschenkt und damit besaß sie jetzt ein eigenes Pferd.

Und bei Christian konnte sie dann vergessen, dass Fritz sie auch weiterhin meist ignorierte, solange er nüchtern war, denn ihr Mann war für gewöhnlich mit seinen Freunden in irgendwelchen Kneipen unterwegs, lag danach nachts einfach nur neben ihr und dann waren es nur die Gedanken an Christian, die sie vom Schmerz ablenkten.

Frühmorgens verabschiedete er sie mitunter danach mit einem Handschlag und es fiel kein liebes Wort, keine zärtliche Geste von seiner Seite, und er zuckte regelrecht zurück, wenn sie in dieser Art auf ihn zukam und einen Kuss wollte.

Diese Art, wie Fritz mit ihr umging, schmerzte und daher freute sie sich eben auf das heutige Treffen mit Karola, weil sie sich in den letzten Tagen nicht gesehen hatten, da die Freundin zu einer Pferdeausstellung mit einigen ihrer besten Reitpferde gewesen war.

Vermutlich hatte sie dort auch erneut einige Preise bekommen, denn alles, was Karola anfing, wurde beinahe zwangsläufig ein Erfolg.

Am Montag hatte sie erneut mit dem Herrn Direktor ihre wöchentliche Tour zum Stall unternommen, wobei er an jenem Tage sonderbar schweigsam und misslaunig gewesen war. Seit einigen Wochen traf er sich jetzt mit einem illustren Kreis von Männern auf dem Gelände des Gestütes.

Was anfangs nur mit ihm und dem Herrn Kommerzienrat Benz begonnen hatte, war mittlerweile zu einer Runde aus sieben gesetzten Geschäftsleuten geworden, die sich oft stundenlang in Karolas Büro einschlossen, weil es an den Gattern inzwischen zu windig war.

Es war schon seltsam, dass die Männer extra diesen Platz wählen und ein bisschen sonderbar kam es ihr schon vor, aber sie fragen nicht nach, aus Angst, damit den Herrn Direktor auf eine andere Idee zu bringen und dadurch diesen freien Montag auf dem Gestüt zu verlieren.

Der Herr Direktor nahm sie noch immer dorthin mit, obwohl sie bei diesen Treffen so rein gar nichts zu tun hatte.

Vielleicht war es so eine Art von Bonus oder Belobigung dafür, dass sie ihm den Rest der Woche immer wieder zu Willen sein musste, wie heute nach seinem ersten Kaffee vermutlich ebenfalls.

Da konnte man praktisch die Uhr danach stellen, auch wenn es widerlich war, aber das eine bedingte das andere und das Foto aus der Zeitung lag noch immer in seinem Schreibtisch.

Von Hedwig hatte sie sich nach und nach immer mehr zurückgezogen, denn sie hasste es, die Freundin zu belügen und sie wollte das gute Bild, das diese von ihrem Vater hatte, nicht durch ihre Behauptung zerstören.

Und sie durfte ja auch weiterhin sowieso nichts davon erzählen.

Die Straßenbahn hielt, Isolde ging froh gelaunt, rauchend und leise irgendeine Melodie pfeifend durch die Gassen, wobei ihr einige Männer verwundert hinterher sahen.

Es war wohl irgendwie Karolas Beispiel, was da so langsam auf sie abfärbte.

Sie betrat das Gebäude, begrüßte den Portier überschwänglich und tanzte fast die Treppe hinauf.

Der Tag begann mit den gewohnten Handgriffen, die ihr inzwischen schon so vertraut waren, dass da keinerlei Gedanke mehr daran verschwendet werden musste, was sie tat, nur der Blick in den Kalender war wichtig, denn sie wollte ja nicht vom Herrn Direktor schwanger werden.

Bei Christian bestand da ja keine Gefahr, erst am Abend zuvor hatte er ihr beim Ausmisten von Stellas Box geholfen und zum folgenden Ausritt hatten sie den Stall nicht verlassen müssen.

Herrlich war es gewesen, sich bei ihm einfach nur fallen zu lassen!

Doch jetzt ließ sich erst einmal in ihren Bürostuhl fallen und wartete, dass der Herr Direktor das Büro betrat, danach würde er seinen Kaffee trinken, die Zeitung lesen und anschließend mit ihr Sex haben, das war so sicher wie das Amen in der Kirche.

Frau Müller betrat den Raum, nickte ihr freundlich zu und setzte sich hinter ihren Schreibtisch.

Während die Frau die tägliche Post sortierte, plauderten sie belanglose Dinge über die vergangenen Tage, wobei die Reitstunden allerdings etwas umgedichtet wurden.

Als Nächstes erschien Fritzchen, brachte die Zeitung und erhielt dafür eine Leckerei aus Frau Müllers Glas auf deren Schreibtisch. Freudestrahlend lief der Junge danach wieder zurück zu seinem Platz in der Lobby des Gebäudes.

Die Uhr im Gang schlug halb neun Uhr und wie immer erwartete sie, dass der Herr Direktor jetzt durch die Tür trat, denn man konnte die Uhr nach ihm stellen, doch er verspätete sich heute.

Frau Müller blickte verwundert auf ihre Uhr, aber die zeigte dasselbe an.

„Seltsam, oder?", fragte Isolde die Frau und die hob ihre Schultern. Es war das erste Mal seit Jahren, dass der Herr Direktor zu spät kam.

Der Gong schlug die neunte Stunde, als der Mann das Büro betrat. Es gab keinen freundlichen Gruß, nichts. Mürrisch und wortlos hängte er seinen Mantel an die Garderobe und betrat sein Büro.

Sie erhob sich, trat an die Kaffeekanne und füllte die Tasse, die sie zusammen mit der Zeitung zuerst zu ihm tragen würde.

Gerade wollte sie beides anheben, da hörte sie einen lauten Knall aus seinem Büro.

Erschrocken fuhr sie herum und sah, dass der Mann nach vorn fiel.

Flugs eilte sie zu ihm, um ihm zu helfen, kniete sich neben ihn auf den Teppich und drehte ihn um. Erst dabei bemerkte sie die Pistole in seiner Hand und das Blut.

Der Herr Direktor war tot!

Er hatte sich erschossen, und sie schrie auf.

Frau Müller stürzte in den Raum und kniete sich zu ihr.

Ratlos blickten sie sich an, was war jetzt zu tun?

„Ich rufe die Polizei an", bemerkte Frau Müller dann.

„Und ich informiere seine Familie", entgegnete sie.

Beide nickten sie sich zu und verließen den Raum.

Für einen Moment überlegte sie, ob sie die Familie telefonisch informieren sollte, doch sie entschied sich, dass es wohl besser wäre, dies persönlich zu tun.

Mit wehendem Mantel stürzte sie die Treppe hinab, rannte aus dem Gebäude und hetzte die Straßen entlang.

Besser wäre es wohl gewesen, ein Fortbewegungsmittel zu wählen, doch sie rannte die Strecke bis zu seiner Villa.

Eine knappe Stunde später stand sie keuchend vor der schon so oft passierten Haustür und verschnaufte kurz, bevor sie die Klingel betätigte.

Gudrun öffnete ihr und gab sofort den Weg frei.

Hedwig kam ihr entgegen und sie sagte: „Dein Vater!"

„Was ist mit ihm?", fragte die Freundin zurück.

37. Kapitel

Der Anfang vom Ende?

Isolde stand vor ihr und suchte offenbar händeringend nach Worten, doch die Pause dauerte ihr viel zu lang.

„Was ist mit meinem Vater?", drängte sie deshalb noch einmal nach.

„Es hat sich erschossen!", gab Isolde ihr zurück.

„Erschossen? Aber wieso? Warum?", fragte sie.

Hinter ihr brach die Mutter mit einem Schrei zusammen und sie liefen zu ihr hinüber.

Zusammen mit Gudrun setzten sie die Mutter in einen Sessel im Salon und jetzt drängte sie noch mehr auf die Freundin ein.

Sie brauchte eine Erklärung dafür, was vorgefallen war.

„Ich kann es dir nicht sagen", antwortete Isolde und hob die Schultern, dann setzte sie hinzu: „Er kam eine halbe Stunde zu spät, hat das Büro wortlos betreten, ist in sein Zimmer gegangen und hat sich erschossen!"

„Er ist aber pünktlich von hier losgefahren", entgegnete Gudrun.

„Wo war er dann? Und warum hat er das getan? Dafür muss es doch einen triftigen Grund geben", stammelte sie.

„Vielleicht finden wir etwas in seinem Schreibtisch, was eine Erklärung sein könnte?", fragte Isolde.

Zu zweit liefen sie in das Arbeitszimmer ihres Vaters und schauten sich um, doch darin schien alles ganz normal zu sein, bis auf eine zerknüllte Zeitung, die auf dem Schreibtisch lag.

„Seltsam. Der liest doch sonst den Anzeiger erst im Büro", sagte Isolde und zeigte darauf.

Hedwig nahm die Tageszeitung in die Hand, strich sie glatt und las die Überschrift auf der ersten Seite laut vor: „Crash an der

New Yorker Böse! Die Kurse fallen um 99 %! Anleger verkaufen alles!"

„Meinst du, das könnte die Ursache sein?", setzte sie fragend hinzu.

„Das kann ich mir nicht vorstellen. Das war doch schon am letzten Freitag und in Amerika", entgegnete Isolde, zeigte auf das Datum und sah danach ebenfalls in die Zeitung.

„Er hat sie bestimmt nicht umsonst zerknüllt, aber wer könnte etwas wissen? Wo wollte er hin? Was stand für heute in seinem Kalender?", erkundigte sie sich bei der Freundin.

„Nichts. Es war ein ganz normaler Mittwoch", erklärte Isolde.

„War sonst etwas komisch in dieser Woche?"

„Nein. Nichts. Wir waren am Montag wieder auf Karolas Gestüt, dort hat er sich wie immer mit Herrn Kommerzienrat Benz getroffen und sonst war nichts Besonderes, bis auf die Verspätung heute", zählte die Freundin auf.

„Kommerzienrat Benz? Vielleicht weiß Karola etwas?", fragte sie.

„Möglich, aber die ist erst heute wieder da. Gestern war sie noch unterwegs und ich alleine im Stall bei Stella."

„Wir können sie ja mal anrufen", setzte sie Isolde entgegen.

„Die ist sicherlich im Gestüt", antwortete Isolde, schlug das Telefonbuch auf und sie gingen damit zum Telefonapparat.

Sie wählte die Nummer, es dauerte eine Weile, bis jemand die Frau ans Telefon geholt hatte und jetzt übernahm Isolde den Telefonhörer.

Nach der Begrüßung kam Isolde auf den Punkt und Karola antwortete ihr, dass ihr Vater am Abend zuvor völlig überraschend von Devau in die Schweiz geflogen war. Sie hatten sich noch nicht mal gesehen oder verabschiedet und das klang ziemlich seltsam.

Sie beschlossen, sich zu dritt am Hause von Karolas Vater zu treffen, um die Ursachen dieser plötzlichen Abreise zu ergründen und ob diese etwas mit dem Ableben ihres eigenen Vaters zu tun hatten.

Mit dem Bus machten sie sich auf den Weg, weil Gustav noch vor dem Kontor wartete.

Erst auf dieser Fahrt wurde ihr wirklich bewusst, was Isoldes Nachricht bedeutete: Der Vater war tot, sie würde ihn niemals wiedersehen und sie hatte sich am Morgen noch nicht einmal von ihm verabschiedet.

Der erste Kummer stieg in ihr hoch, aber sie schluckte die Tränen vorerst herunter. Die bisher so sorgsam einstudierte Maske musste ihr jetzt helfen, um die Fassung zu wahren.

Vor dem Hause von Kommerzienrat Benz stand schon Karolas blankpolierter silberner Daimler Sportwagen und daher eilten sie schnell zur Tür und klingelten.

Karola öffnete ihnen fast sofort, offenbar war auch sie erst wenige Augenblicke zuvor eingetroffen.

Gemeinsam gingen sie zum Arbeitszimmer von Karolas Vater und schauten sich dort um.

Isolde fand dann im Papierkorb dieselbe Zeitung, die auch ihr Vater in seinem Arbeitszimmer gehabt hatte.

War das möglicherweise der gesuchte Zusammenhang?

Jetzt war auch Karolas Neugier geweckt und sie begann in dem Zimmer regelrecht herumzuwühlen, zog Ordner aus dem Regal, prüfte Unterlagen und legte diese dann auf dem Schreibtisch ab.

Danach fing auch Isolde an, in diesen Belegen zu lesen und sie stand einfach nur hilflos in diesem Raum und beobachtete die beiden Frauen bei ihrer Suche.

„Das ist aber mehr als seltsam", sagte Isolde plötzlich und sie traten alle an den Tisch, um zu sehen, was ihr da im Kontobuch aufgefallen war.

Für sie waren das alles nur undurchsichtige Zahlenkolonnen, aber Isolde tippte auf eine Stelle auf einer Seite und erläuterte dann dazu: „Wenn das hier stimmt, dann haben die Männer sich so richtig geirrt!"

Es war nicht anzunehmen, dass Isolde sich bei Zahlen vertun würde und offenbar war jetzt auch Karola der Fehler aufgefallen, denn sie stand kreidebleich und mit offenem Mund neben ihr und brachte keinen Laut mehr heraus.

„Was meinst du?", erkundigte sie sich jetzt.

„Die Männer haben im großen Stil Geld in Amerika angelegt. In Aktien", erzählte Isolde jetzt.

Karola ging zur Bar ihres Vaters und goss sich ein großes Glas Schnaps ein, welches sie darauf in einem Zuge leerte, danach ließ sie sich in den Sessel fallen und starrte kopfschüttelnd vor sich hin.

„Wenn diese Zahlen da drin der Realität entsprechen und nicht nur ausgedachtes Spielgeld sind, dann bist du jetzt so arm wie eine Kirchenmaus!", erklärte Isolde.

„Mein Vater hat sich gestern mit dem Rest seines Vermögens in die Schweiz abgesetzt und Hedwigs Vater hat sich selbst getötet. Du kannst also getrost davon ausgehen, dass die Summe korrekt ist!", bemerkte Karola daraufhin aus der Ecke.

„Ich habe das noch nicht wirklich verstanden", gab sie den beiden Frauen zurück.

„Dein Vater hat sein ganzes Vermögen eingesetzt und auch noch einen ziemlich großen Kredit der Bank investiert. Nach dem Zusammenbruch der Börse ist das alles nichts mehr wert! Und dann haben sie am Montag noch einmal einen weiteren Kredit nach Amerika transferiert!", erläuterte Isolde ihr, mit dem Kontobuch in der Hand, wobei sie auf einige sehr große Summen tippte.

„Ich bin froh, dass meine Mutter das nicht mehr erleben muss!", seufzte Karola.

„Aber warum?", fragte sie verwirrt nach und starrte auf die Zahlenkolonnen.

„Wenn das funktioniert hätte, dann wären die Männer die reichsten in ganz Ostpreußen geworden, aber der Crash in Amerika hat alle diesbezüglichen Pläne zerstört!", setzte Isolde noch hinzu.

„Ich brauche jetzt auch einen Schnaps!", stieß sie aus und ging zu Karola, die ebenfalls gerade an die Bar trat.

„Der gehört jetzt auch der Bank", bemerkte Isolde und schloss das Kassenbuch geräuschvoll.

„Und es ist wirklich alles fort?", fragte sie zur Sicherheit, das Glas schon in der Hand.

Isolde nickte und trat zu ihr.

„Wie soll ich das nur meiner Mutter erklären? Das überlebt die nicht. So eine Schmach!", bemerkte sie und kippte das scharfe Getränk in einem Zug herunter.

Das war das Ende!

38. Kapitel

Für eine Handvoll Reichsmark

Der November begrüßte Isolde mit einer bösen Überraschung, denn als sie das Kontor betreten wollte, prangte ein Pfandsiegel an der Eingangstür. Einige Tage zuvor hatte sie zwar die Bücher gesehen, aber noch nicht wirklich begriffen, was das nicht nur für Hedwig und deren Familie bedeutete, sondern auch für sie: Der Herr Direktor hatte offenbar auch mit dem Kontor und aller darin befindlichen Habe dafür gebürgt, dass er den Bankkredit zurückzahlen konnte.

Der war jetzt ganz offensichtlich fällig geworden und die Bank hatte nach dem Bekanntwerden seines Selbstmordes die Gelder gestrichen sowie die Bürgschaft eingezogen.

Bis gerade eben hatte sie noch gehofft, dass Arthur die Geschäfte seines Vaters übernehmen und weiterführen konnte, doch jetzt musste sie feststellen, dass es keine Geschäfte mehr gab und das Kreditinstitut in den nächsten Tagen alles versteigern würde, um die Schulden zu tilgen.

Sie stand vor dem Gebäude, in dem sie mehr als fünf Jahre gearbeitet hatte, und wusste im Moment nicht, was sie tun oder sagen sollte.

Ihr blieb damit eigentlich nur noch übrig, Stempeln zu gehen.

Noch völlig durcheinander machte sie sich auf den Weg zur Beratungsstelle der »Reichsanstalt für Arbeitsvermittlung und Arbeitslosenversicherung«, wo sie sich melden und nach der Höhe des Ersatzlohnes fragen musste.

Am Aushang in der Empfangshalle schaute sie auf die Tabelle und mit ihrem wöchentlichen Arbeitsentgelt von 29 Reichsmark war sie damit in der Klasse V eingegliedert, wodurch sie von den angesetzten 27 Reichsmark nur 40 % erhalten würde.

Das war ziemlich wenig, wie sie sofort im Kopf überschlug, denn die 10,80 Mark pro Woche deckten gerade einmal Stellas Futter und deren Stellplatz im Gestüt!

Sie würde das geliebte Pferd daher bestimmt auch nicht mehr behalten können und dabei waren die Treffen mit Karola und Christian doch mittlerweile zu ihrem Lebensinhalt geworden!

Was machte sie bloß jetzt?

Die paar Mark würde sie jedenfalls dringend brauchen, und daher suchte sie das Zimmer, in dem der Berater für den Anfangsbuchstaben ihres Nachnamens saß.

Das F prangte großgeschrieben an einer weiß getünchten Wand und sie setzte sich davor neben einigen Männern auf einen Stuhl.

Es dauerte über eine Stunde, bevor sie endlich in den Raum gerufen wurde, in welchem der ziemlich korpulente Beamte hinter einem Schreibtisch saß, der einer Festung glich, so massiv war dieser aus Holz gefertigt.

Der ältere Mann musterte sie über seine Brille hinweg und blaffte sie sofort an: „Was wollen sie hier?"

„Ich muss mich melden. Die Firma meines Chefs gibt es nicht mehr!", antwortete sie freundlich und übergab das ausgefüllte Formblatt.

„Sind sie verheiratet?", kam die nächste Frage und sie wusste im Voraus bereits, was als nächste Frage auf ihre Antwort kommen würde.

„Ja!"

„Dann machen sie sich heim zu Mann und Herd! Sie sollten sich um ihre Kinder kümmern und mir hier nicht meine Zeit stehlen!", war die bereits erwartete Entgegnung.

„Ich habe noch keine Kinder!"

„Dann sollten sie sich erst recht auf den Weg zu ihrem Mann machen und jetzt raus!", brüllte der Mann sie an und zerriss ihren Antrag.

Unverrichteter Dinge stand sie wenig später erneut im Empfangsbereich. Selbstverständlich hätte sie sich jetzt darüber beschweren können, wie der Mann sie behandelt hatte, aber sie würde einfach Fritz am nächsten Tag hierherschicken und der würde vermutlich eher das Geld erhalten, als sie.

Damit zog es sie jetzt zu Karola, denn irgendwie waren sie ja beide unverschuldet zu Leidensgenossinnen geworden und sie musste der Freundin auch noch Stellas Verkauf ans Herz legen.

Der Bus brachte sie zum Gestüt, wo sie im Gang auf die Freundin traf, die in einer blauen Latzhose und Stiefeln, mit einer Mistgabel in der Hand, mit Christian redete.

„Hallo Isolde", begrüßte die Freundin sie.

Nach einer Umarmung zog sie sich schnell um und trat wieder zu der Freundin, die gerade in Hektors Stallabteil gehen wollte.

„Solltest du jetzt nicht eigentlich arbeiten?", fragte Karola und blickte auf ihre heiß geliebte Rolex Oyster Armbanduhr, die sie nicht mal zum Schwimmen ablegte.

„Eigentlich ja, aber das Kontor gibt es nicht mehr und ich werde auch für Stella bestimmt kein Geld mehr haben. Ich muss sie wohl leider verkaufen. Kannst du mir dabei helfen, um einen guten Preis für sie zu bekommen?", seufzte sie.

„Ich habe da wesentlich mehr Glück. Ich habe meinen geliebten Hektor noch immer", erwiderte Karola, streichelte ihren Hengst und erzählte weiter: „Ich hatte schon befürchtet, dass mein Vater auch ihn gesetzt hat, denn er ist ein beträchtliches Vermögen wert, wie all meine anderen Zuchtpferde hier drin. Ich werde mich wohl von einigen davon trennen müssen, aber es schmerzt nicht so sehr!"

„Wenn du möchtest, dann kannst du das Futtergeld auch hier abarbeiten", bot Karola ihr noch an.

„Gern, wenn das dem Eigentümer passt", antwortete sie.

„Der steht vor dir", entgegnete Karola und setzte hinzu: „Mein Vater hat mir das Gestüt zu meinem achtzehnten Geburtstag geschenkt und nach Auskunft unseres Anwaltes gehört es noch immer mir. Zum Glück hat mein Vater es nicht auch als Sicherheit eingesetzt, wie er es leider mit dem Wagen und meiner Wohnung getan hatte!"

„Und wo wohnst du da jetzt?"

„In dem Raum neben der Sattelkammer", erklärte die Freundin und setzte noch zwinkernd hinzu: „Du kannst ja zu mir ziehen, dann wäre dein Arbeitsweg etwas kürzer."

„Ich glaube, das würde Fritz nicht gefallen, obwohl der vielleicht gar nicht merken würde, dass ich nicht da bin. Der ignoriert mich meist völlig, es sein denn, er ist besoffen", antwortete sie.

„Aber ich nehme dein Angebot gern an und arbeite ab jetzt hier!", erklärte sie weiter.

„Abgemacht", erwiderte Karola und gab ihr die Hand.

„Danke, Chefin, da mache ich mich mal flink ans Werk! Was kann ich tun?"

„Du kannst Christian helfen, der soll noch Heu aus der Scheune holen und fährt gerade den Wagen vor!"

„Eine Kutschfahrt als Arbeit? Ich könnte mir schlimmere Bedingungen vorstellen", scherzte sie.

„Ja, aber arbeiten! Lass Christian in Ruhe", setzte Karola ihr noch entgegen, schmunzelte allerdings dabei.

„Ich kann dir nichts versprechen und für nichts garantieren", antwortete sie ihr und machte sich auf den Weg.

Auf dem Platz vor dem Gestüt schirrte Christian zwei Zugpferde an und sie trat neben den Wagen.

„Ich fahre mit dir ins Heu!", sagte sie zu dem Knecht.

„Dann hoch mit dir. Hast du schon mal die Zügel eines Wagens in der Hand gehabt?", fragte er noch.

„Bisher noch nicht!"

„Dann machen wir jetzt auch gleich noch eine Fahrprüfung!", entgegnete Christian und half ihr auf den Kutschbock.

Der Weg war nicht weit und das Kutschieren mit Christians Hilfe auch nicht schwer zu erlernen.

Sie war als Tochter eines Bauern auch die Arbeit in einer Scheune und alle anderen Tätigkeiten, die sie von jetzt an sicherlich bei Karola machen musste, seit Kindesbeinen gewohnt.

Allerdings dauerte das Beladen des Heuwagens zu zweit auch wesentlich länger, als das wohl gewesen wäre, wenn sie es alleine gemacht hätte.

Doch das war nur bedingt dem verführerischen Duft nach frischem Heu zuzuschreiben und viel mehr der Nähe zu Christian, aber das hatte Karola wohl bereits vermutet, denn die Freundin begrüßte sie schmunzelnd an der Tür des Stallgebäudes und zog ihr danach ein paar Halme aus dem Haar.

39. Kapitel

Die vierte Option!

icht einmal zwei Wochen hatte es gedauert, bis die Bank die Reißleine gezogen, alle Kredite gekündigt und die Verbindlichkeiten eingezogen hatte. Vater war noch nicht mal eine Woche unter der Erde und sie besaß praktisch nichts mehr.

Isoldes Vorhersage war zu 100 % eingetroffen, aber es war ja abzusehen gewesen, dass die Freundin sich nicht verrechnen würde.

Ihr Vater hatte in seinem Wahn und völliger Überschätzung der Lage alles als Bürgschaft eingesetzt, was er besessen hatte, und sich noch einen riesigen Teil dazu von der Bank geborgt.

Das Kontor, die Villa, das Auto, sogar ihre Kleider und Groß- mutters Schmuck waren jetzt Eigentum der Bank und würden demnächst versteigert werden.

Mutter war bei Arthur und Elfriede in deren Wohnung in der Garnison untergekommen, die beiden Putzmägde suchten gerade eine neue Anstellung, Gustav war in Pension gegangen, Gudrun und Alfons waren in dessen kleiner Wohnung zusammengezogen, nur sie war alleine zurückgeblieben.

Der Bruder hatte sie mit zu sich nehmen wollen, aber da war es jetzt schon eng und mit vier Personen in zwei Räumen wäre es vermutlich unerträglich gewesen.

Mit dem Verweis auf ihre Freundinnen hatte sie daher sein Angebot dankend abgelehnt, gerade war er mit Mutter abgefahren, der Verwalter der Bank hatte das Haus verschlossen und sie saß jetzt alleine auf der Bank vor ihrem ehemaligen Elternhaus, schau- te zu den Fenstern hinauf, die bis vor ein paar Stunden noch die ihres Zimmers gewesen waren, und dachte über ihre Situation nach.

Und über die verbliebenen Möglichkeiten, denn drei Optionen gab es, die jetzt gegeneinander abgewogen werden mussten: als erstes Isolde, die mit ihrem Mann in zwei Zimmern unter dem Dach wohnte, dann Sarah, die schwanger und mit Isaak unter ebensolchen Bedienungen lebte und schließlich Karola, die in einer winzigen Kammer in ihrem Gestüt schlief.

Keine dieser Varianten schien ihr gerade sonderlich erstrebenswert, aber es war Mitte November und der kalte Wind des Spätherbstes wehte durch die Straßen.

Sie besaß nur noch eine Tasche mit etwas Wäsche, einen Mantel und ein paar Reichsmark, die Gudrun ihr für etwas zu essen geschenkt hatte.

Ächzend erhob sie sich von ihrem Platz, zog sich den Mantel enger um die Schultern und warf sich die Tasche mit dem Riemen um.

Wenn sie sich bewegte, dann wäre es vielleicht auch nicht zu frisch, denn auf der Parkbank zog ihr soeben der Wind unter den Mantel und ließ sie frieren.

In Gedanken versunken stapfte sie davon.

Ein einziger Moment der Schwäche hatte ihr Bild von dieser übermächtigen Gestalt ihres Vaters zerstört. Er war nicht unfehlbar gewesen. Der Übermut und eventuell die Gier hatten ihn verleitet, alles zu riskieren, und das Schicksal war gegen ihn gewesen.

Er hatte alles verloren, sogar sein Leben, das er wohl als Letztes eingesetzt hatte, um wenigstens seine Ehre zu behalten, doch so hatte sie leider auch keine Chance mehr, mit ihm darüber zu reden, ihn zur Rede zu stellen, was er sich nur dabei gedacht hatte.

Kommerzienrat Benz hatte seine Schäfchen ins Trockene und die sicherlich immer noch ansehnlichen Reste seines einst gewaltigen Vermögens in der Schweiz in Sicherheit gebracht.

Der Bankpräsident hatte es Vaters Vorbild nachgemacht und war aus dem Fenster seines Büros gesprungen, die anderen Mitglieder dieses illustren Kreises von hohen Herren, die sich beinahe konspirativ auf Karolas Gestüt getroffen hatten, waren zum größten Teil ebenfalls rein zufällig ins Ausland verreist.

Keiner von ihnen wollte wohl die Konsequenzen der Gier tragen, die zwei Menschen das Leben gekostet und viele andere ins Unglück gestürzt hatte.

Planlos und ohne Ziel lief sie umher, um sich zu bewegen und aus diesen müßigen Gedanken zu kommen. Und auch, um eine Abwägung zu treffen: Isolde, Sarah oder Karola!

Drei mögliche Schlafplätze waren es, einer schlechter als der andere! An keinem davon wollte sie länger als zwei oder drei Nächte bleiben müssen, aber mit einer Handvoll Reichsmark kam man nicht weit!

Im Sommer hätte sie sich in einem Park auf eine Bank legen können, aber jetzt war es in der Nacht mitunter schon so kalt, dass die Pfützen auf der Straße zufroren.

Der erste Schnee würde nicht mehr lange auf sich warten lassen und die Wahrscheinlichkeit auf einen solch langen und bitterkalten Winter, wie im letzten Jahr, war ziemlich groß und da würde sie nicht eine Nacht im Freien überleben können!

Vielleicht sollte sie sich in ein Café setzen?

Da wäre es wahrscheinlich sogar schön warm, zumindest bis dieses dann irgendwann schließen würde, aber mit den paar Münzen in der Tasche bekam sie da auch nicht viel.

Mitunter hatte sie früher den Obdachlosen im Park das eine oder andere Geldstück gegeben, jetzt wäre sie froh, wenn der Mantel ein kleines Stück dicker und länger wäre!

Sie hob den Blick, den sie bisher auf die Straße vor sich gerichtet hatte, und bemerkte, dass sie sich an einer Stelle befand, die sie seltsamerweise bisher aus ihrer Überlegung vollständig ausgeklammert hatte: die vierte Option!

Ihre gedankenverlorenen Schritte durch die Gassen von Königsberg hatten sie direkt vor das Geschäft geführt, in dem Karls Mutter arbeitete!

Bisher war sie die reiche Erbin gewesen, die ihrem Vater eine Verbindung zu Karl nicht zumuten wollte.

Jetzt war sie offen für alles, aber eben auch bettelarm!

Die bisherigen Verhältnisse hatten sich gedreht und sie kam sich wie eine Bittstellerin vor, die hungrig an eine Haustür klopfte und um einen Apfel bat!

Allerdings würde sie den wohl momentan sogar noch bezahlen können, weil Gudruns Münzen dafür sicherlich reichen würden, aber was sagte sie Karl?

Ich wollte nichts von dir wissen, weil ich reich war, aber jetzt bin ich arm und komme gekrochen, um ein warmes Plätzchen bei dir zu erbetteln?

Das klang erbärmlich!

Der letzte Rest von Ehre wollte sie davon zurückhalten, aber wer als abgerissene Kirchenmaus unterwegs war und kurz vor dem Erfrieren stand, der konnte sich eigentlich diesen Luxus nicht mehr leisten!

Und abermals steckte sie in dem bisher so verteufelten Dilemma: bisher hatte sie zu Karl gehen wollen und durfte es nicht, um die Ehre nicht zu verlieren. Jetzt hätte sie gehen können und wollte nicht mehr, wobei ihre Ehre sowieso schon mit Vater in dessen Grab versenkt worden war!

Allerdings wollte sie hier auch nicht noch länger vor Kälte zitternd auf der Straße stehen und soeben begann auch noch ihr Magen zu knurren!

Eigentlich gegen ihren Willen marschierten ihre Füße auf das Geschäft zu, etwas zog sie zur Eingangstür und sie gab den Widerstand gegen diese unsichtbare Macht schließlich seufzend auf.

Sie betrat den Laden, den sie bisher nur ein einziges Mal besucht hatte und blickte sich darin suchend um, aber Sarah war nirgendwo zu sehen und auch sonst war niemand zu erblicken, doch die Ladenglocke rief eine ältere Frau aus dem hinteren Bereich nach vorn.

„Was möchten sie?", fragte sie.

Sie griff in ihre Manteltasche, zog das Geld hervor und sagte: „Einen Apfel bitte!"

„Hedi? Bist du das?", hörte sie eine sonderbar vertraute Stimme aus dem Bereich hinter einem der Regale.

Über die Schulter blickte sie in diese Richtung, Karl kam um das Holzgestell herum und sah sie fragend an.

Sie bekam kein Wort mehr heraus und der Mann eilte freudig auf sie zu.

40. Kapitel

Gewalt und Neid?

Isolde saß im Bus und ließ wieder mal ihre Gedanken frei, denn sie hatte Zeit, bis das Gefährt sie in der Nähe des Gestütes absetzen würde, und sie hatte so einiges, worüber sie nachdenken musste.

Es hatte nämlich nicht lange gedauert, da war nach der Schließung des Kontors auch die Firma von Fritz geschlossen worden.

Sein Chef hatte wie Direktor Kaufmann versucht, in Amerika an das große Geld zu kommen und war daran ebenso gescheitert.

Demzufolge waren sie jetzt beide arbeitslos, aber während sie alles Mögliche versuchte, um wieder auf die Beine zu kommen, verbrachte Fritz seitdem seine gesamte Zeit in der Kneipe oder bei seinen Kameraden.

So oft wie möglich ging sie ihm jetzt aus dem Weg, denn war er zuvor schon unberechenbar, launig und gewalttätig gewesen, wenn er betrunken war, so verstärkte sich das jetzt nur noch um ein Vielfaches.

Er schimpfte auf die anderen, die seiner Meinung nach dafür verantwortlich waren, dass er nichts auf die Reihe bekam, und dieser Bund, den er Kameradschaft nannte, trug auch nicht dazu bei, dass er friedvoller wurde.

Ganz im Gegenteil!

Schon zuvor hatte Fritz diverse Veranstaltungen besucht und diese nicht sonderlich schöne braune Uniform in ihrem Schrank war ihm wohl so eine Art von Stütze gewesen, doch jetzt wurde es nur noch schlimmer.

In so mancher Nacht blieb sie daher einfach auf dem Gestüt, doch da er sich sowieso von ihr zurückzog und auch sonst nicht viel von ihr wissen wollte, war ihm das offensichtlich egal und er blieb ja gleichfalls bis tief in die Nacht in seinem Sturmlokal, wo sie sich besoffen, grölten und randalierten.

Jeden neuen Tag fragte sie sich zweifelnd, warum sie diesen Mann nur geheiratet hatte!

Es war kaum zum Aushalten, doch dafür waren die Stunden bei Karola, Stella und Christian immer ein Geschenk.

Auf dem Gestüt konnte sie sich unterhalten, erlebte Zärtlichkeiten, genoss einfach die Zeit und die Arbeit im Stall war auch nicht schwer.

Seit frühester Jugend kannte und konnte sie das, weil der Kuhstall auf dem Hof ihrer Eltern ihr erster Spielplatz gewesen war. Auf der Tenne hatte sie gelegen, den Mägden zugesehen und zu den Sternen aufgeblickt, oder war über die Felder gelaufen.

Sie hatte das Leben auf dem Gut ja schon zuvor geliebt, aber jetzt war es noch schöner, denn Karola versorgte sie mit Essen und Getränken, sie erhielt etwas Geld und Stellas Futter war auch noch zusätzlich bezahlt.

Wenn man es so wollte, dann hatte sie jetzt mehr, als zu den Zeiten, als sie im Kontor hinter dem Schreibtisch gesessen hatte: Mehr Geld, mehr Spaß und auch mehr Zärtlichkeiten, denn Christian war auch weiterhin fürsorglich um sie bemüht, und brachte sie fast täglich dazu, alles um sie herum zu vergessen. Da genügten manchmal nur ein paar Minuten des liebevollen Streichelns und alles war wieder gut.

Während Fritz sie auf die Wange schlug, tätschelte Christian sie dort und das gefiel ihr selbstverständlich sehr viel besser.

Und es war nicht nur das Miteinander schlafen, was sie bei ihm so angenehm empfand, sondern auch die Gespräche bei der Arbeit.

Christian kam ebenfalls vom Dorf, wenn auch aus einer anderen Ecke von Ostpreußen. Sein Heimatdorf lag an der polnischen Grenze und er hatte auch eine polnische Großmutter. Er war nicht so gebildet wie Hedwig oder Karola, aber Bauernschlau und das imponierte ihr viel mehr.

Und Christian wies sie auch nicht zurück, wenn sie mit Sorgen oder Nöten zu ihm kam.

Vielleicht hätte sie ihn heiraten sollen, doch in der Form, wie sie jetzt zusammenlebten, war sie ja auch so schon mehr mit ihm zusammen, als mit Fritz.

Ihren Kummer um und über Fritz behielt sie allerdings bei sich, der konnte außerhalb des Stalles bleiben und daher legte sie diesen immer ab, wenn sie in der Sattelkammer die Kleidung wechselte.

Damit war sie im Stall eine andere als draußen in der Stadt.

In Königsberg trug sie jetzt eine Art von Schutz um sich, eine Maske, die ihre wirklichen Gefühle sicher vor allen anderen verbarg.

Nur bei Christian und Karola konnte sie uneingeschränkt zeigen und sagen, was sie dachte, denn keiner von beiden verachtete sie dafür, wie sie es manchmal bei ihrem Mann bemerkte.

Vor allem ihre Freundschaft zu Sarah war ihm ein Dorn im Auge und daher vermied sie es jetzt schon seit einer Weile, zu Hause auch nur ihren Namen zu erwähnen.

Sie trafen sich einfach heimlich irgendwo in der Stadt, tranken Kaffee oder aßen Kuchen.

Eigentlich war sie ja Hedwigs Freundin gewesen, aber mit der Zeit hatte sie sich ebenfalls immer mehr an die lebenslustige Frau angenähert.

Irgendwann im Dezember würde Sarah ihr erstes Kind bekommen und sie schob jetzt schon eine gewaltige Kugel als Bauch vor sich her.

Sarah war gelungen, was ihr bei Fritz bisher versagt geblieben war.

Hatte sie im Mai nicht gesagt, man heiratete wegen der zu erwartenden Kinder? Das war aber leider nicht immer so, denn ihr Mann hatte mittlerweile anderes zu tun, als mit ihr das Lager zu teilen.

Und vielleicht war das auch ganz gut so!

Der Bus hielt, sie schob die unnützen Gedanken zur Seite und schritt auf dem wohlbekannten Weg zügig voran.

Fröhlich pfeifend betrat sie den Stall über die Seitentür, ging zur Sattelkammer und unmittelbar davor kam ihr Christian entgegen. Er hatte ein blaues Auge und auch ein paar Abschürfungen an den Armen.

„Hattest du einen Unfall?", fragte sie ihn.

„So etwas in der Art! Irgendeine Gruppe von braunen Schlägern hat gestern unser Vereinslokal überfallen, aber wir haben sie aus dem Saal gejagt. Zu unserem Glück waren ein paar Arbeiter aus dem Hafen da, sonst hätte es wohl schlecht ausgesehen!", erwiderte der Mann.

Besorgt sah sie sich die Verletzungen an.

Konnte es sein, dass ihr Mann einer dieser Schläger gewesen war?

Möglicherweise!

Aber sie schwieg dazu, denn ihre Mutter hatte einst immer gesagt, man soll sich aus der Politik heraushalten.

Und das war ja auch draußen, hier drin war alles anders!

Sie legte Christian einen kalten Lappen auf sein Auge und arbeitete einfach für ihn mit, während er sich in der Sattelkammer etwas erholte.

Was wohl nicht ganz uneigennützig von ihr war, denn wenn er sich schonte, hatte sie hinterher mehr von ihm.

In Stellas Box grübelte sie danach, während sie ihre Stute striegelte, was wohl passieren würde, wenn sie sich von Fritz scheiden ließ.

Eventuell war es ein Schritt in die Freiheit für sie.

Karola trat in das Stallabteil und sah sie fragend an.

„Fritz liebt mich nicht wirklich. Sollte ich diese Ehe trennen lassen?"

„Du könntest es sicherlich. Du hast ja erzählt, dass er nicht mit dir schläft und du hast ein Recht darauf. Nach der Verfassung Artikel 119 §§ 1565-1569 darfst du dich wegen bösartigen Verlassens oder Verletzung seiner ehelichen Pflichten von ihm scheiden lassen. Und beides trifft wohl bei Fritz zu, aber denke auch daran, dass er dir dann vor dem Richter den Ehebruch mit Christian und die Affäre mit mir vorwerfen wird und das könnte haarig für dich und mich werden!"

„Meinst du?", gab sie der Freundin zurück.

Karola nickte nur.

„Woher weißt du das eigentlich so genau?"

„Ich habe bei meinem Anwalt mal ins Gesetz hineingeschaut, als du letztens wieder über deine Ehe gesprochen hast", antwortete Karola und trat zu ihr.

Sie küssten sich beide und alles war wieder gut.

Vermutlich hatte Karola recht damit: Man sollte keine schlafenden Hunde wecken!

Somit ließ sie es einfach bleiben und schaltete die unnötigen Grübeleien ab.

41. Kapitel

Lüge oder Wahrheit?

Noch immer stand Hedwig wie erstarrt, während Karl ihr am Halse hing. Sie hatte zwar insgeheim gehofft, ihn hier zu treffen, aber dann war alles so überraschend schnell geschehen, dass sie keine Zeit gehabt hatte, sich die passenden Antworten für seine Fragen zuzulegen, die sicherlich gleich kommen würden.

Sie hatten sich Ende Mai das letzte Mal gesehen, jetzt war Mitte November und er hatte sie dennoch sofort an der Stimme erkannt!

Das hatte bestimmt etwas zu bedeuten und es schien ihr, dass auch er sie so vermisst hatte, wie es ihr die ganze Zeit ergangen war, aber momentan war ihr Kopf völlig leer.

„Mutter, das ist Hedi, die Zofe von jener verrückten Gräfin, von der ich dir erzählt habe", erklärte Karl und zog sie zu der älteren Frau.

Sein Satz zu ihrer Vorstellung war kurz gewesen und dennoch enthielt er gleich drei Lügen: Sie hieß nicht Hedi, war nie Zofe gewesen und die Gräfin gab es auch nur in ihrer Fantasie.

Sarah hatte wirklich Wort gehalten und nichts von all dem verraten, was sie ihr in den vergangenen Monaten gebeichtet hatte, doch jetzt kam dann wohl der Moment, in welchem sie Karl endlich die ganze Wahrheit sagen musste.

Oder sollte sie einfach mit der Täuschung weiter machen und ihm erzählen, dass die Gräfin sich von ihr getrennt hatte und sie daher eine neue Anstellung suchte?

Das wäre dann allerdings schon wieder eine Unwahrheit, aber wer wusste es? Isolde ganz gewiss, Sarah ebenfalls und in den Zeitungen war lang und intensiv über das Fehlverhalten und das Ableben ihres Vaters berichtet worden.

196

Einige dieser Berichterstattungen lagen auf dem Tresen, und Karls Mutter hatte kurz zuvor einen Fisch in einen Bogen davon eingewickelt. Damit war es eigentlich nur eine Frage der Zeit, bis alles ans Licht kam und sie wollte diese vielleicht gerade neu beginnende Beziehung zu Karl nicht auf eine weitere Lüge aufbauen.

Oder auf drei!

„Ähm, du, Karl, ich muss dir was sagen, ähm, eher beichten", begann sie, nachdem sie seiner Mutter die Hand gegeben hatte.

Er zog sie zur Seite, wo sich ein Stuhl in der Ecke befand.

„Du bist ja völlig durchgefroren! Möchtest du erst einmal einen heißen Tee?", fragte er sie fürsorglich.

„Ja, gleich, aber zuvor muss ich dir einiges erklären", setzte sie fort.

Er half ihr derweil aus dem Mantel und schob sie samt Stuhl zu dem warmen eisernen Kanonenofen, an dem sie sich die Hände wärmen konnte.

Das Leben kam langsam zu ihr zurück und sie schaute in seine fragenden Augen. Sie wusste, dass er auf ihre Erklärung wartete, doch diese baute sich gerade erst langsam in ihrem Kopf auf.

Oder sollte sie einfach alles von Anfang an offenbaren? Die vertauschten Rollen, die Heimlichkeiten, das unsinnige Versteckspiel wegen der Presse und dem Getratsch der Leute?

Noch immer sah er sie fragend an.

Schließlich begann sie damit, dass sie nicht Hedi Krämer, sondern Hedwig Amalia Kaufmann war und mit dem ersten Wort begann die Erzählung, Karl hörte ihr geduldig zu, wie alles nach und nach aus ihr heraussprudelte, bis sie beim Tode des Vaters und dem Rauswurf aus dem Elternhaus durch die Bank angekommen war.

Es hatte sicherlich eine halbe Stunde gedauert, in der er sie nicht unterbrochen hatte und auch seine Mutter stand momentan in der Nähe und zog augenblicklich die Stirn in Falten.

Diese unbewusste Geste der älteren Frau sah seltsam bedrohlich aus und irgendwie machte ihr dieser Anblick Angst, wobei auch Karl weiterhin schwieg und sie einfach nur ansah.

Hatte sie jetzt wirklich alles verloren?

Nach dem Zuhause auch noch seine Liebe und Achtung?

Ihr Herz krampfte sich zusammen und die ersten Tränen stiegen in ihr auf.

Schließlich umarmte er sie einfach und sagte: „Was war, hat nur insofern eine Bedeutung, als dass wir uns gefunden und unsere Liebe erkannt haben. Wir sollten alles andere hinter uns lassen und nach vorn schauen!"

Danach drückte er ihr eine Tasse Tee in die Hand, die seine Mutter wohl soeben gebracht hatte.

Am warmen Ofen, mit dem heißen Getränk sitzend, kam langsam wieder die Zuversicht zu ihr zurück, aber noch immer wusste sie nicht, wie es weitergehen sollte.

Sie hatte keine Bleibe mehr und ihre drei Freundinnen konnten sie nicht bei sich beherbergen, zumindest nicht für länger als eine oder zwei Nächte.

Karls Mutter brachte ihr den zuvor gewünschten Apfel und sie zog abermals die Münzen aus der Tasche, doch Karl schob ihre Hand zurück und gab ihr den Apfel einfach so.

„Ich danke dir", entgegnete sie ihm und biss hungrig in die Frucht.

„Wo bleibst du dann jetzt, wenn du keine Wohnung mehr hast?", fragte er sie und kniete sich zu ihr.

„Ich werde wohl zu einer meiner Freundinnen gehen", antwortete sie ihm, obgleich sie noch immer schwankte, welche davon sie mit ihrer Anwesenheit beehren oder herausfordern sollte.

„Du könntest aber auch bei uns bleiben", erklärte Karl, weil er offenbar ihre Bedenken gesehen oder ihr Zaudern gespürt hatte.

Seine Mutter schaute bei dieser Bemerkung so seltsam, denn das war ein ziemlich gewagtes Angebot von ihm, obwohl sie bereits selbst zuvor daran gedacht hatte.

Doch das konnte freilich auch schon wieder die Konventionen der gesellschaftlichen Normen sprengen, denn er war ein Mann, sie eine Frau und sie beide nicht verwandt oder miteinander verheiratet!

Was im Urlaub gar kein Problem gewesen war, das konnte im Alltag schnell dazu führen, dass sie auch noch den letzten Rest von Ansehen verlor.

Sie wollte ja nicht als Flittchen dastehen und von den anderen Frauen angespuckt werden.

Aber was sollte sie tun?

Ehrenvoll draußen irgendwo erfrieren? Oder ehrlos im Warmen sein?

Leben oder Sterben?

Eigentlich eine ganz einfache Frage, sollte man meinen, und dennoch fiel sie ihr so unendlich schwer, wobei es ihr Herz doch schon seit Monaten zu Karl zog.

Sie kaute an ihrem Apfel und überlegte währenddessen ununterbrochen hin und her.

Was wäre schon dabei, einfach das zu tun, was sie ohnehin schon seit Wochen wollte? Endlich den Schritt gehen, den sie nur aus Rücksicht auf den Vater bisher vermieden hatte?

Der Vater war tot, sie lebte.

Noch!

Aber vermutlich nicht mehr lange, wenn sie weiter über das Für und Wider seines Vorschlages nachdachte.

Schließlich stimmte sie wortlos nickend zu, denn was hatte sie schon zu verlieren?

Und schon wieder lag der Blick von Karls Mutter zweifelnd auf ihr, sowie auf ihrem Sohn, denn sie wusste vermutlich, was daraus werden würde.

Sie war bettelarm, konnte noch nicht mal etwas im Haushalt und genau diese Aussage lag in diesem abschätzenden und zweifelnden Blick!

Und die Frau hatte auch noch recht damit: Weder kochen noch Socken stopfen, nähen, irgendwelche sonstige Hausarbeiten und gleich gar nicht das Rechnen hatte sie bisher gelernt.

Eigentlich konnte sie nur Dinge, die keiner wirklich brauchte, wie schön aussehen und niedlich gucken!

42. Kapitel

Ein Glücksfall

Er hatte es schon fast aufgegeben und geglaubt, sie niemals wiederzusehen, weil Sarah ihm bei seinen diesbezüglichen Fragen nach Hedi ständig aus dem Wege ging, doch seit einigen Stunden saß sie leibhaftig am Ofen in der Ladenecke.

Es war ein Glücksfall gewesen, dass er heute hier ausgeholfen hatte, denn sonst wären sie eventuell nicht aufeinander getroffen.

Ihre kleine Flunkerei hatte er ihr schon lange vergeben, aber Mutter schaute andauernd so skeptisch in ihre Richtung.

Gelegentlich versorgte er Hedwig mit Brot, Äpfeln oder Tee und bisweilen steckte er ihr auch ein Stück Schokolade zu, wenn Mutter mal nicht hinsah.

Immer wieder versicherte er sich dadurch, dass sie noch dort saß, aber vielleicht hatte er auch nur Angst, dass sie einfach so wieder verschwand. Allerdings hatte sie bereits zuvor erwähnt, dass sie keine Bleibe mehr besaß und daher auch sein Angebot angenommen hatte, in ihrer Wohnung zu übernachten.

Selbstverständlich hatte er bemerkt, dass es Mutter nicht recht war, aber er konnte Hedwig auch nicht einfach so fortschicken und damit ihrem Schicksal überlassen, denn zu nahe lag sie ihm bereits am Herzen.

Irgendwann wurde es Abend, sie schlossen die Ladentür und gingen in die Wohnung, die sich in der Etage über dem Geschäft befand.

Schnell bereiteten sie ein Abendessen vor, während Hedwig ihre Tasche und den Mantel in der Stube ablegte.

Gemeinsam saßen sie danach in der Küche und Hedwig machte sich über das Brot her, das mit Butter, Käse und Wurst belegt war.

Anschließend bereitete er ihre Schlafstelle auf dem Sofa vor, aber dabei stand Mutter beobachtend und offenbar überwachend an der Stubentür, weil ihr diese ganze Situation wohl nicht ganz geheuer erschien.

Taxierte sie Hedwig etwa noch immer und wägte dabei für sich ab, ob sie zur Schwiegertochter taugte?

Möglicherweise!

Und es hatte den Anschein, als lehnte sie Hedwig ab, denn die Geschichte, die sie erzählt hatte, war offenbar nicht nach ihrem Geschmack gewesen. Die verarmte Tochter eines einst reichen Kaufmannes war für sie wohl keine gute Partie! Eine gute Hausfrau musste zupacken und arbeiten können, und da schien Hedwig für sie nicht die beste Wahl in dieser Hinsicht.

„Ich wünsche dir eine schöne Nacht. Schlaf gut!", sagte er zu ihr und verabschiedete sich von ihr.

Hedwig gab ihm den Gruß zurück, setzte sich auf ihr Nachtlager und er folgte der Mutter, ging in sein Zimmer und legte sich dort in sein Bett.

Aber er kam nicht in den Schlaf, unruhig wälzte er sich hin und her und schließlich hielt er es nicht mehr aus.

Die Verlockung ihrer Anwesenheit war viel zu groß und Hedwig lag ja nicht weit von ihm entfernt, also schlich er aus dem Zimmer, um nach ihr zu sehen.

Im Flur ging er auf Zehenspitzen, wobei er es vermied, auf das knarrende Dielenbrett zu treten, das sich dort direkt vor Mutters Zimmertür befand.

Die Tür zur Stube stand noch immer weit offen und es schien ihm eine ungewollte Einladung zu sein, oder war es Absicht, dass Hedwig diesen Zugang nicht hinter sich geschlossen hatte?

Er trat in den Türrahmen und sah sie, wie sie im schwachen Schein einer Straßenlaterne am Fenster stand und nach draußen schaute. In dem weißen Nachthemd schien sie ein Geist zu sein, und doch war sie real!

Sie war hier in seiner Wohnung und blickte zu den Sternen hinauf.

Leise trat er ein, schloss die Tür sacht hinter sich und Hedwig schaute bei diesem Geräusch über die Schulter zu ihm zurück.

Sie sagte keinen Ton, lächelte ihn nur an und es war so eine stumme Bitte, näherzukommen, und somit trat er zu ihr an das Fenster, stellte sich hinter sie, legte seine Arme beschützend und wärmend um ihre Schultern und blickte ebenfalls hinaus.

Die Sterne standen am Himmel über dem Nachbarhaus und es waren dieselben, die sie im Mai von der Ostsee aus gesehen hatten.

Hedwig wandte sich zu ihm um und küsste ihn einfach.

Er hob sie auf seine Arme und trug sie die drei Schritte bis zum Sofa zurück, vor dem er sie absetzte. Dort küssten sie sich erneut, bis sie die Träger ihres Nachthemdes von den Schultern streifte und der Stoff lautlos zu Boden glitt.

Schnell entledigte auch er sich seiner Nachtwäsche, sie legten sie auf das Liegesofa und selbstverständlich kam das, was die Mutter wohl befürchtet hatte.

Schön war es, ihr nach all den Monaten endlich wieder so nahe zu sein, wie sie es am Meer gewesen waren.

Eine halbe Stunde später schlich er wieder in seine Kammer zurück und jetzt konnte er auch schlafen.

Am nächsten Morgen, beim Frühstück und bevor sie nach unten in den Laden gehen wollte, fragte die Mutter sie beide: „Und wann wird jetzt geheiratet?"

Offenbar hatte sie ihren Widerstand aufgegeben und Hedwig akzeptiert, oder hatte sie nur bemerkt, wie er in der Nacht zu ihr geschlichen war?

„Meinetwegen sofort! Ich habe schon zu viel Zeit verschwendet!", entgegnete Hedwig.

„Nächsten Sonntag?", setzte er hinzu.

„Dann machen wir das so!", erklärte die Mutter, erhob sich vom Tisch und ging.

Sie ließ sie beide in der Küche zurück, denn für sie war offenbar alles geklärt und je eher sie heirateten, desto weniger Tratsch würde es bei den Nachbarn geben.

Offensichtlich kam dies auch Hedwig sehr entgegen.

Und während Mutter sie am Tage zuvor noch im Laden überwacht hatte, ließ sie sie jetzt einfach in der Wohnung zurück.

Bestimmt hatte sie bereits bemerkt, dass diese Kontrolle nicht viel bringen würde, denn die Liebe fand immer einen Weg, wenn zwei Herzen sich begegnen wollten.

Sie setzten sich nebeneinander und beredeten die Vorbereitungen für die Hochzeit. Es gab nicht viele Gäste einzuladen und darum war das auch ganz schnell erledigt.

Die Planung der Feier nahm da etwas mehr Zeit in Anspruch, aber auch das war ziemlich schnell geklärt, da sie sich bei vielen Punkten sofort einig waren.

Das gab ihnen dann die Gelegenheit, die gemeinsame Nähe zu genießen und sie nutzten diese ausgiebig, für Streicheleinheiten, Küsse und sich aneinander lehnen, was letztendlich dann dazu führte, dass sie sich am helllichten Tage liebten.

Langsam und mit Bedacht begannen sie, Hedwig war so sinnlich und genoss seine Zuwendungen mit geschlossenen Augen, dann übernahmen die Triebe die Steuerung und alles um sie herum spielte keine Rolle mehr.

Sie waren alleine in einer Welt, die nur ihnen gehörte.

Zum Schluss zog er sie in den Arm, breitete eine Decke über sie aus und sie kuschelten sich auf dem Sofa aneinander.

Langsam schlief Hedwig neben ihm ein und er konnte sein Glück noch immer nicht fassen, dass er sie wiedergefunden hatte.

Nie wieder würde er sie von seiner Seite lassen!

43. Kapitel

Alles wird anders ...

Diese anderthalb Wochen waren wie im Flug vergangen, denn sie hatte genug Ablenkung von der bevorstehenden Hochzeit gehabt. Nicht so sehr mit Karl, sondern eher durch die Arbeit im Laden, in dem sie seiner Mutter Renate seit ihrer Ankunft half.

Nach der Entscheidung für diesen Bund fürs Leben hatte Renate sie und Karl getrennt und damit wohnte sie jetzt schon mehr als eine Woche bei Traudel, der mehr als achtzigjährigen Nachbarin.

Dadurch sah sie Karl praktisch gar nicht mehr, aber so ging seine Mutter wohl dem Tratsch der alten Weiber im Viertel aus dem Wege.

Traudel jedenfalls war echt eine Marke, wie Isolde wohl sagen würde. Die alte Frau hatte schlohweiße Haare und der Schalk saß ihr wirklich im Nacken.

Mitunter konnte man ihre Sprüche zwar nicht wirklich verstehen, denn sie sprach die ostpreußische Mundart und die verstand sie nur zum Teil, obwohl sie hier geboren und aufgewachsen war.

Traudels Lieblingsspruch war: „Wer nich Angst hefft, dem done se ok nuscht." Was in etwa so viel heißen sollte, wie: Wer keine Angst hat, dem tut sie auch nichts, und nach diesem Motto lebte die alte Frau hier.

Vor vielen Jahren hatte sie selbst noch in Renates Laden geholfen, bis ihre Augen zu schlecht geworden waren und sie einer Frau Kohlen statt Kartoffeln in den Sack getan hatte.

Tagsüber fühlte sich Hedwig im Laden ständig unter Beobachtung durch Renate. Entgegen ihrer Erwartungen war Karl aber nicht dort, denn er arbeitete in einem feinen Restaurant und kellnerte, außer wenn dieses Ruhetag hatte, wie es an jenem Tag gewesen war, als sie in den Laden gekommen war.

So viele Zufälle hatten dazu geführt, dass sie wieder aufeinander getroffen waren, aber eventuell war noch immer dieser unsichtbare Strippenzieher im Hintergrund tätig, der schon im Mai ihre Wege zueinander geführt hatte.

Und so schlief sie also Wand an Wand mit Karl, wobei die Arbeit ziemlich schwer und für sie ungewohnt war, wodurch sie im Bett sofort einschlief, wenn sie sich abends hineingelegt hatte.

Es wäre also vermutlich durchaus ebenfalls in Ordnung gewesen, wenn sie weiterhin in Renates Wohnung geschlafen hätte, denn da wäre vor lauter Müdigkeit sicherlich nichts mehr passiert.

Grübelnd stand sie vor einem Regal und sortierte Äpfel der Größe nach. Es war eigentlich keine schwere Arbeit, aber ziemlich ermüdend und das ständige Bücken ging ihr ganz gewaltig in den Rücken.

Womöglich rächte sich jetzt, dass sie bisher jeglicher körperlichen Tätigkeit fern gewesen war.

Das war vermutlich auch Renates anfängliche Befürchtung gewesen und daher vermied sie es, Pausen zu machen oder zu stöhnen, wenn sich Karls Mutter in der Nähe befand, aber dieses an sich halten war irgendwie schwieriger, als die Arbeit.

Vielleicht war es so eine Art von Umstellung: von der reichen Tochter, die nicht viel zu tun hatte, zu einer arbeitenden Frau, und das alles innerhalb von nicht einmal zwei Wochen!

Von der Kasse hielt sie sich aber wohlweislich fern, denn ihre Rechenkünste waren ziemlich dürftig, wobei man hier auch noch zusätzlich aufpassen musste, dass man das Richtige berechnete!

Sie hatte nicht gewusst, dass es so viele verschiedene Arten von Lebensmitteln gab! Es mussten tausende sein, die hier in den Warengestellen lagen! Und dann auch noch in unterschiedlichen Größen, Qualitäten und Mengen, und alles hatte selbstverständlich auch noch unterschiedliche Preise!

Sie würde sicherlich noch Jahre dafür brauchen, um das alles zu wissen, was Renate im Kopf hatte, und dafür beneidete sie die

Frau, allerdings war sie ihr auch um mehr als dreißig Jahre in diesem Laden voraus.

Am liebsten hätte sie ja Einheitspreise festgesetzt, doch das ging nicht, weil die Einkaufspreise so unterschiedlich waren und sie sah einfach nur verzweifelt zu, wenn Renate die abendlichen Abrechnungen im Kopf überschlug, oder mit den Bauern übereinkam, zu welchen Kosten sie etwas abnahm, und betete darum, dass die alte Frau diesen Laden noch möglichst lange führen würde, denn mit ihr als Besitzerin wäre das Kolonialwarengeschäft wohl binnen Wochen genauso bankrott, wie das Kontor des Vaters, und zwar auch ohne Aktienspekulation!

Eine ältere Frau trat an ihr Regal und fragte sie: „Kindchen, kannst du mir sagen, welche Äpfel hier am besten für einen Kuchen geeignet sind?"

Für einen Moment war sie wie zur Salzsäule erstarrt, dann blickte sie sich verzweifelt um, aber Renate war momentan nach hinten in den Lagerraum gegangen und konnte ihr daher nicht helfen.

Und sie selbst war noch nicht einmal in der Lage, solch eine einfache Frage beantworten!

Schließlich erinnerte sie sich daran, wie Gudrun vor Monaten mal einen leckeren Apfelkuchen gebacken hatte, aber welche Apfelsorte hatte sie wohl dazu genommen?

Verzweifelt dachte sie nach, denn die erfahrene Köchin hatte es ihr an jenem Tag sicherlich mehrmals gesagt.

Die alte Frau zog die Augenbrauen hoch, dann fiel es ihr endlich ein.

„Nehmen sie diese hier, die sind schön fest! Da können sie prima Scheiben schneiden und den Kuchen damit lecker belegen!", begann sie gespielt souverän.

„Na fein, dann kaufe ich mal ein Dutzend davon!", entgegnete die alte Frau.

Ein Dutzend waren zwölf, hatte Gudrun mal gesagt, und so zählte sie bis zehn und dann noch einmal zwei Äpfel dazu.

Von ihr unbemerkt war Renate hinter sie getreten und nickte ihr jetzt freundlich zu.

Offenbar hatte sie die Prüfung bestanden, doch die mühselige Arbeit setzte sich weiter fort, bis sie viel später die Ladentür verschließen konnten.

An diesem Abend durfte sie zu Renate zum Abendessen kommen, wobei das Beste daran war, dass auch Karl mit am Tisch saß.

Am folgenden Tag sollte die Hochzeit stattfinden, daher würde diese Nacht auch die letzte ohne ihn an ihrer Seite sein.

Diese verging, trotz der Aufregung, schnell und traumlos.

Schließlich war sie auf dem Weg zur Trauung.

Das Kleid war schlicht, die Feier einfach und es gab auch nicht so viele Besucher, wie bei Arthurs Hochzeit genau drei Monate zuvor, nur Arthur, Elfriede, Renate, Karola, Isolde, Sarah, Isaak, Mutter, Gudrun, sie und Karl, waren als Gäste anwesend und Traudel machte dann das Dutzend voll, doch die Anzahl der Eingeladenen spielte keine Rolle, sondern nur die Tatsache, dass sich alle mit ihr freuten.

Rückblickend sagte sie sich dabei, dass sie das schon viel eher hätte haben können und zum Glück schenkte Karola ihr zur Hochzeit kein Pferd!

Nach der Eheschließung ging es dann auch nicht mit dem Flieger nach Venedig, sondern direkt mit Karl ins Ehebett, und das war nach der erzwungenen Abstinenz der letzten Tage nur noch viel schöner.

Es war noch nicht einmal dunkel vor dem Fenster seines Zimmers, als sie sich leidenschaftlich liebten, dieses Mal blieb Karl bis zum Schluss in ihr und das war einfach nur ein umwerfendes Gefühl, als er ihr dabei den Samen für etwas Neues in den Leib gab.

Jetzt war sie Ehefrau sowie vielleicht schon bald Mutter und nichts konnte sie sich gerade sehnlicher wünschen, als genau dies.

Luxus spielte überhaupt keine Rolle mehr, sie lag nackt in Karls Armen und hatte damit alles, was sie sich jemals erträumt hatte!

Oder sogar noch mehr!

44. Kapitel

Kopf, Herz und Hand!

Auf ihre Forke gestützt, blickte Isolde über das kleine Feld neben dem Gestüt. Es war Ende Juni 1930 und der erste ruhige Tag seit Wochen. Oder zumindest konnte er das jetzt eventuell werden, denn auf der anderen Seite verabschiedete Karola soeben ihre Erntehelfer für ein paar Wochen, bevor dann die Ernte bei den Obstbäumen folgen würde.

Die Kartoffeln befanden sich damit endlich in der Scheune, und sie ließ dieses vergangene Jahr im Geiste an sich vorbeiziehen.

Im letzten Sommer hatte sie noch im Kontor gesessen und Büroarbeit gemacht. Da hätte sie sich noch nicht mal im Traum vorstellen können, dass die Arbeit auf einem Feld sie wirklich zutiefst zufrieden machen konnte.

Sie war aus der Enge, Mühe und Eintönigkeit des elterlichen Hofes in die große Stadt geflohen, um jetzt wieder schnaufend auf einem abgeernteten Acker zu stehen, doch es war genauso gekommen.

Und entgegen allen früheren Ansichten war sie glücklich dabei!

Allerdings war es wohl nicht nur die Arbeit, die sie so frohgemut machte, sondern viel mehr die Menschen, mit denen sie diese Aufgabe hier bewältigte: Karola und Christian waren es, mit denen sie dieses Gestüt zu einem ertragreichen Gut umgestaltete.

Karola hatte das Geld, den Boden und die guten Kontakte, Christian das Wissen und sie konnte arbeiten und rechnen.

In mancher Woche war sie nicht eine Nacht mehr zu Hause bei Fritz gewesen, denn Landarbeit begann früh mit dem ersten Hahnenschrei und endete oft weit nach dem Einbruch der Dämmerung am Abend, mitunter erst nachts, und da wollte sie nicht noch mit dem Bus in die Stadt fahren müssen.

Fritz fiel das vermutlich aber gar nicht auf, denn er machte gerade Kariere in seiner Partei und war wahrscheinlich genauso wenig zu Hause wie sie.

Diese Ehe stand eigentlich nur noch auf dem Papier und sie hätte sich auch scheiden lassen können, denn es verband sie überhaupt nichts mehr mit Fritz. Wenn da jemals etwas gewesen war, so war da momentan alles in ihr fort, aber sie hatte Karolas Warnung vor den Konsequenzen noch deutlich im Kopf.

Das Getratsche der Weiber nach der Scheidung wäre dabei vermutlich noch nicht einmal das schlimmste, denn es konnte auch für Karola gefährlich werden: Eine lesbische Beziehung war nicht gern gesehen und würde sicherlich ihren Ruf zerstören und den brauchte die Freundin unbedingt, weil nur ihr Ansehen und ihre gesellschaftliche Stellung ihnen hier half.

Christian kam zu ihr herüber gehinkt.

Nach einer Auseinandersetzung mit einem braunen Schlägertrupp im Winter war sein linkes Knie steif geblieben, aber das tat ihrem innigen Verhältnis zueinander keinen Abbruch, nur offen zeigen durften sie es nicht.

Am Tage waren sie nur Arbeitskollegen, doch nachts waren sie sich oft nah.

Karola, die noch immer auf der anderen Feldseite stand, trug ein leuchtend weißes Hemd, dessen Ärmel sie bis zu den Ellenbogen herauf gekrempelt hatte, dazu ein buntes Halstuch, schwarze Hosen und Stiefel.

Die Freundin hatte diese Sachen zur Arbeit ausgewählt, aber hätte damit wohl auch auf jeder Modenschau eine gute Figur gemacht.

Es war vermutlich egal, was sie anzog, sie wirkte immer wie ein Engel, nur nachts konnte sie vor lauter Ekstase auch schon mal zum Teufel werden, aber da trug sie ja auch nichts mehr auf der Haut.

Soeben winkte Karola zu ihr herüber und kam danach ebenfalls auf sie zu. Sie drei waren der Kern dieser Domäne: Kopf, Hand und Herz des Gutes!

„Kommst du mit zum See?", fragte Karola, als sie vor ihr stand.

„Vielleicht später. Ich wollte Hedwig und Renate noch schnell die ersten Kartoffeln bringen. Christian hat wohl gerade Stella und Susi angespannt", entgegnete sie.

Der Mann nickte ihr zu.

„Schade! Dann eben später. Heute ist doch so ein schöner Tag", erklärte Karola und es klang wirklich verlockend.

„Ich beeile mich", antworte sie und rannte zum Stallgebäude.

Peter lud momentan die letzten Säcke auf das Gespann, danach schwang sie sich auf den Bock, löste die Bremse und ließ die beiden Pferde laufen.

Mit der Zeit war sie eine sehr gute Gespannführerin geworden und nach Christians Behinderung machte sie jetzt die Auslieferungen.

Im warmen Sommer kühlte der Fahrtwind ebenfalls, wenn auch nicht so schön wie ein Bad in jenem malerischen Waldteich.

Ihre Gedanken sausten davon und überholten gegenwärtig das Gespann.

Sie fuhr der Stadt entgegen und war damit zwischen Christian hinter ihr, sowie Fritz vor ihr und so, zwischen den beiden Männern, war sie immer, nicht nur räumlich, wie augenblicklich, sondern auch im Gefühl!

Der eine war zärtlich um sie bemüht, der andere abweisend, kühl und bisweilen brutal ihr gegenüber.

Ihr Mann war gebildet, stieg momentan in der NSDAP auf und würde es in der Politik eventuell noch weit bringen, aber er war ganz und gar Machtmensch und ein brutaler Schläger!

Christian hingegen stand der KPD nahe, ohne selbst dort Mitglied zu sein, aber Politik war ihm zuwider und Wurzeln zog er nur bei Baumstümpfen. Er war bauernschlau, allerdings nicht sehr gebildet, doch er hatte dafür sehr viel Gefühl in sich und lebte es auch leidenschaftlich aus.

Und sie stand irgendwo dazwischen!

Hätte sie doch Christian nur ein Jahr früher getroffen!

In all diesen Grübeleien vertieft erreichte sie schließlich die Stadt, folgte den Gassen, überquerte die Brücke über den Pregel und hielt wenig später vor Renates Geschäft.

Als sie den Laden betrat, stand Hedwig hinter dem Tresen, rieb sich ihren Bauch und begrüßte sie.

Die Freundin war im sechsten Monat schwanger und nur mit Mühe konnten Renate und sie gemeinsam die Freundin davon abhalten, in ihrem Zustand jetzt noch die schweren Säcke vom Wagen zu wuchten.

Schnell war das erledigt, sie verabschiedete sich und jagte wieder zurück, weil Karola und das Bad am Abend im Waldteich auf sie warteten. Nackt, mit Wein, Trauben und Brot, auf einer Wiese im Sonnenuntergang, was könnte es Schöneres geben?

Vielleicht die darauf folgende Nacht mit Christian?

Und abermals war sie damit zwischen Ehemann und Geliebten.

Sie stellte die beiden in Gedanken nochmals vor sich auf: Christian war Bauernsohn und Knecht durch und durch und er wusste instinktiv, wann die Zeit der Aussaat kam und an welchem Tag die Ernte beginnen musste. Er war kräftig und konnte zupacken, und dennoch war er ihr gegenüber zärtlich und einfühlsam.

Sie liebte es, in seinem Arm einzuschlafen, von ihm beschützt.

Fritz war da ganz anders, hatte in seinem Leben noch nie eine rohe Kartoffel in der Hand gehabt, war eigentlich gebildet und aus gutem Hause und dennoch so ganz das Gegenteil von Christian.

Er war brutal und der Sex mit ihm ruppig und für sie wenig erbauend, wobei es zum Glück nur äußerst selten dazu kam, meist nur dann, wenn er besoffen war, was die Sache für sie auch nicht besser machte!

Und Karola war fern von allem, was sie jemals über Frauen und wie die sein sollten, gehört oder gelesen hatte.

Die Geliebte genoss ihre Freiheit ziemlich zügellos und so etwas war abseits der Norm, wobei die Freundin sowieso durch jedes Raster fiel: Als Frau geboren, lebte sie sehr männlich, übernahm auch im Bett gern den fordernden Part und das mit solch einer Inbrunst und Ekstase, dass es ihr mitunter schon beim Zusehen davon schwindlig wurde.

Sie erreichte das Gestüt, und Hektor stand bereits gesattelt auf dem Vorplatz.

Karola hatte Stellas Sattel in der Hand und trat zu ihr, als sie das Gespann abbremste.

Schnell war die Stute aus dem Geschirr gelöst, gesattelt und kurz darauf jagten sie in den Abend davon.

Zwei Frauen, zwei Pferde, Sommerwind im offenen Haar und die Aussicht auf ein wunderschönes Abenteuer an einem kleinen See!

So konnte das Leben sein.

Schöner ging es vermutlich kaum!

45. Kapitel

Ein Tag, wie jeder andere auch

Seit fast genau elf Monaten half sie jetzt schon im Kolonialwarenladen aus und war mittlerweile ganz gut darin, wie sie selbst einschätzte, nur beim Rechnen tat sie sich noch immer etwas schwer. Im Zweifelsfalle rundete sie daher einfach ab, was ihr zwar viele zufriedene Kunden brachte, allerdings Renate missfiel.

Sie stapelte soeben Brote in das Regal, als sich die Ladentür öffnete und eine Kundin das Geschäft betrat.

„Frau Müller, was darf es heute schönes sein?", fragte sie.

„Ich hätte gern ein Kilo Äpfel!"

„Da kommen sie etwas zu früh! Isolde bringt mir heute Nachmittag die besten Äpfel, die sie in ganz Ostpreußen finden können. Direkt vom Baum! Aber darf es vielleicht ein leckerer Fisch sein?", erwiderte sie.

„Warum nicht? Ist Aal da?"

„Aal leider nicht, aber Karl hat heute früh bei Fischer Fiete einen wunderbaren Zander bekommen. Schauen sie mal, ganz klare Augen und diese Kiemen hier, der hat heute Nacht noch in der Ostsee gebadet."

„Ich hätte doch lieber einen Aal", gab Frau Müller ihr zurück.

„Tja, Fietes Reuse war heute früh bedauerlicherweise leer, aber ich kann ihn dann mal Anrufen und wenn der dann einen Aal fängt, dann hole ich ihnen den her und sage Greta Bescheid, wenn sie aus der Schule kommt. Wie alt ist die Kleine jetzt eigentlich?"

„Meine Greta wird schon neun! Wie die Zeit so vergeht!"

„An den Kindern merkt man das zuerst", antwortete sie.

„Wann ist es denn bei ihnen so weit?"

„In zwei Wochen, hat der Arzt gesagt. Darf es denn sonst noch etwas Schönes sein?"

„Nur Äpfel", begann die Frau und blickte sich trotzdem suchend im Verkaufsraum um.

Im selben Moment schwang die Tür auf und Isolde trat mit einer Kiste in den Raum.

„Frau Müller, da haben sie jetzt wirklich Glück, dass Isolde schon so früh mit der Lieferung kommt!"

Schnell waren die Äpfel abgewogen und direkt aus der Kiste verkauft.

„Willst du nicht so einen leckeren Fisch?", fragte sie die Freundin, nachdem Frau Müller das Geschäft wieder verlassen hatte.

„Als Austausch für die Äpfel?", entgegnete Isolde und besah sich den Zander.

„Warum eigentlich nicht", antwortete sie und Isolde willigte in den Tausch ein.

„Was meinst du zu dieser Wahl?", fragte Isolde anschließend und zeigte auf die Zeitung, in die sie gerade den Fisch einwickeln wollte.

„Ich finde, dieser Hitler ist ein ziemlicher Dummschwätzer. Er verspricht vielen zu viel und weiß hinterher vermutlich nicht, wie er seine Versprechen einlösen soll! Seine Reden sind nur zum Fische einwickeln gut. Zu dumm nur, dass der mit seiner Partei über hundert Sitze im Reichstag bekommen hat!"

„Ich kann ihm auch nichts abgewinnen, aber mein Fritz vergöttert ihn regelrecht. Der lässt nichts auf ihn kommen!", antwortete Isolde und hob die Zeitung an.

„Der hat den bestimmt gewählt, aber weder ich noch Karl, Renate, Sarah oder Isaak waren zur Wahl und du auch nicht. Oder? So hat er 100 % der Stimmen bekommen, aber wenn auch wir zur Wahl gegangen wären, dann hätte er nur 20 % gehabt!", erklärte sie und wickelte den Zander ein.

„14,2857 %", seufzte Isolde und setzte hinzu: „Bei der nächsten Wahl fliegt dieser Schwätzer wieder raus. Viele haben den nur gewählt, weil sie mit der Regierung unzufrieden waren, aber jetzt haben die Braunhemden die zweitstärkste Fraktion!"

„Er hat gesagt, dass er den deutschen Arbeiter aus den Händen seiner Betrüger nehmen will, als ob jemand meinen Vater gezwungen hat, sein Geld in New York anzulegen! Schuld sind immer die anderen, da muss man nicht bei sich selbst suchen. Das ist viel zu einfach gedacht!", entgegnete sie und übergab Isolde den Fisch.

„Die können den Leuten schon mit dem Honiglöffel ums Maul fahren und wer nicht nachdenkt, der geht ihnen in die Falle. Der Chef meines Mannes, der Erich Koch[7], hat wohl auch persönlich dafür gesorgt, dass die hier bei uns 27 % der Stimmen bekommen haben. Bei der letzten Wahl vor zwei Jahren hatten sie nur vier Prozent!"

„Ich will in meinem Laden nichts von Politik hören! Nur von Lebensmitteln!", brüllte Renate aus dem hinteren Bereich.

„So halten Karola und ich es auch. Bei uns im Gestüt reden wir nicht darüber!", gab Isolde der alten Frau zurück.

„Es könnte dann aber sein, dass die Politik irgendwann auch zu euch kommt", flüsterte sie der Freundin zu.

Isolde hob zweifelnd die Schultern.

Die Ladentür öffnete sie erneut und Sarah taumelte in den Raum. Der Stoff ihrer Bluse war zerrissen, sie hatte ein blaues Auge und ihre Nase blutete.

„Was ist mit dir geschehen? Bist du gestürzt?", fragte sie und eilte der Freundin entgegen.

---

[7] Erich Koch - (19.6.1896 - 12.11.1986), war von 1928 bis 1945 Gauleiter der NSDAP in Ostpreußen.

„Ich bin einer Gruppe von SA-Männern in die Arme gelaufen, die wohl gerade betrunken von einer Siegesfeier gekommen sind", entgegnete Sarah und ließ sich auf den Hocker am Ofen nieder.

Isolde holte einen nassen Lappen und legte diesen der Freundin ins Genick, um das Nasenbluten zu stoppen.

„Siehst du?", seufzte Hedwig und blickte Isolde an.

Die Freundin nickte nur.

„Die wussten sicher, dass ich Jüdin bin. Ein paar von denen sind schon einmal in der Bar gewesen und haben mir dort zugejubelt, aber wenn die in Gruppen sind, dann setzt bei denen das Denken aus und betrunken sind sie nur noch gefährlicher!", schluchzte Sarah und drückte sich ein Taschentuch gegen die Nase.

Sie beugte sich zu Sarah herab, als ein Krampf ihr durch den Bauch zuckte.

Es war wieder eine dieser schmerzhaften Vorwehen, die sie schon seit ein paar Tagen immer wieder daran erinnerten, dass sie sich eigentlich etwas schonen sollte.

Stöhnend rieb sie sich unter Isoldes besorgten Blicken den Bauch und erklärte dann: „Nach meiner Hebamme sind das nur Übungen für den Ernstfall!"

„Bei mir war das auch so", bestätigte Sarah ihr dies und zog das Tuch von der Nase fort. Die Blutung war zum Glück zum Stehen gekommen.

Jetzt legte sie sich den feuchten Lappen auf ihr Auge, das langsam zu schwoll.

Die nächste Übungswehe durchzuckte ihren Leib und plötzlich lief es ihr feucht am Bein herab.

Sarah blickte auf die Pfütze am Boden und erklärte: „Ich glaube, deine Fruchtblase ist gerade geplatzt!"

„Ich muss zu meiner Hebamme!", stöhnte sie auf.

„Dafür dürfte es jetzt zu spät sein", ließ sich Renate von hinten vernehmen und kam schnell nach vorn gelaufen.

Die nächste äußerst schmerzhafte Wehe zwang sie in die Knie und wenig später lag sie mitten im Laden auf dem Boden, umgeben von ihren beiden Freundinnen und mit Renate, die zwischen ihren Beinen kniete.

Das Kind wollte wohl unbedingt im Geschäft das Licht der Welt erblicken!

In der nächsten unendlich lang erscheinenden Stunde schrie sie den Laden zusammen, bis das Kind endlich aus ihr heraus war.

„Ein Mädchen!", seufzte Isolde und drückte ihr den Säugling in den Arm.

„Wir werden sie Renate nennen", erklärte sie schwach und sah das strahlende Gesicht ihrer Schwiegermutter vor sich.

46. Kapitel

Was der Führer will ...

Es war der erste Tag des März 1933, Isolde schlenderte grübelnd, dick in ihrem Mantel eingewickelt, mit dem Korb zu Hedwigs Laden, um einen Fisch für das Abendbrot zu besorgen.

Im Winter war auf dem Gestüt leider nicht so viel zu tun und daher blieb sie jetzt oft zu Hause, um nicht zu viel Verdacht zu erregen, denn Fritz war schon misstrauisch genug, weil sie dort mit Karola zusammentraf.

Der Lebensstil der Freundin schien ihm irgendwie Angst zu machen oder war es nur seine Befürchtung, dass dies auf sie abfärbte?

Diese Annahme war wohl nicht ganz unbegründet, aber sie hielt sich in seiner Gegenwart mit dahingehenden Bemerkungen tunlichst zurück.

Etwas anders machte ihr ebenso Sorgen, denn das Unvorstellbare war geschehen: Am 30. Januar hatte Reichspräsident Paul von Hindenburg Adolf Hitler zum Reichskanzler ernannt und Fritz schwebte seit diesem Tage praktisch nur noch umher.

Die Machtübernahme, oder deutsche nationale Revolution, wie Fritz es nannte, war eingetreten, doch trotz all der euphorischen Stimmung um sie herum, war sie skeptisch geblieben.

In ihrem Inneren tobte da so ein Zweifel, und dieser kam sicherlich nicht nur, weil die Uniform ihres Mannes jetzt nicht mehr braun, sondern schwarz war und er diese seit Januar nun täglich trug.

Oder eventuell doch?

Der kleine Totenkopf auf seiner Mütze schien ihr da ein dunkles Vorzeichen zu sein, aber es kam ihr so vor, als ob diese Bedenken nur in ihrem unmittelbaren Freundeskreis zu finden waren.

Waren alle anderen Menschen eventuell auf diese Versprechen hereingefallen? Oder irrte sie sich und es war alles gut?

Ein dumpfes Gefühl und das Grummeln in ihrem Bauch warnten sie und das nicht nur, weil Fritz immer wieder von seinem Führer und dessen angeblichen Heilsversprechen schwärmte!

Christian hatte mehr als einmal davor gewarnt, dass Hitler Krieg bringen würde, und Hedwig hatte sich sogar das Buch »Mein Kampf« besorgt, um es zu lesen, und auch sie bestätigte nach dieser Lektüre Christians Vermutung.

Seit mehr als zwei Jahren saß die NSDAP als zweitstärkste Kraft im Reichstag, und hätte doch auch etwas zum Guten wenden können, aber die einzig spürbare Veränderung in dieser Zeit war gewesen, dass die Schlägertrupps der SA jetzt noch viel ungenierter ihr Unwesen trieben.

Obwohl sie im letzten Jahr alle ihre Freunde zur Reichstagswahl mobilisiert hatte, wegen Fritz allerdings nur heimlich, hatte die NSDAP dennoch im vergangenen November über 33 % der Stimmen erhalten und war damit stärkste Kraft geworden, zwar mit mehr als 4 % weniger, als in der Wahl zuvor, aber alle anderen Parteien waren ebenfalls geschwächt.

Nur die KPD, von der nun wieder Christian schwärmte, hatte zugelegt, allerdings konnte diese Partei ohne Unterstützung der anderen nicht regieren!

In all diesen Überlegungen hatte sie den Laden erreicht, schob die Tür auf und wurde von Renate begrüßt, die ihr auf ihren kleinen Beinchen entgegenkam und sie freudig mit: „Tante Isolde", begrüßte.

Renate, oder kurz Rena, wie sie alle hier nannten, war noch keine drei Jahre alt und wurde von ihrer fast gleich alten Freundin Maja, Sarahs Tochter, verfolgt.

Wie immer tobten die beiden kleinen Mädchen durch den Laden, Hedwig stand mit ihrem Sohn Reinhold auf dem Arm hinter der Ladentheke und Sarah räumte irgendwelche Konservendosen in eines der Regale.

„Hallo Isolde, hast du das schon gelesen?", fragte Hedwig und hielt die Zeitung hoch.

Auf der Titelseite war groß das Bild des brennenden Reichstags abgebildet.

„Hallo ihr zwei, nein, aber ich habe es gestern im Radio gehört, es lief ja nichts anderes mehr!"

Sie trat zu Hedwig und nahm die Zeitung entgegen.

Auf dem Tresen las sie die Schlagzeilen und tippte auf einen Punkt, der da in einem anderen Absatz stand.

„Hier steht etwas von einer »Verordnung des Reichspräsidenten zum Schutz von Volk und Staat« und da habe ich so ein mulmiges Gefühl, wenn ich so etwas höre!"

„Na ja, das kann aber auch nur dafür sein, dass die Ordnung wiederhergestellt wird", gab ihr Hedwig zurück.

„Möglicherweise, aber ich habe so etwas Ähnliches schon einmal gelesen. Fritz hatte mal ein Buch mitgebracht, das einer aus seiner Partei geschrieben hatte. Darin stand etwas von dem Szenario, wie man die Macht übernehmen würde, mit so etwas, wie einem Fanal, und das hier scheint in diese Richtung zu gehen. Es würde mich nicht wundern, wenn diese Verordnung hier zeitlich unbegrenzt erlassen wird! Weißt du, wie lange man normalerweise an einem Gesetz herumschraubt, bis es unterschriftsreif ist? Und das hier ist schon seit gestern gültig! Das geht mir für einen Zufall viel zu schnell!", erklärte sie der Freundin.

Sarah war zu ihnen getreten und schaute über ihre Schulter jetzt ebenfalls in die Zeitung.

„Ich hoffe, deine Vorahnung bestätigt sich nicht", seufzte die Freundin.

„Fritz erzählt mir in letzter Zeit so viel von dem, was sie machen, und ich denke mal, er will mich damit beeindrucken. Nachdem sie am 1. Februar den Reichstag aufgelöst haben, ist das jetzt der zweite Schritt zur absoluten Herrschaft! Sollte dieses Gesetz wirklich so sein, wie ich vermute, dann werden sie damit die Rechte von uns Bürger einschränken! Hitler regiert dann mit dieser Notverordnungen des Präsidenten und wird die damit gewonnene Macht nicht mehr freiwillig aus der Hand geben!", erklärte sie.

„Aber jetzt mal was anderes, bist du etwa schon wieder schwanger?", fragte sie Hedwig, weil diese sich gerade zur Seite gedreht hatte und das Kleid eine sonderbare Beule über ihrem Bauch aufwies.

„Ja, vierter Monat!", erklärte Hedwig und setzte hinzu: „Irgendwie werde ich jedes Mal ziemlich schnell schwanger, wenn ich mit Karl ins Bett gehe und wir können die Finger einfach nicht voneinander lassen!"

Dabei strich sie lächelnd über ihren Bauch.

„Glückwunsch!", gab sie der Freundin zurück, umarmte sie und stellte den Korb auf den Tisch. „Ich brauche einen schönen großen Fisch fürs Abendessen", erklärte sie und erhielt kurz darauf den gewünschten Zander.

Wenig später eilte sie nach Hause, weil sie sich beim Einkauf so viel Zeit gelassen hatte, aber der Fisch war dann doch pünktlich zum Essen fertig.

Fritz betrat die Wohnung, warf seine Tasche in die Ecke und sagte zur Begrüßung: „Der Führer braucht Söhne!"

Fast hätte sie ihm geantwortet: „Dann sollte er mal mit jemandem ins Bett gehen", verkniff sich aber diese Bemerkung.

Ohne den herrlich duftenden Zander zu beachten, drängte Fritz sie ins Schlafzimmer und er zog sich noch nicht einmal die Hose aus, während er tat, was sein Führer von ihm erwartete.

Es war kurz, erneut wieder etwas schmerzhaft, und während Fritz danach in seiner Uniform einschlief, ging sie zurück in die Küche, stellte den Fisch warm, setzte sich an den jetzt leeren Tisch und dachte über alles nach, was sie an diesem Tag gehört hatte.

Mulmig war es ihr dabei noch immer!

Am folgenden Tag machte sie sich wieder auf den Weg zum Gestüt.

Mit seiner Äußerung vom Abend zuvor hatte Fritz ihr sozusagen grünes Licht dafür gegeben, dass sie sich bei Peter das holen konnte, was Fritz nie im Leben zustande bringen würde, aber es würde nichts nutzen, wenn sie ihm die Funktionen des weiblichen Organismus erklärte und sicherlich nur mit einer Backpfeife für sie enden.

Kaum hatte sie das Stallgebäude betreten, da stürmten ein paar SA-Männer von der anderen Seite in das Gebäude.

„Wir suchen Christian. Der ist doch ein Anhänger der KPD!", rief einer der Männer.

Christian trat aus einem Stallabteil in ihrer Nähe und als sich die Männer auf ihn stürzen wollten, schob sie sich vor ihn.

„Ich bin die Frau von Sturmführer Freiburg und verbürge mich für diesen Mann", sagte sie laut, obwohl sie vor den anstürmenden Männern zurückzuckte.

„Sind sie sicher?", fragte der Anführer der Gruppe.

„Ja, natürlich", gab sie ihm entschlossen zurück.

Die Männer ließen von Christian ab und kontrollierten dafür ihren Ausweis.

Fritz würde es damit ganz sicher erfahren und sie dafür zur Rede stellen, aber der hinkende Mann war doch nun wirklich keine Gefahr für Staat und Volk!

Eventuell bekam sie dafür eine Tracht Prügel, aber sie brauchte den Knecht nicht nur zur Pflege ihrer Pferde.

Als die Männer schließlich abzogen, blickte sie ihnen sorgenvoll nach. War das ein Vorgeschmack auf das, was eventuell noch folgen würde?

Möglicherweise!

47. Kapitel

Aus Freundschaft oder Menschlichkeit?

Der September neigte sich langsam seinem Ende zu und der kalte Wind zog wieder durch die Königsberger Straßen. Hedwig stand in ihrem Laden, hatte ihre jüngste Tochter Monika im Arm und schaute aufmerksam zu ihren beiden anderen Kindern hinüber.

Rena passte auf Reinhold auf, aber die Dreijährige hatte mehr Blödsinn im Kopf, als es ihr, als Mutter, momentan lieb sein konnte.

An diesem Tage war sie auch noch alleine im Geschäft, da Renate unterwegs war und Sarah sich schon seit einer Weile von ihr zurückgezogen hatte.

Es war wirklich nicht einfach für die Freundin und auch für sie waren die Tage schwer, denn Monika war noch keinen Monat alt. Eigentlich hätte sie sich noch schonen müssen, aber die Arbeit ruhte hier niemals.

Die Ladentür öffnete sich, die Glocke ertönte und Isolde schob sich dick in einen Pelzmantel eingehüllt durch die Eingangstür.

„Tante Isolde!", rief Rena aus und rannte auf die Frau zu.

„Na, du kleiner Wirbelwind?", entgegnete die Freundin und hob Rena hoch.

Mit der Tochter auf dem Arm blickte sich Isolde um, dann fragte sie: „Bist du heute alleine hier?"

„Nicht alleine, ich habe ja Verstärkung", antwortete sie seufzend und zeigte auf die beiden Kinder bei Isolde.

„Was möchtest du?", erkundigte sie sich danach.

Isolde trat mit Rena zu ihr und erklärte: „Eigentlich bin ich auf der Suche nach Sarah!"

Erneut öffnete sich die Tür, Frau Müller trat in das Geschäft und holte ihren geräucherten Aal ab.

Ein kurzes Gespräch über alltägliche Nichtigkeiten und Kinder begann, während Isolde in der Ecke mit Rena und Reinhold spielte.

Die Freundin hatte sich dabei ihren Mantel aufgeknöpft und ihr Babybauch wölbte sich dabei deutlich sichtbar hervor.

Für das Ende des fünften Monates hatte sie schon einen beachtlichen Umfang und es war sicherlich schwierig für sie, sich damit zu bücken, und dennoch tat sie es, um mit Rena und ein paar Puppen zu spielen.

Kaum hatte Frau Müller das Geschäft verlassen, kam Isolde abermals zu ihr nach vorn, beugte sich über den Tresen und flüsterte: „Ich müsste Sarah dringend warnen und weiß aber nicht, wie ich es machen soll!"

„Warnen? Wovor?", entgegnete sie.

„Da braut sich irgendetwas über ihr zusammen", entgegnete die Freundin seltsam unkonkret.

„Im letzten halben Jahr ist es für sie sowieso immer schwerer geworden! Sie darf nicht mehr in der Bar singen, die Leute draußen bespucken sie grundlos und schon oft ist sie verprügelt worden", erklärte sie und setzte hinzu: „Sogar aus dem Laden hat sie sich zurückziehen müssen, weil die Leute sie auch hier beschimpft haben. Ich weiß gerade nicht, was los ist, aber Juden haben es momentan sehr schwer!"

„Und es wird nicht besser werden!", antwortete Isolde und beugte sich weiter vor, dann wisperte sie: „Ich habe da bei Fritz so einen Zettel gefunden. Offenbar bereiten die in Berlin gerade eine große Aktion gegen die Juden vor, und mein Mann sagt mir in der letzten Zeit auch so seltsame Dinge. Zum Beispiel, dass sich das Problem endgültig lösen wird. Was auch immer er für ein Problem hat, aber es klingt ernst!"

„Du weißt doch, wo sie wohnt", gab sie der Freundin zurück.

Isolde nickte, seufzte und entgegnete: „Ich glaube, Fritz lässt mich neuerdings überwachen! Siehst du den Mann da drüben auf der anderen Straßenseite? Der mit der Zeitung? Der stand vorhin vor unserem Wohnhaus und ist mir bis hierher gefolgt! Wenn ich jetzt zu Sarah gehe, dann gibt es heute Abend eine Tracht Prügel für mich!"

„So schlimm ist er?"

„Schlimmer! Du machst dir lieber kein Bild davon, wie er dieses Kind zeugen wollte!", entgegnete Isolde und strich sich über den Bauch.

„Also, wenn du auf die Kinder aufpassen würdest, dann mache ich mich auf den Weg zu Sarah. Ich muss sowieso noch etwas für Frau Bauer ausliefern und da liegt das mit einem kleinen Umbogen fast auf dem Hinweg! Meinst du, dass es wirklich dringend und eilig ist?"

„Ich denke schon, jeder Tag könnte da wichtig sein!", seufzte Isolde und übernahm Monika.

„Ich habe sie vorhin erst gestillt, bis ich wieder da bin, sollte sie eigentlich ruhig sein, aber ich beeile mich", gab sie der Freundin zurück, packte alles in den Korb, zog sich den Mantel an und eilte davon.

Vor dem Laden stand wirklich ein Mann in einem grauen Mantel, mit einer Zeitung in der Hand, über deren Rand er mehr als seltsam ständig zum Laden starrte.

Auffällig war das schon irgendwie!

Sie eilte die Straße entlang, stieg danach in den Bus und überlegte auf der Fahrt, wie sie Sarah helfen könnte, denn die Warnung der Freundin klang wirklich sehr ernst. Und wenn diese Direktive aus Berlin kam, dann würde Sarah nirgendwo in Deutschland mehr sicher sein.

Was konnte sie der Freundin also raten?

Eigentlich nur eine Flucht ins Ausland, mit dem Zug oder Flugzeug, doch in beiden Fällen würde Sarah dafür Geld brauchen, allerdings hatte der Mühsal der Zeit ihre Ersparnisse weitgehend aufgefressen.

Schließlich hatte sie das Wohnhaus der Freundin erreicht, jedoch noch immer keinen Ausweg gefunden.

Sie stieg die Treppe hinauf und an Sarahs Wohnungstür war eine antisemitische Schmiererei angebracht, wobei so etwas anscheinend sehr häufig geschah, denn andere dieser Beleidigungen waren daneben mühevoll ausgelöscht worden.

Dieses letzte Symbol bestärkte sie nun nur noch mehr darin, die Freundin außer Landes zu schaffen.

Sie klopfte, Sarah öffnete mit Angst im Blick und lächelte sie schließlich an.

Schnell war sie in der Wohnung, dann saßen sie zusammen auf dem Sofa und sie zog sich Maja auf den Schoß.

„Was möchtest du?", fragte Sarah.

„Ich will euch schnell außer Landes bringen. Isolde hat da so eine kryptische Warnung ausgesprochen", erklärte sie.

„Ich habe mir da auch schon darüber Gedanken gemacht, aber wovon soll ich die Reise bezahlen? Als am 10. Mai in Berlin die Bücher brannten, da hat Isaak gesagt, dass in solch einem Lande irgendwann auch einmal Menschen brennen werden!"

„So hat es Heine damals geschrieben!", seufzte Hedwig und nickte ihr zu.

„Packe alles zusammen, ich hole dich heute Abend mit dem Lieferwagen ab und fahre mit euch zu Fiete, der wird dich und deine Familie mit dem Kahn nach Schweden bringen und von dort aus musst du dann selbst sehen, wie du weiterkommst!", erklärte sie ihren Plan.

Sarah umarmte sie und stimmte dem Plan schnell zu.

Nach dem Einbruch der Dämmerung machte sie sich mit Karls Lieferwagen auf den Weg, lud sich Sarah, Isaak und Maja mit deren zwei Koffern in den Wagen und brauste damit nach Norden.

Fiete wartete an seinem Kahn und entgegnete ihr: „Ich mache das aber nur, weil wir zwei Freunde sind!"

Das Gift der Unmenschlichkeit zeigte auch bei Fiete bereits deutliche Wirkung und damit würde diese Aktion wohl eine einmalige Sache bleiben!

Sie verabschiedete sich von Sarah, Isaak und Maja, drückte der Freundin noch ein paar Geldscheine in die Hand und dann blickte sie sorgenvoll dem Kahn nach, der langsam mit der Freundin und ihrer Familie in der Dunkelheit verschwand.

48. Kapitel

Aufgabe erfüllt!

s ging auf Weihnachten 1933 zu und mit jedem weiteren Tag wurde es für Isolde immer schwieriger, sich früh aus dem Bett zu bewegen, aber auf die Hilfe ihres Mannes konnte sie sich dabei nicht verlassen, denn nach seiner Auffassung war es die Pflicht einer Frau, Kinder zu bekommen und daher musste sie jetzt da ganz alleine durch.

Allerdings war ihr das schon zuvor bekannt gewesen, denn auch die Zeugung des Kindes hatte nur durch ihre Initiative und mit Peters tatkräftigen Hilfe geklappt.

Ihr Mann war an ihren Vorstellungen viel zu uninteressiert gewesen und nur mit ihm alleine wäre sie jetzt vermutlich noch immer nicht schwanger.

Erst im Mai hatte sie dann abends und nachts erneut im Gestüt bleiben dürfen, nachdem sie ihrem Mann glaubhaft versichert hatte, bereits schwanger zu sein, wobei das damals noch ungewiss gewesen war.

Und seit drei Monaten hielt er sie jetzt praktisch auch schon wieder in der Wohnung fest. Nur den Einkauf bei Hedwig durfte sie noch machen.

Das wäre jetzt wohl auch ihr weiteres Schicksal: Kind, Küche und Herd, wobei Hausfrau eigentlich etwas war, was sie nicht wirklich gewollt hatte, nachdem sie mit Karola zusammengetroffen war.

Damit blieb ihr jetzt eigentlich nur die Option, ihr Kind im folgenden Jahr bei Hedwig abzugeben, während sie ihrer Tätigkeit auf dem Gestüt nachging.

Diese Absicht würde sie allerdings erst im nächsten Frühling mit Fritz aushandeln können und es blieb ihr nur zu hoffen, dass ihr Kind ein Junge war, denn ihr Mann hatte ihr schon verkündet, oder sollte man besser sagen: angedroht, dass es andernfalls zu einem neuen Versuch kommen würde.

Und ein erneutes Desaster, wie in diesem Frühjahr, wollte sie sich unbedingt ersparen!

Der Führer wollte eben Söhne, doch woher er die ohne Mädchen bekommen sollte, das stand in den Sternen.

Offenbar verstand man da im Allgemeinen nicht viel von Frauen. Von Macht schon eher und darin ging ihr Mann so ziemlich auf. Sein Aufstieg in der Partei war jetzt noch viel steiler geworden.

In nur wenigen Monaten war er vom Sturmführer zum Sturmhauptführer befördert worden, was eine ziemlich kometenhafte Beförderung und ihm sicherlich nur durch die Förderung des Gauleiters gelungen war. Die Brutalität, die Fritz jeden Tag selbst bei ihr an den Tag legte, hatte diesem Streben nach Autorität offenbar auch nicht geschadet!

Und noch eines hatte sich bewahrheitet: Die Warnung an Sarah war keineswegs unbegründet gewesen, denn mittlerweile gab es bereits Konzentrationslager für alle Andersdenkenden.

Falls Fritz mitbekommen würde, dass die Warnung an Sarah von ihr stammte, so wäre die Tracht Prügel dafür wohl noch ihr geringstes Problem, denn er hätte sicherlich keinerlei Skrupel davor, sie sofort irgendwo einzuliefern, wo man sich, nach seinen Worten, um sie kümmern würde.

Schon alleine diese Bemerkung jagte ihr eine Gänsehaut über den Rücken und sie konnte nur hoffen, dass sie ihm keinerlei Anlass für das Wahrmachen seiner Drohung lieferte.

Nur auf dem Gestüt war sie völlig frei, an allen anderen Plätzen musste sie jetzt vorsichtig sein mit dem, was sie von sich gab.

Daher blieb sie lieber einsam in ihrer Wohnung, weil sie da kein Risiko einging, wobei es anderseits auch eben schön war, diese vier Wände dann mal wieder verlassen zu können.

Und sei es eben nur zum Einkaufen.

Mit dem Korb und dick in einen Pelzmantel eingehüllt, schob sie sich langsam auf dem Gehweg vorwärts, um die paar hundert Meter bis zu Hedwigs Geschäft zu gehen.

Es war ziemlich glatt auf den Wegen, aber ohne den Einkauf würde sie verhungern müssen, oder aus lauter Missmut in ihrem Bett sterben!

Schließlich erreichte sie den Laden, schob die Tür auf und ließ sich auf den dort von Hedwig vorsorglich für sie abgestellten Stuhl sinken.

„Tante Isolde", rief Rena aus und kam mit ihrer neuen Puppe auf ihren kleinen Beinen auf sie zugelaufen.

Die Dreijährige strahlte sie regelrecht an und blieb erwartungsfroh vor ihr stehen, aber hochheben konnte sie das Mädchen schon seit Wochen nicht mehr und selbst sie sich auf den Schoß setzen gelang ihr nur noch mit Hedwigs Hilfe, die auch wenig später zu ihr trat.

„Was kann ich für dich tun?", fragte die Freundin, nachdem sie die Tochter bei ihr abgesetzt hatte.

„Ich brauche mal eine Pause und einen schönen Fisch für heute Abend", gab sie ihr zurück und hielt ihr den Korb hin.

„Ich habe noch einen Zander von Fiete. Heute früh ganz frisch gefangen", erklärte die Freundin und hockte sich neben sie.

„Hast du noch mal was von Sarah gehört?", fragte sie jetzt bei der Erwähnung des Fischers, der ihnen damals behilflich gewesen war.

„Fiete hat sie in Schweden an Land gesetzt und seitdem habe ich kein Lebenszeichen mehr von ihr gehört, aber es war besser so, nach all dem, was seither passiert ist!", antwortete sie leise.

Isolde nickte ihr nur zu.

Als sich Hedwig mit dem Korb erhob und zum Tresen gehen wollte, durchzuckte eine schmerzhafte Wehe ihren Bauch und sie stöhnte auf.

„Du willst doch hoffentlich nicht auch dein Kind hier im Laden bekommen?", fragte Hedwig sie besorgt.

„Da sei Gott vor", stöhnte sie ihr entgegen und rieb sich den Bauch.

„Ob es den in solch einer gottlosen Zeit überhaupt noch gibt?", erwiderte Hedwig und kam dennoch zu ihr zurück.

Die nächste Wehe kam viel zu kurz nach der ersten.

Hedwig blickte sie irgendwie seltsam an und sie vertraute der Freundin, die schon drei Kinder geboren hatte.

„Ich glaube, es wäre nicht schlecht, jetzt ins Krankenhaus zu gehen", seufzte sie, setzte Rena auf den Boden und wollte sich von ihrem Platz erheben, als Hedwig sie auf den Stuhl zurückdrückte.

„Ich bringe dich!", erklärte die Freundin und rief über ihre Schulter: „Renate, kann ich den Lastwagen bekommen?"

Die alte Frau tauchte aus dem hinteren Bereich auf, sah sie dort sitzen und eilte sofort wieder nach hinten, um den Schlüssel zu holen.

„Soll ich deinen Mann verständigen?", fragte die Freundin noch.

„Der erfährt das noch früh genug", presste sie durch die Zähne, weil die nächste Wehe so unvorstellbar kurz nach den anderen beiden kam. Offenbar ging es jetzt wirklich los!

Flugs hatten die beiden Frauen sie auf die Ladefläche des LKWs gehievt und Hedwig sauste, mit ihr hinten darauf, sofort los.

Zum Glück war nicht viel Verkehr und somit kam sie in der Klinik an, als die Fruchtblase platzte.

Keine Stunde später hielt sie zwei Kinder in den Armen, eine Tochter und einen Sohn, Sieglinde und Gerfried, und mit dem Jungen war ihre Aufgabe erfüllt worden.

Das machte sie momentan glücklicher als die so glimpflich abgegangene und relativ schnelle Geburt.

49. Kapitel

Ein Blick zurück ...

Hedwig stapfte in ihren Mantel gehüllt durch das Eingangstor des Friedhofes, an ihren Händen hielt sie links die neunjährige Rena und rechts den ein Jahr jüngeren Reinhold, ihre anderen Kinder hatte sie bei Karl und Isolde gelassen, die zu Hause auf sie aufpassten.

Es war an diesem Tage genau zehn Jahre her, dass sich ihr Vater das Leben genommen und sich für sie damit alles geändert hatte.

Im Rückblick auf dieses letzte Jahrzehnt war es zwar schwer für sie gewesen, aber auch die beste Zeit ihres Lebens, denn seit damals war sie mit Karl verheiratet und immer noch glücklich mit ihm sowie den sieben Kindern, die sie mittlerweile zusammen hatten. Und die waren da wohl auch ein eindeutiges Zeichen, dass es ihr gut ging.

Im Sommer waren sie alle zusammen an der Ostsee gewesen, in Rauchen am Strand, aber nur für ein paar Tage, denn länger durften sie den Laden nicht geschlossen lassen, weil sie von dessen Erträgen und dem, was Karl als Oberkellner in einem der besten Restaurants der Stadt bekam, lebten.

Inzwischen war sie eine perfekte Hausfrau geworden und Gudrun wäre sicher sehr stolz auf sie, aber wenn man täglich neun Mäuler zu stopfen hatte, dann wurde man von selbst zu einer guten Köchin, wobei Karl gelegentlich auch noch ein paar Reste aus seinem Restaurant mitbrachte und sich dann alle darauf stürzten.

Der raue Wind zog ihr um die Beine. Das Klima in diesem Lande war mit jedem Jahr schlechter geworden, und dabei war nicht dieses nass graue Wetter gemeint.

Die Menschen waren anders geworden und sie musste sich jetzt mit ihrer Meinung zurückhalten, denn Rena oder Reinhold könnten sich sonst eventuell in der Schule verplappern und das konnte mittlerweile schnell gefährlich werden.

Nur nachts, heimlich und im Bett konnte sie leise mit Karl darüber reden, wie sie wirklich dachte, nach außen hin musste sie gute Miene zum offensichtlich bösen Spiel machen, was ihr anscheinend gelang, denn auf Empfehlung ihrer Freundin Isolde hatte sie im Sommer das Ehrenkreuz der Deutschen Mutter in der zweiten Stufe erhalten.

In der Jugend hatte sie gelernt, eine unsichtbare Maske zu tragen und nichts von dem nach außen kommen zu lassen, was sie wirklich dachte oder fühlte, und das schienen jetzt rückblickend die besten Lehrstunden gewesen zu sein.

Das Leben war nicht leicht, aber schön, doch dann war die große und leider befürchtete Katastrophe über sie alle gekommen: Am 1. September hatte das Linienschiff Schleswig-Holstein in Danzig damit begonnen, die polnische Garnison auf der Westerplatte zu beschießen. Damit hatte ein neuer Krieg begonnen und dieser war nicht weit von ihr entfernt!

Rena neben ihr trug drei Blumensträuße im Arm, jeweils einen für den Vater, für die Mutter und ihre Schwiegermutter, die jetzt alle fast nebeneinander auf diesem Gottesacker lagen.

Die Mutter war ihrem Vater nach nur ein paar Jahren gefolgt, und ihre Schwiegermutter war im März dieses Jahres verstorben.

Auf diese Weise bewohnten sie momentan die gesamte Etage über ihrem Laden, und dennoch war der Platz dort denkbar knapp.

Als Erstes traten sie an das gemeinsame Grab von Vater und Mutter, Rena legte die beiden Sträuße dort ab und sie standen ein paar Minuten andächtig vor der Grabstätte der Familie Kaufmann.

Die beiden Kinder hatten ihre Eltern nicht kennengelernt und wussten nur aus ihren Beschreibungen von dem luxuriösen Leben, das sie damals bei ihnen in der Villa geführt hatte.

Rückwärts blickend war es öde und langweilig gewesen und erst jetzt lebte sie wirklich, allerdings eben nur solange, wie sie mit ihrer Meinung hinter dem Berg blieb.

Zu oft reichte in diesen dunklen Zeiten bereits ein unüberlegter Witz, um in die Fänge des Staatsapparates zu kommen.

Nach ein paar Schritten standen sie am Grabe von Karls Mutter und legten auch dort ein paar Blumen ab, bevor sie sich wieder auf den Rückweg machten.

Mit den beiden Kindern ging sie durch die Straßen der Stadt zurück, wobei sie noch in der Erinnerung an das vergangene Leben versunken war, aber mit jedem weiteren Schritt streifte sie es immer mehr von sich ab.

In ein paar Tagen hatte sie ihren zehnten Hochzeitstag und Isolde hatte ihr dafür eine Überraschung versprochen, was auch immer es sein würde, aber hoffentlich kein Pferd!

Die Freundin war mittlerweile eine erfolgreiche Geschäftsfrau geworden, und die einstige Situation, in der sie damals noch im Urlaub in Rauschen gewesen waren, hatte sich vollkommen gedreht.

Jetzt war Isolde einflussreich, zwar durch die Hilfe auf Karolas Gestüt, doch vermutlich auch aus der eigenen Kraft.

Und sie musste arbeiten und sich jede Münze vom Mund absparen, aber diese tiefe Freundschaft zwischen ihnen hielt auch weiterhin.

Rena liebte ihre Tante abgöttisch, obwohl Isolde ja nicht wirklich ihre Tante war. Zu ihrer eigentlichen Tante Elfriede hatte sie kaum Kontakt, denn die lebte mit ihrem Mann schon seit Jahren in Berlin.

Gelegentlich vermisste Hedwig ihren Bruder Arthur sehr, vor allem an solchen Tagen wie diesem hier.

Mit dem Betreten ihres Wohnhauses legte sie die Vergangenheit mit dem Mantel komplett von sich ab, denn der Trubel in der eigenen Wohnung nahm sie sofort wieder in Beschlag.

Mit Isoldes zweien tobten gegenwärtig neun Kinder in der Etage herum und es brauchte die geballte Kraft von drei Erwachsenen, um die Meute wieder unter Kontrolle zu bringen.

Sehr viel später saßen sie zu dritt am Küchentisch bei einer Tasse Kaffee und unterhielten sich über jenen so denkwürdigen Tag.

Monika und Isoldes Zwillinge saßen nicht weit von ihr entfernt. Die drei fast gleichaltrigen Kinder würden im nächsten Jahr zusammen in die Schule kommen, aber sie waren schon seit Jahren unzertrennlich, weil Isolde die beiden häufig bei ihnen vorbei brachte, wenn sie auf ihrem Gut arbeitete.

„Ich würde euch gern eine Reise schenken", begann Isolde plötzlich zu erklären.

„Uns allen?", fragte sie zurück und zeigte auf die Kinder ringsum.

„Nein, nur euch beiden. Auf die Kinder passe ich die paar Tage schon auf", entgegnete die Freundin.

Sie blickte die Freundin fragend an, denn Minuten zuvor hatten sie die Kinderschar nur mühsam zu dritt unter Kontrolle gebracht und jetzt wollte Isolde das für einige Tage alleine schaffen?

„Ich nehme sie mit auf das Gut, da gibt es so viel zu entdecken. Christian, Peter und Karola helfen mir", entgegnete sie, weil sie wohl den prüfenden Blick bemerkt hatte.

Im Herbst und Winter war auf dem Gestüt nicht viel zu tun, und nur die Pferde mussten immer mal wieder bewegt werden.

Das könnte schon irgendwie funktionieren, aber sollte sie ihre Kinder wirklich einfach so zurücklassen?

Jetzt blickte sie Karl fragend an und auch er hatte die Stirn kraus gezogen, doch schließlich nickten sie sich beide zu.

Ein paar Tage ohne Kinder wären vermutlich auch mal wieder ganz nett.

50. Kapitel

Frieden mitten im Krieg

Karl erwachte, es war sehr still um ihn herum und er brauchte einen Moment, um zu begreifen, dass er sich mit Hedwig im Urlaub befand und die Kinder weit entfernt bei Isolde geblieben waren.

Es war sonderbar und schön zugleich, hier so zu erwachen, mit der geliebten Frau in seinem Arm, und keiner war in der Nähe, der sie in den nächsten Minuten stören würde.

Zu Hause war das ganz anders, aber das blieb bei sieben Kindern nun mal nicht aus.

Seit Jahren war das der erste Tag, an dem sie alleine waren, denn selbst der Urlaub im Sommer war da anders gewesen, weil die ganze Familie mit gewesen war.

Vermisste er die geliebte Rasselbande?

Schon etwas, aber diese Ruhe versöhnte ihn schnell damit und die Gewissheit, dass er sie in einer Woche alle wieder in seine Arme schließen konnte.

Da es Ende November war, lag das Ostseebad Rauschen still und ruhig draußen im Winterschlaf vor dem Fenster, in der Art, wie sie es am Tage zuvor bei der Anreise wahrgenommen hatten.

In der kalten Jahreszeit gab es hier nicht so viele Urlauber und nur wenige Restaurants und Hotels waren geöffnet.

Und in dieser Ruhe, die geliebte Frau im Arm, dachte er mit einem Mal an jene andere Stille zurück, die sein ganzes Leben verändert hatte.

Damals, im Herbst 1914, war es gewesen, als er das letzte Mal eine Stille ohne Furcht ertragen hatte, bevor an der Marne an nur einem einzigen Tag die Hälfte seiner Freunde ihr Leben gelassen hatte.

Nach jener grausamen Erfahrung hatte er Lautlosigkeit nie mehr wirklich ertragen können, denn es war immer nur diese Ruhe vor dem Sturm, diese unsichtbare Gefahr, die er danach all die Jahre tief in sich verborgen geglaubt hatte.

Doch jetzt sprang dieses Entsetzen von der Marne ihn abermals an, denn es war wieder Krieg in Europa!

Zwar war Polen schnell besiegt worden, doch diese euphorischen Siegesmeldungen und die Nachrichten von der Versenkung britischer Kriegsschiffe würden unweigerlich dazu führen, dass schon sehr bald ein erneuter Weltkrieg ausbrach und den konnte Deutschland nicht gewinnen.

Hatten die Menschen denn aus dem letzten großen Gemetzel nichts gelernt?

Millionen Menschen waren sinnlos gestorben, und das war erst ein paar Jahre her.

Daran mussten die Leute sich doch noch erinnern!

Oder hatte dieses schleichende Gift, welches ihnen Jahrelang, in kleinen Dosen immer wieder eingeträufelt worden war, sämtliche Erinnerungen daran gelöscht?

Bei ihm hatte es jedenfalls nicht gewirkt, warum dann bei den anderen?

Selbst jetzt noch, hier im Bett, brachten diese Erinnerungen ihn zum Zittern und er musste sich regelrecht zur Ruhe zwingen, um Hedwig dadurch nicht zu wecken.

Er hörte ihre leisen Schlafgeräusche und konzentrierte sich darauf, um sich von dieser immensen inneren Angst abzulenken, die tief in ihm momentan wieder präsent war.

Wie ein Tiger im Dunkel der Nacht hatte diese Furcht mehr als zwanzig Jahre lang gewartet, wieder nach vorn zu kommen, um grausame Beute zu machen.

Nur langsam beruhigte er sich und zog Hedwig fester in den Arm. Sie und die Kinder wollte er beschützen, was auch immer kommen würde.

Nach dem letzten Krieg hatte er seine Frau verloren, dieses Mal sollte das nicht geschehen, aber konnte er als kleiner Mensch etwas dagegen tun?

Wohl eher kaum, denn die Gefahr war nur zu groß.

Immerhin hatte Deutschland mit der Sowjetunion einen Nichtangriffspakt geschlossen, aber der würde sicherlich nur so lange halten, wie dieser Pakt Hitler nützlich war, denn schon einmal war ein Zweifrontenkrieg missglückt und dieser Vertrag hielt der Armee nur den Rücken frei, aber gegen diese grenzenlose Gier würde er nicht bestehen können.

Schon jetzt besetzten deutsche Siedler Teile Polens, und das würde nur der Anfang sein.

„Fort, ihr dunklen Teufel", flüsterte er in die endende Nacht hinaus und weckte damit Hedwig, die sich im Halbdunkel des Zimmers neben ihm räkelte und ihm danach einen Kuss gab.

Das Leben im weichen Bett besiegte den Tod im nassen Schützengraben, und dennoch dauerte es ungewöhnlich lange, bis er auf Hedwigs liebevolle Zuwendungen reagieren konnte.

Man konnte es auch mit Luther sehen, der einst gesagt hatte: »Auch wenn ich wüsste, dass morgen die Welt untergeht, so würde ich heute noch einen Apfelbaum pflanzen«, oder eben einen Sohn zeugen.

Aber war das nicht zu vermessen, ein Kind in diese Gesellschaft zu setzen, die eventuell schon morgen in Schutt und Asche fiel?

Oder war es das Gleiche, was Luther einst damit gemeint hatte?

Sich dem Tod und dem Verderben entgegenstellen!

Und während Hedwig in seinem Arm langsam und sichtbar glücklich erneut einschlief, kam er nicht mehr umhin, sie weiter zu betrachten.

Sie war das Leben!

Mit ihr hatte er Frieden mitten im Krieg, der momentan irgendwo im Verborgenen brodelte.

Langsam begann vor dem Fenster der neue Tag und gab ihm damit die Zuversicht, dass nach jeder noch so finsteren Nacht ein neuer Morgen folgte.

Leise erhob er sich und trat ans Fenster.

Vor dem Hotel lag der Schnee ziemlich hoch, und ein eingeschneiter Baum hatte seine Zweige direkt oberhalb des Fensters.

Nach diesem Winter würde ein Frühling kommen, der die Kälte besiegte, denn alles war immer ein Kreislauf in der Welt, aber warum musste dann nach jedem Frieden ein neuer Krieg kommen?

Könnte man diesen Teufelskreis aus Gewalt und Gegengewalt nicht ein für alle Mal zerbrechen?

Über die Schulter blickte er auf seine Frau zurück, die nackt unter der schützenden Decke lag.

Frauen würden das vermutlich können, Männer waren eventuell unfähig, diese Gewalttätigkeiten zu beenden. Keine Frau wollte ihre Kinder verlieren, die sie unter Schmerzen zur Welt gebracht hatte, und wenn Männer Kinder bekommen könnten, dann wäre jeder Krieg sofort vom Erdboden getilgt.

Schmunzelnd dachte er über diesen Gedanken nach.

Hedwig war auch jetzt, nach sieben Kindern, immer noch so schön wie an jenem Morgen im Mai vor zehn Jahren, als sie sich hier kennengelernt hatten.

Nach zehn Jahren war sie verführerischer als damals: die roten Locken, die ihr ins Gesicht gefallen waren, der zierliche Körperbau und die bleiche Haut, die ihn schon damals an ihr so fasziniert hatte.

Diese zerbrechliche Gestalt war stärker als alles, was er kannte.

Oft hatte er sie gesehen, wie sie nach einem langen und arbeitsreichen Tag noch die Kinder lächelnd ins Bett gebracht hatte und ihnen kleine Geschichten erzählte, die sie sich selbst ausdachte.

Ohne die Kinder und in einem anderen Leben wäre sie vermutlich eine große Schriftstellerin für Kinderbücher geworden, doch sie ging ganz in ihrer Familie auf.

Behutsam trat er an das Bett und zog ihr sacht die Decke vom Leib.

Dieser Anblick war überwältigend und er konnte nicht anders, als sie jetzt zu wecken, um abermals mit dem zu beginnen, was als einziges in dieser Welt noch einen Sinn ergab!

Er würde Leben schaffen und er wollte es genau mit dieser Frau hier tun!

51. Kapitel

Ein Gruß aus der Vergangenheit

eihnachten 1939 war es geworden, Karl hatte einen Tannenbaum besorgt, den sie und die ältesten Kinder gerade in der Stube schmückten.

Rena, Reinhold und Monika mühten sich redlich, Elisabeth versuchte derweil ihre kleineren Geschwister davon abzuhalten, dass diese ihnen ständig die Kugeln stibitzen wollten, aber für die kleineren Kinder waren die filigranen Glaskugeln einfach viel zu zerbrechlich.

Sie sangen dabei Weihnachtslieder und es roch nach den Plätzchen, die in der Küche zum Auskühlen auf dem Herd standen. Davon wäre in einer Stunde zwar sicherlich nur noch die Hälfte übrig, aber das nächste Blech stand schon bereit und musste nur noch in den Ofen.

Eine anheimelnde Atmosphäre hatte sich über das Haus gelegt, die Straßen waren bunt geschmückt und nichts deutete momentan darauf hin, dass im Rest Europas ein Konflikt unter der Decke brodelte.

Es fühlte sich an, wie ein Topf auf dem Herd, bei dem der Druck irgendwann so groß wurde, dass der Deckel davon flog.

Sie selbst hatte das nur ein einziges Mal bei Gudrun in der Küche erlebt und die Folgen davon waren auch Tage danach noch im Raum zu sehen gewesen, doch ein Krieg hätte sicherlich noch verheerendere Auswirkungen.

Schon allein die paar Andeutungen von Karl über seine Erlebnisse im letzten Krieg reichten ihr völlig aus, dass sich ihr dabei die Nackenhaare wie Igelstacheln aufstellten. Das wollte sie nicht erleben und ihre Kinder sollten auch davor verschont bleiben.

Die Stubentür öffnete sich, Isolde trat, dick in ihren Mantel eingepackt, mit einem Berg von Geschenken im Arm ein, hinter ihr stürzten ihre beiden Kinder in den Raum und machten das Gewühl perfekt.

Karl hatte schon vor Stunden die Flucht ergriffen und war jetzt gerade mit dem LKW unterwegs, um noch irgendwelche wichtigen Besorgungen zu machen, aber sie wusste, dass das nur ein Entkommen vor diesem festtäglichen Chaos für ihn war.

Zumindest waren es mit Isolde und ihr jetzt zwei Erwachsene auf neun Kinder, was das Verhältnis nicht sonderlich verbesserte, aber für etwas mehr Ordnung und Überblick sorgte, zumal Isolde jetzt von den Kindern belagert wurde und jeder wissen wollte, was die Freundin da für einen Haufen von in buntem Papier verpackten Geschenken in den Raum gebracht hatte.

Schließlich hatte Isolde den Mantel abgelegt und trat zu ihr.

„Feierst du denn nicht mit deinem Mann?", erkundigte sie sich.

„Nein, ein deutscher Mann feiert kein christliches Fest", gab Isolde ihr nach der Umarmung zurück.

„Und mit Karola?", fragte sie zurück.

„Mit der haben wir doch schon gefeiert", erklärte jetzt Rena von der Seite.

„Ja?", erwiderte sie und die neunjährige nickte.

„Im Gestüt. Wir haben auch das Krippenspiel gemacht. Ich war Maria, Reinhold der Josef und Herbert lag in der Krippe, aber das habe ich dir doch schon gesagt, Mama!", gab die Tochter ihr fast beleidigt zurück.

„Hast ja recht, Rena", entgegnete sie und setzte fort: „Und wer war der Esel?"

„Der hatte leider mal wieder Dienst!", seufzte Isolde und griff sich die nächste Weihnachtsbaumkugel.

Es war ihr deutlich anzusehen, dass ihr diese ganze Familiensituation nicht wirklich gefiel, aber sie versuchte sich mit ihrem Schicksal irgendwie zu arrangieren.

„Ach, übrigens, ich habe ein ganz besonderes Geschenk für dich gefunden", sagte sie dann.

„Du musst mir nichts schenken, du hast uns doch schon so einen schönen Urlaub beschert!", antwortete sie der Freundin.

„Doch, das musste ich!", setzte ihr Isolde entgegen und ging zum Tisch mit den Geschenken.

Mit einem großen Paket kam sie zurück und übergab es ihr.

Eilig öffnete sie das Präsent und wurde dabei argwöhnisch von Rena und Monika überwacht, die sich soeben unauffällig in ihre Nähe schoben.

Eine hölzerne Kiste befand sich darin und als sie deren Deckel öffnete, erkannte sie das Besteck, das sie einstmals für ihre Aussteuer hätte erhalten sollen.

„Wo hast du das gefunden?", rief sie überrascht aus und nahm einen der Löffel heraus, auf dessen Griff sich ihre filigran geschwungenen Initialen HAK befanden.

„Ich habe es bei einem Trödler gesehen und musste es einfach kaufen!", erklärte die Freundin.

„Mein Gott, wie lange ist das her? Über zehn Jahre? Weißt du, wie oft ich das bei Gudrun putzen musste? Täglich!"

„Ja und ich habe dir manchmal dabei geholfen. Ach Gudrun, ihre gesungenen Rezepte kann ich heute noch und mitunter koche ich auch noch so", entgegnete Isolde schmunzelnd.

Jetzt umringten die Kinder sie beide und jeder wollte eines der silbern glänzenden Besteckteile aus dem Kasten haben.

„Wenn Opa damals nicht gestorben wäre, wäre ich dann eine Prinzessin?", fragte Elisabeth sie jetzt.

„Ach Kind, was wäre wenn? Vielleicht hätte ich Karl dann niemals heiraten können und dich hätte es gar nicht gegeben", seufzte sie und strich der Tochter über den Kopf.

Doch durch das Essbesteck angeregt wollte jetzt jeder wieder die Geschichten von damals hören: von rauschenden Bällen, Empfängen, Schlössern und schönen Kleidern, von Prinzessinnen und Gräfinnen.

Sie saß im Sessel, die Kinder rings um sie herum staunend auf dem Boden und Isolde versorgte alle immer wieder mit Plätzchen und heißem Kakao.

All die Erinnerungen aus der guten alten Zeit waren jetzt im Raum und sprudelten nur so aus ihr heraus, als hätten sie bloß darauf gewartet, an diesem Tag erzählt zu werden.

Die Geschichte vom prunkvollen Weihnachtsfest in der Villa Kaufmann wurde von einem lauten Poltern an der Tür unterbrochen, und dann trat der Weihnachtsmann mit einem riesigen Sack voller Geschenke in den Wohnraum.

Erschrocken hatten die Kinder aufgeschrien, bevor sie sich auf den Weihnachtsmann stürzten und Karl dadurch fast zu Boden rissen.

Selbst er hatte neun anstürmenden Halbwüchsigen nicht viel entgegenzusetzten, wobei Herbert mit seinen gerade mal anderthalb Jahren noch nicht wirklich stürmte, sondern eher tapste.

Schließlich saßen oder lagen alle Kinder in der Stube herum, packten ihre Gaben aus oder spielten miteinander, und damit hatte sie jetzt selbst etwas Zeit, um über die alten Dinge nachzudenken.

Das Einzige, was damals wirklich besser gewesen war, war, dass da noch Frieden geherrscht hatte, alles andere war jetzt eindeutig besser, wie ein Blick über die vielen Kinder ihr mehr als deutlich bestätigte.

Die Tür öffnete sich erneut, Karl trat, jetzt ohne Mantel und Bart, in den Raum und sagte: „Ich habe bei Fiete den besten Fisch für unser Abendessen bekommen. Oh, habe ich den Weihnachtsmann etwa schon wieder verpasst?"

Mit ein paar riesigen Zandern trat Karl zu ihr, küsste sie und vertrieb damit den Rest der alten Erinnerung.

Hier und jetzt war ihr Glück, alles andere waren nur noch Schatten!

52. Kapitel

Wer schlafende Bären weckt ...

Es war wohl der erste Tag, an dem Christian nicht über sein durch den Überfall der SA vor vielen Jahren steif gebliebenes Knie schimpfte, denn sein Freund Peter stapfte jetzt wohl irgendwo in Russland durch die Steppe.

Der Knecht war zur 1. Infanteriedivision eingezogen worden und mit dieser vor ein paar Tagen in den Krieg marschiert.

Isolde lehnte mit dem Rücken an der offenen Tür des Gestütes und blickte nach Osten zur im Augenblick aufgehenden Sonne.

Man hätte diese Grenze zu dem Nachbarland von hier aus fast sehen können, so nah war jetzt der Krieg gekommen und ein paar Tage zuvor waren sogar Bomben auf Königsberg gefallen!

Es war Anfang August 1941, sie schaute auf das Feld hinaus und in ihren Gedanken ging sie dabei die Arbeiten durch, die noch anstanden. Die Gerste befand sich bereits in der Scheune, doch das Obst auf den Feldern würde in den nächsten Tagen geerntet werden müssen, aber immer wieder schweiften ihre Gedanken ab.

Dies war einer der wenigen Tage dazwischen, um für den nächsten Kraftakt etwas zur Ruhe zu kommen.

Ihr Blick glitt über das abgeerntete Stoppelfeld, auf dem noch das Stroh in Ballen zum Trocken lag, aber eigentlich sah sie es nicht, denn ihre Blicke gingen viel weiter.

Mit den Gedanken in der unendlichen Ferne musste sie abermals über Christians Worte nachdenken, der ihr vor Monaten gesagt hatte, dass dieser Tag kommen würde.

Eigentlich bereits vor vielen Jahren! Schon 1930 hatte er gesagt: Wer Hitler wählt, der bekommt den Krieg gleich mit dazu.

Damals hatte sie ihm nicht geglaubt, aber die Tatsachen hatten ihm recht gegeben.

Und jetzt überzog dieser Wahnsinnige aus Berlin den ganzen Kontinent mit einer blutigen Spur.

Fritz berichtete ihr zu Hause immer von den Siegesmeldungen. Im Westen und Norden zog die Armee durch fremde Länder und jetzt auch durch Russland!

„Das bricht ihm das Genick", bemerkte Christian und trat zu ihr.

„Wem?"

„Na diesem Österreicher! Schon Napoleon hat sich da so grundlegend verschätzt. Jeder, der Russland angreift, scheitert daran, muss scheitern. Weißt du, wie groß dieses Land ist? Du kannst wochenlang mit dem Zug fahren und bist immer noch nicht am anderen Ende!"

„Und was dann?", fragte sie zurück.

„Ich hoffe, dass der einsieht, dass es sinnlos ist und schnell einen Friedensschluss erreicht. Noch sind sie vermutlich überrascht, aber man sollte niemals einen schlafenden Bären wecken!", erklärte Christian, setzte sich auf die Bank neben dem Tor und stopfte sich sein Pfeifchen.

Genüsslich rauchend waren seine Augen ebenfalls sorgenvoll auf den östlichen Horizont gerichtet.

Sollte seine Vermutung zutreffen, und das würde vermutlich abermals der Fall sein, dann könnte ihnen nur Gott gnädig sein, wenn diese Armee im Osten unterlag, denn die Rache wäre mörderisch!

Und sie würde es hier als Erstes treffen!

„Mama, kannst du mir mal helfen?", rief ihre Tochter von drinnen.

Wie jedes achtjährige Mädchen war Sieglinde einfach nur von Pferden begeistert. Daher verbrachte sie sowieso schon jeden freien Moment im Stall, und Karola hatte ihr zum letzten Geburtstag auch noch ein Pony geschenkt, das sie abgöttisch liebte.

Gerade kam die Freundin auf ihrem Hengst angeritten. Sie sah stolz und schön aus, wie eine Amazone kurz vor der Schlacht, nichts konnte ihr etwas anhaben, aber diesen Kampf im Osten könnte selbst sie nicht gewinnen.

Das Gleichnis von Christian mit dem schlafenden Bären öffnete ihr im Moment nur noch mehr die Augen.

„Was meinst du da dazu?", fragte sie Karola und zeigte nach Osten.

„Was meinst du? Das Feld, oder diesen überflüssigen Feldzug?", entgegnete die Freundin, die sich vor ihr aus dem Sattel schwang.

Damit war eigentlich auch schon alles gesagt, denn auch Karola sah offenbar keinen Sinn darin.

„Mama!", rief Sieglinde von drinnen, jetzt schon deutlich fordernder.

„Die lieben Kleinen", äußerte Karola lächelnd.

„Ja und manchen Abend bekomme ich sie kaum noch aus dem Stallabteil!", seufzte sie als Antwort.

„Wie die Mutter, so die Tochter und jeden zieht es an den Ort zurück, wo er herkommt", antwortete Karola ihr schmunzelnd.

Die Anspielung der Freundin auf die Box, in welcher sie mit Peters Hilfe die Tochter vor Jahren gezeugt hatte, war unmissverständlich.

Jetzt musste sie sich allerdings beeilen, um das Mädchen ruhig zu stellen, das da drin wohl gerade mit ihrem Pferdchen beschäftigt war.

Sieglinde stand in der Box und flocht ihrem Pony soeben rote Bänder in die Mähne.

„Wobei kann ich dir helfen?", fragte sie und trat zu ihrer Tochter.

„Weißt du, wo mein Sattel ist?"

„In der Sattelkammer!", antwortete sie und trat zur Seite, um Karola durchzulassen, die ihren Hektor in die Nachbarbox bringen wollte.

„Ich würde auch mal gern wieder ausreiten, wie damals an dem kleinen See, weißt du noch?", fragte sie die Freundin.

„Wer hindert dich daran?", erwiderte Karola und setzte hinzu: „Christian passt auf deine Tochter auf und wir könnten ausreiten. Ich habe heute keine Termine mehr!"

Das klang viel zu verlockend, als dass sie diese Gelegenheit zum Abschalten ungenutzt verstreichen lassen würde.

Flugs war Hektor wieder gesattelt und sie führte Stella am Zügel aus dem Stall heraus.

Wenig später galoppierten sie auf den Pferden nebeneinander über die abgemähte Wiese zum kleinen See im Wald hinüber, wo sie sich eiligst die Sachen vom Körper streiften und danach in das kühle Nass sprangen.

Es war wirklich herrlich, den Tag so zu beginnen, aber die Arbeit auf dem nächsten Feld würde nicht mehr lange auf sich warten lassen.

Durch ihre erfolgreiche Zusammenarbeit war das ehemalige Gestüt mit dem kleinen Feld nebenan mittlerweile ein ziemlich großes Gut geworden, und das musste natürlich auch bewirtschaftet werden, aber das Bad im See streifte schnell alle Sorgen von ihr ab, wie sie sich zuvor von der Kleidung befreit hatte.

Nach ein paar entspannenden Runden im Wasser ruhten sie dann zum Trocknen nebeneinander auf der Wiese.

Karola lag neben ihr lang ausgestreckt auf dem Rücken, die Hände hinter dem Kopf verschränkt, und blickte zu den Wolken hinauf, während sie auf einem Grashalm kaute.

Abermals konnte sie keinen Blick von der Frau lassen, deren Gesichtszüge völlig entspannt waren.

Machte sich Karola wirklich keine Sorgen um diesen Krieg? Oder konnte sie das nur geschickt verbergen?

„Meinst du, es war klug, den russischen Bären zu wecken?", fragte sie die Freundin nach einer Weile.

Karola drehte ihr das Gesicht zu und entgegnete: „Nein! Ich halte es sogar für ausgesprochen dumm, wie den ganzen Krieg bisher! Gewalt ist doch nie eine adäquate Antwort auf irgendetwas. Oder? Sie hätten sich alle zusammen an einen Tisch setzen sollen, um darüber zu reden!"

„Männer!", seufzte sie noch und blickte ihr dabei tief in die Augen.

Karolas Mund schrie förmlich nach einem Kuss, und Isolde holte sich diesen sofort.

„Lass uns einfach für ein paar Minuten diesen ganzen Mist vergessen! Jetzt wecke ich erst mal deinen Bären!", stöhnte Karola auf, drückte sie zurück ins Gras und rollte sich über sie.

53. Kapitel

Sommerhitze

Der August des Jahres 1943 hatte begonnen und noch immer zog der Krieg über das Land! Am 24. Juli waren die alliierten Streitkräfte in Sizilien gelandet, Mussolini war verhaftet worden und nach dem Desaster von Stalingrad ging es an der Ostfront auch nur noch in Richtung Westen, aber all das war noch immer weit entfernt von dem Feld nördlich von Königsberg, auf dem Isolde jetzt auch schon wieder seit Stunden Kornbündel flocht.

Eigentlich hätte sie das nicht mehr machen müssen, denn Geld hatte sie mittlerweile genug, aber sie liebte diese Freiheit hier draußen und Fritz ließ sie ihr zum Glück.

Er hatte sie sogar dazu ermutigt, und es schien ihm zu gefallen, dass ihre Familie so ganz dem deutschen Leitbild von Blut und Boden entsprach: Sie stand auf dem Feld und arbeitete, während der Herr Sturmbannführer Heim und Herd verteidigte.

So ganz war das allerdings nicht die Wahrheit: Zwar arbeitete sie wirklich hart und im Schweiße ihres Angesichts, aber er saß wahrscheinlich nur in einem Büro und kämpfte mit Papier und Stift.

Das hatte er schon früher gut gekonnt, doch in seinem früheren Beruf ging es nur um Kisten in einem Kontor, jetzt war jeder Federstrich möglicherweise ein Menschenleben.

Isolde richtete sich ächzend auf, drückte ihren Rücken durch, strich sich mit dem Handrücken den Schweiß von der Stirn und ließ für einen Moment den Blick in die Runde gehen.

Die sonst hauptsächlich ukrainischen und polnischen Erntehelfer waren in diesem Jahr durch russische Kriegsgefangene ersetzt worden, die nur für Unterkunft und Verpflegung hier arbeiteten und das scheinbar auch gern taten, wenn man den Gesichtern und den Gesten vertrauen konnte.

Karola und Christian versuchten alles Mögliche, um es den Männern so leicht wie möglich zu machen und es war wohl für die zum größten Teil aus der Landwirtschaft stammenden Russen einfacher, und wohl auch schöner, mit den Händen Korn zu mähen, statt Maschinengewehre zu bedienen, um damit Menschenleben auszulöschen.

„Krieg kaputt!", war der am meisten von ihnen getätigte Ausspruch und das traf voll und ganz zu: Ja, der Krieg machte alles kaputt!

Es war drückend heiß und die Männer arbeiteten zum größten Teil mit freiem Oberkörper.

Sie selbst konnte sich das leider nicht erlauben und die paar Wachsoldaten waren da auch echt zu bedauern, die in voller Montur aufpassen mussten, dass ihnen keiner der Gefangenen entkam, was allerdings ziemlich absurd gewesen wäre, denn wo hätten die hingehen sollen?

Zurück in den Krieg, dem sie gerade erst entkommen waren? Das Leben verlassen, um den Tod zu suchen?

Da hätten sie sich auch gleich in die Sense stürzen können, denn das ging deutlich schneller!

Christian humpelte von der Seite auf das Feld und hatte einen großen Eimer dabei, aus dem er jedem Mann etwas zu trinken gab. Er konnte Russisch, Ukrainisch sowie Polnisch ziemlich gut und war damit hier der Dolmetscher für alle.

Die Soldaten wurden derweil von Karola aus einem Korb heraus mit Bier versorgt.

Einer der Männer in ihrer Nähe, der sich immer weit von der Sense entfernt aufhielt und daher mit ihr zusammen die Garben band, war vor dem Krieg Professor in einer Universität in Kiew gewesen.

Er sprach ein ganz gutes Deutsch und mitunter unterhielten sie sich, um sich von der Hitze abzulenken, aber ihr Wissen unterschied sich so gravierend, dass sie immer nach Themen suchen mussten, die sie beide irgendwie interessierten.

Mit Karola oder Hedwig hätte er vermutlich mehr Gesprächsstoff gefunden, denn sein Spezialgebiet waren die bedeutendsten Künstler der italienischen Hochrenaissance. Er konnte von Leonardo da Vinci, Donatello, Lorenzo de' Medici, Genua, Florenz und Venedig erzählen.

Hedwig war vor ewigen Zeiten in der Lagunenstadt gewesen, Karola ebenfalls, aber sie selbst hatte Ostpreußen noch nie verlassen und Gemäldesammlungen kannte sie nur von Hedwigs Elternhaus, doch die Beschreibungen der Bilder, die Igor ihr gegenüber erwähnte, waren etwas, womit sie etwas anfangen konnte.

Sonnenuntergänge und Herbstabende mochte sie ebenfalls, aber während sie abends mit Karola in den Waldsee springen konnte, war Igor dann mit seinen Kameraden in der Scheune eingeschlossen.

Darin war es dann, nach seinen Worten, selbst in der Nacht drückend heiß, denn die Sonne knallte den ganzen Tag auf das Dach.

Das hatte für Heu und Stroh durchaus auch einen Sinn und deswegen war dieses Gebäude vor Ewigkeiten auch genau so errichtet worden, aber für Lebewesen war es einfach kein Platz, an dem man sich lange aufhalten konnte.

Igor litt vermutlich ganz besonders unter der Hitze, wobei der Herbst, mit seiner Abkühlung, schon in zwei Monaten kam!

Und mit ihm die Ernte auf dem Obstfeld sowie der Apfelplantage, und auch da gab es für viele fleißige Hände eine Menge zu tun!

„Feierabend!", rief jemand von hinten über das Feld.

Sie richtete sich auf und blickte über die Schulter zurück. Es war Christian, der das in mehreren Sprachen wiederholte, und hinter ihm war schon Karola zu sehen, die auf Ajax aus dem Stall ritt.

Der schneeweiße Hengst war ein Sohn von Hektor, der vor einem Jahr gestorben war, und jetzt der ganze Stolz seiner Besitzerin.

Ajax war noch nicht ganz so groß, wie sein Vater, aber er wuchs ja noch, und würde irgendwann mal ein prächtiges Streitross sein, mit einer Amazonenkönigin obendrauf.

„Isolde, kommst du mit baden?", rief Karola ihr zu.

„Ich würde auch gern mal baden", seufzte Igor hinter ihr.

Karola ritt neben sie und sie blickte zu ihr auf.

Konnte man den Männern nicht auch irgendeine Abkühlung bringen?

„Sage mal, Karola, wir haben doch den Düngerhänger mit der Sprühanlage im Lagerhaus stehen. Oder?"

„Ja, warum?", fragte die Freundin von oben.

„Wenn man den mit Wasser füllt und den Spengler anstellt, dann könnten sich die Männer nach der Hitze etwas abkühlen!", gab sie der Freundin zurück und streichelte die Nase des Hengstes.

„Gute Idee! Dass ich da nicht selbst darauf gekommen bin!", entgegnete Karola, wendete den Schimmel und ritt zum Stall zurück.

Wenig später schoben sie, zusammen mit ein paar der Soldaten, den Hänger so, dass die nackten Erntehelfer vor der Scheune unter strenger und völlig sinnloser Bewachung eine Erfrischung bekommen konnten.

Und zum Schluss blieb auch noch eine Dusche für die Soldaten übrig, bevor sie auf ihrer Stute zusammen mit Karola und Ajax zum See ritten.

54. Kapitel

Geld ist nicht alles

In diesem Juli war der Sommer in Königsberg ganz besonders heiß, es war das Jahr 1944 und die Stadt momentan vermutlich der friedlichste Platz auf der ganzen Welt, denn ringsum tobte der Krieg und hier schlenderten die Menschen durch den Park.

Das Radio verkündete zwar die schrecklichen Nachrichten aus den anderen Teilen des Reiches, wie aus einer fernen Welt, und in den Tageszeitungen konnte man davon lesen, wie die britischen Bomber Hamburg, Köln, Berlin und Essen in Schutt und Asche legten, doch hier war Frieden.

Überall herrschte der Tod, aber in Königsberg feierte man das Leben. Auf den Terrassen des Café Schwermer saßen ausgelassen schlemmende Menschen. Einst hatte Karl dort als Oberkellner gearbeitet und sie oft mit Baumkuchen, gigantischen Eisbechern oder anderen Leckereien bewirtet.

Im Buchhaus lud der Verlag Gräfe und Unzer zum ausgiebigen Stöbern ein und so manches Märchenbuch für ihre oder Hedwigs Kinder hatte sie dort bereits gefunden.

Manchmal lief sie an einem lauen Sommerabend mit Karola um den Schloss- oder Oberteich, wo es lauschige Plätze zum Verweilen gab. Küsse auf einer Bank am Teich schmeckten einfach nur himmlisch und die Konzerte in der Ostpreußenhalle waren einfach sagenhaft.

Von all diesen Zerstreuungen hatte ihr Hedwig damals in ihrer Jugend immer vorgeschwärmt, und jetzt war sie selbst dort.

Seit einem halben Jahr wohnte sie mit Fritz und den Kindern bereits in einer neuen Wohnung in Königsbergs luxuriösesten Stadtviertel, dem Kneiphof, welches zwischen Dom und Schloss lag, und das Gymnasium für ihre beiden Kinder befand sich nur ein paar hundert Meter von der Haustür entfernt.

Zwar lebte sie noch immer die meiste Zeit bei Karola im Gestüt, aber die Freundin war jetzt auch oft mit in ihrer Wohnung, in der sie sogar ein eigenes Gästezimmer hatte und Fritz duldete dies sogar.

Dieses Heim war ein Traum und in seiner schieren Größe einfach überwältigend. Einst gehörte es einem jüdischen Professor, der jetzt hoffentlich unbeschadet irgendwo im Ausland lebte.

Die Ausstattung dieser Räume war ebenfalls auserlesen, und die Gemälde an den Wänden hätten sicherlich auch bei Direktor Kaufmann einen guten Platz gefunden.

Egal, was es kostete, Fritz hatte so seine guten Beziehungen und dem Herr Obersturmbannführer konnte sowieso keiner etwas abschlagen, ohne es danach bitter zu bereuen.

Sie selbst hatte diese Erfahrung nur zu oft machen müssen und dass er jetzt bei der Waffen-SS war, sorgte auch nicht dafür, dass es damit für sie leichter wurde.

Gerfried und Sieglinde liebten diese Räume ebenfalls und das nicht nur, weil schon allein das Bad hier größer war als ihre gesamte alte Wohnung!

Fritz erfüllte seinem Sohn praktisch jeden Wunsch, sie und Sieglinde duldete er zumindest in seiner Nähe, was ihr nur zu gelegen kam, denn jeder Moment ohne ihn war ein guter Augenblick.

Und die Ablehnung seiner Tochter gegenüber brachte sie jetzt immer näher an Sieglinde heran, wobei ihre Beziehung zu der Elfjährigen ja sowieso bestens war, denn die Tochter hatte jetzt ihr eigenes Pferd und war damit täglich mit ihr im Stall, zumindest in den Ferien.

Doch heute war kein Tag für das Gestüt, sondern einer zum Feiern für sie, Sieglinde und Karola, denn die evangelische Albertus-Universität beging mit viel Aufwand ihr 400-jähriges Bestehen und da Karola eine der Gönnerinnen dieser Hochschule war, hatten sie natürlich auch drei der heißbegehrten Einladungen für diese Feierlichkeit bekommen.

Vor ein paar Jahren wäre das noch nicht einmal in ihren kühnsten Träumen vorgekommen, dass sie in einer feinen und fast fürstlichen Robe auf hohe Empfänge zu Bällen oder Konzerten ging, aber die Zeiten hatten sich geändert.

Einst war sie vom Bauernhof geflohen und hatte sich ein paar Münzen mit Botengängen hinzuverdienen müssen, jetzt lebte sie mit mehr Geld, als sie auch nur ausgeben konnte.

Bei ihrer Freundin Hedwig hingegen war es irgendwie andersherum, allerdings machte diese sich nichts aus den Geldscheinen, die sie ihr mitunter geben wollte, denn sie hatte alles, was sie brauchte.

Die Liebe zu Karl ließ sie noch immer strahlen, wobei da jetzt ein kleiner Wermutstropfen im Kelch war, denn ihre Versuche, ohne blaue Flecken, bei Fritz danach zu ersuchen, dass Karl vom Wehrdienst befreit würde, hatten letztendlich in diesem Jahr nicht mehr genügt.

Der Freund war im Mai eingezogen worden, aber mit viel Schmeicheleien und ein paar Mark hatte sie mit Karolas Hilfe schließlich dafür gesorgt, dass er in der Nähe geblieben war und nicht irgendwo in Russland kämpfen musste.

In einem wundervollen Traum aus Seide drehte sie sich vor dem Spiegel in ihrer Stube und wartete auf ihre beiden Begleiterinnen dieses Abends.

Sieglinde war die nächste, die zu ihr trat, und auch ihre Kleidung war der feierlichen Gelegenheit angemessen gewählt.

Mit jedem Tag wurde sie ihrem Vater ähnlicher, und dieser Anblick schmerzte sie immer mehr, denn Peter galt seit dem letzten Herbst als vermisst. Irgendwo in Russland war er verschollen und sie hoffte, dass er nur verletzt in die Gefangenschaft gegangen war.

Versonnen strich sie ihrer Tochter übers Haar.

Gerfried war bereits losgegangen, um mit seinem Freund Reinhold etwas zu unternehmen. Es war wirklich schön, wie Hedwigs einige Jahre älterer Sohn sich um Gerfried kümmerte, aber die beiden Jungs waren ja auch praktisch wie Brüder zusammen aufgewachsen.

Damit fehlte jetzt eigentlich nur noch Karola, die bestimmt schon über eine Stunde im Bad steckte, aber so lange konnte das doch bei den kurzen Haaren eigentlich nicht dauern!

Oder war es dem Umstand geschuldet, dass Karola heute ausnahmsweise mal ein Kleid gewählt hatte?

Sonst trug sie meist nur Hosen, doch diesem feierlichen Anlass entsprechend hatte sie sich ein wirklich schönes Gewand ausgesucht, zumindest hatte es diesen Eindruck auf dem Kleiderbügel gemacht.

Doch was die Freundin da gerade im Badezimmer trieb, war ihr unverständlich, und Unruhe machte sich langsam in ihr breit.

„Wo bleibt nur Tante Karola?", fragte jetzt auch Sieglinde.

„Ich gehe mal schauen, was die da so macht!", antwortete sie und lief zum Bad hinüber, schob die Tür beherzt auf und erblickte eine völlig aufgelöste Karola vor sich, die mit Stoffbahnen kämpfte.

Die sonst so sieggewohnte Amazone hatte ihren Meister gefunden!

Die Freundin blickte sie völlig verzweifelt an.

„Warum sagst du denn nichts!", äußerte sie und rief: „Sieglinde!"

Die Tochter kam gelaufen und zu dritt brachten sie Karola dann in ihr Kleid.

Fast pünktlich und durchaus vorzeigbar kamen sie dann letztlich doch noch aus dem Haus!

55. Kapitel

In Schutt und Asche!

Es war Mittwoch, der 30. August 1944, irgendwann gegen Mittag, und Hedwig krabbelte aus ihrem Keller zum Tageslicht hinauf. Seit dem Abend zuvor hatte sie mit den Kindern in dem ehemaligen Eiskeller tief unter der Erde ausgeharrt, doch jetzt zog die Ungewissheit sie hinauf.

Sie bewegte sich die letzten paar Schritte sehr vorsichtig durch den Flur, dann schob sie die Haustür langsam auf und der sich ihr dahinter bietende Anblick war apokalyptisch: Rauchsäulen standen über der Altstadt und es schien so, als würde alles jenseits des Pregel noch immer in Flammen stehen.

Irgendeine Bewegung hinter ihr ließ sie erschrocken herumfahren, Rena tauchte in der offenen Kellertür auf und wollte dem Anschein nach wohl ebenfalls ihre Neugier stillen.

„Bleib unten bei deinen Geschwistern, verdammt noch mal!", fuhr sie die Dreizehnjährige unwirsch an.

Die Tochter zuckte zusammen und verschwand danach sofort wieder in der Tiefe.

Hedwig drehte sich zur Ausgangstür um und blickte abermals entsetzt nach Norden.

Die Stadt, die am Morgen des Tages zuvor noch so friedlich vor ihr gelegen hatte, war dem Krieg nicht entkommen, wie es viele vielleicht in der trügerischen Zeit der Ruhe gehofft hatten.

Am Anfang dieses Krieges, im Juni 1941, hatten die russischen Flieger die Stadt nur ein paar Mal mit Bomben angegriffen und dabei kaum Schaden angerichtet, danach war hier drei lange Jahre kein einziger Schuss mehr gefallen, doch in der Nacht vom letzten Samstag zum Sonntag waren es dann, nach den Meldungen aus dem Radio, britische Flugzeuge gewesen, die überraschend angegriffen und dabei die Bewohner völlig unvorbereitet erwischt hatten.

Jeder hatte die aus den Nachrichten bekannten Bomberverbände, die das westliche Reichsgebiet bereits seit Jahren mit Bombenteppichen überzogen, weit entfernt gewähnt, doch offenbar waren sie über die Ostsee im Schutze der Dunkelheit jetzt auch hierhergekommen.

Nach diesem ersten Angriff, der die nördliche Vorstadt um das Viertel Maraunenhof getroffen hatte, hatten sie vorsorglich alles in den tiefen Vorratskeller geschafft, was sie brauchen würden und als dann am vergangenen Abend die Sirenen sie alarmiert hatten, waren sie sofort alle zusammen unter der Erde verschwunden.

Momentan sah sie, welches Glück sie damit hatten, dass sich dieser mittelalterliche Eiskeller so unglaublich tief unter dem Haus befand.

Ungezählte Stunden lang hatten sie das Dröhnen und die Explosionen gehört und sie hatte alle Mühe gehabt, die Kinder zu beruhigen, wobei sie dabei doch selbst solch eine unbeschreibliche Höllenangst in sich verspürt hatte.

Nur mit der Unterstützung der Älteren hatte sie die Kinder dann mit Spielen und Gesängen einigermaßen von dem Grauen ablenken können, doch jetzt schlotterten ihr bei diesem Anblick die Knie, denn das da direkt vor ihr war Sodom und Gomorrha unter der Geißel Gottes!

»Feuer und Schwefel fallen vom Himmel«, hieß es in der Bibel, aber bei ihnen war es wohl Phosphor gewesen!

Sie hatte in der Zeitung von den Angriffswellen vom 24. Juli bis zum 3. August des letzten Jahres auf Hamburg gelesen und hier war es wohl ähnlich.

Offensichtlich hatten die Bomber der Royal Air Force auch über Königsberg mit Phosphor gefüllte Stabbrandbomben und Sprengbomben in immenser Menge abgeworfen und jetzt ging ihr

Blick von links nach rechts über das grausige Bild, das diese Sprengkörper angerichtet hatten.

Die Stadtteile Löbenicht und Kneiphof waren offenbar ausradiert, und sie betete dafür, dass Isolde nicht in ihrer Wohnung übernachtet hatte.

Ihre beiden Kinder hatte die Freundin zum Glück am Nachmittag bei ihr abgegeben, denn ihr Heim im Kneiphofviertel wäre jetzt vermutlich nicht mehr zu finden.

Auch die meisten Gebäude südlich des Pregel waren getroffen, wobei aber hier scheinbar noch einige mehr standen, als nördlich des Flusses, obwohl sich der Bahnhof ebenfalls auf dieser Seite befand, aber vermutlich hatte man es auf die Garnison abgesehen, die sich da ostwärts neben dem Schloss befunden hatte.

Der Dom, das Schloss und ihr Elternhaus waren sicherlich auch nicht mehr vorhanden, aber der dichte Rauch verbarg noch immer das ganze Ausmaß der Zerstörung.

Abermals ließ ein Geräusch hinter ihr sie herumfahren.

„Herrgott nochmal", fluchte sie und setzte laut hinzu: „Bleibt in dem verdammten Kellerloch!"

Sieglinde tauchte dennoch aus der Dunkelheit auf.

Irgendwie waren die Jungs wohl gerade verständiger als die Mädchen!

„Das sieht ja fürchterlich aus!", stieß die Elfjährige aus und trat trotz ihrer Abwehr neben sie.

Für einen Moment blickten sie gemeinsam die ehemalige und so vertraute, doch jetzt völlig verwüstete Straße entlang, bevor sie das Mädchen dann mit sich nach unten ziehen wollte, als eine mit Ruß bedeckte Frau auf sie zu wankte.

„Mama!", schrie Sieglinde auf.

Sie selbst brauchte einen Moment länger, um in dieser verschmutzten Gestalt ihre Freundin zu erkennen.

„Gott sei Dank, ihr seid unverletzt. Und die Anderen?", rief Isolde aus und rannte auf sie zu.

„Wir waren unten und uns geht es allen gut", entgegnete sie der Freundin und umarmte sie.

Danach zog die Freundin ihre Tochter an die Brust und sie gingen in den Hausflur zurück.

Sie schickten das Mädchen nach unten vor und Isolde nahm einen Schluck Wasser aus einer Flasche, dann erzählte sie: „Ich habe euch gesucht. Es war schwierig, bis hierher zu kommen, weil der Qualm so dicht ist! Sämtliche Kirchen in der Innenstadt, die alte und die neue Universität sowie das Speicherviertel liegen in Trümmern! Vom Schloss habe ich nur noch ein paar Mauerreste gesehen!"

„Gehst du nach unten zu den Kindern? Ich würde mal nach meiner Wohnung schauen wollen!", sagte sie und zeigte auf die Kellertür.

Isolde nickte, kletterte hinab und sie stieg vorsichtig die Treppe aufwärts.

Herberts völlig zerfetzter Teddybär war der erste Gegenstand, den sie oben erblickte.

Der Sechsjährige hatte sein geliebtes Stofftier beim überhasteten Aufbruch in den Keller verloren, aber sie würde die Reste jetzt lieber schnell verschwinden lassen, denn in dieser Form würde der Bär den Jungen nur ängstigen.

Zum Glück hatte es nur das Spielzeugtier erwischt und der Rest ihrer Familie, einschließlich der Katze, war im Keller unverletzt geblieben.

Die Wohnung allerdings glich einem Trümmerfeld!

Das Glas sämtlicher Scheiben war überall verteilt, Splitter steckten in einer Wand und die Druckwellen der Explosionen hatten den Inhalt des Kleiderschrankes über das gesamte Schlafzimmer verteilt. Hier war wohl nur noch wenig zu retten!

Sie entsorgte den zerfetzten Plüschbären, raffte den noch brauchbaren Rest ihres Besitzes in ein paar Taschen und stieg damit wieder in den Keller hinab.

„Und?", fragte Isolde.

Wortlos schüttelte sie den Kopf, denn alles, was sie jetzt sagen würde, das würde den Kindern die Angst nur noch tiefer ins Gebein drücken.

Das hier unten würde wohl für eine ziemlich lange Zeit ihre Unterkunft bleiben, im Licht der beiden stinkenden Petroleumlampen und mit Wasser aus dem Eimer, aber wenigstens bombensicher!

Keiner hier hatte solch einen tiefen Keller!

56. Kapitel

Hinaus aufs Land!

Mehr Glück, als alles andere, war es gewesen, dass sie zuerst das Desaster überlebt und dann auch noch ihre beiden Kinder wohlbehalten und unversehrt vorgefunden hatte.

Momentan hockte Isolde tief unter der Erde in einem improvisierten Bunker und hielt ihre Kinder fest umklammert.

Eigentlich hatte sie am vergangenen Abend einen vornehmen Ball besuchen wollen und daher ihre Kinder zum Schlafen bei Hedwig abgegeben, doch dann hatte Christian Karola kurz vor dem Aufbruch dorthin telefonisch informiert, dass eines der Pferde eine Kolik bekommen hatte.

Zusammen mit der Freundin war sie dann Hals über Kopf, bereits in der Ballkleidung, aufgebrochen und im Cabriolet zum Gestüt gejagt.

Auf dem Platz vor dem Stallgebäude, praktisch beim Aussteigen aus dem Auto, waren hinter ihnen in der Stadt die Sirenen losgegangen.

Am liebsten wäre sie sofort wieder zurückgerast, doch Karola hatte sie einfach festgehalten, bis dann die ersten Explosionen zu hören gewesen waren.

Das Anwesen lag weit im Norden, in völliger Dunkelheit, und nicht ein einziges Flugzeug hatte sich auch nur annähernd für das Landgut interessiert, nur das Dröhnen der an- und abfliegenden Bomber über ihnen war zu hören gewesen, dann hatte der ganze südliche Horizont rot geleuchtet.

Karola hatte sie mit einem dicken Strick an einem Balken festgebunden, weil sie wohl deutlich gesehen hatte, dass sie sonst wider aller Vernunft sofort wieder nach Königsberg geeilt wäre.

Heulend, schreiend und am Seil ziehend, hatte sie dort die ganze Nacht gestanden.

Es war die reinste Folter gewesen, mit diesem Bild des Grauens vor sich, und diese Glut der Hölle hatte sich dabei tief in ihr Bewusstsein eingebrannt.

Mit der Morgensonne war sie zusammengebrochen und hatte nur noch wie betäubt in dieser Fessel gehangen, bis Karola sie dann endlich davon erlöst hatte.

Sie hatte die Freundin dafür verflucht und angeschrien, aber Karola hatte es nur aus Liebe gemacht.

Schließlich war sie losgerannt und dann durch die noch immer brennende Stadt gelaufen, um einen Übergang über den Pregel zu finden, und sich von dort aus bis zum Haberberg durchzuschlagen.

Es waren nicht einmal zweitausend Meter von der Brücke bis zu Hedwigs Laden, und sie war jeden Schritt davon bereits hunderte Mal gelaufen, aber diese heute dort gesehenen Bilder der fast völligen Verwüstung würden sicherlich nie wieder aus ihrem Kopf gehen.

Von manchem so gut bekannten Haus stand kein Stein mehr aufrecht. Die altbekannten und so oft gegangenen Wege waren Gassen wie aus einer fürchterlichen Schauergeschichte.

Fast drei Stunden war sie durch das ausgebombte Königsberg geirrt und bei jedem Schritt hatte sie gebetet, dass Hedwigs Haus, mit ihren Kindern darin, nicht auch solch eine qualmende Ruine sein würde.

„Bis du ein Schornsteinfeger?", fragte Herbert sie jetzt.

Der Sechsjährige kannte sie eigentlich sehr gut und daher schaute sie in den Wassereimer, doch der Junge hatte wohl recht, denn ihr Gesicht war schwarz vom Ruß.

„Wasch dich da drüben in der Schüssel", erklärte Hedwig und gab ihr ein Stück Seife.

Sie kniete sich vor die Schüssel, Sieglinde hielt ihr das Tuch hin und wich ihr ängstlich nicht mehr von der Seite.

Es dauerte eine geraume Weile, bis das Wasser nicht mehr schwarz war und sie sich endlich abtrocknen konnte.

Jetzt erst hatte sie die Gelegenheit, sich hier genauer umzusehen.

Es schien eine mittelalterliche Gruft zu sein, denn so wirkte dieser Raum momentan auf sie, mit einem dunklen gemauerten Gewölbe, wohl fünfhundert Jahre alt oder sogar noch älter, und es war ziemlich kalt hier unten.

Oben war es ein heißer Augusttag, der durch die Hitze der Brände noch drückender und stickiger geworden war, hier unten herrschten wohl das ganze Jahr über konstant fünf Grad!

Das war schließlich einst vom Erbauer so beabsichtigt gewesen, aber nicht wirklich der Ort, an dem kleine Kinder längere Zeit unbeschadet sitzen konnten.

Elisabeth hatte sich drei Decken um den schmalen Leib geschlungen und ihren kleinen Bruder Günter an sich gepresst, und beide zitterten.

Und dieses Dämmerlicht der zwei rußenden sowie stinkenden Petroleumlampen sorgte sicherlich auch nicht für eine Aufmunterung der Kinder!

Hier unten waren sie zwar körperlich in Sicherheit, aber das würden sie seelisch und gesundheitlich nur wenige Tage aushalten!

Von überall aus diesem finsteren Raum heraus starrten sie unheimlich große und angstvolle Kinderaugen an, aber der Kontrast dazu war, wie Rena, Reinhold und Monika scheinbar souverän die Situation im Griff hatten.

Zwar war auch den drei ältesten von Hedwigs Kindern die Angst anzumerken, aber sie versuchten diese für ihre jüngeren Geschwister zu überspielen.

Rena wiegte ihre Schwester Franziska in den Armen und sang ihr ein leises Schlaflied dabei. Die Zweijährige wusste wohl noch nicht, was das alles zu bedeuten hatte, aber die Furcht war auch in ihren Augen zu erblicken.

„Ihr müsst hier raus!", sagte sie zu Hedwig, als sie zu der Freundin trat.

„Ja, eigentlich ja, aber hier unten sind wir sicher!", gab diese ihr unschlüssig zurück.

„Bei Karola auf dem Gestüt auch! Das liegt weit außerhalb des Stadtgebietes!"

Hedwig nickte zögerlich und sagte dann: „Ich gehe mal nach oben und schaue nach dem LKW. Eventuell hat der es noch halbwegs unversehrt überstanden, der stand ja hinter dem Haus im Hof!"

Sie nickten sich beide zu und die Freundin stieg nach oben.

„Packt mal alles zusammen, was wir mitnehmen wollen!", erklärte sie Reinhold und Monika.

Die beiden Kinder machten sich sofort an ihr Werk und hatten alles in Taschen gesteckt, als Hedwig wieder nach unten kam.

„Der Wagen hat zwar einiges abbekommen, aber bis zu Karola bringt er uns bestimmt noch", erklärte sie und gemeinsam stiegen alle nach oben.

Im Hausflur warteten sie, bis Hedwig das klappernde Gefährt vor die Tür gebracht hatte.

Der einst so wunderschöne und noch gar nicht mal so alte Opel Blitz sah aus, als ob er vom Schrottplatz stammte! Der Lack war abgebrannt und das Glas der Scheiben fehlte. Das Fahrerhaus war an einer Seite eingebeult und der Motor lief auch nicht mehr richtig rund.

„Wir sollten aus dem Laden mitnehmen, was wir tragen können und der Wagen fasst!", erklärte Hedwig und schließlich packten sie alles auf die Ladefläche und in den Wagen: zwei Erwachsene, elf Kinder, Verpflegung und den Rest von dem, was noch von Hedwigs Besitz übrig geblieben war.

„Wir sollten Karl noch eine Nachricht hinterlassen, wo er uns finden kann!", erklärte sie der Freundin.

„Gute Idee, ich suche Papier und Stift", antwortete Hedwig.

„Lass das, Monika, du wolltest doch schon immer mal die Wand beschmieren. Oder?", fragte Isolde das Mädchen.

Monika nickte vorsichtig.

„Hier sind Farbe und Pinsel. Schreibe mal: »Lieber Papa, wir sind alle bei Karola« groß auf die Wand neben der Tür!", erklärte sie dem Mädchen und drückte ihr die Farbendose in die Hand.

Der schwarze Schriftzug an der Hauswand blieb hinter ihnen zurück, als der Lastwagen sich langsam und rüttelnd in Bewegung setzte und danach durch die kaum noch zu erahnenden Gassen nach Norden tuckerte.

Mit ganz viel Glück würde er die Strecke überstehen und sie bis zu Karola bringen können.

Die Angst steckte jetzt deutlich in den Kindern, die dieses Ruinenfeld momentan mit eigenen Augen sahen.

Ungläubige Blicke waren es, denn nur einen Tag zuvor war da überall noch Leben und Frieden, jetzt lag hier der Schlund zur Hölle!

„Da war Ilonas Eisdiele!", sagte Rena plötzlich laut und zeigte auf eine Mauerwand, die als einziger Rest noch vom Lieblingscafé des Mädchens stand.

Isolde stimmte ein Lied zur Ablenkung an, und das fast völlig zerstörte Königsberg blieb dabei langsam hinter ihnen zurück, aber die Furcht fuhr mit ihnen mit.

57. Kapitel

Das Leben muss weitergehen ...

Der noch kein Jahr alte Opel Blitz hatte sie gerade noch so bis zu Karolas Gestüt gebracht, bevor er dann direkt neben der Eingangstür des Hauses buchstäblich auseinandergefallen war.

Da lag er jetzt, als ein Haufen von Schrott, und selbst Christian, der nach Isoldes Worten sonst eigentlich alles reparieren konnte, hatte nur bedauernd mit dem Kopf geschüttelt.

Der bis vor ein paar Tagen noch himmelblaue Lastkraftwagen war ein Geschenk der Freundin zum letzten Hochzeitstag gewesen, aber jetzt war er nur noch ein kläglicher Überrest.

Es war Samstag, sie lebten bereits seit einigen Tagen in zwei schnell leer gemachten Stallabteilen des Gestütes und Isolde hatte mit ihrer Einschätzung im Keller selbstverständlich den Punkt getroffen, denn für die Kinder war es das Abenteuer schlechthin: Schlafen im Stroh, mit Pferden nebenan und einem Pony.

Diese Ablenkung heilte langsam die unsichtbaren Narben jener furchtbaren Nacht.

In den Stallungen hatte Sieglinde sofort die Führung übernommen, denn das Mädchen kannte hier schon seit Jahren jede Tür, sämtliche Räume und jedes nur erdenkliche Versteck in dem großen Gebäude und drum herum.

Die größeren Kinder ließen sie vermutlich einfach nur gewähren und kümmerten sich um ihre eigenen Angelegenheiten, während der Tross der Kleineren durch die Gänge flitzte und den unmöglichsten Blödsinn anstellten, aber keiner schritt dagegen ein, denn alle waren froh, dass diese elf Kinder hier einen Platz zum Abschalten gefunden hatten.

Alle mussten zur Ruhe kommen und manchmal ging das eben nur mit Toben.

Hedwig verließ den Stall, trat an die Tür und blickte auf die freie Fläche hinaus.

Neben dem zerbeulten Schrottauto stand Rena an einem Baum gelehnt und schaute nach Süden. Ihre Gedanken waren auch auf fünfzig Meter Entfernung deutlich in ihrer Körperhaltung zu lesen, Angst und Zweifel lagen darin.

Sie schlenderte zu ihrer Tochter hinüber, stellte sich neben sie und legte ihr schützend den Arm um die Schultern.

„Ich wollte da in zwei Wochen meinen 14. Geburtstag feiern. Tante Isolde hatte uns ihre Wohnung für ein großes Fest zugesagt, und alle meine Freundinnen aus der Schule wollten kommen. Maria, Gundel, Ilona und Katharina. Meinst du, es geht ihnen gut? Da steht ja nichts mehr. Oder?", fragte Rena sie.

Was sagte man da? Wer konnte da die Toten zählen?

Es mussten tausende sein und sie hatten doch beide dieses Trümmerfeld gesehen, als sie mit dem Opel Blitz durch die Gassen geruckelt waren.

Das war Tage her, aber selbst jetzt stand noch dichter Qualm über der ehemaligen Perle an der Ostsee.

„Ich denke, sie waren sicherlich alle in einem Bunker, wie wir. Deinen Freundinnen geht es bestimmt gut!"

Isolde trat mit Kopftuch und Gummistiefeln aus dem Stall, wischte sich mit der Hand über die Stirn und kam dann zu ihnen herüber.

„Was machen die Kleinen?", fragte Rena, jetzt wieder ganz die souveräne große Schwester.

„Die spielen mit dem Pony", gab ihr Isolde zurück.

Hinter ihnen war mit einem Mal Motorenlärm zu hören, und alle drei drehten sich dorthin um.

LKWs in Tarnfarbe mit Anhängern fuhren hinter dem Gestüt auf ein Feld und verteilten sich dort.

„Die Herren der Luftabwehr sind ja auch noch da. Wo waren die eigentlich in den beiden Nächten gewesen? Jetzt kommt da sicher kein Flugzeug mehr, denn das lohnt den weiten Weg nicht!", kommentierte Isolde sarkastisch den Aufbau der leichten Flak direkt in dem abgeernteten Stoppelfeld.

Befehle wurden gebrüllt, Männer wuselten umher und wenig später zeigten die Rohre der 8,8-cm-Kanonen drohend und dennoch völlig nutzlos in den blauen Sommerhimmel.

Karola trat ebenfalls aus dem Stallgebäude, sah die Geschütze und kratzte sich am Kopf, danach ging sie mit eiligen Schritten auf die Männer zu und fuchtelte dabei wie wild mit den Armen herum.

Jetzt liefen auch sie zu dritt der Freundin hinterher, aber sie hörten diese schon aus einiger Entfernung laut schimpfen.

Als sie Karola erreicht hatte, diskutierte die Frau gerade mit einem Offizier darüber, ob man die Geschütze nicht noch einen oder zwei Kilometer weiter entfernt aufstellen könnte, denn das Geräusch der Abschüsse würde nur die Tiere verrückt machen.

Pferdeverstand diskutierte hier gerade mit taktischem Kalkül über den besten Platz für eine Luftverteidigung, doch das Wohl der Tiere stand da hinten an und verlor schließlich gegen den Befehl der Männer.

Letztlich mussten sie die sich immer weiter aufregende Freundin mit vereinten Kräften in das Stallgebäude zerren, um die Kontrahenten zu trennen, bevor die Gewalt eskalieren würde.

Karola verschwand danach schmollend in der Box ihres Hengstes Ajax, in der sie wohl ihren Trotz erst mal mit dem Pferd ausdiskutieren würde, aber Ajax widersprach ihr wenigstens nicht.

Währenddessen musste das Leben irgendwie weitergehen.

Rena und sie kümmerten sich in der Küche um die Verpflegung für die jetzt sehr viel größere Menge an Menschen in dem sonst eher wenig bewohnten Gestüt, und erst der Geruch von gebratenem Fisch lockte die mit ihrem Schicksal und der Armee hadernde Karola wieder aus dem Stallabteil.

Aber ihr Groll war wohl noch immer nicht verraucht, denn als alle am Tisch saßen, blickte Karola Isolde an und fragte: „Kannst du nicht mal deinen Mann anrufen? Vielleicht zieht er die Dinger da draußen wieder ab?"

„Der Herr Obersturmbannführer wird dir was husten! Der stellt dir höchstens noch eine Panzerabteilung daneben!", erwiderte die Freundin ihr.

„Hast du gesehen? An einem der Geschütze standen ein paar Jungs, die nicht viel älter als Reinhold waren", bemerkte jetzt Rena von der anderen Seite.

Die deutliche Gesichtsfarbe der Tochter ließ gerade einen seltsamen Verdacht in ihr aufkommen.

„Junges Fräulein! Lass die Jungs in Ruhe! Du bist noch nicht mal vierzehn!", fuhr sie ihre Tochter an und drohte mit der Schöpfkelle.

„Ich sage ja nur", entgegnete Rena kleinlaut und zog den Kopf schützend zwischen die Schultern.

„Die Dinger da draußen müssen wirklich wieder fort! Unsere Pferdebox hat nämlich keine richtig verschließbare Tür!", seufzte Hedwig und kümmerte sich wieder um ihren Topf.

„Nicht mal ein bisschen Spaß darf man hier haben! Sonst bin ich am Samstag immer ins Kino oder zur Eisdiele gegangen", beklagte sich Rena jetzt.

Das alles gab es jetzt wirklich nicht mehr und für das Mädchen, das gerade angefangen hatte, all das zu finden, was das Leben so schön machen konnte, war es wohl die größte Herausforderung, gegenwärtig auch schon wieder darauf verzichten zu müssen.

Die Kleinen hatten das Pony, die beiden Jungs die Soldaten draußen und nur Rena zog wieder einmal den Kürzeren!

„Eventuell kann da der Herr Obersturmbannführer helfen", erklärte Isolde von links und leckte den Löffel ab.

Alle sahen sie fragend an, bis sie fortsetzte: „Soldaten, Truppenunterhaltung, Kino! Wir könnten ein Bettlaken zwischen die

Bäume spannen und uns heute Abend einen Film holen. Was meint ihr?"

„Sehr gute Idee! Was haltet ihr von Münchhausen mit Hans Albers? Da hat die ganze Familie etwas davon?", setzte Karola noch hinzu.

„Na, dann haben jetzt alle was zu tun! Ich rufe an, ihr organisiert den Aufbau und eventuell sind ja auch ein paar der Jungs für den Film zu begeistern", fasste Isolde zusammen und zwinkerte dabei Rena zu, deren Gesichtsfarbe dabei noch ein klein wenig dunkler wurde.

Sie würde jetzt ein Auge auf die Tochter haben müssen, doch mit dieser Idee hatte jeder seine Aufgabe und alle freuten sich auf die Ablenkung.

Und als dann am Abend der Baron auf seiner Kanonenkugel über das Bettlaken flog, da dachte mal für ein paar Stunden keiner daran, dass hinter ihnen ein paar richtige Kanonen standen und es Krieg war.

Das Leben fand seinen Weg und musste einfach weitergehen!

58. Kapitel

In der Falle!

Der November hatte begonnen und seit Wochen war es bereits kalt. In diesem Jahr zog der Winter besonders früh über das Land und zu allem Übel mit dem bescheidenen Wetter kam noch hinzu, dass die Russen nur noch knapp hundert Kilometer entfernt standen!

Südlich von Gumbinnen waren sie durchgebrochen und bis Königsberg waren das nicht einmal mehr zwei Stunden für einen der schnellen russischen T-34!

Zwar stand die 8,8-cm-Flakbatterie noch immer hinter dem Gestüt, aber ein Gefecht zwischen Panzern und Geschützen würde zwangsläufig alles hier dem Erdboden gleich machen!

Vorsorglich hatten sie bereits im September zusammen mit den Soldaten Gräben und Unterstände hinter dem Stallgebäude ausgehoben, denn jetzt wäre das unmöglich, so hart war die Erde bereits gefroren.

Karl war im Herbst ein paar Mal hier bei ihr zu Besuch gewesen, aber jetzt stand er irgendwo südlich und hielt eine Stellung an einer Straße besetzt, um den Vormarsch der russischen Armee zu stoppen!

Die Nachrichten aus Karolas Radio, die fast den ganzen Tag durch das Gebäude dudelten, waren meist unerfreulich und sie versuchten alle zusammen, die Stimmung hochzuhalten, allerdings ließ jedes laute Geräusch die ängstlich gewordenen Kinder sofort aufschreien.

Man konnte einfach nicht verhindern, dass selbst die Kleinsten mitbekamen, wie ernst es wirklich um sie stand und die Berichte von jenem, durch die russischen Truppen in Nemmersdorf[8] ange-richteten, Massaker jagten wohl jedem einen Schauer über den Rücken, denn dort sollten dutzende Zivilisten erschossen, Kinder misshandelt und Frauen vergewaltigt worden sein.

Nachprüfen ließ sich das zwar nicht, aber es war ein Vorge-schmack auf das, was ihnen eventuell drohen konnte, wenn der Feind bis zu ihnen durchbrach.

Und sie konnten auch nicht mehr von hier fort!

An der Wand in Karolas Büro hing eine Karte von Ostpreußen, und Reinhold zeichnete jeden Tag die Meldungen aus dem Rund-funkapparat darin ein.

Nördlich und hinter ihnen im Westen befand sich die Ostsee, im Osten und Süden stand der Feind! Die Provinz steckte damit in der Falle und die dicken roten Pfeile auf der Karte waren beängsti-gend nah!

Die Wehrmacht hatte fast alle Pferde beschlagnahmt und nur durch die Intervention von Isolde bei ihrem Mann hatten sie we-nigstens vier Tiere behalten dürfen, wobei das Pony der Kinder vermutlich sowieso nicht frontdiensttauglich gewesen wäre.

Karola hätte ihren Ajax sicherlich auch mit Zähnen und Klauen vor dem Abtransport verteidigt, aber der Rest der Tiere zog jetzt möglicherweise Geschütze oder transportierte Männer und Muni-tion in den Kampf.

Damit war es jetzt relativ leer in dem riesigen Stallgebäude. Vierzig Boxen für vier Tiere, aber eben auch ziemlich kühl, ohne diese.

Hedwig zog sich den wärmenden Mantel vorn zusammen, schlenderte durch das leere Gebäude und suchte ihre Kinder zu-

---

[8] Das Massaker von Nemmersdorf - (21.10.1944), etwa 30 Zi-vilisten werden getötet, als die Rote Armee den ostpreußischen Ort besetzte.

sammen. Die Kleinsten saßen bei Lutz, dem Pony, im Stroh oder spielten mit Spielzeugautos und Puppen, die größeren hatten sich irgendwohin verzogen.

Rena hockte im nächsten Stallabteil und las »Die Bären von Hohen-Esp« von Nataly von Eschstruth, das sie in irgendeiner verstaubten Kiste hier gefunden hatte.

Der größte Teil von Isoldes persönlicher Habe war in jener Bombennacht unwiederbringlich zerstört worden, dieser alte Schmöker aus deren Jugendzeit hatte das Drama überlebt und jetzt verschlang die Tochter diese Geschichte regelrecht, aber das lenkte sie wenigstens von dem ab, was da rings um das Haus so passierte.

Und diese Lektüre hatte auch noch den Vorteil, dass sie die Tochter von den Flakhelfern fern hielt.

Langsam ging Hedwig weiter, stützte sich nach ein paar Schritten stöhnend gegen die Stallwand und rieb sich den Bauch.

Bei einem seiner Besuche bei ihr, vermutlich aber bereits kurz nach seiner Einberufung, hatte Karl ihr ein Geschenk übergeben, das sie allerdings erst im nächsten Jahr auspacken konnte, hoffentlich. Die gerade abklingenden Anfälle von morgendlicher Übelkeit gefolgt von unbändigen Fressattacken sagten ihr nur zu deutlich, dass sie ihr zehntes Kind erwartete.

Es war wohl jetzt das Ende der 12. Schwangerschaftswoche und damit würde das nächste Familienmitglied so Anfang Mai 1945 das Licht dieser bescheidenen Welt erblicken, wenn sie dann noch am Leben war.

War es eigentlich nicht seltsam, dass man in dieser sich mit jedem Tag verschlimmernden Welt ein neues Leben pflanzen wollte?

Dennoch fand die Natur wohl immer eine Möglichkeit und damit hoffte sie, dass ihre kleine Familie jetzt auch einen Weg finden würde, um dieses ganze Chaos irgendwie zu überstehen.

Isolde und Christian befanden sich im nächsten Abteil des Stalles, aber den Geräuschen nach wollte sie dieses gerade nicht betreten, denn vermutlich wurde darin augenblicklich schwer gearbeitet, das Schnaufen und Stöhnen sagte so ziemlich alles aus.

Und wie immer stand Karola bei Ajax und striegelte ihren Hengst immer und immer wieder. Das war wohl für sie die Art, wie sie mit der allgemeinen Ängstlichkeit zurechtkam, denn auch eine eigentlich furchtlose Frau durfte Angst zeigen! Vor allem dann, wenn die Gefahr so unwirklich und fern war, und gleichzeitig beängstigend und nah!

Der Offizier der Flakbatterie betrat das Stallgebäude und kam auf sie zu.

„Hallo", begann der Oberleutnant und setzte fort: „Ich wollte mich nur von euch verabschieden und mich gleichzeitig für eure Hilfe bedanken. Wir müssen in den Osten. Unsere Kanonen sind die einzigen, welche die russischen Panzer noch stoppen können!"

Karola trat aus ihrer Box und kam zu ihnen.

„Ich wünsche euch viel Glück. Bleibt am Leben!", sagte die Frau und verabschiedete sich mit einem Kuss.

Das war so ziemlich das eindeutige Zeichen dafür, dass sie zwar die Flakhelfer von Rena ferngehalten hatten, aber Karola offenbar trotz nächtlicher Kontrollgänge dennoch einen Weg in das Zimmer des Offiziers gefunden hatte, aber sie kannte hier ja auch alle Schleichwege!

Gemeinsam traten sie an die Stalltür und sahen zu, wie die vier Geschütze an die Lastkraftwagen und Halbkettenfahrzeuge angehängt wurden.

„Deren Weg in den Kampf ist nicht weit!", flüsterte sie.

„Es war mir eindeutig wohler, als unsere Truppen noch vor Moskau gestanden haben!", seufzte Karola.

„Mir hat es eindeutig besser gefallen, als dieser Verrückte noch nicht einen großen Flächenbrand vom Zaun gebrochen hatte!", entgegnete sie der Freundin, die daraufhin resigniert mit den Schultern zuckte.

„Der Krieg macht alles kaputt!", bemerkte sie jetzt noch.

Dem war nichts mehr hinzuzufügen.

Rumpelnd fuhren die Fahrzeuge mit den Soldaten davon, für einige von ihnen würde es eine Fahrt ohne Wiederkehr, und ein paar der Jungen waren gerade mal drei Jahre älter als Reinhold, mancher davon sogar einen Kopf kleiner als er, aber ihr Sohn überragte mittlerweile alle, selbst Christian.

Und als hätte sie ihn mit ihren Gedanken gerufen, tauchte ihr Sohn hinter ihr auf.

Reinhold hatte Karolas alte Jagdflinte in der Hand, lud diese demonstrativ mit zwei Schrotpatronen und erklärte: „Dann beschütze ich euch jetzt eben!"

„Bei dir piept es wohl!", fuhr Karola den Jungen an und entwand ihm die Büchse.

„Wenn uns jemand beschützt, dann macht das Christian, der kann nämlich wenigstens russisch und eine weiße Fahne findet sich auch irgendwo!", setzte sie noch hinzu.

Reinhold verschwand missmutig im Inneren des Stallgebäudes.

„Lass aber Isoldes Mann nicht deine Fahne sehen. Der zieht dich sonst da draußen am Baum hoch", entgegnete sie der Freundin und zeigte auf die große Buche, neben der gerade eben noch die vorderste Kanone gestanden hatte.

„Der Herr Obersturmbannführer kann mich mal, um es mit Götz von Berlichingen zu sagen!", antwortete Karola trotzig, spuckte aus und folgte Reinhold.

Grübelnd blickte sie den beiden nach.

Es würde in den nächsten Tagen und ohne die Soldaten nicht leichter werden und es blieb ihnen dann nur zu hoffen, dass noch genügend Zeit für die Fahne auf dem Dach blieb.

Und hoffentlich reichten Christians Worte aus, um das Unheil von diesem Haus abzuwenden.

59. Kapitel

Neues Jahr, neues Glück?

Dieser Winter war einer der strengsten und kältesten, an den sich Isolde erinnern konnte, und dabei hatte es schon einige sehr kalte Winter gegeben. Er war noch etwas frostiger, als jener, in dem Hedwig damals so schwer krank geworden war, und deswegen sorgte sie sich natürlich noch viel mehr um ihre Freundin.

Silvester hatten sie alle zusammen im Gestüt gefeiert, aber statt Feuerwerk, wie noch zwölf Monate zuvor, hatte dieses Mal Kanonendonner das neue Jahr begrüßt.

Jetzt war es Januar 1945, die Front hielt noch, was bei der Übermacht der Russen einem Wunder glich, war aber nicht mehr sehr weit entfernt. Nach Karls Aussage von einem Kurzbesuch zu Weihnachten lag Königsberg nur knapp außerhalb der Reichweite der feindlichen Artillerie!

Vielleicht war das aber auch nur den Kindern zuliebe von ihm gelogen.

Die russischen Flugzeuge waren jedenfalls oft über ihnen, aber da das Stallgebäude so einsam und von Bäumen umgeben lag, war hier noch nie auch nur ein Schuss gefallen. Die Explosionen aus der Ferne reichten allerdings bereits aus, dass sie alle viel zu oft draußen in den eisigen Unterständen und Gräben hockten.

Noch waren sie aber alle gesund und munter, bis auf Lutz, denn das Pony hatte den Hungerwinter nicht überlebt, aber Christian hatte das von den Kindern so heiß geliebte Tier so diskret wie nur irgend möglich verschwinden lassen und die kleineren Kinder hatten zum Glück auch nicht begriffen, was ihr Festmahl zum Weihnachtsfest für einen Ursprung hatte.

Der Kessel um Königsberg war fast völlig geschlossen, nur über die Ostsee kamen noch Versorgungsgüter, allerdings hauptsächlich Munition, was den Hunger der eingeschlossenen Bevölkerung nicht minderte.

Karola schlief seit Wochen mit der Flinte in dem Stallabteil bei Ajax, aber wohl mehr aus Angst vor ihren hungrigen Blicken als vor dem anrückenden Feind.

Mittlerweile hatten sie hier im Stall auch sehr viele Flüchtlinge aus der Stadt aufgenommen, aber Platz hatten sie ja genug.

Ihre kleine Gruppe bewohnte jetzt nur noch drei Stallabteile: Karola das von Ajax, sie mit Christian jenes der beiden letzten Zugpferde und Hedwig hauste mit den elf Kindern im dritten.

Es hatte ein paar Tage gedauert, bis sich auch ihre beiden Kinder mit dieser Schlafsituation arrangiert hatten, wobei es Sieglinde ja noch zu vermitteln gewesen wäre, dass sie bei, und gelegentlich auch mit, Christian schlief, doch Gerfried wäre dabei wohl vom Glauben abgefallen.

Daher war es wohl dann auch so gekommen, dass sich Karolas Schlafbox in der Mitte befand und die bei ihr von innen hinter den Türgriff geklemmte Mistgabel beschützte sie vor unliebsamen Besuchen zum unpassendsten Zeitpunkt.

Eine ältere Frau hatte ihr am Tage zuvor erzählt, wie die Menschen im ehemaligen Königsberg momentan lebten. In Kellern, Ruinen und kaum beheizbaren Zelten harrten dort mehr als dreihunderttausend Menschen aus. Die meisten davon mehr schlecht als recht!

Da lebte es sich doch hier um einiges besser, denn das Gebäude war wirklich riesig, die Sattelkammer war jetzt, als einziger abschließbarer Raum, der Ort für ihre gesamte Habe, Karolas ehemaliges Büro war der Speise- und Gemeinschaftsraum, weil die Küche direkt daneben lag. Und dieser permanent durch den Herd geheizte Raum war der Platz für die Mädchen geworden.

Rena, Sieglinde, Monika und Elisabeth verbrachten dort praktisch jeden wachen Moment. Da lagen kitschige Liebesromane, Kartenspiele und allerlei sonstiger Trödel umher, aber es war ihr lieber, dass die Mädchen da drin waren, als bei den Jungs in den Stallabteilen, und Jungen gab es hier einige.

Nur zu gut erinnerte sie sich noch an ihre eigene Pubertät, als dass sie da ein Risiko eingehen wollte.

Die ältesten von den Jungs hier waren fünfzehn, denn alle älteren Jahrgänge waren im Krieg, entweder als Flakhelfer, Melder oder beim Volkssturm. Jeder waffenfähige Mann kämpfte, nur Christian humpelte hier als einziger erwachsener Mann herum.

Der Angriff der SA damals sorgte jetzt anscheinend für sein Überleben!

Isolde trat an die Küchentür, schob die Decke vor der Tür zurück und blickte in den Raum.

Im Gang des Gebäudes war es trotz sicherlich fünfhundert Bewohnern so kalt, dass jeder den Mantel freiwillig trug, da drin in dem Raum saßen gerade zehn Mädchen und schwitzten so sehr, dass Rena offenbar aufpassen musste, dass keine ihr Kleid auszog und in Unterwäsche dort hockte!

Franziska, Hedwigs jüngste Tochter, war das Sorgenkind im Haus. Die Zweijährige war bleich und lag gerade bei Rena in einer Decke eingehüllt, ihr zwei Jahre älterer Bruder Günter saß in einer Ecke und spielte mit Monika. Er war ziemlich robust und kerngesund.

Hedwig ruhte sich vermutlich gerade irgendwo aus, denn sie ließ Franziska sonst kaum aus ihrem Arm. Offenbar hatte sie momentan etwas Wichtiges zu erledigen, weil sie ihrer ältesten Tochter ihr Sorgenkind überließ.

Es dauerte aber nicht lange, da tauchte Hedwig mit völlig verwirbelten Haaren und anscheinend nur eilig über den Leib geworfen Mantel neben ihr auf.

„Ach, hier seid ihr! Rena! Du spinnst wohl! Du kannst mich doch nicht so erschrecken! Ich wache auf und Franziska ist nicht mehr da!", stieß die Freundin wütend aus.

„Du solltest dich ausruhen! Franziska geht es gut!", entgegnete Rena und zeigte auf ihre schlafende Schwester.

Offenbar war das Mädchen gerade vernünftiger als die Mutter!

Hedwigs Mantel stand vorn weit offen und sie rieb sich ihren Bauch. Für den Anfang des sechsten Monates schob sie schon eine beachtliche Kugel vor sich her.

Hedwig war blass um die Nase und sah nicht gut aus. Anscheinend war ihr zehntes Kind schon jetzt eine ziemliche Belastung für sie. Oder war es eher diese Ungewissheit über die Zukunft, die sie so auszehrte?

„Ich wollte doch nur, dass du mal zur Ruhe kommst und mit Franziska ...", begann Rena.

„Papperlapapp! Franziska? Du willst nur bei mir um schönes Wetter bitten, weil ich dich gestern mit dem Hans erwischt habe!", entgegnete Hedwig hörbar gereizt.

„Er hatte sich doch nur ein Buch von mir ausgeliehen", antwortete Rena, aber sie hielt dem Blick der Mutter nicht stand und die roten Ohren sagten auch etwas völlig anderes aus.

„Egal! Wir sprechen uns noch!", erwiderte Hedwig, schnappte sich ihre jüngste Tochter und ging schimpfend mit ihr davon.

Rena trat zu ihr und blickte ihrer Mutter nach, als sie fragte: „Du und der Hans?"

Aber Rena druckste viel zu auffällig herum.

Hans war ein Jahr älter als Rena und eigentlich ein ziemlich hübsches Kerlchen, aber Rena war erst 14!

„Komm mal mit", sagte sie zu dem Mädchen.

Rena holte ihren Mantel und beauftragte ihre Schwester Monika mit der Aufsicht. Sie war pflichtbewusst und freundlich, aber durch die ihr seit Jahren auferlegten Aufgaben vermutlich viel zu schnell erwachsen geworden.

Sie gingen zusammen zu ihrem Stallabteil und sie schickte Christian mit einer Kopfbewegung hinaus.

„Also? Was war?", fragte sie.

„Wir waren gestern hinten in der Strohkammer!"

Ihr schwante gerade etwas, denn die Kammer mit der Einstreu war früher auch manchmal ihr Platz mit Christian gewesen. Es war warm, trocken und das Stroh doch ziemlich weich, wenn man wusste, wie man daraus ein Bett machte.

„Hattet ihr eure Sachen noch an?", erkundigte sie sich jetzt.

Rena blickte verlegen zu Boden und das war ziemlich eindeutig!

„Setzt dich mal da auf den Strohballen und zieh deinen Mantel aus!", erklärte sie, verschloss die Tür und klemmte die Mistgabel unter den Griff, denn hier war wohl ein klärendes Gespräch über gewisse Dinge zwischen Mann und Frau nötig!

Schließlich sollte Hedwig nicht im selben Jahr Mutter und Oma werden!

„Was habt ihr gemacht?"

„Gespielt", entgegnete Rena leise.

„War er über oder in dir?"

„Nur mit den Fingern", setzte das Mädchen zögerlich fort.

„Und?"

„Es war schön!"

„Hast du auch an ihm herumgespielt? Hattest du eventuell auch seinen Samen an der Hand?", fragte sie nach.

Renas große fragende Augen zwangen sie jetzt dazu, die Aussprache zu erweitern. Sie hoffte nur, dass sie damit nicht wieder schlafende Hunde weckte, wie es damals bei Hedwig in Rauschen geschehen war.

Die anschließende Unterhaltung wurde lang und sie redeten darüber, was schön war und was nicht, was man tun konnte und was man lieber vermied und die anschließende Untersuchung brachte eine für ihr Alter bereits sehr gut entwickelte junge Frau zum Vorschein, die zum Glück aber noch Jungfrau war.

Schließlich entließ sie Rena wieder aus dem Abteil.

Im Gang stand Reinhold und blickte Ilona hinterher.

Das Mädchen war zwar siebzehn, aber der Mangel an gleichaltrigen Männern brachte sie eventuell auf komische Gedanken. Da war wohl am nächsten Tag eine Aussprache mit Hedwigs Sohn nötig, doch jetzt zog sie erst mal ein dringendes Bedürfnis in Karolas Stallabteil, weil das Gespräch mit Rena sie viel zu sehr erregt hatte.

Da Christina gerade irgendwo unterwegs war, suchte sie ihre Erlösung in Karolas Armen.

Was brauchte man mehr als etwas Stroh und zwei nackte Menschen, die sich liebten und begehrten, um glücklich zu sein?

Nichts sonst!

Vielleicht noch ein wenig Frieden! Und Sicherheit.

60. Kapitel

Westwärts!

Frieda, eine siebzigjährige Frau aus einem der Stallabteile, hatte das Gerücht von draußen mit hereingebracht und wenig später bestätigen Reinhold und das Radio dessen Aussage: Der Führer hatte Ostpreußen zur Festung erklärt und jede Flucht verboten, wobei sie doch eigentlich sowieso schon eingeschlossen waren.

„Der lässt uns hier verrecken, wie die 6. Armee vor Stalingrad!", rief Frieda aufgebracht und trug damit den Tumult in das Gebäude.

Isolde, Karola, Christian und sie hatten danach alle Hände voll zu tun, um die dadurch drohende Panik wieder in den Griff zu bekommen.

Wenig später fanden sich fast alle Erwachsenen in Karolas altem Büro vor der großen Karte ein.

Reinhold führte diese seit Wochen sehr akkurat und jede Radiomeldung fand ihren roten oder blauen Pfeil auf der Landkarte der Provinz.

Ihre Lage schien aussichtslos, doch wozu verbot man dann die Flucht, wenn sie ohnehin schon nicht mehr möglich war?

Alle starrten auf das Papier und suchten eine Lösung.

Nur das Samland im Norden befand sich noch fest in deutscher Hand, der Rest der Landkarte war rot schraffiert, aber das Samland war nur eine Sackgasse, denn da entkamen sie nicht, sondern steckten auch weiterhin zwischen der Roten Armee und der Ostsee fest!

Nach einer Weile brüllte Karola plötzlich: „Reinhold!"

Der Junge kam gelaufen und Karola fragte ihn: „Sind die Eintragungen wirklich alle korrekt?"

Der Sohn nickte, danach tippte Karola mit dem Finger auf die Bucht vor Königsberg und erklärte dazu: „Es ist jetzt schon seit Monaten bitterkalt mit -20 und -30 Grad und die Ostsee im Haff ist kaum bewegt. Die Eisdecke dort muss jetzt bestimmt schon so dick sein, um ein Fuhrwerk zu tragen. Wir könnten hinüber zur Frischen Nehrung, von dort südwärts und danach an der Küste entlang nach Polen rein!"

Sie zeigte diesen Fluchtweg auf der Karte und es schien der einzig mögliche zu sein, aber sie mussten dazu über das Eis.

Was geschah, wenn es nicht hielt?

„Und von oben die Nehrung entlang?", fragte Isolde.

„Da musst du über Pillau und da hat die Marine einen Stützpunkt! Die lassen uns nicht durch, wenn sie sich an den Führerbefehl halten!", entgegnete Karola und tippte auf den Hafen in der Mitte der langen Landbrücke.

„Also dann!", sagte Hedwig und rief: „Monika!"

Die Tochter kam gelaufen.

„Hier hast du Farbe und Pinsel. Schreib für Papa an die Wand, dass wir nach Westen aufs Eis gehen!"

Das Mädchen nickte und verschwand.

„Fahren wir morgen früh ab?", fragte sie danach.

„Nein! Sofort!", entgegnete Isolde.

„Es ist fast Mittag!", antwortete sie der Freundin.

„Egal! Ich warte hier nicht, bis der Herr Obersturmbannführer mir und meinen Kindern die Pistole an die Schläfe setzt!", entgegnete Isolde ihr.

„Dann los! Packt zusammen, aber dann sind wir in der Nacht auf dem Eis!", gab Karola zu bedenken und nahm die Karte von der Wand.

Alle stimmten murmelnd zu, denn keiner wollte hier länger als nötig bleiben und diese letzte Chance zur Flucht ungenutzt verstreichen lassen.

„Gut, Christian und du, ihr fahrt oben auf dem Wagen, ich reite Ajax und der Rest läuft!", erklärte Karola und drückte Christian Karte und Kompass in die Hand.

In der folgenden Stunde packten alle eilig zusammen.

„Zieht euch so viele Sachen übereinander, wie ihr nur könnt! Draußen ist es sehr kalt!", erklärte Karola, die dick eingepackt ihren bereits gesattelten Hengst nach draußen führte.

Der Zug formierte sich auf dem Platz vor dem Gestüt, Karolas Landauer wurde von den beiden Pferden gezogen, mit ihr und Christian, sowie Franziska obendrauf, ein paar andere Karren wurden an zwei alte Lanz Bulldog Traktoren mit Holzvergaser gehängt, von denen einer soeben knatternd angeworfen wurde und alle anderen schoben sich in eine lange Reihe.

„Rena, Reinhold, Monika und Elisabeth, passt auf eure kleinen Geschwister auf! Wenn einer von euch wegläuft, dann finde ich den nie wieder! Verstanden!", brüllte sie die Kinder an.

Alle nickten.

Karola ritt zu ihr und zeigte auf die Stallwand.

»Hallo Papa, wir gehen Schlittschuhlaufen! Gruß Moni«, stand dort, als wenn das so einfach gewesen wäre, aber sie wollte den Kindern nicht erklären, in was für eine Gefahr sie sich eventuell damit begeben würden.

Früher hatte sie den Kindern immer strikt verboten, aufs Eis zu gehen, jetzt schien das der letzte Ausweg zu sein.

Monika sah es wohl als Spiel und hatte sich sogar ihre Schlittschuhe um den Hals gehängt.

„Bereit?", rief Karola den Zug entlang.

Alle winkten und riefen zur Bestätigung.

„Dann auf! Nach Westen!", brüllte sie von ihrem Hengst herab und zeigte die Richtung mit der Hand an.

„Das ist ja wie bei Karl May!", bemerkte Reinhold.

„Das ist nicht die amerikanische Prärie im Sommer! Das ist Ostpreußen im Winter!", gab ihm Rena zurück und ihr Atem flog als weiße Wolke nach oben davon.

Der Zug setzte sich langsam in Bewegung und trotz der dicken Kleidung war es schrecklich kalt auf dem Wagen!

Rena lief links und hatte sich ihren jüngsten Bruder Günter gegriffen, sie selbst hatte die dick in fünf Decken eingewickelte Franziska auf dem Schoß, und rechts von ihr stapfte Isolde durch den Schnee.

Die beiden Traktoren vorn fuhren eine Spur seitlich versetzt und machten damit die Bahn für alle Wagen und Fußgänger frei. Der alte und klapprige Lanz an der Spitze, der schon bessere Tage gesehen hatte, bestimmte auch die Geschwindigkeit des bunt zusammengewürfelten Zuges.

Menschen mit Handwagen, Leiterkarren oder mit Kinderwagen, die zwei Anhänger der Traktoren sowie ein Ochsenkarren mit Menschen als Bespannung bildeten zusammen mit ihrer Droschke den Tross.

Karola ritt auf ihrem Hengst immer rundherum und gerade musste sie Reinhold durchaus beipflichten, denn es sah wirklich wie einer jener Siedlungszüge aus einem Buch von Karl May aus.

Allerdings war es wirklich schrecklich kalt. Oder kam ihr das nur so vor, weil sie hier so unbeweglich auf dem Bock saß? Sollte sie sich nicht einfach bewegen und gehen?

Sie erhob sich, um abzusteigen, als Isolde sie von unten fragte: „Was willst du?"

„Mich bewegen!"

„Du bleibst schön da oben und schonst dich! Du bist schwanger!", erklärte Isolde.

„Ja, schwanger und nicht krank! Ich kann laufen!", entgegnete sie.

„Du bleibst mit deinem Arsch neben mir, du dummes Weib!", fuhr sie jetzt auch Christian schimpfend an.

Sie fügte sich in ihr Schicksal, setzte sich zurück und zog sich und Christian eine zusätzliche Decke um die Schultern, Franziska ging es in ihrem Arm gut und das war die Hauptsache, alle anderen würden es ganz sicher schaffen.

Günter war kugelrund in den Sachen seiner Geschwister, er hatte die meisten passenden Kleidungsstücke und wehrte sich ab und zu gegen Renas Griff, aber sie trug ihn sicher.

Es ging nach Westen und unterwegs schlossen sich ihnen immer mehr Karren an, denn die Menschen wussten nach Stalingrad nur zu gut, was kommen würde, wenn der Führer durchhalten befahl!

Ein langer Strom von Menschen schleppte sich schwer bepackt im knietiefen Schnee dahin.

Die beiden lärmenden Traktoren an der Spitze waren an diesem Wintertag in der frostigen Luft vermutlich kilometerweit zu hören und für viele war das anscheinend ein Startsignal, denn sie walzten den Weg platt, der sonst eher mühselig für Fußgänger, Wagen und Fuhrwerke gewesen wäre.

61. Kapitel

Aufs Eis ...

Isolde stapfte durch den knietiefen Schnee und schwitzte bei dieser Anstrengung, obwohl es extrem kalt war. Sie war in drei dicke Mäntel gehüllt und hatte sich einen Schal so ins Gesicht gebunden, dass nur noch ihre Augen zu sehen waren, aber das mittlerweile durch ihren Atem gefrorene Tuch war nicht der Kälte geschuldet, sondern ihrer Angst.

Sie wollte damit verhindern, Fritz in die Hände zu fallen, denn der würde sie einfach schon alleine für den Versuch einer Flucht am Wegesrand abknallen und die Kinder vermutlich gleich mit!

Neben ihr fuhr der Wagen mit Hedwig, Christian und Franziska obendrauf, aber das kleine Mädchen war kaum zu erkennen, denn die fürsorgliche Mutter hielt es im Arm und sie waren zusammen in mehrere Decken eingepackt.

Auf der anderen Seite des Landauers, auf gleicher Höhe mit ihr, lief Rena. Der eisige Wind hatte ihre Nase weiß sowie die Wangen rot gemacht und mit den langen roten Haaren unter der Pudelmütze war sie das jüngere Ebenbild ihrer Mutter.

Rena trug die Hosen ihres Bruders, hatte sich in einen Mantel gehüllt und zusätzlich noch eine bunte Decke um die Schultern gehängt. Sie war bildhübsch, für ihr Alter gut entwickelt und es war kein Wunder, dass der Hans bei ihr schwach geworden war.

Der Junge lief einen Wagen vor ihnen und die beiden Jugendlichen hatten immer wieder Blickkontakt.

Und auch sie konnte keinen Blick mehr von Rena lassen, denn diese war wunderschön, schlank und hochgewachsen. Jeder hätte sie auf über achtzehn geschätzt, dabei war sie erst vierzehn.

Alle anderen Kinder liefen mit dem Wagen mit, weil oben nur begrenzter Platz zur Verfügung stand. Sie hätten ein anderes Gespann nehmen können, aber die kurze Kutsche war nun mal das schnellste Gefährt gewesen. Was ihnen momentan zwar nichts nutzte, denn die beiden mit Holzgas betriebenen Traktoren an der Spitze bestimmten die Geschwindigkeit des Zuges und die vielen Fußgänger, die sich in der mittlerweile endlosen Reihe nach Westen schoben.

Die kleinen Kinder liefen hinter dem Wagen und davor in der Spur, Reinhold hatte Rena seinen kleinen Bruder abgenommen und ging mit ihm dem Gespann voran.

Monika hatte wohl von allen den meisten Spaß, denn sie bewarf ihre Geschwister immer wieder mit Schneebällen, wobei Rena sie dann jedes Mal zur Ordnung rief.

Hedwigs älteste Tochter hatte die Führung der Familie übernommen und ihre Mutter oben auf dem Wagen kümmerte sich um ihr Sorgenkind, denn wenn Franzi es schaffen sollte, dann brauchte sie jetzt ihre ganze Aufmerksamkeit.

Allen hier war das nur zu bewusst.

Karola auf ihrem Schimmel ritt den Treck immer wieder entlang und hielt alle zusammen, preschte nach vorn und erkundete den Weg oder ließ sich zurückfallen, um die Nachzügler zu ermutigen.

Sie war wirklich wunderschön, wie sie da auf ihrem Schlachtross durch den Tiefschnee galoppierte und dabei die Schneebatzen nach hinten flogen.

Allerdings konnten sie bei dieser Geschwindigkeit wirklich erst nach dem Sonnenuntergang an den Strand kommen, doch würde sich dann Karolas Behauptung bestätigen und das Haff tatsächlich gefroren sein?

Sie betete stumm dafür, denn sonst blieb ihnen wohl kein Ausweg!

Mehr als fünf Stunden nach dem Aufbruch beim Gestüt und im letzten Licht des Tages hatten sie das Ufer schließlich erreicht und es bot sich ihnen eine unüberschaubare Menge von Gefährten und

Menschen dar, die darauf warteten, auf das wirklich gefrorene Haff fahren zu dürfen.

Karola ritt auf Ajax nach vorn, um sich zu informieren, und sie sah sich um.

Alte Männer, Frauen und Kinder mit Rucksäcken, Handwagen und Koffern liefen und standen herum. Einige Autos, wenige LKWs und viele Fuhrwerke hielten kreuz und quer dazwischen, jeder wollte aufs Eis, aber offenbar wurde vorn kontrolliert.

Oder warum ging das so schleppend?

Abermals durchfuhr die Angst sie, so kurz vor der Rettung noch zu scheitern, denn wenn jetzt die SS auftauchte, dann wären sie alle verloren! Davor ängstigte sie sich momentan mehr als vor dem Feind, der unsichtbar irgendwo im Süden lauerte.

Endlich kam Karola zurück, stellte sich neben sie und erzählte von oben herab: „Die lassen da vorn die Wagen nur in Abständen von hundert Metern und ganz langsam fahren, damit das Eis nicht zu stark belastet wird. Die Traktoren müssen hier bleiben, denn die sind zu schwer. Lasst alles Unnötige zurück! Ich weiß nicht, wie dick das Eis wirklich ist! Die Pioniere sollen entlang der Fahrspur Tannenbäume und Markierungsstangen im Eis festgefroren haben, damit wir den Weg nicht verfehlen!"

Sie nickte ihnen zu und ritt nach hinten weiter, um auch die anderen zu informieren.

Christian und Hedwig begannen sofort, alles auf dem Wagen umzupacken, und einige Taschen blieben am Straßenrand zurück.

„Kann meine Puppe mit?", fragte Elisabeth von hinten.

„Ja, deine Paula kann mit, gib sie mir hoch", antwortete Hedwig und legte das Spielzeug zu Franziska auf den Kutschbock.

Sehr langsam rückten sie ein Stück nach dem anderen auf.

Rena ging ab und zu nach vorn, um am Wagen vor ihnen mit Hans Händchen zu halten, oder unter den wachsamen Augen ihrer Mutter flüchtige Küsse mit ihm auszutauschen.

Die Dunkelheit senkte sich auf sie herab, Hedwig holte alle Kleinen auf den Wagen. Rena, Reinhold, Monika und Elisabeth würden laufen, sich aber in der Nacht an dem Gefährt festbinden, damit keiner verloren ging. Sieglinde und Gerfried wollten ebenfalls marschieren und sie natürlich auch.

Es war weit nach Mitternacht, als sie dann endlich von einem Soldaten auf das Haff geleitet wurden.

Die Fahrtrichtung war wirklich abgesteckt, wie es Karola ihnen gesagt hatte, aber das Eis war so brüchig, dass sich bereits nach ein paar Schritten Wasser unter ihren Füßen ansammelte.

Der Soldat ging ein Stück mit einer Laterne neben ihr mit, bevor er wieder umkehrte. Jetzt waren neben dem Pfad an den Bäumen links und rechts kleine Lichter angebracht.

Es sah wie Heiligabend aus und sie fuhren ganz langsam durch diesem improvisierten Wald dahin.

Monika summte ein Weihnachtslied und irgendwie war das alles so friedlich hier, man durfte nur nicht daran denken, dass unter den Füßen der eiskalte Tod in der Ostsee lauerte. Nur wenige Zentimeter trennten sie von dem tiefen Abgrund unter ihnen.

Rena stimmte schließlich ein lustiges Winterlied an, welches danach das verdächtige Geräusch des knackenden Eises übertönte, als sie alle darin einstimmten.

Plötzlich sagte Christian vom Bock aus: „Ich glaube, wir bekommen einen Sturm. Ich fühle das in meinem Knie!"

„Das hat uns jetzt gerade noch gefehlt!", entgegnete sie von unten.

„Alle auf den Wagen!", rief jetzt auch Karola von vorn, die dem Gespann voraus geritten war.

Es setzte ein ziemlicher Tumult ein, denn der Landauer hatte hinten nur sechs Sitze und jetzt mussten vierzehn Personen darauf Platz finden!

Als der Wind dann stärker wurde, stoppte Christian und zog Decken über sie sowie die beiden Pferde.

„Alle um Franziska!", rief Hedwig und alle kuschelten sich aneinander.

Dann begann der Wintersturm, zerrte an den Decken und heulte um den Wagen herum, Hedwig betete laut gegen das Getöse an und alle stimmten ein.

Es war furchtbar und die erneute Todesangst raubte ihr fast den Mut, am liebsten hätte sie jetzt losgeheult, aber sie musste für die Kinder stark bleiben!

Der Schneesturm tobte eine unfassbar lange und furchtbare Stunde, dann konnten sie endlich den Weg fortsetzen.

18 Kilometer über das Haff konnten so unendlich weit sein und sie hatten vermutlich noch nicht einmal ein Drittel davon geschafft, als der nächste Tag mit dem Morgengrauen begann.

62. Kapitel

Feuer vom Himmel

Als die Sonne hinter ihnen über den Horizont kroch, beleuchtete diese ein Bild, das grausiger nicht sein konnte! Hedwig stockte fast der Atem bei diesem Anblick, denn wo am Abend noch Tannenbäume den Weg markiert hatten, da lagen jetzt rechts und links Unmengen von Hausrat auf der gefrorenen Oberfläche der Ostsee.

Daneben sah man auf der Seite liegende oder halb ins Eis eingebrochene Fuhrwerke, manche davon noch mit den angeschirrten Pferden davor, und um diese herum häuften sich weitere Koffer, Kisten, Kochtöpfe, Wäschekörbe, Kinderwagen und Wäschebündel.

Bei manchen Fahrzeugen lagen Tote, oder es bemühte sich ein einzelner Überlebender, noch ein paar Habseligkeiten zu retten.

Die gemächlich ziehende Kolonne dazwischen war enorm, hielt schon lange nicht mehr die am Abend noch vorgeschriebenen Abstände ein und erstreckte sich in beide Richtungen bis zum Horizont.

Und so wie ihre Spur gab es noch zwei weitere, zwischen denen jeweils etwa ein Kilometer Platz war.

Ab und zu bildeten sich Pfützen vom Eiswasser und einige davon hatten wirklich gewaltige Ausmaße! Wer da zu Fuß hindurch musste, der bekam nasse Beine bei der Eiseskälte, und daher gingen die Kinder neben ihr auch besonders vorsichtig, aber auf dem Wagen war einfach nicht genug Platz für alle.

Der Landauer fuhr kaum in Schrittgeschwindigkeit durch diese fürchterliche Szenerie, sie saß mit Franziska oben, Rena lief rechts neben ihr, Isolde dahinter. Reinhold und Monika marschierten links oder trotteten verschlafen dahin. Die Kleinen lagen hinter ihr und dösten, nur Günter stand bei ihr auf dem Bock.

Plötzlich rief der Vierjährige: „Ein Flugzeug", und winkte nach links.

Sofort blickte sie in diese Richtung und bemerkte fünf kleine Punkte, die von Süden aus auf sie zukamen.

„Die Russen! Runter und unter den Wagen!", brüllte Christian und sprang nach vorn zwischen die beiden Pferde, dann zog er die Köpfe der Tiere nach unten, das Fuhrwerk stoppte schlagartig und die großen Kinder schnappten sich ihre kleinen Geschwister.

Kaum waren sie unten, da schlugen die ersten Geschosse in den Landauer ein. Sie lag vorn, Isolde neben ihr und neben der lag Rena, mit dem Gesicht auf dem Eis und den Kopf mit beiden Händen beschützend, Reinhold hatte sich über zwei seiner kleinen Brüder geworfen und über ihnen war die Hölle los.

Mit Kanonen, Bomben und Raketen attackierten die russischen Piloten ihren Tross, Ajax scheute durch den Lärm der Explosionen, ging vorn hoch und mit Karola obendrauf galoppierte er auf die freie Fläche hinaus.

Ein neuer Angriff, der Einschlag einer MG Salve und aufspritzende Eissplitter nur einen Meter vor ihr, zwangen Hedwig, den Kopf zu senken und als sie wieder in die Richtung sah, war da, wo die Freundin samt Pferd gerade noch gewesen war, nur noch ein riesiges Loch im Eis.

Die Schlachtflieger drehten eine Runde und griffen danach den hinteren Teil des Trecks an, bei dem sich auch ein paar Lastkraftwagen befanden. Ein Geschoß traf einen davon, der sich in der Luft überschlug und in ein Fuhrwerk krachte.

Anschließend warfen sie Bomben mitten in die Ansammlung der Fuhrwerke, schossen mit Bordkanonen und Christian brüllte von vorn: „Alle auf den Wagen!"

Wenig später hasteten sie im vollen Galopp am Konvoi vorbei, doch sie kamen keinen halben Kilometer, dann lagen sie abermals auf dem Eis und die nächste Angriffswelle donnerte über sie hinweg und feuerte mit allen Waffen in sie hinein.

Die Flugzeuge waren so tief, dass sie die Gesichter der Piloten sehen konnte und damit mussten auch die da oben sehen, dass sie nur unbewaffnete und wehrlose Zivilisten waren.

Drei Meter vor ihr lag ein Mädchen in Franziskas Alter, erfroren in den Armen seiner erschossenen Mutter und es schien ihr eine dunkle Prophezeiung zu sein, aber vielleicht war dieses Bild auch nur in ihrem Kopf, dennoch zog sie Franziska enger an sich und beschützte ihre Tochter mit ihrem Leib.

Und weiterhin kreisten die Flieger über ihnen und flogen einen Angriff nach dem anderen, bis ihre Magazine leer waren und andere Flugzeuge ihren Platz am Himmel einnahmen.

Nur kurz waren die Pausen dazwischen und in jeder davon hörte man die getroffenen Pferde wiehern sowie die verwundeten Menschen schreien, dann war das Motorengeräusch der Schlachtflieger wieder da, die sich mit ihren Kanonen eine grausige Beute holten.

Als die russischen Flugzeuge erneut einen anderen Teil des Flüchtlingszugs attackierten, sprangen sie wieder auf und jagten weiter an diesem vorbei, von dem jetzt mehr als die Hälfte der Wagen ins Eis eingebrochen war.

Aus dem Augenwinkel heraus sah sie die unzählbar vielen Toten bei diesem Bild des Grauens.

Immer wieder stoppte Christian, sie versteckten sich unter dem Fuhrwerk oder in den Trümmern am Rande der Trasse, dann trieb er sie wieder auf den Wagen und sie eilten davon, wenn er eine Chance zum Entkommen sah.

Endlich und nach unzählbaren Schreckensmomenten erreichten sie das andere Ufer und fuhren auf eine völlig überfüllte Aufstellfläche, an der zwei 8,8 cm Geschütze und einige Maschinenkanonen ihre Rohre drohend in den Himmel richteten.

„Geschafft!", stöhnte Christian neben ihr auf.

Sie blickte ihn an und sein Haar war schlohweiß geworden. Am Abend zuvor hatte ein knapp fünfzigjähriger Mann das Eis befahren, jetzt sah er wie achtzig aus, denn die Furcht hatte ihn so schnell altern lassen.

Für die Strecke von 18 Kilometern, die der Landauer sonst wohl locker in einer Stunde geschafft hätte, hatten sie mehr als zwölf gebraucht, davon sicherlich die Hälfte unter beinahe ständigen Fliegerangriffen.

Sie wagte kaum, ihre Kinder zu zählen, aber wie durch ein Wunder waren noch alle da!

Blaue Flecken, Abschürfungen und kleine Wunden hatte jeder unzählige zu beklagen, Elisabeth weinte, weil sie ihre Puppe unterwegs verloren hatte, aber sie waren noch am Leben, nur Karola hatte den Fluchtversuch mit einem nassen Grab auf dem Grunde der Ostsee bezahlt.

Einige Meter entfernt qualmte eine Gulaschkanone und ein paar Feuerwehrleute gaben dort Suppe sowie heiße Getränke aus.

„Geht da rüber! Ich stille noch schnell Franziska", sagte sie zu den Kindern.

Alle trotteten los, nur Rena sprang auf den Wagen und kam einen Moment später wieder herab. Jetzt trug die Tochter einen Rock und entsorgte die zuvor von ihr getragenen Hosen in einem brennenden Benzinfass am Wegesrand.

Während sie am Wagenrad lehnte und Franziska stillte, jammerte zwei Meter von ihr entfernt eine andere Mutter um ihr gestorbenes Kind.

Überall ringsum war an diesem Tage der Tod gegenwärtig und sie gab jetzt ein Dankgebet nach oben ab, dass ihre Lieben unversehrt geblieben waren.

Nach einer Weile kamen alle wieder zu ihr zurück, Rena übernahm Franziska und sie bekam von Isolde eine Schüssel mit Erbsensuppe und einer Bockwurst, aber sie brauchte einen Moment, bevor ihre Hand endlich nicht mehr zitterte, um Essen zu können.

„Wie wollen wir weiter? Viele warten hier auf die Schiffe. Die Gustloff soll die Flüchtlinge in ein paar Tagen wegbringen. Was meint ihr? Sollen wir uns denen anschließen? Ich wollte schon immer mal mit diesem schmucken Kreuzfahrtschiff fahren!", erklärte Isolde.

„Ich würde ja lieber auf dem Land weiterfahren, alleine und im Schutze der Bäume. Auf einem Schiff bist du den Flugzeugen und U-Booten der Russen schutzlos ausgesetzt!", entgegnete Christian.

„Die würden doch aber kein friedliches Schiff mit Flüchtlingen angreifen!", antwortete Isolde.

Wortlos zeigte Christian auf die von Kugeln völlig zerfetzte Seite der Kutsche.

„Ich würde mich Christians Meinung anschließen!", antwortete sie der Freundin.

„Und wohin?", fragte Isolde.

„Kannst du dich noch an meine Tante Eleonora erinnern?"

„War die nicht das schwarze Schaf in eurer Familie? Gudrun hat damals mal so etwas erzählt!", entgegnete Isolde.

„Sie ist die jüngere Schwester meines Vaters und als ich sieben Jahre alt war, gab es da ein heftiges Zerwürfnis mit ihm. Sie hat danach allem Besitz entsagt und ist evangelische Krankenschwester geworden. In den letzten Jahren habe ich mich oft mit ihr geschrieben. Sie würde uns bestimmt irgendwie weiterhelfen und sonst wüsste ich niemanden, bei dem wir blieben könnten!", erzählte sie.

„Na gut. Ich kenne außerhalb Ostpreußens auch keinen, also zu Eleonora. Wo wohnt sie denn?", erwiderte die Freundin.

„In einem Stift bei Aue im Erzgebirge!"

„Das sind fast tausend Kilometer bis dahin!", antwortete Christian, nachdem er auf die Karte geschaut hatte und kratzte sich am Kopf.

„Schaffen wir das? Die letzten achtzehn waren schon schlimm", seufzte Isolde.

„Ich gehe mal ein neues Gefährt besorgen, denn so weit bringt der hier uns nicht mehr!", antwortete Christian.

„Und wir sortieren derweil aus, was nicht mehr zu verwenden ist!", erwiderte Isolde und zeigte auf ihren Koffer, der ein Einschussloch aufwies.

63. Kapitel

Wer ist der Feind?

ast drei Wochen waren sie jetzt schon auf der Flucht und Isolde folgte dem ihr unbekannten Weg, meist zu Fuß oder auf dem Fuhrwerk, aber mittlerweile war es ein Heuwagen, denn der Landauer hatte die Fahrt übers Eis des Frischen Haffs nicht überstanden.

Er war buchstäblich von Kugeln durchsiebt worden und noch immer konnte sie es nicht fassen, dass weder ihnen noch den beiden Pferden bei den unzähligen Angriffen der Tiefflieger etwas geschehen war.

Gott musste wohl seine Hand ganz besonders über sie gehalten haben, tausenden anderen war dieses Glück nicht vergönnt gewesen und sie waren, wie Karola, ins Eis eingebrochen oder von den Bordwaffen der Flugzeuge getötet worden.

Über die Frische Nehrung waren sie fast unbehelligt nach Süden gekommen, und jetzt bewegten sie sich langsam in Richtung Südwesten durch Polen.

Christian hatte die Karte sowie den Kompass und versuchte immer irgendwie, die Richtung zu halten, aber der Pfad war beschwerlich.

Mitunter schliefen sie ein oder zwei Nächte auf einem verlassenen Bauernhof oder in kleinen Scheunen am Wegesrand. Das verzögerte zwar ihre Fahrt noch weiter, aber diese Ruhepausen waren für die Familie wichtig.

Entgegen ihrer ersten Annahmen waren nicht alle unbeschadet übers Haff gekommen. Körperlich schon, aber seelisch hatten einige der Kinder durchaus Probleme.

Herbert sprach seitdem kein Wort mehr, Monika und Elisabeth zuckten bei jedem Geräusch zusammen und wenn Günter einen Motor hörte, dann verschwand der Vierjährige sofort unter dem

Wagen oder unter irgendetwas anderen, unter dem er sich vor dem vermeintlichen Flugzeug verbergen konnte.

Diese Wunden würde die Zeit hoffentlich ebenfalls heilen.

Mit jedem weiteren Kilometer befanden sie sich irgendwo zwischen den Frontlinien, die in dieser unübersichtlichen Gegend keiner so wirklich kannte, wahrscheinlich noch nicht einmal die Truppen, die hier durch die Wälder irrten.

Es war so eine Art von neuer Völkerwanderung im Gange: Zurückweichende und versprengte Wehrmachtsangehörige, vorstoßende Kräfte der Roten Armee, deutsche Flüchtlinge und polnische Partisanen waren in ein und demselben Gebiet unterwegs und konnten jederzeit in den verschiedensten Konstellationen aufeinander treffen.

Und die Flüchtlinge waren die wehrlosen Opfer in diesem Gewusel aller Parteien.

Gelegentlich lagen Leichen am Straßenrand und niemand konnte sagen, wer diese auf dem Gewissen hatte, manchmal hingen auch Soldaten an einem Baum und trugen Schilder mit Aufschriften um den Hals, die sie als Deserteure erkenntlich machen sollten, daher sorgte Hedwig auch dafür, dass Reinholds Ausweis ständig griffbereit war, denn der Junge sah nicht wie dreizehn aus und eine Streife der Waffen-SS oder der Feldgendarmen konnte jederzeit hier erscheinen, um sie zu kontrollieren.

Wann immer möglich schlossen sie sich Gruppen von Fahrzeugen an, denn der erste Ansatz, den sie noch in Pillau gewählt hatten, alleine und heimlich zwischen den Fronten dahinzuschleichen, schien ihnen jetzt in Anbetracht der Umstände einfach viel zu gefährlich.

Zu ihrem Glück war Christian so schlau, dass er weder als erster noch als letzter in der Kolonne fuhr, denn die Soldaten, gleich welcher Seite, nahmen auf sie keinerlei Rücksicht.

Der Treck aus etwa einem Dutzend verschiedenartigen Gefährten zuckelte eine Landstraße entlang, irgendwo im Nirgendwo, mit Bäumen an beiden Seiten und tief verschneiten Wiesen daneben.

Die Bäume schützen sie vor den allgegenwärtigen Tieffliegern, und auch darauf achtete Christian, als hätte er in seinem Leben nie etwas anders gemacht. Er wählte die Strecken rein instinktiv so, dass ihnen darauf die geringste Gefahr drohte.

Abermals war das Motorengeräusch hinter ihnen zu hören und holte sie aus ihren Gedanken heraus, sofort sprang sie in den Straßengraben und Rena hopste fast auf sie drauf, als von hinten auch schon ein Halbkettenfahrzeug in Tarnfarbe angerast kam.

Der Fahrer bremste nicht einmal ab, als er die Reihe von Fuhrwerken vor sich sah und jagte mit voller Geschwindigkeit die schmale Straße entlang.

Ein Eselskarren, der den Schluss des Flüchtlingszuges bildete, flog durch den Aufprall des schweren Transporters im hohen Bogen samt Tieren von der Straße und landete auf der Wiese.

In voller Fahrt schoss das Wehrmachtfahrzeug an ihnen vorbei und schon alleine dessen Fahrtwind reichte, dass ein zweites Fuhrwerk vor ihnen in den Straßengraben kippte.

Einer der Esel schrie auf der Wiese so laut, dass er damit sogar den dröhnenden Motor übertönte.

Die Kolonne kam zum Stehen und Christian erlöste den Esel von seinem Leiden, anschließend halfen alle, die beiden Fuhrwerke wieder auf den Weg zu bringen und Christian zerteilte auch noch den getöteten Esel auf der Wiese.

Jeder holte sich einen Teil des Tieres und damit war für die Angehörigen des Trecks das Essen für die nächsten zwei Tage gesichert.

Langsam setzte sich der Wagenzug wieder in Bewegung, aber es dauerte keine halbe Stunde, da fuhr ein T-34 mit voller Geschwindigkeit von hinten auf sie auf.

Der russische Panzer überwälzte den gerade erst wieder auf die Straße gebrachten Wagen mit seinen Ketten und fuhr einfach weiter.

Den zweiten Esel brauchte keiner mehr zu erlösen, sie verteilten nur die Habe der Familie, die sich zum Glück mit einem beherzten Sprung zur Seite hatte retten können, auf den nächsten Wagen und brachen wieder auf.

Nochmals keine halbe Stunde später erreichten sie einen schnell aufgebauten Kontrollpunkt der Roten Armee, der die Wagen überprüfte.

Ein Dutzend Soldaten filzten jedes Fuhrwerk gründlich, und es war nicht ersichtlich, wonach sie wirklich suchten.

Eines nach dem anderen ließen sie hindurch, bis auch ihres an der Reihe war.

Während einer der Soldaten auf die Ladefläche kletterte, gab es vor ihnen einen Tumult. Ein alter Mann von einem Karren, der den Kontrollpunkt schon lange passiert hatte, beschwerte sich lautstark über die Kontrolle und die Willkür der Soldaten, die ihn aber offenbar nicht verstanden.

Einer der Rotarmisten stieß ihn schließlich zur Seite und tötete ihn mit seiner Maschinenpistole.

Allen am Wagen war das Blut in den Adern gefroren, denn die Soldaten gaben kein Pardon und sie waren direkt vor einem der Männer angetreten. Den Finger am Abzug seiner MPI blickte dieser sie scheinbar zornig an.

Rena stand als einzige noch auf dem Wagen und hatte ihre kleine Schwester im Arm. Mit einer Decke über dem Kopf und der Sonne hinter ihr hatte sie in diesem Moment so eine Art von Heiligenschein oder göttlichem Leuchten um sie herum.

Und während hinten ein paar Soldaten plündernd ihre Habseligkeiten durchsuchten und sich nahmen, was ihnen gefiel, schenkte ein anderer Rena vorn eine Tafel Schokolade.

Nach dem Verlust von einigen Wertgegenständen durften sie passieren und fuhren schnell an der Leiche des alten Mannes vorbei.

Es war in diesem Krieg schon lange nicht mehr auszumachen, wer wirklich der Feind war und wer es gut mit ihnen meinte.

Auf beiden Seiten gab es wohl Verbrecher und auch Menschen, die anständig geblieben waren.

Niemand konnte momentan wissen, ob sie den nächsten Tag noch erleben würden, und dennoch war noch immer dieser Funke der Hoffnung in ihnen, einfach anzukommen und einen Platz zu finden, an dem sie in Frieden leben konnten.

Irgendwo musste der doch zu finden sein!

64. Kapitel

Ein schlesisches Wäldchen ...

erweil waren sie seit beinahe zwei Monaten auf der Flucht, es war Mitte März und der Winter ging seinem Ende entgegen, der Schnee war zum größten Teil bereits geschmolzen, aber zusammen mit dem Ende Februar auf sie herunter gefallenen Dauerregen hatte das Tauwasser die Wege abseits der Straßen in einen knöcheltiefen und extrem zähen Schlamm verwandelt, der kaum passierbar war und nur sehr langsam wieder trocknete.

Zuckelnd schob sich der Karren durchs Land und Hedwig saß gerade als einzige darauf, weil Christian sie nicht mehr vom Gefährt ließ.

Ihr Bauch hatte inzwischen einen beachtlichen Umfang erreicht und sie konnte es fast nicht glauben, dass noch zwei Monate ins Land gehen würden, bevor sie das Kind endlich in den Händen hielt.

Isoldes Einwand, dass es diesmal eventuell Zwillinge, wie bei ihr, sein könnten, wollte sie weder abtun noch bestätigen, aber diese Schwangerschaft wäre schon ohne diese elendige Flucht einfach nur außerordentlich strapazierend gewesen.

Auf ihrem Karren sitzend, hatte sie auch viel Zeit zum Nachdenken und sie hob den Blick zu einem trüben und wolkenverhangenen Himmel.

Die Bäume waren kahl, alles war grau um sie herum und wehmütige Empfindungen flogen ihr durchs Gemüt.

Diese Übergangszeit zwischen Winter und Frühling hatte ihr noch nie wirklich gefallen, zu schmuddelig war das Wetter und man konnte sich schnell eine Erkältung einfangen und daher achtete sie auch besonders auf ihre Kinder, die neben und vor ihr liefen.

Da war ihr der Winter trotz der klirrenden Kälte fast lieber gewesen, denn da hatte das Fuhrwerk noch ohne Probleme auf den gefrorenen Wegen fahren können und alle hätten darauf Platz gefunden, jetzt musste jedes Gramm Gewicht eingespart werden, weil das Gespann sonst zu unbeweglich wurde.

Durch den Schlamm waren sie jetzt auch zunehmend auf die breiten und gut ausgebauten Straßen angewiesen, mit dem Risiko, dass sie dort einer der Kombattanten Parteien irgendwie ständig im Wege waren und wie schon am Beginn ihrer Flucht war mit Schonung der Zivilbevölkerung noch immer nicht zu rechnen, aber jetzt hatte sich offenbar auch noch die Witterung gegen sie verschworen.

Allerdings hatte sich Franziskas Zustand indessen so sehr gebessert, dass sie wieder selbst laufen konnte und das gab allen einen kleinen Schub Hoffnung, denn wenn es der Zweijährigen gelang, den Widrigkeiten zu trotzen, so wollte kein anderer dabei nachstehen.

Nach all dieser Zeit des Fahrens mussten sie sich jetzt ungefähr südlich der Linie von Warschau nach Posen befinden, zumindest hatte Christian ihnen das gesagt, und damit hatten sie mehr als zwei Drittel ihres Weges bereits hinter sich gebracht.

Momentan fuhren sie demzufolge von Polen in das ehemalige Schlesien hinein, irgendwo westlich von ihnen war die Front und sie befanden sich in deren Hinterland.

Mit versprengten Truppenteilen von Wehrmacht und Waffen-SS war jetzt zwar nicht mehr zu rechnen, aber die Konvois des russischen Nachschubes teilten sich mit ihnen die wenigen guten Straßen.

Die Transportsoldaten fuhren nur mit LKWs und waren ein klein wenig freundlicher zu ihnen, als die meist gepanzerten Angriffstruppen weiter vorn, die sich gnadenlos die Wege frei machten, aber immer mehr Flüchtlinge waren jetzt in westlicher Richtung unterwegs.

Viele von ihnen kamen aus dem östlichen Polen und hatten dort nach dem Kriegsausbruch kleine Höfe bezogen, jetzt flohen sie vor der Roten Armee und den nachrückenden russischen Siedlern, die gegenwärtig ihre Gehöfte übernahmen.

Dazu kamen Siedler, deren Familien zum Teil schon seit Jahrhunderten in Schlesien gewohnt hatten und ebenfalls vor der Gewalt flüchteten, mit welcher die polnischen Bauern sie von dort vertrieben hatten.

Oft hatten sie unterwegs mit ihnen reden können, sie alle flohen vor Repressalien und willkürlichen Ausschreitungen und hatten mitunter nur das retten können, was sie am Leibe trugen.

In den letzten Wochen hatten sie es oft selbst gesehen, wie sie die verlassenen Höfe vorgefunden hatten, auf deren Tisch manchmal noch das Essen stand. Deren Bewohner mussten Hals über Kopf aus ihren Gehöften aufgebrochen sein oder waren getötet worden, denn die Rache der bisher Unterdrückten entlud sich jetzt über den hilf- und wehrlosen Flüchtlingen.

Die Not und der Jammer waren groß, und ihnen selbst war es ja ähnlich ergangen.

Fast sämtliche Wertgegenstände waren mittlerweile in die Taschen der sie immer wieder kontrollierenden Soldaten gewandert.

Ihr Treck aus etwa fünfzehn Fuhrwerken schob sich an einem kleinen Waldstück entlang, um den Fliegern nicht zu viel von sich zu bieten, aber die bisher oft über ihnen kreisenden Schlachtflugzeuge waren jetzt offenbar weiter westlich im Einsatz.

Ein neuer Fahrzeugkonvoi näherte sich brummend von hinten und alle Fuhrwerke wichen so weit wie möglich an den Straßenrand aus, denn schließlich wollten sie keinen Ärger bekommen.

Hedwig blickte über die Schulter und konnte mehr als ein Dutzend russischer Lastwagen mit geschlossener Plane erkennen, die von einem Geländewagen mit aufmontierten Maschinengewehr angeführt wurden.

Auf Armlänge passierten die Fahrzeuge die haltende Kolonne, dann bremste der Geländewagen vorn, stellte sich vor das erste Fuhrwerk quer und die LKWs fuhren unmittelbar davor an den rechten Rand zur Kolone auf, dann bremsten auch sie und von den Ladeflächen sprangen Soldaten herab, die sofort damit begannen, den Konvoi von vorn her zu kontrollieren.

Wie immer stellten sich alle artig auf, denn sie waren diese Arten von Durchsuchungen ja bereits zur Genüge gewohnt.

Auf einmal setzte am dritten Fuhrwerk ein lauter Wortwechsel ein und alle blickten erschrocken in diese Richtung. Ein älteres Ehepaar stritt offenbar mit einem der Soldaten um irgendetwas, aber das würde sicher wieder Unheil geben, den Widerstand oder nur Widerworte waren mehr als gefährlich, sie waren tödlich!

Alle hielten den Atem an und schauten wie gebannt nach vorn, wo jetzt die alte Ehefrau mit einem Soldaten diskutierte, doch entgegen aller Erwartungen wurde dieser Konflikt nicht sofort mit der Waffe beendet, sondern der Soldat rief seine Vorgesetzten.

Der Offizier stieg aus dem Geländewagen und kam zu ihnen zurück.

Vermutlich waren es frische und noch unerfahrene Truppen, die als Ersatz an die Front geschickt werden sollten.

Beinahe wollten schon alle aufatmen, als der Offizier einfach die Waffe zog und die alte Frau erschoss, danach brüllte er Befehle und die Soldaten schwärmten unverzüglich aus.

Jetzt würde es ihnen wohl an den Kragen gehen!

Sie zog Franziska zu sich und hob sie auf den Arm, um sie zu beschützen.

Die Rotarmisten rannten an den Wagen entlang und zerrten Frauen zur anderen Straßenseite, auch Rena und Isolde packten sie an den Schultern.

Reinhold und Christian wollten, wider besseres Wissens, etwas dagegen unternehmen und das endete damit, dass die beiden einfach zusammengeschlagen wurden.

Im allgemeinen Geschrei und Tumult wollte auch sie für die Tochter Partei ergreifen, doch sofort blickte sie in die kleine schwarze Mündung einer Maschinenpistole und musste Rena schweren Herzens für den Rest der Familie aufgeben.

Kurz darauf wurden die fünfzehn Frauen in den Wald gezerrt und sie sah noch Renas flehendes Gesicht, doch sie konnte nichts mehr für die Tochter tun. Wenig später hörte sie Schreie aus dem lichten Gehölz, konnte aber nicht sehen, was dort wohl Fürchterliches mit den Frauen geschah.

Sie versuchte, die Kinder um sich herum zu beruhigen und betete für Rena und Isolde. Nur ein paar Soldaten standen noch auf der Straße, um sie zu bewachen, der größte Teil von ihnen war in das Waldstück gelaufen.

Schließlich hörte man Pistolenschüsse von dort, die Männer kamen zurück und stiegen wieder auf ihre Fahrzeuge.

Sie kümmerte sich jetzt um Reinhold und Christian und wollte gerade die anderen auffordern, auf den Wagen zu klettern, als Rena auf Isolde gestützt aus dem Wäldchen auf sie zu wankte.

Die Tochter trug ihren Rock in der Hand, ihre Kleidung war völlig zerfetzt und man sah ihre Haut darunter, auch Isoldes Wäsche war nicht mehr wirklich intakt.

An Renas nacktem Bein war Blut zu sehen, und die Tochter fiel ihr schließlich weinend in die Arme.

Nur schwer konnte sie das Mädchen trösten, während Isolde ihr eine Decke um die Schultern hängte.

Sie warteten noch ein paar Minuten, aber nur wenige der anderen Frauen kamen aus dem Wald zurück, die Klagerufe der Angehörigen waren jetzt von dort zu hören, die nach ihnen gesucht hatten.

Abermals hatten die Angehörigen ihrer Familie überlebt, aber es dauerte ewig, bis sich Rena wieder beruhigt hatte. So ein furchtbares Schicksal wünschte man seinem ärgsten Feind nicht!

65. Kapitel

Am Ende?

eit ewigen Wochen harrte er jetzt schon auf dieser Position aus. Zwar nicht nur er alleine, aber irgendwie doch schon vergessen von allen anderen, die eigentlich hinter ihm dafür sorgen sollten, dass die Verteidigung seiner Straßensperre gelang.

Mittlerweile hatte die letzte Märzwoche begonnen und Karl holte die Reste seiner Kompanie zusammen. Hatte er vor Weihnachten noch fast hundert Männer gehabt, so passte der klägliche Rest jetzt in seinen Befehlsunterstand!

Er, drei alte Volkssturmmänner und ein Hitlerjunge bildeten die Sperre vor Königsberg! Fünf Männer, durch die Kämpfe ausgezehrt und am Ende ihrer Kraft!

„Männer, es sieht bescheiden aus! Wie viel Munition habt ihr noch?", fragte er.

„Zwei Patronen", antwortete Kurt.

„Ich ebenfalls", setzte Paul hinzu.

Der Junge zuckte mit den Schultern und Friedrich hob den Rest des MG-Gurtes hoch, doch der war überschaubar kurz geworden.

„Also mit den zehn Patronen in meiner MPI noch etwa vierzig Schuss", stellte Karl fest und schob das Magazin wieder in seine Waffe.

„Aber wir haben noch zwei Panzerfäuste!", erklärte der Junge und zeigte auf die Kiste in der Ecke.

„Wir sollten bis zur letzten Patrone ausharren", seufzte Kurt und kratzte sich am Kopf.

„Also ich weiß nicht, wie ihr das seht, aber ich bin der Meinung, dass wir uns ergeben sollten!", entgegnete Paul vorsichtig.

Der fast Siebzigjährige war ebenfalls seit Weihnachten hier und hatte die ganze Zeit tapfer gekämpft.

„Ich habe denen da hinten täglich meine Meldung gemacht. Der Stab weiß ganz genau, wie beschissen es bei uns aussieht!“, erwiderte Karl dem alten Mann und setzte sich an seinen Tisch.

Er zog die Karte zu sich und deutete auf die Stadt, die hinter ihnen lag.

„Wenn morgen die russischen Panzer kommen, dann können wir so in etwa eine Minute standhalten“, erklärte er.

„Oder?“, entgegnete Paul lauernd, denn der alte Mann hatte sicher das gedachte Fragezeichen gehört.

„Aber wir müssen standhalten. Meine Mutter erwartet das von mir!“, begann der Junge jetzt aufgebracht.

„Ach Felix, wie alt bist du?“, unterbrach Paul ihn.

„Fast siebzehn!“, antwortete Felix.

„Weißt du, Felix, was deine Mutter wirklich von dir erwartet? Dass du am Leben bleibst und sie dich wieder in die Arme schließen kann! Der General wird kapitulieren und dann in die Gefangenschaft gehen. Und du verreckst hier mit einer Panzerfaust in deinem Loch! Oder willst du nicht siebzehn werden? Das Leben kennenlernen? Eine Familie gründen?“, mischte sich jetzt auch Kurt fragend ein.

„Die Rote Armee hat die Festung eingeschlossen, Hitler hat die Flucht untersagt und dennoch haben viele schon die Chance genutzt. Meine Familie ist auch über das Eis und jetzt hoffentlich in Sicherheit, aber ich will mein ungeborenes Kind auch noch kennenlernen und das kann ich nur, wenn ich am Leben bleibe!“, erklärte Karl jetzt dem Jungen.

„Wir können doch nicht einfach so desertieren!“, entgegnete Felix deutlich aufgeregt.

„Wenn du magst, dann kannst du die Sperre ja alleine bewachen!“, antwortete Paul und drückte dem Jungen sein Gewehr in die Hand.

„Die da drüben haben unbegrenzte Mittel und sind eindeutig in der Übermacht. Jeder weitere Widerstand hier ist zum Scheitern verurteilt. Du kannst vielleicht einen Schuss abgeben, aber wozu? Und wofür?", erklärte Kurt jetzt und stellte sein Gewehr an die Wand.

„Wenn wir uns jetzt ergeben, dann haben wir eine Chance. Kämpfen wir, so werden wir sinnlos sterben!", seufzte Kurt.

Der alte Soldat war wie er im letzten Krieg an der Westfront gewesen und kannte die Gräuel des Krieges nur zu gut.

„Meine Enkelin ist in deinem Alter und ich würde mich freuen, wenn sie nach dem Krieg die Chance hätte, dich kennenzulernen!", warf jetzt Friedrich von hinten ein und stellte das MG auf dem Tisch ab.

Noch immer zögerte Felix, aber er war wohl nicht mehr so sehr von der Verwerflichkeit der Kapitulation überzeugt wie Minuten zuvor.

Eine Staffel russischer IL-2 Schlachtflugzeuge donnerte im Tiefflug über den Bunker und der Junge zuckte dabei zusammen.

„Ein Besenstiel und ein altes Schneehemd finden sich", erklärte Friedrich.

„Also? Leben oder sinnlos sterben?", fragte Karl jetzt und schnallte bereits sein Koppel ab.

Ein paar Minuten später gingen die Reste der Kompanie in Gefangenschaft und wankten einem ungewissen Schicksal entgegen, aber die Chancen zum Überleben waren damit deutlich größer.

War es Verrat?

Möglicherweise, aber den hatte die Führung bereits zuvor begangen, indem sie die Flucht untersagt hatte, als noch Zeit dafür gewesen war!

66. Kapitel

In Sicherheit?

Während alle anderen von Schlesien aus nach Westen flohen, hatten sie die entgegengesetzte Richtung eingeschlagen, denn nach dem furchtbaren Zwischenfall im Wald mussten sie erst einmal wieder zur Ruhe kommen.

Sie und Rena waren zwar die Hauptbetroffenen dieser Gewalt gewesen, doch auch alle anderen waren dadurch momentan angeschlagen.

Westlich von ihnen tobte noch immer diese unbarmherzige Schlacht, und da wollten sie nicht hineingeraten. Je weiter man also davon entfernt war, desto besser war es und was konnte ihnen im Hinterland schon geschehen, was ihnen nicht bereits passiert war?

Anfang April hatten sie schließlich in einem kleinen Ort den perfekten Platz für sich gefunden: ein verlassenes Kinderheim!

Da Christian durch seine polnische Großmutter, bei der er seine Kindheit verbracht hatte, sehr gut Polnisch sprach, konnte er sich gut verständigen und Gottes schützende Hand sorgte dafür, dass der ehemalige Verwalter des Heimes ein weiches Herz hatte und sie bei sich unterbrachte.

Tomasz war bestimmt schon fast siebzig, aber für sein Alter noch ziemlich rüstig und er schien eine Art von Autoritätsperson in dem Städtchen zu sein. Jahrhundertelang war es eine deutsche Ortschaft gewesen und nach seinen Worten wandelte sich das jetzt.

Alte Straßenschilder wurden entfernt, Geschäfte umbenannt und die ehemaligen Bewohner waren fast vollständig geflüchtet, sicherlich nicht ganz unbegründet, denn auch hier hatte die Rote Armee ziemlich rabiat gewütet.

Wer nicht zuvor schon entkommen war, den hatten die Soldaten aus den Häusern gejagt und vertrieben, aber viele waren auch in den Osten gebracht worden, wo sie den Wiederaufbau der zerstörten russischen Infrastruktur in Angriff nehmen sollten.

Und nach den Russen hatten die Polen das Städtchen besetzt und wollten es jetzt entsprechend ihrer Vorstellungen umgestalten.

Es war wohl so eine Art Umkehr dessen, was Hitler zuvor in Polen gemacht hatte. Der hatte nach 1939 die Grenze von Schlesien weiter nach Osten geschoben und die ehemaligen polnischen Bewohner aus deren Siedlungen vertrieben.

Jetzt wiederholte sich das in der entgegengesetzten Richtung.

In den letzten Wochen war die Lage hier schlimm gewesen, wusste Tomasz zu berichten, doch mittlerweile übernahmen gemäßigte Kräfte die Führung und wollten eigentlich nur noch Frieden.

Es war allerdings nicht absehbar, ob sich das in den nächsten Wochen schon wieder ändern würde, denn die Lage war undurchsichtig und nicht vorhersehbar!

Zumindest für eine Weile hatten sie aber hier erst einmal eine Unterkunft, und die war nach den unvorstellbaren Strapazen der Flucht auch bitter nötig.

Das Heim jedenfalls war sehr schön und lag etwas außerhalb des Städtchens, von einem großen Garten umgeben. Es mochte wohl vor einigen hundert Jahren mal ein kleines Jagdschloss gewesen sein und hatte danach als Heim für Waisenkinder gedient, aber die waren offenbar Hals über Kopf geflüchtet, wenn man sich das Chaos in den Räumen so ansah.

Oder aber die Besetzer des Hauses hatten es anschließend geplündert und alles nicht niet- und nagelfestes aus den Räumen geholt.

Matratzen lagen verstreut auf dem Boden, Spielzeug und Kleidung war wild durcheinander geworfen.

Schnell hatten sie Ordnung geschaffen, zwei Räume für sich genommen und lebten jetzt schon seit einer Woche darin.

Vorsichtshalber blieben sie nur unter sich, aber die Kinder konnten in dem Garten endlich Frieden finden.

Renas Zustand war allerdings immer noch ziemlich besorgniserregend. Jede Nacht wachte sie schreiend auf und weinte sich danach in den Schlaf, aus dem sie wenig später abermals erwachte.

Alle versuchten es ihr so leicht wie nur irgend möglich zu machen, allerdings konnte nur sie eine Verbindung zu dem Mädchen aufbauen, weil ihr Schicksal dieselbe schreckliche Fügung genommen hatte.

In dem Wäldchen hatte sie Rena gesagt, sie solle sich nicht wehren, um am Leben zu bleiben, und sie hatten beide vermutlich einzig deswegen überlebt, aber zu welchem Preis?

Sie selbst war innerlich völlig zerrissen und konnte auch mit niemandem darüber reden, Hedwig verschloss sich davor und es war ihr anzusehen, dass sie das nur als Schutz für sich selbst tat, denn auch in ihrem Inneren war sie zerbrochen, weil sie ihrer Tochter in jenem Moment nicht helfen konnte, als diese es am nötigsten gebraucht hätte, aber das hätte wohl keiner vermocht.

Entgegen ihrer sonstigen aufgeschlossenen Haltung fiel die Freundin in dieser problematischen Situation auf die Ansichten ihrer Mutter zurück, nach deren Aussage etwas nicht geschehen war, wenn man darüber nicht sprach.

Aber es war geschehen!

Nichts und niemand auf der Welt konnte daran mehr etwas ändern, und am fürchterlichsten war es eben für Rena, deren Leben am Beginn ihres Erwachsenwerdens eine solch entsetzliche Wendung genommen hatte.

Und in ihrem Schicksal näherten sie sich immer weiter aneinander an. Zuvor schon hatte sie jeden Schritt von Rena begleitet, war sogar bei deren Geburt anwesend gewesen und das war eigentlich die beste Basis für das Vertrauen zwischen ihnen.

Schließlich zogen sie sich in einen der Räume zurück und begannen einfach zu reden, wobei eine jede von ihnen diese fürchterliche Tat ausließ. Gemeinsam mussten sie wieder Sicherheit und Vertrauen in ihr Leben gewinnen und dazu sangen und malten sie gemeinsam.

Rena und sie selbst mussten einen Grund fürs Weiterleben finden und brauchten dafür die Ruhe und Sicherheit eines geschützten Platzes. Und dafür war dieser Ort genau der richtige.

Tief in sich selbst wusste sie, dass sie beide akzeptieren mussten, dass die Bedrohung hinter ihnen lag und sich daran nicht mehr ändern ließ.

Sie würden damit leben müssen, für den Rest ihres Daseins.

Tag für Tag und Schritt für Schritt fanden sie zusammen wieder zu den schönen Dingen des Lebens zurück und als sie dann Renas kleine Geschwister in ihre Singe-, Zeichen- und Geschichtenerzählgruppe einbezogen, nahmen sie dadurch auch einen Teil der Last von Hedwigs Schultern, denn die fortschreitende Schwangerschaft, gepaart mit der wilden Flucht, hatte auch ihre Kräfte aufs äußerste strapaziert.

Sie machten auch lange Spaziergänge im wärmer werdenden Garten, und Ende April war Rena wieder so weit, als wäre nie etwas geschehen, aber sie beide wussten, dass diese schreckliche Tat auch weiterhin in ihrem Gedächtnis bleiben würde, denn die konnte da kein Mensch wieder entfernen.

Sie hatten gelernt, damit zu leben und es zu akzeptieren, dass dies künftig ein Teil von ihnen sein würde. Für immer!

Noch waren sie in Sicherheit in ihrer Burg, aber es war abzusehen, dass sie diese auch wieder verlassen mussten.

Da blieb nur zu hoffen, dass sich dieses Ereignis nie wiederholen würde!

67. Kapitel

Angekommen ...

itte Oktober war es derweil geworden und über so manche Umwege sowie Zwischenstationen war ihre kleine Familie in der Mitte Sachsens angekommen.

Mehr als zweihundert Kilometer hatten sie zum Schluss zu Fuß zurückgelegt, weil Christian die Pferde in Nowa Wieś Legnicka, wie das alte schlesische Neudorf jetzt hieß, zurücklassen musste, um dafür etwas zum Essen für sie einzutauschen.

Sicherlich war es nur seinem Verhandlungsgeschick zu verdanken, dass sie dafür überhaupt etwas bekommen hatten, denn es war nicht unüblich, die Flüchtlinge einfach aller ihrer Habe zu berauben, um sie danach fortzujagen.

Das ehemalige Schlesien war für die deutschen Flüchtlinge ein rechtsfreier Raum geworden und nicht wenige bezahlten den Aufenthalt dort noch immer mit ihrem Leben, obwohl schon seit Monaten Frieden war.

Mit einem Handwagen und den Resten dessen, was sie mehr als ein Jahr zuvor aus dem zerbombten Königsberg hatten retten können, zogen sie jetzt die letzten Kilometer bis zu einem Haus, in dem sie eventuell eine Unterkunft finden konnten.

Schließlich stand Hedwig, mit ihrem Sohn Thomas im Arm, vor dem Gebäude und blickte an dessen Fassade hinauf. Es war ein altes Rittergut, in dessen Erdgeschoss sich die Verwaltung des Dorfes befand, und Christian hatte erzählt, dass sie dort eine Bleibe für den Winter finden konnten, denn keiner von ihnen war jetzt noch in der Lage, bis ins Erzgebirge weiterzuziehen.

Und falls der Schnee erneut so zeitig, wie im Jahr zuvor, kommen würde, dann wären es wohl nur noch Tage, bis die ersten Flocken fielen und das wollte sie sich und den erschöpften Kindern ohne ein Dach über dem Kopf nicht mehr zumuten.

Thomas war genau eine Woche älter, als der Frieden und sie hatte ihn nach ihrem Schutzengel in Schlesien benannt, der sie so fürsorglich und menschlich bei sich beherbergt hatte, bis auch ihm keine andere Wahl mehr geblieben war, als sie fortzuschicken, denn Deutsche waren jenseits der Oder nicht mehr sehr gut angesehen.

In Anbetracht der Geschichte konnte sie das zwar gut verstehen, aber dennoch schmerzte es, diesen Repressalien ausgesetzt zu sein, denn es traf nie die eigentlichen Schuldigen.

Zum Glück waren alle noch immer wohlauf und selbst Franziska hatte die Strapazen dieser Odyssee verkraftet, aber sie alle hatten die toten Kinder gesehen, die von ihren Müttern einfach im Straßengraben abgelegt worden waren.

Die Kleinsten, die Kranken und die Alten hatte der Tod auf der Flucht zuerst geholt, und ob von denen, welche die Russen in den Osten gebracht hatten, einer die dort sicherlich zu erwartenden Torturen überstand, schien fraglich.

Mit einer Handbewegung schob sie die dunklen Gedanken von sich und ließ ihren Blick über den Hof des Rittergutes schweifen.

Vier Häuser bildeten die Seiten, und nicht weit entfernt stand eine kleine Kirche. Dort konnte sie Thomas eventuell taufen lassen. Seine Schwester war anderthalb Jahre zuvor im Dom von Königsberg getauft worden, den es jetzt nicht mehr gab.

Das hier konnte, zumindest für den nächsten Winter, ihr neuer Platz sein und es war das tiefste Sachsen, wo sie keiner mehr vertreiben konnte.

Ziegra hieß der kleine Ort und lag so beschaulich vor ihnen, als hätte es hier nie einen Krieg gegeben. Andere Städte, durch die sie in den letzten Wochen gezogen waren, waren unter schwerem Beschuss mitunter bis zur Unbewohnbarkeit zerstört gewesen, aber hier sah alles so friedlich aus.

Es schien ein Märchen zu sein, und dennoch war es real.

Hinter dem Haus schimmerte ein kleiner Teich durch die Büsche und mit einem Mal erhob sich dort schnatternd etwa ein Dutzend Gänse, um in den Süden zu fliegen.

Günter zuckte dabei zusammen und presste sich ganz eng an sie an. Nach mehr als neun Monaten auf der Flucht war für ihn alles, was flog gefährlich, denn die Tieffliegerangriffe waren an keinem von ihnen spurlos vorübergegangen und dennoch lag in diesen schnatternden Wildgänsen so etwas Ruhiges und friedliches.

„Dürfen wir dann mal an den Teich gehen?", fragte Monika und zeigte auf das Gewässer, das an einer Seite von etwas Schilf umgeben wurde.

Es war wohl auch in ihren Augen so etwas, wie ein Ankommen, denn bisher hatten sie immer alle vermieden, voneinander getrennt zu sein, doch jetzt kam der Zeitpunkt, zu dem sie in Ruhe leben durften.

Isolde trat zu ihr und Christian ging in das Haus.

„Mir gefällt es hier ganz gut", erklärte die Freundin und bestätigte ihr nur ihren eigenen Eindruck.

„Wenn das mit der Unterkunft klappt, dann würde ich gern hier bleiben", flüsterte sie zurück.

„Wer sollte eine Frau mit zehn Kindern von der Schwelle weisen?", antwortete Isolde.

„Hier könnte ich es mir auch vorstellen, auf diesem Gut zu arbeiten. Im nächsten Jahr sollte es wieder eine Ernte geben!", setzte Isolde fort und blickte zum Stall hinüber, in dessen offener Tür ein Pferd stand.

„Bleibt in der Nähe, wenn ich euch rufe", gab sie der Tochter auf den kurzen Weg mit und Monika verschwand mit Elisabeth zu dem kleinen Weiher.

Es war Zeit, einfach keine Angst mehr zu haben!

Hier und jetzt mussten sie alle zur Ruhe kommen, um neue Kräfte zu sammeln.

Sieglinde lief zu dem Pferd hinüber und binnen Minuten stand sie nur noch mit Franziska, Günter und Thomas bei Isolde.

„Bitte, lass eine Wohnung hier frei sein!", sagte sie leise und blickte auf die Tür, hinter der Christian wohl gerade um die Unterkunft bat, aber es dauerte ungewöhnlich lange, bis er wieder herauskam.

War das jetzt ein gutes oder schlechtes Zeichen?

Endlich öffnete sich die Tür, Christian trat zu ihnen und gab ihnen zwei Schlüssel.

„Die Wohnungen sind da oben! Wir werden also Nachbarn!", erklärte er und zeigte auf die linken fünf Fenster im Obergeschoss.

„Wollen wir auf die Kinder warten?", fragte sie, aber Isolde ging bereits zur Tür.

Sie schloss sich, mit den drei Kindern, ihren beiden Freunden an, betrat das Haus und stieg hinter ihnen eine Treppe nach oben.

„Da ist deine Tür", sagte Isolde und zeigte auf den Eingang.

„Und da unsere", setzte Christian hinzu und trat an die andere.

Hier gab es vier Wohnungen im Obergeschoss, und während Isolde ihre Tür öffnete, trat sie zu ihrer eigenen.

Knarrend drehte sich der Schlüssel im Schloss der schweren Eichentür, dann schob sie diese auf und trat ein.

Es gab nicht mehr viele Möbel hier, da dieses Haus offenbar geplündert worden war, aber ein Tisch mit ein paar Stühlen und auch zwei Matratzen waren geblieben. Und mitten in dem, was wohl mal die gute Stube gewesen war, stand ein Klavier!

Hedwig näherte sich dem Musikinstrument, klappte den Deckel auf und spielte. Seit Jahren hatte sie nicht mehr die Tasten eines Klaviers betätigt, aber die Klänge gaben ihr noch mehr Frieden.

Völlig in sich versunken spielte sie aus dem Kopf die Ode an die Freude von Schubert!

Frieden war! Jetzt und hoffentlich für immer!

68. Kapitel

Neue Chancen?

Der Hahn krähte draußen irgendwo ziemlich laut, und Isolde erhob sich von ihrem Lager, trat ans Fenster, schob es auf und blickte hinab, wo dieses Federvieh weit unter ihr durch den Garten spazierte.

Dieser Vogel hatte einen so großen Auslauf und sich dennoch direkt unter ihr für seinen Schrei platziert, aber es wurde Zeit, denn die Aussaat musste beginnen. Ein neuer Frühling hatte begonnen und der wollte jetzt genutzt werden.

Obwohl sie im letzten September, als man das Land bei der Bodenreform in der jetzigen Sowjetischen Besatzungszone aufgeteilt hatte, noch auf der Flucht gewesen waren, hatte abermals Christian mit seinem Verhandlungsgeschick dafür gesorgt, dass sowohl sie als auch Hedwig jeweils 10 Hektar vom Acker des ehemaligen Gutes erhalten hatten.

Ihre beiden Felder lagen nebeneinander, waren nicht weit von ihr entfernt und sie konnte diese sogar vom Fenster aus sehen.

Links von ihr hing die Urkunde an der Wand, mit der sie ihr Stückchen Hoffnung erhalten hatte.

„Junkerland gehört in Bauernhand", stand ganz oben und darunter: „Die Zuteilung der landwirtschaftlichen Fläche gilt als unwiderruflich! Keine Macht der Welt wird sie dir wieder wegnehmen können!"

Es war ein Versprechen in eine friedliche Zukunft, das sie nicht ungenutzt verstreichen lassen wollte.

In den letzten Monaten war sie mit Hedwig übereingekommen, dass sie die beiden Felder gemeinsam nutzen und darauf Gemüse anbauen wollten.

Die großen Kinder würden helfen, und mit ihrer und Christians Erfahrung sollte es doch kein Problem sein, eine ertragreiche Ernte vom Feld zu bekommen.

Vor ein paar Tagen hatte es in der Dorfschänke eine Zusammenkunft gegeben, in der alle, die ein Stück Land bekommen hatten, sich beratschlagt hatten.

Jeder hatte dieselbe Fläche erhalten, doch die meisten von den anderen hatten wirklich keine Ahnung, wie man eine Möhre anbauen sollte. Viele waren Arbeiter gewesen, die aus dem Osten vertrieben worden waren, kaum 10 % von ihnen hatten schon einmal ein Feld gesehen, geschweige denn wusste überhaupt, wie viel körperlich schwere Arbeit da auf sie zukam, aber jeder wollte essen und nur ein Garten sorgte momentan dafür, dass man etwas auf dem Teller hatte.

Der letzte Winter war hart gewesen, denn der Krieg und die Verwüstungen hatten im vergangenen Herbst für eine dermaßen schlechte Ernte gesorgt, dass die Preise für Lebensmittel fast unerschwinglich geworden waren.

Christian erhob sich ächzend hinter ihr aus dem Bett und streckte sich ausgiebig, nebenan schliefen Gerfried und Sieglinde in ihrem Zimmer und während es der Tochter leichtgefallen war, sich an Christian zu gewöhnen, hatte Gerfried ziemlich lange mit sich gehadert, den Mann als neues Oberhaupt der Familie zu akzeptieren.

Erst die Nachrichten aus den befreiten KZs hatten ihm dann endgültig die Augen über seinen Vater geöffnet.

Sie selbst hatte es jahrelang vermutet, dass er ein völlig skrupelloser Verbrecher gewesen war, und jetzt wusste sie es nur zu genau. Mit Fritz wollte sie nie wieder etwas zu tun haben und daher hatten sie und die Kinder gemeinsam beschlossen, ab sofort Christians Nachnamen anzunehmen.

Nichts sollte mehr an den Obersturmbannführer erinnern und sie hoffte, dass er für das, was er ihr und den anderen Menschen angetan hatte, bis zum Tag des Jüngsten Gerichtes in der Hölle schmoren musste!

Nie in ihrem Leben hatte sie zuvor einen Menschen gehasst, doch Fritz hatte es ihr leicht damit gemacht, ihn einfach nur als das zu sehen, was er war: ein verabscheuungswürdiges Subjekt ohne jede Moral oder Anstand.

Christian trat zu ihr, küsste die Seite ihres Halses und fragte: „Geht es heute los?"

Es war wohl keine Frage, und er selbst wusste es nur zu gut, aber offenbar wollte er ihr die Entscheidung überlassen. Selbstverständlich würde auch er helfen, das hatten sie jahrelang so gemacht, aber mit seinem steifen Knie war er eben auch ein wenig eingeschränkt.

Aber alles war bereit, das Saatgut stand in zwei Säcken an der Wand des Raumes und Arbeitsgeräte befanden sich unten im Schuppen des Gutes. Man würde sich alles teilen müssen und daher war wohl der im Vorteil, der zuerst kam!

„Ich wecke die Kinder und dann geht es los!", antwortete sie und drehte sich zu ihm um.

„Einen Moment haben wir aber noch", gab ihr Christian schmunzelnd zurück und holte sich einen Kuss von ihr.

Auch nach Jahren war da zwischen ihnen noch immer diese Zuneigung und Herzlichkeit, die sie bereits am ersten Tag bei ihm gefunden hatte.

An seiner Seite hatte sie die Schmerzen jenes Tages in dem Wäldchen nach und nach überwinden können, er hatte ihr geholfen, wie sie es zuvor bei Rena getan hatte.

Wenn man in der Familie einen guten Rückhalt hat, dann war alles nicht mehr so schlimm, wobei die grausamen Bilder und Gefühle von damals immer noch in ihr hochkamen.

In der vergangenen Nacht hatten sie sich jedenfalls zum ersten Mal seit damals wieder geliebt, und Christian war so rücksichtsvoll gewesen, das Licht dabei brennen zu lassen. Nur zögerlich hatte sie sich auf den Versuch eingelassen, aber es war alles gut gegangen.

Eine neue Chance hatte sich vor ihr aufgetan, endlich das Leben zu haben, was sie seit Jahren haben wollte, mit Arbeit auf ihrem Feld und Christian an ihrer Seite, Tag und Nacht zusammen und niemand konnte sie mehr trennen.

Es war viel zu schön in seinen Armen, aber sie musste sich leider wieder daraus befreien, denn die Arbeit wartete.

Sie weckte die Kinder, wusch sich, zog sich an und legte sich dabei in Gedanken alles zurecht, was sie tun wollte, und als sie zu viert aus der Wohnung traten, kamen auch Hedwig und ihre Kinder aus deren Wohnung.

Gemeinsam wollten sie zum Feld hinübergehen und dort würde dann eines der größeren Kinder auf die kleineren aufpassen, während alle anderen mit der Feldarbeit beschäftigt sein würden.

Ihre kleine Gruppe von drei Erwachsenen und zwölf Kindern lud sich die Gartengeräte auf und zog singend die paar Schritte bis zu ihrer gemeinsamen Zukunft.

Zweimal zehn Hektar, zweihundert Meter breit und einen Kilometer lang, von Hecken gesäumt, lag ihr Land vor ihnen. Noch war es zwar eher Wiese als Gemüsegarten, aber schnell ging die Arbeit singend von der Hand.

Und nach der Anstrengung liefen sie zum Teich, der sich nicht weit entfernt befand. Es schien eine Kopie jenes Gewässers zu sein, in dem sie so oft mit Karola gebadet hatte, aber für gemeinsame Stunden am Ufer auf der Wiese mit Christian würden erst einmal die Kinder in ihr Bett gehen müssen.

Sie freute sich auf einen Neuanfang, setzte sich neben dem geliebten Mann ins Gras und lehnte sich gegen seine starke Schulter.

Alles war vor ihr offen, denn die Zukunft hatte begonnen …

69. Kapitel

Ein leiser Wunsch

edwig stand an ihrem Küchenfenster und blickte in die Dunkelheit hinaus. Es war die Nacht vor dem Heiligen Abend 1948 und Ruhe war in allen Räumen.

Die Jungen schliefen in der Stube auf dem Sofa sowie einem Klappbett und die Mädchen wie immer in der Schlafstube im breiten Bett, doch diesmal fehlte Rena dort, denn die achtzehnjährige lag mit ihrer Schulfreundin Ilona eng aneinander gekuschelt zwei Meter neben ihr auf der Küchenbank, die sonst ihr Schlafplatz war.

Eine kleine Kerze auf dem Fensterbrett leuchtete und in deren Licht blickte sie kurz hinüber, wo ein roter und ein schwarzer Schopf unter der Decke hervorschauten.

Sie hatten zu dritt Plätzchen gebacken, Unmengen davon, weil sie ja auch eine große Familie und viele Freunde hatten und es war einfach spät geworden, viel zu spät für Ilona, die sie danach nicht mehr in der Finsternis noch durchs halbe Dorf schicken wollte.

Hinter den beiden Mädchen an der Küchenwand stand der Vorratsschrank, und der war momentan richtig gut gefüllt. Es würde dieses Mal sicherlich kein Hungerwinter werden, wie die Jahre zuvor, denn die Wirtschaft begann sich vom Krieg zu erholen.

In der Ecke stand noch eingepackt der Weihnachtsbaum, den Christian am Tage zuvor organisiert hatte.

Es würde sicherlich ein schönes Fest werden, denn Christian und seine Kollegen hatten in den letzten Wochen heimlich viele Dinge für die Kinder gebaut, jeden Wunsch von den Zetteln der Kinder hatten sie versucht zu erfüllen und auch sonst war es eigentlich eine Zeit zum Aufatmen: Günter verschwand nicht mehr bei jedem Motorengeräusch unter dem Tisch, Herbert begann wieder zu reden, was er seit jenem Tag auf dem Eis nicht mehr gemacht hatte, Moni war vor ein paar Tagen Schlittschuhlaufen und hatte sich darüber gefreut und Reinhold hatte seine Wunschlehrstelle als Radiomechaniker erhalten.

Er hatte das wohl von seinem Onkel geerbt, denn auch Arthur hatte immer an Radios oder Funkgeräten geschraubt. An der Wand in der Stube hing eine Weltkarte mit all den Funk- und Radiostationen, die Reinhold bisher schon erreicht hatte, und manchmal dudelten stundenlang irgendwelche unbekannten Melodien durch die Räume.

Am liebsten hatten die Kinder diese amerikanische Tanzmusik, und am Tage zuvor hatte Rena das erste Mal seit undenklichen Zeiten wieder gelacht und getanzt.

Alles wurde langsam gut, nur einer fehlte und seinetwegen stand diese kleine Kerze hier vor ihr.

Es war ein alter Brauch, von dem ihr Isolde einst erzählt hatte: Man stellte ein Licht ins Fenster, um den fehlenden Familienmitgliedern einen Weg zurückzuweisen, wie so eine Art von Leuchtfeuer in der Nacht!

Seit Jahren hatte sie von Karl kein Lebenszeichen mehr erhalten und wusste nicht, ob er den Wahnsinn des Krieges überlebt hatte.

Viele waren zurückgekehrt und hatten von der Hölle der russischen Arbeitslager berichtet, doch tief in sich spürte sie, dass Karl noch am Leben war und sie finden würde.

Links von ihr lag das silberne Besteck, als das letzte Stück, was sie noch an die Zeit mit Karl in Königsberg erinnerte. Am eigenen Leibe versteckt hatte sie es bis hierher geschleppt und in den Hungerzeiten immer widerstanden, es einzutauschen, denn solange dieses Essbesteck noch existierte, war sie mit Karl verbunden.

Monika und Elisabeth hatten es am Nachmittag poliert und es würde am nächsten Tag beim Festmahl auf dem Tisch liegen.

Eventuell würde Isolde zur Feier abermals einen Arbeitskollegen ihres Mannes mitbringen, der dann neuerdings aus Versehen neben ihr sitzen sollte.

Die Absicht der Freundin dahinter war nur zu auffällig und sicher gut gemeint, denn mit zehn Kindern war das Leben schon schwer, aber sie wartete auf den einen, an dem ihr Herz auch weiterhin hing und daher brannte diese Kerze seit ihrer Ankunft hier in jeder Nacht!

Abermals blickte sie sich in dem Raum um und es gefiel ihr hier gut! Andere Flüchtlinge hatten es oft schwer, sich zu integrieren, denn die meisten von ihnen waren entwurzelt und mitunter fern von all dem, was sie als sichere Heimat gekannt hatten.

Es würde noch einige Zeit dauern, bis diese Wunden sich schlossen, wobei es bei ihr viel schneller gegangen war, denn die Kinder hatten in diesem Dorfe schnell Freunde gefunden und waren bereits hier heimisch geworden.

Diese Freundschaften halfen ihnen, wie bei Monika, die ihren ersten Freund in der Schule gefunden hatte, oder wie Ilona, die heute das erste Mal hier wie selbstverständlich übernachtete.

Hedwig blickte erneut zur Seite, auf den Liegeplatz mit den beiden Mädchenköpfen unter der dünnen Decke. Ilona, der schwarzhaarige Wirbelwind, hatte Rena ins Leben zurückgeholt und die beiden jungen Frauen hatten beim Backen der Weihnachtsplätzchen sogar zu Reinholds Musik getanzt.

Das Leben war zurück, nur einer fehlte noch und das tat gerade so richtig weh!

Sie ging leise zum Tisch, setzte sich und blickte zu der kleinen flackernden Kerze.

Oft hatte sie in den letzten drei Jahren so gesessen und an Karl gedacht. Mehr als tausend Nächte alleine in diesem Zimmer und nur in der Nacht hatte sie dafür Zeit, denn tagsüber war bei zehn Kindern immer viel zu tun, es lenkte zwar ab, aber in der Finsternis kam danach immer der Kummer zurück.

Er fehlte ihr einfach so unsäglich und sie wollte die Hoffnung auf ein Wiedersehen, egal wie klein sie auch immer war, nicht fallen lassen.

Solange diese Kerze jede Nacht brannte, hatte Karl ganz sicher einen Weg zu ihr zurück.

Rena erhob sich von ihrer Bank, kam im Nachthemd zu ihr herüber, setzte sich auf den anderen Stuhl neben sie und blickte ebenfalls auf die Kerze.

„Mir fehlt Papa auch", seufzte sie leise, dann setzte sie flüsternd hinzu: „Geh doch ins Bett, heute hast du da Platz. Moni, Lisa und Franzi rücken dann schon!"

„Danke dir, aber ich sitze hier noch etwas und denke nach", antwortete sie der Tochter.

Rena gab ihr einen Kuss, schlang sich die Arme um die nackten Schultern und wartete frierend auf irgendetwas.

„Schlaf schön", flüsterte sie der Tochter schließlich zu.

Ilona räkelte sich auf der Küchenbank, blickte zu ihnen herüber und hielt Rena dann die Decke hoch.

Dieser wortlosen Einladung der Freundin konnte Rena wohl nicht widerstehen und ging zu ihr hinüber.

Abermals blickte sie zur Kerze, Christian würde den Kindern am nächsten Tage jeden Herzenswunsch erfüllen, aber einen Wunsch, ihren eigenen, konnte er nicht Wirklichkeit werden lassen.

Es ging auf Weihnachten zu, die Uhr schlug Mitternacht und ein leises Anliegen flog davon: „Liebes Christkind, bring mir den geliebten Mann zurück!"

70. Kapitel

Ein Platz im Herzen

Isolde saß am Tisch, hatte den Kopf in eine Hand gestützt und blätterte gedankenversunken in einem Schulbuch herum. Es war Mitte Januar 1949 und wie immer um diesen einen Tag herum war es ihr so schwer ums Herz.

Genau vier Jahre war es jetzt her, dass Karola ein eisiges Grab auf dem Grunde der Ostsee gefunden hatte und wenn sie die Augen schloss, dann sah sie die Freundin wieder vor sich.

Mehr als fünfzehn Jahre lang hatten sie zusammengearbeitet, fast jeden freien Moment miteinander verbracht, gelacht und sich leidenschaftlich geliebt.

Bis zu jenem Moment auf dem Frischen Haff, in dem Karola praktisch vor ihren Augen verschwunden war.

Hätte sie sich damals zu ihnen unter die Kutsche gelegt, dann wäre Ajax alleine aufs Eis gelaufen und die Freundin würde möglicherweise noch leben, aber so? Eine Träne lief ihre Nase herab und tropfte von der Nasenspitze aus aufs Buch.

Natürlich versuchte Christian alles, um den Schmerz von ihr zu nehmen, aber sie war dennoch traurig über diesen Verlust.

Sie schnaubte in ein Taschentuch, erhob sich und trat an das Fenster. Monika und Sieglinde bauten unten im Hof einen Schneemann, Gerfried war mit Christian in der MTS[9] und schraubte an einem Traktor.

Der Junge hatte sich an Christian angenähert, akzeptierte ihn mittlerweile als Vater und wollte Mechaniker werden.

---

[9] MTS - (Maschinen-Traktoren-Station), war eine Einrichtung, in der Bauern landwirtschaftliche Maschinen und Traktoren zur Nutzung ausleihen konnten.

Sieglinde ging es mehr ums Helfen, ihr Berufswunsch war Krankenschwester und zusammen mit ihrer Freundin Monika wollte sie in einer Schwesternschule lernen. Die beiden waren genauso unzertrennlich, wie sie es einst mit Monikas Mutter Hedwig gewesen war.

Eigentlich hatte sie jetzt alles, was sie sich jemals vorgestellt hatte. So hätte ihr Leben eventuell sein können, wenn sie Fritz nicht getroffen hätte, wenn es jenen Abend auf der Parkbank am Schlossteich im März 1929 niemals gegeben hätte, mit Christian und Karola und der Arbeit auf dem Feld.

Einst war sie vor der Hofarbeit in die große Stadt geflohen, um ein anderes und besseres Leben zu haben, doch sie hatte erst mit den Jahren verstanden, dass sie nur vor der Enge und Spießigkeit dorthin geflohen war.

Die Arbeit mit den Tieren, den Traktoren und auf dem Feld liebte sie und sie wurde von den anderen Bäuerinnen oft um ihren Rat und ihre Meinung gebeten. Diese Anerkennung ließ sie wachsen und das war es doch, was sie all die Jahre wirklich gebraucht hatte.

Ein Geräusch aus dem Schlafzimmer ließ sie zur Seite sehen.

Eigentlich war Rena mit ihrer Freundin Ilona hier, um mit ihr zusammen Mathematik zu lernen, zumindest war das der Beginn des Nachmittags gewesen, aber am Tisch war solch eine Spannung in der Luft gewesen, dass an Lernen nicht zu denken gewesen war.

Jetzt waren die beiden jungen Frauen nebenan und taten sich gegenseitig gut.

Nach jenem furchtbaren Erlebnis, damals im Wald in Schlesien, hatte sich Rena jahrelang verschlossen und von der Welt zurückgezogen.

Erst im letzten Sommer hatte Ilona es geschafft, die harte Schale um das Herz der jetzt Achtzehntägigen zu knacken.

Rena hatte das Büffeln im Rechenbuch nicht nötig, denn sie war ein Zahlengenie, wie sie es selbst war. Die Nachmittage mit dem Buch und Ilona waren für sie nur ein Vorwand, um mit der Freundin ungestört vor Hedwig zu sein.

Sie selbst war noch immer von dem Vorfall geschädigt und mitunter sah sie die Männer in manchen Nächten noch über sich. Wie mochte es da erst Rena gehen?

In Königsberg hatte sie damals eine Liaison mit Hans begonnen, und sie hatten danach miteinander geredet.

Vielleicht hatte dieses Gespräch bei Rena damals einen Schalter umgelegt und jener entsetzliche Tag im Wald hatte das nur verstärkt. Sie waren mit dem Leben davongekommen, aber die Erinnerungen waren geblieben.

Selbst jetzt noch, viele Jahre danach!

Rena hatte ihre Konsequenzen gezogen und hielt sich von allen Männern fern, bei ihr hatte Christian geholfen, und bei ihnen beiden der Rückhalt und das Verständnis der Familie, was aber nicht heißen würde, dass Hedwig das da in ihrem Schlafzimmer akzeptieren würde. Zwei Frauen, die sich liebten! Aber was war da schon dabei?

Einst hatte sie selbst mit Karola dieselben Erfahrungen gemacht und es war einfach nur schön gewesen.

„Du fehlst mir so!", flüsterte sie und blickte auf die schneebedeckte Landschaft hinaus. Karolas Grab mochte wohl jetzt ähnlich aussehen, aber es war unerreichbar weit entfernt.

Räumlich, nicht im Geist, denn wenn sie die Augen schloss, dann waren sie sich wieder nah!

„Einmal sehen wir uns wieder!", sagte sie und blickte zum wolkenverhangenen Himmel hinauf.

Irgendwo da oben ritt ein strahlend weißer Engel auf einem Schimmel bis in alle Ewigkeit und ein Teil ihres Herzens war schon bei ihr!

71. Kapitel

Wiedersehen am Teich

s war Mai 1949 geworden und genau der dritte Tag dieses Monats war heute, Hedwig schlenderte über die Wiese zum Teich hinüber, an dem ihre Kinder sich gerade ausgelassen tummelten.

An diesem Tage war es genau zwanzig Jahre her, dass Karl ihr damals das Leben gerettet hatte, als sie unvorsichtigerweise in die Ostsee gestiegen war.

Lange war es her und es war auch räumlich weit von diesem Teich entfernt. Der Strand dort war jetzt russisches Gebiet und für Deutsche war es streng verboten, sich dort aufzuhalten.

Es war eine andere Zeit und ein anderes Leben gewesen, als sie damals dort mit Karl zusammengetroffen war.

Sie als damals achtzehnjährige war dort ins Wasser gefallen und es war eine Art von Taufe gewesen, denn mit dem Verlassen der Ostsee hatte sich so viel für sie geändert.

Unsterblich hatte sie sich in Karl verliebt, aber der geliebte Mann war noch immer fern und sie war mitunter nah dran, das Vertrauen in seine Rückkehr zu verlieren, aber die Kinder gaben ihr den Halt.

Gedankenverloren spazierte sie um das kleine Gewässer.

Es war der erste richtig warme Tag des Jahres und daher auch von den Kindern zum Badetag ausgerufen worden, obwohl das Wasser sicherlich noch nicht sehr warm war.

Sie kniete sich an das Ufer und steckte die Hand in den Teich, es war dieselbe Kühle wie einst und sie stellte sich vor, dass wenn sie jetzt dort hineinsprang, eventuell Karl kommen würde, um sie zu retten!

War das als Wunsch zu vermessen? Seufzend blickte sie auf ihre Kinder. Ihre älteste Tochter war momentan genauso alt, wie sie einst an jenem Tage und schließlich setzte sie sich neben sie auf die Wiese.

Rena hatte sich ein Handtuch um die Schultern gelegt und blickte zu Ilona hinüber, die noch im Teich plantschte und immer wieder nach ihr rief, aber der Tochter war es offensichtlich darin zu frisch.

Allmählich gingen die Kinder einzeln zum Haus zurück, bis auch Ilona zitternd und mit blauen Lippen zu ihnen gelaufen kam.

Rena erhob sich, trocknete ihre Freundin sorgfältig ab und wollte dann mit ihr zurück. Zum Abschied legte die Tochter ihr die Hand auf die Schulter, dann nickten sie sich beide wortlos zu und Ilona zog Rena zum Haus.

Grübelnd blieb sie alleine zurück und starrte auf das Gewässer hinüber. Einen Schritt nach dem anderen zog dabei ihr bisheriges Leben vor ihr dahin.

Zwanzig Jahre ... eine lange Zeit.

Sie musste ewig so im Gras gesessen haben, als sich eine Hand auf ihre Schulter legte, sie blickte auf und es war ihr so, als ob Karl gegen das Sonnenlicht hinter ihr stand.

War es eine Illusion? Ein Trugbild ihrer Wünsche?

Schnell schloss sie die Augen, zählte bis drei und öffnete diese danach wieder, aber Karl war noch immer da.

Er setzte sich wortlos neben sie und sie fiel ihm mit einem Schrei der Erleichterung um den Hals.

„Mein Gott, du hast mir so gefehlt! Ich lasse dich nie wieder los!", stieß sie aus, bevor sie ihn küsste.

Karl erwiderte den Kuss und erzählte danach: „Ich habe mich extra beeilt, um heute bei dir zu sein! Die Kinder haben mir dann gesagt, wo ich dich finden kann!"

„Wie ist es dir ergangen?", fragte sie.

Karl hustete und antwortete danach: „Das spielt keine Rolle mehr. Ich habe überlebt und dich gefunden. Lass uns in unsere Wohnung gehen!"

„Hast du deinen Sohn Thomas schon kennengelernt?"

„Ja, er hat mich vorhin begrüßt, wobei er sich aber hinter Rena versteckt hat", gab er ihr zurück und half ihr auf.

Eingehakt gingen sie die paar hundert Meter zurück und sie hielt sich fast krampfhaft an ihm fest, niemals würde sie Karl wieder von ihrer Seite lassen!

Schließlich schoben sie die Wohnungstür auf und traten in die Küche.

Die Kinder standen alle vor ihr und gaben dann den Weg zum Tisch für sie frei. Ein gebratenes Huhn lag auf dem Küchentisch für sie bereit, und es war nur für zwei gedeckt.

„Und ihr?", fragte sie.

„Wir gehen zu Isolde, ihr habt sicher viel zu bereden", sagte Rena und zwinkerte ihnen zu, dann drängte sie mit Reinhold zusammen ihre Geschwister aus der Wohnung.

Sie setzten sich und Karl bewunderte erneut das silberne Besteck aus Königsberg, das bisher jedes Familienfest gekrönt hatte.

In der Mitte des Tisches brannte die Kerze, die ihm mehr als vier Jahre lang als Leuchtfeuer nach Hause gedient hatte, aber ab diesem Abend würde das Licht nicht mehr brennen müssen!

Das Huhn war köstlich und danach trug Karl sie auf seinen Armen in das mit Blumen geschmückte Schlafzimmer hinüber.

Die Zukunft begann jetzt und eventuell würde schon bald das elfte Kind in diesen Räumen aufwachsen.

Es sollte nie den Krieg kennenlernen und vielleicht in vielen Jahren einmal nach Königsberg zurückgehen können.

Im Frieden, denn der Krieg macht alles nur kaputt!

ENDE

Unter dem Eis

till und friedlich liegt es heute da, das Frische Haff, aber es verbirgt unter seiner glitzernden Oberfläche das Leiden zehntausender Opfer.

80 Jahre sind vergangen, seit im Januar und Februar 1945 etwa 1,5 Millionen Einwohner aus Ostpreußen in wilder Panik vor der angreifenden Roten Armee keine andere Möglichkeit mehr sahen, als den gefährlichen Weg über das zugefrorene Haff zu nehmen.

Viele von ihnen trugen ihre verbliebene Habe in Koffern mit sich, sie flüchteten zu Fuß, mit Handwagen oder auf Fuhrwerken. Kleine Kinder und alte Menschen saßen im eisigen Wind auf diesen Karren und Mütter schoben ihre Kinderwagen dutzende Kilometer weit durch den tiefen Schnee.

Bei eisigen Temperaturen von zum Teil 30° unter dem Gefrierpunkt wateten sie durch Eiswasser, trotzten Schneestürmen und feindlicher Tieffliegerangriffen, um der Einkreisung zu entkommen, doch vielen gelang es nicht, das rettende andere Ufer zu erreichen.

Kinder, Alte, Kranke und Schwache waren die Ersten, die den Strapazen erlagen und ihre Leichen säumten schon bald zu Tausenden den Weg der fliehenden Menschen.

Und auch viele von denen, die es bis zum Hafen von Pillau schafften, waren dennoch nicht gerettet, denn zehntausende von ihnen starben bei der Fahrt über die Ostsee bei den Angriffen sowjetischer U-Boote auf ihre Schiffe.

Alleine bei den Versenkungen des ehemaligen Kreuzfahrtschiffes »Wilhelm Gustloff«, sowie des Passagierdampfschiffes »Steuben« und des Frachtschiffes »Goya«, durch sowjetische Torpedos, ertrinken und erfrieren mehr als 20.000 Menschen im eisigen Meer.

Von dort auf dem Landwege zu fliehen war ebenfalls nicht ungefährlich, denn die schnell vorrückende Rote Armee überrollte die Flüchtlingstrecks, Panzer schossen in die Wagen, russische Tiefflieger bombardierten die Kolonnen und zwischen feindlichen Soldaten und der Zivilbevölkerung wurde kein Unterschied mehr gemacht.

Waffen-SS und fliegende Standgerichte töteten ebenfalls willkürlich Flüchtlinge und nahmen ebenso keine Rücksicht auf die wehrlosen Menschen.

Und wer in Ostpreußen blieb, der fiel der Willkür der Eroberer zum Opfer und war damit Verfolgung, Gewalt sowie unvorstellbar grausamen Vergeltungsmaßnahmen ausgesetzt.

Der Zorn der Sieger brach über die Besiegten herein, wie es bereits zuvor in den Zeiten von 1939 bis 1945 durch die Wehrmacht und Waffen-SS in Polen, Frankreich, der Ukraine und Russland geschehen war.

Meine Großmutter floh mit meinem damals vierjährigen Vater und dem Rest ihrer Familie in jenen Januartagen übers Eis, aber nur selten wurde danach über diese Strapazen gesprochen und wenn, dann nur in einem Nebensatz, aber trotzdem hatten sich diese traumatischen Erlebnisse tief ins Bewusstsein meiner Familienmitglieder eingebrannt.

Wohl ähnlich wie bei den meisten der 15 Millionen Menschen, denen es gelang, von 1944 bis 1950 die Oder und Neiße nach Westen zu überqueren, doch der Preis, den sie dafür zu zahlen hatten, war hoch.

Nach vorsichtigen Schätzungen geht man heute davon aus, dass jede dritte Frau, die aus den östlichen Gebieten floh, Opfer sexueller Gewalt geworden war. Die Dunkelziffer ist vermutlich sehr viel höher, denn viele davon schwiegen aus Scham oder aus der irrigen Ansicht heraus, dass nichts geschehen war, wenn man nicht darüber sprach.

Sie mochten dieses unbegreifliche Grauen überlebt haben, doch ihre Seelen waren danach zerstört, und mehr als zwei Millionen Menschen schafften es nicht, das rettende Land zu erreichen.

Sie starben auf der Flucht durch Gewalt, Erfrierungen, Hunger, Erschöpfung und Krankheiten. Opfer steht gegen Opfer, Verbrecher gegen Verbrecher, niemand ist vergessen, weder die Täter noch ihre meist hilf- und wehrlosen Opfer!

So viele Plätze gibt es heute noch, die an die Gräuel dieses Krieges erinnern. Es sind Orte wie Kursk, Stalingrad, Leningrad, Auschwitz, Buchenwald, Oradour-sur-Glane, Wormhout, Warschau, Babyn Jar, Lublin-Majdanek, aber auch Köln, Hamburg, Dresden, London und nicht zu vergessen: das Frische Haff.

Und nach dem Grauen dieser Auseinandersetzung von 1933 – 45 haben wir jahrzehntelang geglaubt, es würde nie wieder Krieg in Europa geben und die Menschen hätten verstanden, dass Gewalt noch nie eine Lösung war, aber das war leider nicht der Fall!

Achtzig Jahre nach dem Friedensschluss wird wieder auf den damaligen Schlachtfeldern gekämpft, leiden zivile Opfer und sterben Unschuldige auf beiden Seiten für die Großmannssucht einer kleinen Gruppe von Kriegsprofiteuren.

Und wofür?

Wer weiß das schon!

Nichts ist zu gewinnen, nur alles zu verlieren und jedes Opfer ist genau eines zu viel!

Nichts rechtfertigt einen Angriff auf ein anderes Land, denn er zieht nur unsägliches Elend und Leid nach sich.

Das Frische Haff bildet heute die Grenze zwischen der EU und Russland, ein gigantischer Friedhof liegt damit genau dort, wo diese zwei Lager aufeinandertreffen.

Sollte uns das nicht Mahnung genug sein?

Wenn das Frische Haff im Winter zufriert, so könnte man heutzutage vielleicht hinübergehen und die weiße Pracht verbirgt dabei das Grauen, doch die Leichen liegen beschwörend unter dem Eis!

Sie bitten uns, es besser zu machen, denn Frieden ist das, was die Menschheit dringend braucht.

In einer derart vernetzten Welt sind nationale Alleingänge unnötig, ja sogar gefährlich, und dennoch hebt die alte und längst tot geglaubte Schlange von falsch verstandenem Nationalismus erneut ihr widerliches Haupt.

Wir sollten achtgeben, dass unsere Erde nicht gänzlich in Scherben fällt, denn die Ahnen erinnern uns aus ihrem Grab unter dem Eis.

„Seid wachsam!", rufen sie uns zu.

Zeitliche Einordnung der Handlung:

5800 Steinzeit

- Anfang des Buches „**Schicha und der Clan des Bären**"

- Ende des Buches „**Schicha und der Clan des Bären**"

5500 Steinzeit

2200 Beginn der Bronzezeit

1200 Beginn der Eisenzeit

800 –

800 Beginn des allmählichen Niederganges der Bronzezeit

800 Erste Anfänge und Städtebildungen der etruskischen Kultur

750 Aufstieg der Etrusker zur Seemacht

700 –

600 –

600 Blütezeit der Bronzekunst der Etrusker im orientalischen Stil

570 Amasis wird ägyptischer Pharao

555 Anfang des Buches „**Auf Bärenspuren**"

551 Ende des Buches „**Auf Bärenspuren**"

550 Koalition der Etrusker mit Karthago gegen Griechenland

540 Sieg der Etrusker zur See gegen die Griechen bei Alalia

524 etruskische Niederlage bei Kyme gegen die Griechen

500 –

500 Blüte der etruskischen Stadt Capua

400 –

387 die Kelten fallen in Rom ein

300 –

218 der karthagische Feldherr Hannibal überquert die Alpen

200 –

100 –

73 Flucht von Spartacus aus der Gladiatorenschule in Capua

71 Tod von Spartacus und Ende des Sklavenaufstandes

55 Expedition Caesars nach Britannien

44, 15. März, Kaiser Caesar wird in Rom ermordet

37 Anfang des Buches „**Das siebente Mädchen**"

15 Der römische Feldherr Drusus zieht mit seinem Heer über die Pässe der Alpen und dringt in das Gebiet der Kelten des Voralpenlandes ein

11 Drusus dringt, im Rahmen der römischen Feldzüge, bis in das Stammesgebiet der Cherusker vor

11 in der Schlacht bei Arbalo kämpften verbündete germanische Stämme gegen die Römer unter Drusus

10 Ende des Buches „**Das siebente Mädchen**"

0 –

0 Anfang des Buches „**Die Rache der Barbarin**"

9 Niederlage des Feldherrn Varus gegen die Cherusker unter Arminius

10 Ende des Buches „**Die Rache der Barbarin**"

34 Anfang des Buches „**Das Schwert des Gladiators**"

43 Beginn der Eroberung Südbritanniens

50 Colonia (heute Köln) wird zur Stadt erhoben

54 Nero wird römischer Kaiser

54 Anfang des Buches „**Die römische Münze**"

56 Ende des Buches „**Das Schwert des Gladiators**"

57 Anfang des Buches „**Die Tochter aus dem Wald**"

58 große Teile der Stadt Colonia brennen nieder

64 Brand Roms und daraufhin erste Christenverfolgung

68 Anfang des Buches „**Im Schatten des Feuerberges**"

68 Aufstände in Gallien und Spanien

68 Selbstmord Kaiser Neros

68 die Bataver, ein germanischer Stamm, erheben sich und belagern Colonia

69, im Herbst, erneuter Aufstand der Bataver gegen die römische Herrschaft in Niedergermanien

70, im Herbst, Niederschlagung des Bataveraufstandes

70 die Stadt Colonia erhält eine acht Meter hohe Stadtmauer

75 Ende des Buches „**Die römische Münze**"

75 Ende des Buches „**Die Tochter aus dem Wald**"

79, Herbst, Ausbruch des Vesuvs und Untergang Pompejis und Herculaneums

80 Einweihung des Kolosseums in Rom

85 wird Colonia die Hauptstadt der römischen Provinz Germania inferior

85 Ende des Buches „**Im Schatten des Feuerberges**"

98 Trajan wird römischer Kaiser

100 –

161 Marc Aurel wird römischer Kaiser

200 –

300 –

306 Konstantin der Große wird römischer Kaiser

324 Konstantin bekennt sich zum Christentum und macht diese zur Staatsreligion

375 die Hunnen unterwerfen die Alanen und die Goten oder vertreiben diese aus ihren Siedlungsräumen

376 Anfang des Buches „**Sturm über den Stämmen**"

376 Flucht der Donaugoten vor den Hunnen und teilweise Aufnahme der Goten in das römische Reich

384 Ende des Buches „**Sturm über den Stämmen**"

400 –

406 Rheinübergang der Vandalen und Einfall in das römische Reich

407 die Vandalen und andere germanische Stämme ziehen plündernd durch Gallien

409 Weiterzug der Vandalen und Alanen nach Spanien

410, Ende August, Eroberung Roms durch die Westgoten

429 die Vandalen und Alanen setzen unter Geiserich von Spanien nach Afrika über

439 die Stadt Karthago fällt an die Vandalen

440 angelsächsische Söldner rebellieren in Britannien gegen König Vortigern

451 Feldzug des Hunnen Attila nach Gallien

452 die Hunnen fallen in Italien ein, ziehen sich aber bald wieder zurück

453 nach Attilas Tod zerbricht das Hunnenreich

455 Plünderung Roms durch die Vandalen unter Geiserich

500 –

590 Æthelberth, König von Kent, überfällt Wessex

597 Bischof Augustinus landet in Kent

597 Anfang des Buches **„An fremder Küste"**

598 Ende des Buches **„An fremder Küste"**

600 –

601 Augustinus wird zum Erzbischof von Cantwaraburg (dem heutigen Canterbury) geweiht

700 –

764 Anfang des Buches **„In den finsteren Wäldern Sachsens"**

772, im Sommer, Zerstörung der Irminsul

772 Anfang der Sachsenkriege Karls des Großen

782 Blutgericht von Verden (Aller)

783, im Sommer, Gefechte mit Beteiligung sächsischer Frauen

785 Taufe Widukinds in der Königspfalz Attigny

787 die ersten Überfälle der Nordmänner auf Westeuropa finden statt

790 Überfälle der Nordmänner auf Schottland und Irland

792 letzte größere Erhebungen der Sachsen gegen die Franken

792 Zwangsdeportationen der Sachsen und Neuvergabe von sächsischem Land an fränkische Siedler

793 Überfall und Plünderung des Klosters Lindisfarne durch Nordmänner

795 Überfall von Wikingern auf das Kloster Iona in Irland

799 Beginn der Wikingerüberfälle auf das Frankenreich

796 Karls Belehrung durch seinen Berater Alkuin

797 mit dem Capitulare Saxonicum wurden die Sondergesetze gegen die Sachsen gelockert

800 –

800 Kaiserkrönung Karls des Großen

800 König Godfred von Dänemark gerät in kriegerische Konflikte mit Karl dem Großen

800 erste nordische Siedler treffen auf den Färöern und auf Island ein

800 unzählige Angriffe der Nordmänner auf die sächsischen Küsten

802 das sächsische Volksrecht (Lex Saxonum) wird verabschiedet

802 Ende des Buches „In den finsteren Wäldern Sachsens"

804 Ende der Sachsenkriege

805 Anfang des Buches „Westwärts auf Drachenbooten"

810 dänische Wikinger greifen wiederholt die friesische Küste an

814 Tod Karls des Großen

825 Ende des Buches „Westwärts auf Drachenbooten"

840 erste Überwinterung der Wikinger im Frankenreich

840 norwegische Nordmänner überfallen Irland und gründen Dublin

844 Überfälle der Nordmänner auf Spanien

845 Plünderungen von Hamburg und Paris durch die Wikinger

858 schwedische Wikinger gründen Kiew

889 Wanzleben wird erstmals als Haufendorf erwähnt

900 –

905 Anfang des Buches „Der Schmied des Königs"

918 Herzog Heinrich von Sachsen wird König des Ostfränkischen Reiches

926 König Heinrich handelt mit den Ungarn einen langjährigen Waffenstillstand für Sachsen aus

929 Ende des Buches „Der Schmied des Königs"

933, 16. März, Heinrich I. stellt und schlägt ein ungarisches Heer bei Merseburg

936 Heinrich I. stirbt in der Pfalz Memleben

937 Otto I. der Große, gründete das St.-Mauritius-Kloster in Magdeburg

938 die Ungarn ziehen erneut gegen die Sachsen

952 Anfang des Buches „Der Gefolgsmann des Königs"

955, 10. August, Schlacht gegen die Ungarn auf dem Lechfeld bei Augsburg

955 Otto beginnt einen großen Neubau des Doms zu Magdeburg

962, 2. Februar, Krönung Ottos zum Kaiser

968 Beginn des Baues der Burg Wanzleben

980 Ende des Buches „Der Gefolgsmann des Königs"

1000 –

1100 –

1142 Heinrich der Löwe wird Herzog von Sachsen

1143 Gründung Lübecks, der ersten deutschen Ostseestadt

1147 Anfang des Buches „Im Zeichen des Löwen"

1147 Wendenkreuzzug, dauert als Kreuzzug drei Monate

1152 Königskrönung von Friedrich Barbarossa in Aachen

1155 Kaiserkrönung Friedrich Barbarossas in Rom

1156 Besiedlungszug in Lommatzsch

1157 Gründung des deutschen Kaufmannsbundes

1159 Wiederaufbau Lübecks

1160 Anfang des Buches **„Kaperfahrt gegen die Hanse"**

1160 der slawische Burgwall Dobin, liegt am Schweriner See, wird zerstört

1160 Lübeck erhält das Soester Stadtrecht

1160 Gründung der Kaufmannshanse

1161 Vermittlung eines Handelsprivilegs an die Stadt Lübeck durch Heinrich den Löwen

1161 Gründung der Gotländischen Genossenschaft, als Vorstufe der Hanse

1162 Kloster Altzella, bei Nossen, wird gegründet

1163 Ende des Buches **„Im Zeichen des Löwen"**

1180 Heinrich verliert das Herzogtum Sachsen

1200 –

1200 Gründung des Petershofs in Nowgorod als Außenstelle der Hanse

1200 Ende des Buches **„Kaperfahrt gegen die Hanse"**

1210 Anfang des Buches **„Die Sklavin des Sarazenen"**

1212 Kinderkreuzzug mit Ziel Jerusalem

1212 Friedrich II. wird König

1217 Beginn des fünften Kreuzzuges, Kreuzzug nach Damiette in Ägypten

1220 Ende des Buches **„Die Sklavin des Sarazenen"**

1221 Ende des Kreuzzuges von Damiette in Ägypten

1250 Anfang der Blütezeit der Städtehanse

1300 –

1307, September, Anfang des Buches **„Die Braut des Templers"**

1307, 14. September, Geheimer Befehl Philipps IV. zur Verhaftung der Templer

1307, 13. Oktober, der „schwarze Freitag", Gefangennahme aller Templer in Frankreich

1307, 25. Oktober, Geständnis von Jacques de Molay

1307, 22. November, Papst Clemens V. zieht das Verfahren gegen die Templer an sich

1307, 24. Dezember, Jacques de Molay widerruft sein Geständnis

1308, 2. Oktober, Ende des Buches **„Die Braut des Templers"**

1309, im März, Papst Clemens V. bestimmt Avignon zum neuen Sitz der Päpste

1310, 12. Mai, Verbrennung von 54 Tempelrittern bei Paris

1311, 16. Oktober, Eröffnung des Konzils von Vienne

1312. 22. März bis 3. April, Aufhebung des Templerordens durch Papst Clemens V.

1312, 2. Mai, Übertragung der Templergüter an die Johanniter

1314, 18. März, Jacques de Molay wird zusammen mit Geoffroy de Charnay auf dem Scheiterhaufen in Paris verbrannt

1314, 29. November, König Philipp IV. stirbt nach einem Jagdunfall

1315 Beginn einer Hungersnot, die als „Der große Hunger" in zwei Jahren mit sintflutartigen Regenfällen, sehr kalten Wintern und vielen Überschwemmungen Millionen Menschen in Europa dahinraffte

1321 Anfang des Buches **„Frauenwege und Hexenpfade"**

1337 der hundertjährige Krieg zwischen England und Frankreich beginnt

1337 Ende des Buches „**Frauenwege und Hexenpfade**"

1340 der englische König Eduard III. fällt mit seinem Heer in Frankreich ein

1342, im Juli, das Magdalenenhochwasser, eine verheerende Überschwemmungskatastrophe, läßt in Mitteleuropa zahlreiche Flüsse über die Ufer treten

1346 in der Schlacht von Crécy schlagen 8.000 englische Langbogenschützen die verbündeten europäischen und französischen Ritter vernichtend

1347 die Beulenpest erreicht die europäischen Häfen am Mittelmeer und breitete sich schnell überall aus

1348, 7. April, Gründung der Karls-Universität in Prag, der ersten mitteleuropäischen Universität

1349, 10. Januar, die Wormser Gemeinde der Juden wird blutig ausgelöscht

1349, 1. März, Pogrom gegen die Juden in Speyer

1349 Anfang des Buches „**Der schwarze Tod**"

1349, 24. Juli, in der Frankfurter „Judenschlacht" sterben fast alle Juden in Frankfurt am Main

1349, 23. August, die Juden von Mainz erheben sich gegen ihre Verfolger. Der Aufstand wird blutig niedergeschlagen und das Stadtviertel brennt ab. Zahlreiche Menschen kommen dabei ums Leben

1350 Ende des Buches „**Der schwarze Tod**"

1353 Giovanni Boccaccio schreibt sein Decamerone

1356 mit der goldenen Bulle wird erstmalig festgeschrieben, dass der deutsche König durch Mehrheitswahl von sieben Kurfürsten bestimmt wird

1400 –

1431, 30. Mai, Jeanne d'Arc, die Jungfrau von Orléans, stirbt in Rouen auf dem Scheiterhaufen

1434 Cosimo de Medici kehrt nach Florenz zurück und wird der mächtigste Bankier der Stadt

1440 Johannes Gutenberg erfindet den Buchdruck mit beweglichen Lettern

1442 Anfang des Buches „**Ein Jahr unter Gauklern**"

1443 Ende des Buches „**Ein Jahr unter Gauklern**"

1452, 15. April, Leonardo da Vinci wird in Anchiano bei Vinci geboren

1479 Anfang des Buches „**Nur ein Hexenleben ...**"

1482 Johann Tetzel beginnt sein Theologiestudium in Leipzig

1486 der Dominikaner Heinrich Kramer veröffentlicht sein Traktat „Der Hexenhammer", lateinisch „Malleus Maleficarum"

1487 Ende des Buches „**Nur ein Hexenleben ...**"

1487 Anfang des Buches „**Rosen hinter Burgmauern**"

1492 Christoph Kolumbus erreicht die großen Antillen und entdeckt damit Amerika

1498 Vasco da Gama erreicht an Bord seiner Nau auf dem Seeweg um Afrika herum Indien

1500 –

1504 Johann Tetzel beginnt seine Tätigkeit im Ablasshandel

1509 Ende des Buches „**Rosen hinter Burgmauern**"

1517 Anfang des Buches „**Die Bruderschaft des Regenbogens**"

1517, 31. Oktober, Luther verkündet seine Thesen in Wittenberg

1518 Müntzer und Luther sind in Wittenberg

1520 Müntzer predigt in Zwickau

1522 das „Neue Testament" erscheint auf Deutsch

1523, zu Ostern, Katharina von Boras Flucht aus dem Kloster

1524, im Sommer, Anfang des Buches **„Im Schatten des Regenbogens"**

1524 Bauern- und Handwerkeraufstände in Sachsen

1525, 3. bis 6. Mai, das Kloster und Reichsstift Walkenried wird von aufständischen Bauern geplündert und verwüstet

1525, 15. Mai, Schlacht bei Bad Frankenhausen

1525, 27. Mai, Müntzer wird in Mühlhausen enthauptet

1525, 27. Juni, Heirat Luthers mit Katharina von Bora

1525, im Dezember, das Kloster Buch wird geschlossen

1526, 29. April, Ende des Buches **„Im Schatten des Regenbogens"**

1526 Niederschlagung der letzten Bauernaufstände

1527 Ende des Buches **„Die Bruderschaft des Regenbogens"**

1530 Reichstag zu Augsburg beschließt die Duldung des evangelischen Glaubens

1534 die gesamte Bibel ist nun auf Deutsch lesbar

1600 –

1612 Anfang des Buches **„Im Feuersturm"**

1617, 13. September, ein Stadtbrand verwüstet weite Teile Tangermündes

1618, 23. Mai, Fenstersturz zu Prag

1618 Anfang des dreißigjährigen Krieges

1619, 22. März, Grete Minde stirbt in Tangermünde auf dem Scheiterhaufen

1619 Ende des Buches **„Im Feuersturm"**

1620, 08. November, Schlacht am Weißen Berg bei Prag

1630 Anfang des Buches **„Im Schein der Hexenfeuer"**

1631 Eintritt Sachsens in den dreißigjährigen Krieg

1631, 20. Mai, Verwüstung der Stadt Magdeburg durch kaiserliche Truppen

1631, 24. Mai, Anfang des Buches **„Das Versteck des Eremiten"**

1631 Anfang des Buches **„Die Räubermühle"**

1632 die Pest wütet in Sachsen

1632, 16. November, Schlacht bei Lützen

1634, 25. Februar, Albrecht von Wallenstein wird in Eger ermordet

1634 Ende des Buches **„Die Räubermühle"**

1639 schwedische Truppen brennen Dresden teilweise nieder

1641 nochmalige Zerstörung Dresdens durch die Schweden

1648 der „Westfälischer Friede" wird geschlossen

1648, 24. Oktober, Ende des dreißigjährigen Krieges

1649 Ende des Buches **„Das Versteck des Eremiten"**

1650 Ende des Buches **„Im Schein der Hexenfeuer"**

1683, 3. Mai, die osmanische Armee erreicht Belgrad

1683, 9. Juli, Anfang des Buches „**Ein Sommer unter der Mondsichel**"

1683, 14. Juli, die Osmanen beginnen die Belagerung Wiens

1683, 12. September, Schlacht am Kahlenberg und Sieg der kaiserlichen Truppen über die Osmanen

1683, 12. September, die Befreiung Wiens

1683, 1. November, Ende des Buches „**Ein Sommer unter der Mondsichel**"

1694 Friedrich August I. wird unerwartet neuer Herzog und Kurfürst von Sachsen

1697, 15. September, Friedrich August I. wird in Krakau zum polnischen König gekrönt

1700 –

1710 Anfang des Buches „**Anna und der Kurfürst**"

1712 Thomas Newcomen konstruiert die erste verwendbare Dampfmaschine

1715 Ende der „Kleinen Eiszeit", einer Periode relativ kühlen Klimas, mit besonders kalten Zeitabschnitten seit 1675

1715 Ende des Buches „**Anna und der Kurfürst**"

1756 bis 1763 der Siebenjährige Krieg tobt in Mitteleuropa

1776 Gründung der Vereinigten Staaten von Amerika mit der Unabhängigkeitserklärung

1789, 14. Juli, Beginn der Französischen Revolution in Paris

1793 Beginn des Interventionskriegs gegen Napoleon, an dem auch Sachsen teilnahm

1794 die Gesellen streiken in Dresden

1796 der Interventionskrieg endet mit einer Niederlage für die preußischen, österreichischen und sächsischen Verbündeten

1800 –

1800 Anfang des Buches „**Der russische Dolch**"

1806 Preußen und Russland verbünden sich gegen Napoleon. Sachsen schließt sich ihnen an

1806 Krieg der Verbündeten gegen Napoleon

1806, 14. Oktober, Schlacht bei Jena und Auerstedt, die Verbündeten werden von Napoleon vernichtend geschlagen

1806, 20. Dezember, das Kurfürstentum Sachsen tritt dem Rheinbund bei und wird durch Napoleon zum Königreich

1812 von Sachsen aus beginnt der Feldzug gegen Russland. Sachsen ist mit 21.000 Mann daran beteiligt

1812, 23. Juni, Napoleon überquert mit seinem Heer die Mehmel

1812, 17. August, Schlacht um Smolensk

1812, 7. September, Schlacht von Borodino

1812, 14. September, Napoleon rückt in Moskau ein

1812, 13. Oktober, Napoleon beschließt den Rückzug

1812, 3. November, Schlacht bei Wjasma.

1812, 26. bis 28. November, Schlacht an der Beresina

1812, 14. Dezember, Kaiser Napoleon macht, seinen Truppen auf dem Rückzug aus Russland vorauseilend, in Dresden Station

1813, 2. Mai, Schlacht bei Großgörschen, Sieg Napoleons gegen Russen und Preußen

1813, 20. und 21. Mai, Schlacht bei Bautzen, weiterer Sieg Napoleons gegen Russen und Preußen

1813, 26. und 27. August, Schlacht bei Dresden, Napoleon errang seinen letzten Sieg auf deutschem Boden

1813, 16. bis 19. Oktober, Die Völkerschlacht bei Leipzig brachte Napoleon eine verheerende Niederlage. Die sächsischen Truppen liefen zu den russischen und preußischen Truppen über

1813, 11. November, die belagerte Festungsstadt Dresden kapituliert

1815, 18. Juni, Schlacht bei Waterloo

1815 Ende des Buches **„Der russische Dolch"**

1825 die Gesellschaft „Stockton and Darlington Railway" eröffnet die erste öffentliche Eisenbahnstrecke in England

1835, Bau der ersten Dampfmaschine in Chemnitz in der Werkstatt von Julius Borchardt

1835, im Dezember, Eröffnung der Eisenbahnstrecke Nürnberg – Fürth

1836, Gründung der königlichen Gewerbeschule in der Stadt Chemnitz

1837, Eröffnung des Chemnitzer Maschinenbauunternehmens Richard Hartmann

1839, 7. April, Fertigstellung der ersten sächsischen Eisenbahnstrecke von Leipzig nach Dresden

1844, die grassierende Kartoffelfäule dezimiert europaweit die Vorräte an Nahrungsmittel

1847 Anfang der Buches **„Eine sächsische Revolution"**

1847, die immer mehr um sich greifende Kartoffelfäule führt zu einer Hungersnot und zu zahlreiche Protestaktionen

1848, 21. Februar, Karl Marx und Friedrich Engels veröffentlichen das Manifest der Kommunistischen Partei

1848, 22. bis 24. Februar, Februarrevolution in Frankreich

1848, 18. März, Berliner Barrikadenaufstand

1848, 31. März bis 3. April, das Frankfurter Vorparlament tritt zusammen

1848, 24. März, Beginn der Erhebung in Schleswig-Holstein

1848, 18. Mai, die deutsche Nationalversammlung tritt in der Frankfurter Paulskirche zusammen

1849, 28. März, Verabschiedung der Paulskirchenverfassung

1849, 3. bis 9. Mai, Dresdner Maiaufstand

1849, 30. Mai, Ende der Frankfurter Nationalversammlung

1849, 30. Juni, Beginn der Belagerung von Rastatt

1849, 18. Juli, Ende der Buches **„Eine sächsische Revolution"**

1849, 23. Juli, die Festung Rastatt fällt und damit endet die Revolution

1850, 1. Mai, Anfang des Buches **„Eine Gräfin in Amerika"**

1850, 18. September, der amerikanische Kongress erlässt auf Druck der Südstaaten ein Gesetz, das die Nordstaaten zwingen soll, entlaufene Sklaven wieder ihren Besitzern zu übergeben

1851, 5. April, die Wahpekhute in Minnesota überlassen der Regierung der Vereinigten Staaten einen Großteil ihres Stammesgebiets gegen Geld und Lebensmittel

1851, 19. Juni, Ende des Buches **„Eine Gräfin in Amerika"**

1852, der Pelzhändler Alexander Faribault gründet die Stadt Faribault in Minnesota

1852, 8. Mai, Ende der Schleswig - Holsteinischen Erhebung

1862, April, Beginn des Buches „Zwei Frauen unterm Sternenbanner"

1862, 18. August, die Dakota greifen die untere Sioux-Agentur an und brennen diese nieder.

1862, 26. Dezember, 38 Krieger der Dakota werden bei der größten Massenexekution in der amerikanischen Geschichte gehängt.

1863, 17. Juli, in der Schlacht von Honey Springs treffen schwarze Unionssoldaten auf Cherokee im Dienste der Konföderierten.

1864, April, Ende des Buches „Zwei Frauen unterm Sternenbanner"

1866, Mai, Anfang des Buches „Äskulaps starke Töchter"

1869, die National Woman Suffrage Association (NWSA) wird gegründet

13. Juli 1870, eine Pressemitteilung Bismarcks (sogenannte „Emser Depesche") erscheint. Napoleon III. wird sie als Anlass für einen Krieg gegen Preußen nehmen.

19. Juli 1870, Der Deutsch-Französische Krieg beginnt mit der französischen Kriegserklärung an Preußen. Durch die norddeutsche Bundesverfassung und die Schutz- und Trutzbündnisse mit Süddeutschland befindet sich ganz Deutschland im Kriegszustand.

18. Januar 1871, Gründung des Deutschen Reiches

18. März bis 28. Mai 1871, Erste sozialistische Revolution in Frankreich

1871 Anfang des Buches „Die Engelsmacherin vom Rabenstein"

1871 Chemnitz zählt über 68.000 Einwohner.

28. Mai 1871, der 72 Tage anhaltende Aufstand der Pariser Kommune endet in Paris mit der „Blutwoche" in der bis zu 30.000 Menschen ihr Leben verlieren.

1871, 8. bis 10. Oktober, ein Großfeuer wütet in Chicago, Illinois, und zerstört große Teile der Innenstadt

1871, das Grand Central Depot in New York wird fertiggestellt

12. November 1871, 8.000 Metallarbeiter streiken in Chemnitz, es ist der erste große Arbeitskampf im neuen Deutschen Reich.

1872 - Ende des Buches „Die Engelsmacherin vom Rabenstein"

1872, August, Beginn des Buches „Zwei Federn im Wind"

1872, 18. November, Susan B. Anthony wird nach ihrer Beteiligung an der Präsidentschaftswahl festgenommen

1873, August, Ende des Buches „Zwei Federn im Wind"

1874 Ende des Buches „Äskulaps starke Töchter"

27. Mai 1875, in Gotha schließen sich der von Lassalle gegründete Allgemeine Deutsche Arbeiterverein (ADAV) und die von Liebknecht und Bebel gegründete Sozialdemokratische Arbeiterpartei (SDAP) zur Sozialistischen Arbeiterpartei Deutschlands (SAP) zusammen, dem Vorläufer der SDP.

1900 –

1929, 3. Mai, Anfang des Buches „Auf dünnem Eis"

1929, 4. Oktober, Schwarzer Donnerstag (englisch Black Thursday) in Amerika, Schwarzer Freitag in Europa, der folgenreichste Börsenkrach in der Geschichte.

1932, 31. Juli, Wahl zum 6. Reichstag der Weimarer Republik. Die NSDAP wurde mit Abstand stärkste Partei.

1932, 6. November, die Wahl zum 7. Reichstag der Weimarer Republik endete mit erheblichen Stimmenverlusten der NSDAP, die allerdings stärkste Kraft blieb.

1933, 30. Januar, Ernennung Hitlers zum Reichskanzler und damit das Ende der Weimarer Republik.

1933, 27. Februar, Reichstagsbrand

1939, 1. September, Angriff der Wehrmacht auf Polen

1939, 1. September, Anfang des Buches **„Liebe in stürmischen Zeiten"**

1939, 3. September, Frankreich und das Vereinigte Königreich erklären Deutschland den Krieg

1940, 10. Mai, der Angriff deutscher Verbände auf die Niederlande beginnt

1940, 24. Juni, französischer Waffenstillstand wird unterzeichnet

1941, 22. Juni, deutscher Überfall auf die Sowjetunion

1942, 23. August, Beginn des Kampfes um Stalingrad

1943, 2. Februar, Ende des Kampfes um Stalingrad

1943, 5. bis 16. Juli, Schlacht am Kursker Bogen

1944, 26. zum 27. August, in dieser Nacht flog die 5. Bombergruppe der Royal Air Force mit 174 Flugzeugen den ersten Angriff auf das nördliche Königsberg. Etwa 1.000 Tote waren dabei zu beklagen und 10.000 Einwohner wurden obdachlos

1944, 29. zum 30. August, in dieser Nacht warfen 189 britische Lancaster Bomber mehr als 480 Tonnen Brand- und Sprengbomben auf das historische und dicht bebaute Zentrum von Königsberg. Bei dem durch Phosphor ausgelösten Feuersturm wurden etwa 200.000 Königsberger obdachlos und die Zahl der Toten stieg auf über 5.000

1945, 13. bis 15. Februar, schwere Luftangriffe auf Dresden

1945, 7. Mai, bedingungslose Kapitulation aller deutschen Truppen

1949, 3. Mai, Ende des Buches **„Auf dünnem Eis"**

1949, 23. Mai, Gründung der BRD

1949, 7. Oktober, Gründung der DDR

1953, 17. Juni, Volksaufstand und Streiks in der DDR

1954 Ende des Buches **„Liebe in stürmischen Zeiten"**

2000 –

Von Uwe Goeritz sind weitere Bücher beim Verlag BoD erschienen (BoD – Books on Demand, Norderstedt, nähere Informationen dazu finden Sie unter www.BoD.de)

Aktuelle Hinweise über Neuerscheinungen finden Sie immer im Internet unter:

www.Goeritz-Netz.de